DAS MONDTOR

Das Buch

Nasja kann nur darauf hoffen, dass Nemos sie lieben wird. Der junge König von Galadon hat genauso wenig wie sie um diese Ehe gebeten.
Doch Nasja wird ihre Pflicht erfüllen, auch wenn sie weiß, dass nicht jeder am Hof eine Nymphe willkommen heißen wird. Sie will Gutes für die Menschen von Galadon und für die Nymphen in ihrer Heimat tun. Wenn sie zusammenhalten, können sie etwas gegen die Zentauren erreichen, die jede Schwäche ihrer Feinde ausnutzen.
Doch schnell wird Nasja klar, dass nichts so ist, wie sie es erhofft hat.
Ihr größter Feind ist ganz nah und gegen ihn hat sie nichts in der Hand. Sie muss sich auf die alte Magie der Nymphen besinnen, die tief in ihr verborgen ist.
Nur so hat sie eine Chance zu überleben.

„Das Mondtor" ist der erste Band der dreiteiligen Chroniken von Galadon.
Band 1: Das Mondtor
Band 2: Das Goldene Horn
Band 3: Die Diamantbrücke

Die Autorin

Karola Löwenstein wurde 1979 in Deutschland geboren, wo sie auch heute noch mit ihrer Familie lebt. Bevor sie mit dem Schreiben von Romanen begann, veröffentlichte sie erfolgreich Kurzgeschichten und Gedichte.
Mehr über Karola Löwenstein und ihre Bücher erfahrt ihr auf ihrer Facebook-Seite:
www.facebook.com/KarolaLoewenstein

DAS MONDTOR

DIE CHRONIKEN VON GALADON

BAND 1

KAROLA LÖWENSTEIN

Die Handlung und die handelnden Personen dieses Romans sind frei erfunden. Jede Ähnlichkeit mit toten oder lebenden Personen ist nicht beabsichtigt und wäre rein zufällig.

Lektorat: TextCare (www.textcare.de)
Umschlaggestaltung: www.katharina-netolitzky.com unter Verwendung von Grafiken von Shutterstock

ISBN: 978-3-96966-823-8

INHALT

PROLOG

Viele Jahrzehnte lang regierte König Kreotis das Königreich Galadon mit harter Hand. Er förderte den Handel mit den benachbarten Völkern und mühte sich mit endloser Geduld, Vertrauen zu den Nymphen, den Zentauren und den Trollen aufzubauen, die die angrenzenden Länder bewohnten. Es gelang ihm wie keinem König zuvor. Nach vielen Jahrhunderten der Feindschaft zwischen den Völkern erblühte der Handel und machte die Bewohner von Galadon zu reichen Menschen.

Die Jahre gingen ins Land und die Alten, die sich noch an die Armut und den Hunger erinnern konnten, starben. Die Jungen wuchsen heran und das bequeme Leben verleitete sie, die Geschichte von Galadon zu vergessen. Sie kannten keine Armut mehr und mussten keine Angst vor dem Hunger haben. Sie widmeten sich den vielen Vergnügungen, die Galadon ihnen zu bieten hatte.

König Kreotis war alt geworden. Doch er wurde nicht müde, mahnende Worte an die Jungen zu richten. Sie sollten wachsam bleiben und hart arbeiten, um das Vertrauen zu den anderen Völkern zu erhalten. Nur dieses Vertrauen sichere den Handel und damit den Wohlstand.

Der Reichtum hatte Neider angezogen. Noch waren sie selten und konnten in Schach gehalten werden. Doch der König ahnte, dass sich das Blatt nach seinem Tod schnell wenden könnte.

Er lehrte seinen einzigen Sohn Nemos alles, was er wusste, und bereitete ihn darauf vor, die Geschicke des

Landes zu führen. Doch Nemos war ein hitzköpfiger junger Mann, der die Worte seines Vaters nicht ernst nahm. Er kämpfte nicht gern und schwänzte den Unterricht, so oft er konnte.

Als König Kreotis plötzlich krank wurde und das Land nicht mehr führen konnte, traf er seine letzten Entscheidungen. Er rief einen Rat zusammen, damit er Nemos zur Seite stehen konnte, bis er selbst genug Weisheit erlangt hatte. Er bestimmte eine Frau für Nemos und ordnete die Hochzeit an, um das Bündnis mit dem Volk der Nymphen zu stärken. Dann tat er seinen letzten Atemzug in dem guten Glauben, den Frieden bewahrt zu haben.

Die Kunde seines Todes verbreitete sich rasch über die Grenzen des Landes hinaus. Und sie weckte Begehrlichkeiten, die lange geschlummert hatten. Der Frieden hing an einem seidenen Faden und die Chancen, ihn zu bewahren, standen schlecht. Doch von alldem ahnte Nemos nichts, als er den Thron bestieg und sich in dem Glauben wähnte, dass ein Leben voller Annehmlichkeiten und Vergnügungen auf ihn warten würde.

KAPITEL 1

Der Duft der Lindenblüten lag schwer und vertraut in der Luft und obwohl es Nasja nicht wollte, konnte sie dem Drang nicht widerstehen, tief einzuatmen. Die Erinnerung an ferne Kindheitstage traf sie mit ganzer Wucht. Die Bilder vom Licht der Lampions in den Bäumen und den Glühwürmchen, die in einer warmen Nacht über die Wiesen tanzten, schossen ihr regelrecht in den Kopf.

Nasja blieb abrupt stehen und holte hastig Luft, als ob sie gerade unter Tonnen von Schnee begraben worden wäre. Ein übler Schmerz drehte sich in ihrem Magen, als sie wieder zu Atem kam.

Der Straßenlärm der Hauptstadt Galadons dröhnte laut genug, um die leiser werdenden Erinnerungen zurückzudrängen. Pferdefuhrwerke holperten an ihr vorbei. Händler priesen lautstark ihre Waren an. Der Duft der Lindenblüten wurde von dem widerlichen Gestank eines Karrens davongeweht, auf dem die Hinterlassenschaften eines Schweinestalls davongeschafft wurden. Nasja hielt die Luft an, während sie hastig an einer der vielen Seitenstraßen vorbeieilte.

Erst an der nächsten großen Kreuzung wagte sie es, wieder Luft zu holen. Doch auch hier war der Geruch nicht besser. Der Unrat der Stadt verpestete die Luft. In vielen Straßen von Goros gab es lediglich Rinnen im Boden, die die Abwässer davontransportierten. Nasja schüttelte den Kopf. Es gab hier eine Menge Dinge, die sie nur schwer verstehen konnte.

Die Stadt war so unfassbar reich, dass die Fassaden einiger Paläste mit Blattgold überzogen waren. Die Baumeister von Goros überboten sich mit Entwürfen für die vermögenden Gönner der Stadt. Doch die einfachen Menschen lebten in ihrem eigenen Dreck und niemand schien sich daran zu stören, nicht einmal sie selbst.

Nasja eilte weiter und warf immer wieder hastige Blicke auf den Glockenturm, der die Stadt überragte und von beinahe jedem Punkt aus zu sehen war. Zu jeder vollen Stunde schlugen die Glocken und gaben den Bewohnern von Goros den Takt ihres Lebens vor. Nasja hatte nicht mehr viel Zeit. Eigentlich hätte sie sich gar nicht davonstehlen dürfen. Doch sie musste hin und wieder der ständigen Beobachtung der Dienstboten entfliehen, und sei es nur für eine Stunde oder ein paar kostbare Minuten.

Sie war zum großen Fluss Nimbus gegangen, der die Stadt in zwei Teile schnitt, bevor er sich über das Steilufer in einem endlosen Wasserfall ins Meer ergoss. Das war ein seltenes Naturschauspiel und dem harten Fels geschuldet, in den sich der Fluss niemals hatte hinabarbeiten können. Nicht einmal in ihrer Heimat gab es solch einen Ort und Nasja zog es immer wieder zu dem fließenden Gewässer, das sie gern entlanglief, bis sie das Rauschen des Wasserfalls in der Ferne hören konnte.

Die Kraft des Wassers erinnerte sie an ihre Mutter. Sie hatte sich schon vor langer Zeit von ihr verabschieden müssen und hin und wieder wollte sie sich daran erinnern, dass einmal jemand bei ihr gewesen war, der sie wirklich geliebt hatte. Ihre Mutter wollte nie nach Goros ziehen, in die Hauptstadt der Menschen, doch ihr Vater hatte sich durchgesetzt.

Nur einen Monat nach ihrer Ankunft war Nasjas Mutter krank geworden. Was konnte man auch anderes erwarten, wenn man eine Quellnymphe von ihrer Quelle fortriss? Nasjas Mutter wollte sich wieder auf den Heimweg machen, doch dafür war es schon zu spät. Sie starb auf dem Weg nach Hause und Nasja hatte nicht einmal die Chance gehabt, sich von ihr zu verabschieden.

Angestrengt blickte Nasja zu Boden und blinzelte die Tränen weg. Schon seit Jahren trug sie diesen Zorn in sich und wusste, dass sie ihn nie loswerden würde. Sie konnte sich nur mit ihm arrangieren und das tat sie, indem sie die trüben Gedanken verdrängte und sich mit irgendetwas von ihrem Kummer ablenkte. So auch dieses Mal. Nasja konzentrierte sich wieder auf die Dinge um sie herum. Es war leichter, in der Gegenwart zu leben, als sich immer wieder in den traurigen Momenten der Vergangenheit zu verlieren.

Es war ein warmer Junitag und die Einwohner von Goros flanierten im Sonnenschein die breite Straße entlang. Die ersten Cafés verkauften frischen Nektar aus den großen Gärten, die die Stadt umgaben. Die Leichtigkeit des nahenden Sommers lag in der Luft, zumindest wenn man auf den breiten Prachtstraßen blieb. Auch wenn Nasja die Ausgelassenheit der Menschen genau spürte, fühlte sie sich doch wie durch eine Mauer von ihnen getrennt. Obwohl sie schon fünf Jahre in dieser Stadt lebte, kannte sie niemanden, außer den Angestellten, die im Haus arbeiteten, oder den Nymphen, die mit ihr gekommen waren.

„Hey, Nasja." Die Stimme war laut und riss Nasja aus ihren Gedanken.

Sie fuhr erschrocken herum. Hatte sie jemand erkannt? Als sie die dunkle Kleidung eines der Dienstboten ihres Vaters entdeckte, entfuhr ihr ein missmutiger Laut.

Also war ihr Fehlen schon wieder bemerkt worden. Was war nur dabei, wenn sie allein durch die Stadt ging? Bis heute hatte sie nicht verstanden, warum ihr Vater sie gefangen hielt, auch wenn er es nicht so bezeichnen würde. Kein Mensch interessierte sich für sie. Sie trug ein einfaches, dunkles Kleid, so wie die vielen anderen Dienstmädchen, die an diesem Nachmittag unterwegs waren, um die

Aufträge ihrer Herrschaften zu erledigen. Dazu hatte sie sich eine Haube übergezogen, die nicht nur ihre langen, blonden Haare, sondern gleich ihr halbes Gesicht verdeckte.

Die üppigen Roben, die sie sonst immer tragen musste, hatte sie wohlweislich in ihren Gemächern zurückgelassen. Niemand nahm von ihr Notiz. Außerdem war sie durchaus in der Lage, sich zu verteidigen, wenn es darauf ankam. Ihre Mutter hatte immer Wert darauf gelegt, dass sie sich gegen unliebsame Bewunderer zur Wehr setzen konnte. Auch das Land der Nymphen war keine ungefährliche Gegend.

Ein Einspänner hielt neben ihr und der Dienstbote ihres Vaters musterte sie mit missmutigem Blick. Nasja konnte sie kaum auseinanderhalten, weil sie sich so ähnelten. Es waren allesamt riesige Kerle mit Schultern breit wie ein Schrank, kurz geschorenen Haaren und einem finsteren Blick. Doch diesen kannte sie ganz genau.

„Was willst du, Aros?" Sie sah den Nymph herausfordernd an. „Hat dich mein Vater geschickt?"

„Nein, das hat er nicht. Steig ein!" Aros' Stimme war ziemlich unterkühlt.

„Nein", erwiderte Nasja mindestens genauso kalt. Wenn sie etwas von ihrem Vater gelernt hatte, dann, dass man nur dann das bekam, was man wollte, wenn man seinen Standpunkt deutlich klarmachte. „Ich laufe." Es war nicht mehr weit bis zu dem großen Haus in der Azaleenstraße. Nun ja, ein Haus konnte man es gar nicht mehr nennen. Es war ein prunkvoller Palast, genauso wie er der zukünftigen Königin von Galadon würdig war.

„Das war keine Frage. Steig ein, Nasja." Aros ließ ein ungeduldiges Schnauben erklingen. „Noch ist niemandem aufgefallen, dass du davongelaufen bist. Was denkst du dir überhaupt dabei, an einem Tag wie heute einen Spaziergang zu machen?"

Nasja zögerte kurz. Doch sie wusste, dass ihr Vater eindeutige Befehle erteilt hatte. Aros war eigentlich ein ziemlich netter Kerl und immer auf ihrer Seite. Doch vor ihrem Vater hatte jeder Respekt und selbst Aros würde es sich wegen Nasja nicht mit ihm verscherzen. Notfalls würde er sie über seine Schulter werfen und in den Palast zurückschleppen.

Nasja seufzte und stieg mit einer schnellen Bewegung auf den Einspänner auf. Sie raffte ihren langen Rock zusammen und klemmte ihn sich wenig damenhaft zwischen die Beine, damit er nicht in die Speichen geraten konnte. Dann gab sie ein schnalzendes Geräusch von sich. Ohne dass Aros etwas tun musste, setzte sich das Pferd in Bewegung.

„Es ist eine Schande, deine Talente zu vergeuden." Das leise Murmeln von Aros war unter dem Knirschen der Räder kaum zu verstehen.

Doch Nasja hatte gute Ohren und sie hatte es genau verstanden. Sie presste die Lippen fest aufeinander. Ja, das sah sie ganz genauso. Aber dummerweise interessierte sich niemand für ihre Meinung oder die eines Dienstboten, geschweige denn für ihre Talente. Sie war nur eine Ware, die für eine größere Sache verhökert worden war.

Das Pferd trabte mit schnellen Schritten die Straße entlang. Nasja spürte, wie viel Freude es ihm bereitete, im hellen Sonnenschein seine Muskeln spielen zu lassen, und ein Lächeln schlich sich auf ihre Lippen. Sie ließ sich von dem Gefühl mitnehmen, auch wenn sie wusste, dass sie vorsichtig sein musste. Die Menschen von Galadon hatten keine enge Bindung an die Tiere in ihrer Umgebung.

Sie schlachteten, aßen oder schlugen sie, wie es ihnen beliebte. Es war nicht gut, wenn sie dann mit einer der bedauerlichen Kreaturen verbunden war. Helfen durfte sie ihnen ohnehin nicht. Im Gegensatz zum Land der Nymphen waren die Tiere in Galadon nicht frei, zumindest nicht die armen Geschöpfe, die in dieser Stadt leben mussten. Sie gehörten irgendeinem Menschen und dieser durfte allein über ihr Schicksal entscheiden.

Nasja waren diese Bräuche fremd und doch musste sie sich anpassen und so tun, als ob ihr all das nichts ausmachen würde. Ihr Vater hatte ihr oft genug gesagt, dass ihr Leben als Nymphe vorbei war und sie den Rest ihrer Tage ein Mensch sein würde. Nasja sah angestrengt geradeaus und drängte das zarte Glücksgefühl des Pferdes aus ihrem Kopf. Stattdessen sah sie nach vorn, während Aros den Pferdewagen antrieb und die breiten Straßen entlangschoss. Es dauerte nicht lang, bis das Haus in der Azaleenstraße immer näher kam.

„Ich habe deine Taschen packen lassen", informierte sie Aros in nüchternem Ton, während sie durch das große Tor fuhren.

„Danke." Nasjas Stimme klang erstickt, als sie daran dachte, was der Tag heute noch für sie bereithalten würde. Es war eine Mischung aus Hoffnung und Resignation, die sie immer wieder überkam, und keines der Gefühle gewann die Oberhand.

Vielleicht war sie auch deswegen davongelaufen, oder weil sie die Stille in den Räumen nicht länger ausgehalten hatte. Wenn Nasja nur wüsste, wer sie heute erwarten würde, wäre sie um einiges ruhiger. Doch die Wahrheit war, dass heute ihr Hochzeitstag war und sie auf die Frage, mit was für einem Mann sie den Rest ihres Lebens verbringen würde, noch immer keine Antwort hatte. Sie hatte einfach keine Ahnung, was König Nemos für ein Mensch war, und auch auf den Straßen von Goros hatte sie es bis heute nicht herausgefunden.

Das Pferdegespann hielt im Innenhof des Hauses. Der Sand knirschte unter den Rädern des Einspänners. Das riesige Gebäude leuchtete in einem hellen Gelb und der Sonnenschein betonte die prächtigen Säulengänge, die das

Haus schmückten. Die Azaleenstraße war die beste Adresse von Goros. Es gab nur ein Anwesen in der Stadt, das noch größer und prächtiger war, und genau dort wurde sie heute noch erwartet.

Nasja sprang von dem Einspänner und eilte zum Hintereingang, der in die Küche führte. Sie drängte sich an den Köchinnen vorbei, die wie immer damit beschäftigt waren, das Essen für den nächsten Tag zuzubereiten. Nasja sog den Geruch der vielen Kräuter ein. In dieser Küche wurden die vielen Gemüsesorten und die Früchte der großen Gärten verarbeitet. Immer wenn ihr Vater in Goros weilte, überschlugen sich die Köchinnen mit ihren Kreationen. Hastig nahm Nasja die Haube vom Kopf und huschte in den Gang. Dann lief sie mit schnellen Schritten eine Treppe hinauf, die in das Obergeschoss führte, wo sich ihre Gemächer befanden.

„Da bist du ja endlich.“ Die Stimme ihres Vaters war erfüllt von Ungeduld, als Nasja ihr Zimmer betrat. Er schien schon auf sie gewartet zu haben und sie sollte Aros dankbar sein, dass er sie rechtzeitig zurückgebracht hatte. Doch irgendwie wollte sich dieses Gefühl beim besten Willen nicht einstellen.

„Wir haben doch noch Zeit.“ Nasja blieb ganz ruhig und tat so, als wäre sie lediglich ein wenig durch das Haus gelaufen, um sich die Füße zu vertreten. Sie wusste, dass Aros nicht verraten würde, wo er sie gefunden hatte. Dafür war ihm sein eigenes Wohlergehen viel zu wichtig.

„Zeit?“ Ihr Vater runzelte die Stirn und sah Nasja missbilligend an, als er bemerkte, dass sie in ein einfaches Kleid gehüllt war. Er mochte es nicht, wenn sie sich nicht gemäß ihres Standes kleidete, nicht einmal, wenn sie nur im Haus unterwegs war. „Wir bereiten uns seit Jahren auf diesen Tag vor und haben viele Opfer gebracht, um diese Hochzeit möglich zu machen. Heute darf nichts schiefgehen.“

„Was soll denn noch schiefgehen?“ Nasja ging zu ihrem Schminktisch, der vor dem Fenster stand, und ließ sich auf den Stuhl davor sinken. Sie musterte sich. Auch wenn sie sich nicht schön fühlte, wusste sie doch, dass viele Menschen genau das dachten, wenn sie sie sahen.

Ihre langen, blonden Haare fielen ihr in leichten Wellen den Rücken hinab. Ihr Gesicht war makellos, ihre Haut ähnelte Porzellan und ihre tiefgrünen Augen schimmerten geheimnisvoll wie einer der Bergseen in ihrer Heimat. Ihre Schultern rundeten sich sanft, genauso wie ihre Wangen. Sie sah aus, wie eine Nymphe nun einmal aussah. Unter ihren Freundinnen wäre sie niemandem aufgefallen. Doch hier im Reich der Menschen wirkte sie ungewöhnlich hübsch. Nasja wandte sich von ihrem Spiegelbild ab, öffnete eine Schublade und holte ein paar Bürsten hervor.

„Bereite dich vor. Wir brechen bald auf.“ Ihr Vater hatte einen strengen Ton angeschlagen, während Nasja die Bürsten ihrer Größe nach auf dem Schminktisch sortierte. „Ich lasse dir Celistra kommen, damit sie dir beim Ankleiden hilft.“

Nasja nickte und musterte ihren Vater aus dem Augenwinkel, als er das Zimmer verließ. Er war groß und hatte breite Schultern. Seine langen, dunklen Haare hatte er mit einem Lederband zu einem Zopf zusammengebunden. Auch wenn sich der Ansatz seiner Haare schon grau zu färben begann, war er dennoch stark und keiner würde es wagen, sich ihm im Kampf zu stellen. Nymphen alterten nicht so schnell, wie es die Menschen taten.

Auch seine Kräfte würden nicht allzu bald schwinden und jeder in diesem Haus wusste, dass er ein Feuernymph war und das Element seinem Willen gehorchte. Er war stürmisch und willensstark. Die kleinen roten Funken in seinen braunen Augen zeugten von seiner Gabe. Nicht einmal Nasja konnte sich ihm widersetzen und es war nicht so, dass sie es nicht eine Weile lang versucht hätte.

Die Spuren dieses ungleichen Kampfes trug sie noch immer auf ihrem Rücken.

Nasja holte tief Luft, während sie schon die schnellen Schritte von Celistra im Gang hörte, die dem Befehl ihres Vaters Folge leistete und herbeigeeilt kam, um sie auf den Abend vorzubereiten.

Nasja ließ sich wieder auf den Stuhl sinken, während Celistra das Zimmer betrat und die Tür hinter sich ins Schloss zog. Das Klacken ihrer Schuhe hallte durch den hohen Raum. Als sie als Zwölfjährige hergezogen war, hatte sich Nasja oft gewundert, warum die Menschen solche riesigen Räume bewohnten. Erst nach einer Weile hatte sie begriffen, dass die Größe der Räume und Paläste ein Zeichen von Reichtum war.

Je ärmer die Menschen waren, umso weniger Raum stand ihnen zur Verfügung. Nach dieser Erkenntnis hatte sich Nasja lange Zeit für den großen Palast ihres Vaters geschämt. Doch nach und nach hatte sie eingesehen, dass es gut war, lange Gänge und große Räume zur Verfügung zu haben, wenn man eine junge Frau mit reichlich Bewegungsdrang war, aber nur selten aus dem Haus gehen durfte.

Es war gut, dass sie wenigstens hin und wieder mit oder auch ohne Celistra aus dem Palast geschlichen war. Sonst würde sie bis heute nichts über diese Stadt wissen, in der sie jetzt schon so viele Jahre lebte.

„Freust du dich auf die Hochzeitsfeier?" Celistra war hinter Nasja getreten und griff nach einer der Bürsten, die Nasja schon auf dem Schminktisch bereitgelegt hatte.

„Ich weiß ehrlich gesagt nicht, wie ich mich fühlen soll." Nasja musterte Celistras Gestalt im Spiegel hinter sich. Sie war eine wunderschöne Wassernymphe mit langen, braunen Haaren und wasserblauen Augen. Ihre feinen Gesichtszüge hatten etwas Kindliches, dabei war Celistra mit ihren neunzehn Jahren doch zwei Jahre älter als Nasja und für sie in vielen Dingen wie eine große Schwester.

Im Gegensatz zu Nasjas Mutter war Celistra allerdings nicht an ein bestimmtes Gewässer gebunden. Sie zog ihre Kraft aus dem Regen, jedem Fluss und jeder Quelle in ihrer Nähe. In Goros, das auf der hohen Klippe am Meer lag, von wo aus sich der breite Fluss Nimbus in die Tiefe stürzte, fühlte sie sich pudelwohl. Sie war immer voller Energie und guter Laune.

„Du wirst die Königin von Galadon." Celistra lächelte Nasja aufmunternd an. „Du solltest dich freuen. Zumindest auf deinen Ehemann."

„Ich weiß ja nicht einmal, wie mein künftiger Gemahl aussieht." Nasja verschränkte die Arme vor der Brust, während Celistra den Knoten ihrer Haare löste und mit geschickten Fingern begann, die Strähnen glatt zu kämmen. Nervös griff sie in den dunklen Stoff ihres Kleides.

„Man hört, er soll ein stattlicher, junger Mann sein. Zumindest sagt das die Köchin. Sie hat eine Freundin, die in der Küche von Schloss Schwanenberg arbeitet, und die hat König Nemos schon aus der Nähe gesehen." Celistra grinste. „Dein Vater war doch bei der Beerdigung von König Kreotis und auch bei der Krönung von König Nemos. Hat er denn nichts erzählt?"

„Nichts, was mich interessieren würde." Nasja schüttelte den Kopf. Ihr Vater hatte ihr ausführlich aufgezählt, wer alles zur Beerdigung erschienen war und wie betroffen alle bei der Beisetzung gewesen waren. Angesichts der ernsten Worte ihres Vaters hatte sie es gar nicht gewagt, sich nach Nemos zu erkundigen. Dabei hätte sie zu gern erfahren, ob König Nemos ein freundlicher und gütiger Herrscher sein würde, so wie es sein Vater gewesen war.

Das hätte sie beruhigt, doch ihr Vater hatte darüber kein Wort verloren, sondern Nasja nur ermahnt, ihre Pflicht für das Volk der Nymphen zu erfüllen und König Nemos eine gute und folgsame Ehefrau zu sein.

Um zu lernen, was das im Königreich der Menschen bedeutete, waren sie vor Jahren in die Hauptstadt gezogen. Unzählige Lehrer hatten Nasja die Geschichte des Landes gelehrt, die Geografie des Königreiches erläutert und sie in die Tugenden einer feinen Dame eingeweiht. Nasja musste das Sticken erlernen und die vielen Lieder anhören, die über die ruhmreichen Jahrzehnte der Herrschaft von König Kreotis gesungen wurden. Doch über Nemos hatte man ihr kaum etwas erzählt und ihre vielen Fragen zu ihrem zukünftigen Ehemann waren unbeantwortet geblieben.

Den blauen Himmel hatte Nasja in den letzten Jahren selten gesehen und das Gefühl, eingesperrt zu sein, war immer stärker geworden. Ganz still in ihr drin regte sich die Hoffnung, dass König Nemos ihr mehr Freiheiten ließ, als es ihr Vater getan hatte.

Zu keinem Konzert und keiner Ausstellung hatte er sie mitgenommen. Nicht einmal zur Krönung von König Nemos im letzten Monat hatte sie ihn begleiten dürfen, und das alles nur, weil es sich angeblich nicht schickte. Nasja konnte darüber nur den Kopf schütteln. In ihrer Heimat wäre ihr Leben ganz anders verlaufen, selbst als Tochter des Königs hätte sie alle Freiheiten gehabt. Sie hätte sich den Mann auswählen können, den sie liebte, und sie hätte sich frei bewegen können. Sie hätte ihre Kräfte ausprobieren können und vielleicht wäre sie eines Tages so machtvoll und weise wie ihre Großmutter geworden.

„Mit König Nemos wird es bestimmt aufregend. Ich habe auf dem Wochenmarkt gehört, dass er gern große Feste feiert.“ Celistra legte die Bürste weg und begann Nasjas Haare zu flechten und hochzustecken.

„Das hoffe ich.“ Nasja lächelte sanft. Alles würde besser sein, als in diesem Haus eingesperrt zu sein.

„Ich kann es kaum erwarten.“ Celistra grinste, während sie Blüten in Nasjas Haare steckte. „Endlich ist es so weit und wir ziehen in das große Schloss. Die Gärten hinter den Mauern sollen riesig sein. Wusstest du, dass Goros einst dort gegründet wurde, wo jetzt das Schloss steht?"

Nasja nickte. Sie hatte die Geschichten über die Gründung der Hauptstadt schon oft gehört.

„Schwanenberg", fuhr Celistra mit voller Stimme fort. „Deswegen haben sie das Schloss so genannt, weil dort auf der Steilklippe Schwäne genistet haben. Das klingt wirklich richtig gut. Bestimmt kommen immer noch welche in den Schlossgarten."

„Ja, das wäre schön." Nasja nickte und gab sich dem Gedanken hin, dass ihr Leben ab heute Abend besser werden würde. Doch so richtig konnte sie noch nicht daran glauben. Die Ungewissheit war einfach viel zu groß.

Während Celistra Nasjas Frisur den letzten Schliff verpasste, brachte ihr eine der Köchinnen eine Schüssel voll warmer Suppe. Nasja aß hungrig, sie wusste, dass der Abend lang werden würde und sie ihre Kräfte brauchte, um die Anstrengung durchzustehen. Außerdem schickte es sich für eine Dame aus gutem Hause nicht, sich beim abendlichen Festmahl vollzustopfen, wie ihre Lehrer sie immer wieder ermahnt hatten. Nasja würde nur ein paar Bissen essen können.

Nachdem ihre Frisur fertig war, begann Celistra damit, Nasja in ihre Kleidung zu helfen. Sie zwängte sie in ein Mieder. Darüber folgte ein Unterkleid und dann eine üppige Robe aus schwerem, weißem Stoff, der mit unzähligen Edelsteinen bestickt war. Die seltsame Mode der Menschen dieses Landes wunderte Nasja immer wieder. In ihrer Heimat trug sie leichte Kleider, die sie nicht einengten und die so bequem waren, dass sie manchmal vergessen hatte, dass sie überhaupt etwas auf dem Leib trug.

Niemand hatte sich je daran gestört, dass man die Rundungen ihres Körpers sehen konnte, im Gegenteil, es wäre Nasja seltsam vorgekommen, sich vor den anderen zu verstecken, denn nichts anderes tat sie gerade. Unter den vielen Schichten Kleidung waren die Konturen ihres Körpers nur schwer zu erahnen. Nasja seufzte gequält, während sich die Prozedur weiter in die Länge zog und die Last auf ihrem Körper immer schwerer wurde.

Nachdem das Kleid endlich saß, begann Celistra damit, ihr Gesicht mit Puder zu bedecken, und schminkte ihr dann mit reichlich Farbe wieder eine lebendige Röte auf ihre Wangen.

Nasja hatte es aufgegeben, den Sinn hinter diesen Dingen verstehen zu wollen oder sich gar dagegen aufzulehnen. Dieser Kampf war vergebens. Endlich ließ Celistra von ihr ab. Es mussten Stunden vergangen sein. Nasja sah in den Spiegel und eine Fremde blickte sie an. Nichts an ihrem Erscheinungsbild erinnerte sie daran, dass sie eine Nymphe war, die den Tag am liebsten draußen in der Natur verbrachte, mit den nackten Füßen auf dem Gras und dem Zwitschern der Vögel in den Ohren.

Sie war jetzt ein Mensch, genauso wie die vielen anderen um sie herum. Sie hatte sich längst selbst verloren und war zu dem geworden, was ihr Vater aus ihr hatte machen wollen.

„Du siehst gut aus." Die tiefe Stimme ihres Vaters riss Nasja aus ihren trübsinnigen Gedanken.

„Vielen Dank." Nasja nickte ihrem Vater kurz zu, wohl wissend, dass er mit nichts anderem gerechnet hatte, als dass sie seine Erwartungen heute erfüllen würde. Es hatte viele Momente gegeben, in denen sie sich gewünscht hatte, nicht so auszusehen, wie sie eben aussah. Wäre sie unansehnlich gewesen, wäre sie nie in dieses Leben hineingezwungen worden, sondern würde noch im Garten ihrer Großeltern über die Wiese laufen und in den Tag hineinleben, so wie es ihre Geschwister taten.

„Ich komme, um dich nach unten zu begleiten." Er bot ihr einen Arm an und Nasja nahm die Geste an. Es war besser, sich irgendwo abzustützen. Das Mieder schnürte ihr die Luft so sehr ab, dass sie es schon bereute, überhaupt etwas gegessen zu haben. Doch für einige Stunden musste sie das jetzt aushalten. So verlangte es die Etikette des Königreiches Galadon.

„Ich weiß, dass es für dich nicht einfach ist, diesen Weg zu gehen." Nasjas Vater räusperte sich.

Nasja hob eine Augenbraue und sah ihn verdutzt an, während sie nebeneinander die breite Treppe hinabschritten. Das war das erste Mal, dass er Verständnis für ihre Lage zeigte, seitdem er sie darüber informiert hatte, dass sie nach Goros ziehen würden und sie Nemos heiraten sollte, sobald seine Zeit als König gekommen war.

„Aber du musst wissen, dass die nächste Zeit schwierig wird." Nasjas Vater sah angestrengt geradeaus.

„Was meinst du?" Nasjas Stimme war klar. Sie ließ sich ihre Verwunderung nicht anmerken. Ganz so wie es ihre menschlichen Lehrer ihr beigebracht hatten. Eine Frau von gutem Ruf verbarg ihre Emotionen und ließ sich von niemandem anmerken, wie es um ihr Seelenleben bestellt war.

„Hör zu, Nasja." Er blieb stehen und sah seine Tochter an. „Auf dir liegt eine große Verantwortung. Die Sicherheit der Nymphen hängt von dir ab. Das weißt du doch?"

„Ich weiß, dass diese Allianz wichtig ist. Sie dient dem Schutz vor den Zentauren." Nasja sah ihren Vater durchdringend an. Er hatte ihr doch oft genug gesagt, dass diese Allianz für die Wirtschaft und den Handel von größter Bedeutung war. Zwischen den Menschen und den Nymphen waren im Zuge der kommenden Hochzeit eine Menge Verträge geschlossen worden, die dem gegenseitigen Wohlstand und der Verbundenheit der Menschen mit den Nymphen dienten.

Jeder wusste, dass die Zentauren ein streitlustiges Volk waren und man sie nur mit gemeinsamer Stärke auf Abstand halten konnte. So war es schon seit ewiger Zeit. König Kreotis hatte da ein gutes Händchen gehabt. Sobald die Zentauren Schwäche witterten, nutzten sie das aus, aber König Kreotis war nie schwach geworden. Doch ihr Vater schien etwas anderes zu meinen.

Er sah sie einen endlosen Moment an und Nasja kam es so vor, als ob er ihr noch etwas sagen wollte. Doch schließlich lächelte er. „Du wirst das schon schaffen."

„Ja, das werde ich", murmelte Nasja. Doch irgendwie überkam sie das Gefühl, dass ihr Vater Befürchtungen hatte, die er nicht wagte auszusprechen und die rein gar nichts mit den Zentauren zu tun hatten.

KAPITEL 2

Schloss Schwanenberg war riesig. Nasja hatte es zwar oft aus der Ferne gesehen, doch noch nie war sie ihm so nah gekommen wie jetzt. Schon seit einer Viertelstunde fuhr die Kutsche durch den riesigen Park, der immer wieder andere Ansichten präsentierte. Einmal waren sie durch einen Garten gekommen, in dem Rosen in allen erdenklichen Farben blühten. Dann überquerten sie eine breite Brücke, die einen See überspannte, auf dem die Seerosen um die Wette blühten.

Nasja wusste nicht, in welche Richtung sie zuerst sehen sollte. Überall waren neue Überraschungen zu entdecken, versteckte Pavillons, kleine Nischen, alte Mauern, die von Efeu überrankt wurden, und dann wieder klare Flächen, die nur aus hellgrünem Rasen bestanden und scharf von Rabatten voller leuchtend bunter Blumen abgegrenzt wurden.

Doch je näher sie dem Schloss kamen, umso mehr konzentrierte sich Nasja darauf. Es war ein achtstöckiges Gebäude mit unzähligen Türmen und Erkern. In der Mitte erhob sich eine gläserne Kuppel und Nasja stellte es sich schön vor, im Wintern dort umherzulaufen, gut geschützt vor den kalten Winden, die aus dem Norden kamen, Unmengen an Schnee brachten und einem die Nase gefrieren ließen.

Celistra hielt Nasjas Hand, während die Kutsche weiter auf das Gebäude zufuhr, das in Nasjas Augen immer größer zu werden schien. Einen Moment lang dachte sie an die schmalen Gassen, an denen sie heute Vormittag vorbeigeeilt war und in denen sich viel zu viele Menschen in viel zu engen Häusern drängten. Warum mussten sie so leben, während der König so viel Platz hatte, dass er vermutlich einen ganzen Tag durch seinen Garten spazieren konnte, ohne auch nur einmal am selben Fleck vorbeizukommen?

Während Celistra staunend ihren Blick schweifen ließ und sich genauso wenig wie Nasja an den vielen schönen Plätzen sattsehen konnte, fiel Nasja auf, dass ihr Vater von dem Anblick keineswegs überrascht war. Im Gegenteil, er wirkte angespannt und sah nur gelegentlich zu dem großen Schloss empor, das immer näher kam. Nasja konnte schon die unzähligen Treppen sehen, die zum großen Haupteingang hinaufführten, und sie sah auch die riesige Zahl an Menschen, die dort auf ihre Ankunft warteten.

Nasja versuchte Blickkontakt zu ihrem Vater herzustellen. Was hatte er ihr noch mit auf den Weg geben wollen? War er vielleicht jetzt bereit, mit ihr darüber zu sprechen, wo sich ihre Wege erst einmal auf unbestimmte Zeit trennen würden?

„Wir sind gleich da", sagte ihr Vater, als ob er gespürt hatte, dass sie gern mit ihm sprechen wollte. „Denk an alles, was dir deine Lehrer beigebracht haben. Jetzt kommt es darauf an, dass die Arbeit nicht umsonst war."

Nasja erstarrte. Die Strenge in seiner Stimme brachte ihr die Gewissheit, dass ihr Vater das Thema nicht noch einmal anschneiden würde.

„Das werde ich." Nasja nickte, während Celistra ihre Hand drückte.

Schweigend verfolgten sie, wie die Kutsche dem Schloss immer näher kam. Die Sonne stand schon tief und ihr Licht spiegelte sich in den unzähligen Scheiben des prunkvollen Gebäudes. Selbst die Wände schienen zu leuchten. Nasja blinzelte und dann erkannte sie, dass die Mauern von einer Goldschicht überzogen waren.

Natürlich waren sie das. Der König repräsentierte dieses Land, und deshalb musste sein Haus das prächtigste in der Hauptstadt sein. Was für eine Verschwendung. Nasja seufzte. Es stand ihr nicht zu, über diese Dinge zu urteilen, erst recht nicht als Nymphe. Das hatten ihre Lehrer oft genug betont.

Mit einem Mal hielt die Kutsche. Sie waren endlich da. Fünf Jahre hatte sie sich auf diesen Moment vorbereitet. Jetzt war es so weit. Sie kannte jeden Schritt, den sie machen musste, und konnte das Protokoll dieses Tages auswendig aufsagen.

Und dennoch hatte Nasja das Gefühl, dass sie gar nichts wusste.

Doch das war egal. Der Moment war da und die Zeit der Vorbereitung war endgültig vorbei. Jetzt musste sie ihr Bestes geben und darauf hoffen, dass es genug war.

Nasja holte noch einmal tief Luft, dann wurde die Kutschentür geöffnet. Ihr Vater ging vor und Nasja folgte ihm, als er ihr helfend seine Hand hinhielt. Es gelang ihr, die Kutsche mit ein paar geschickten Schritten zu verlassen und dabei nicht über ihr Kleid zu stolpern.

Ein Raunen erhob sich und als sie aufsah, blickte sie in die erstaunten Gesichter unzähliger Menschen. Sie alle starrten Nasja an und es dauerte einen Moment, bis Nasja begriff, dass es überraschte und bewundernde Blicke waren. Ja, die Menschen bestaunten sie, als wäre sie eine Rarität, die sie noch nie zuvor zu Gesicht bekommen hatten.

In dieser Sekunde begriff Nasja, dass das isolierte Leben, das sie in den vergangenen Jahren hatte führen müssen, Teil eines Planes ihres Vaters gewesen war.

Das war also der Grund, warum er sie nie mit der Gesellschaft von Goros bekannt gemacht hatte und sie fünf Jahre wie eine Gefangene in einem goldenen Käfig eingesperrt hatte. Wenn die Menschen Nasjas Gesicht schon gekannt hätten, hätte es diesen Moment des Staunens nicht gegeben. Ihre Erscheinung wäre verbraucht gewesen.

Sie blinzelte zu ihrem Vater hinüber, der eine zufriedene Miene aufgesetzt hatte. Seine Unruhe schien gänzlich verschwunden zu sein, während sich Nasja vorkam wie eine geschickt platzierte Schachfigur.

Sie spürte, wie ein altbekanntes Gefühl in ihr aufstieg, eine ungute Mischung aus Hass und Respekt. Wie einfach es jetzt wäre, sich umzudrehen und zu gehen. Unter den wachsamen Augen der vielen Menschen würde ihr Vater es bestimmt nicht wagen, sein wahres Gesicht zu zeigen und sie gewaltsam festzuhalten.

Doch der Gedanke, allein auf der Flucht zu sein, machte Nasja Angst. Bis auf ihre gelegentlichen Ausflüge durch die Stadt kannte sie dieses Land nur aus Büchern. Außerdem hatte sie eine Aufgabe.

Sofort klangen ihr die warnenden Worte ihres Vaters in den Ohren, dass sie das Schicksal der Nymphen in ihren Händen hielt. Wenn sie davonlief, tat sie ihrem Volk keinen Gefallen. Der Tod ihrer Mutter wäre gänzlich umsonst gewesen. Nasja ermahnte sich, sich nicht diesen dummen, kindischen Gedanken hinzugeben. Ihre Kindheit war vorbei und heute begann für sie ein neues Kapitel in ihrem Leben.

Am Arm ihres Vaters ging sie mit langsamen Schritten die lange Treppe hinauf. Während sie durch ein Spalier an teuer gekleideten Menschen liefen, die sie anstarrten, als wäre sie nicht von dieser Welt, lächelte Nasja freundlich in alle Richtungen. Sie hörte, wie die Menschen murmelten und ihre Schönheit bestaunten, wie sie neidvoll und zugleich überrascht wisperten.

Nasja wollte das nicht. Was konnte sie für ihr Aussehen? Sie hatte nie darum gebeten, schön zu sein. Sie kam sich alles andere als schön vor. Sie war nicht besser oder schlechter als die Menschen um sie herum. Sahen sie das denn nicht?

Sie war nur schrecklich nervös und hatte Angst, etwas falsch zu machen. Gleich würde sie den Mann treffen, mit dem sie den Rest ihres Lebens verbringen sollte, und das war doch von größerer Bedeutung.

Würden sie sich irgendwann lieben können? Sie hatte es nie gewagt, diesen Gedanken auszusprechen. Seit ihr Vater ihr mitgeteilt hatte, dass sie Nemos heiraten würde, ging es immer nur um die Handelsverträge und die militärische Unterstützung, mit der die Nymphen durch diese Verbindung rechnen konnten. Doch tief in Nasja drin lebte die winzige Hoffnung, dass Nemos sie mögen würde und sie glücklich mit ihm werden konnte.

Doch was war, wenn er sie nicht mochte?

Wie würde ihr Leben aussehen, wenn er sie nicht leiden konnte? Ihr Herz begann schneller zu schlagen, während sie in der Menschenmenge um sich herum zu erkennen versuchte, wo er stand. Die Ungewissheit, die sie schon den ganzen Tag gequält hatte, wuchs ins Unermessliche. Celistra hatte gesagt, er wäre ein stattlicher junger Mann.

Ein Schwarm Stare flog plötzlich über ihren Kopf hinweg und Nasja konnte nicht verhindern, dass sich das nervöse Schlagen der winzigen Herzen mit dem ihren mischte. Sie schnappte hastig nach Luft und ihr Blick verschwamm, während sie die Angst der kleinen Tiere übermannte, die von dem Lärm der vielen Menschen aufgeschreckt worden waren. Die Gesichter um sie herum verschmolzen zu einer Masse. Ihr Fuß strauchelte und sie überkam die unbändige Furcht, dass sie fallen könnte.

Ein scharfer Schmerz in ihrem Arm ließ den Kontakt zu den Vögeln abreißen. Ihr Vater hatte seine Finger fest um ihren Oberarm geschlungen. Nasja presste die Lippen aufeinander, um nicht losschreien zu müssen. Ihr Blick war wieder klar und ihre Füße fanden festen Halt. Der kleine Moment der Schwäche war verflogen.

Der Druck um ihren Arm wurde wieder schwächer.

Auch ihr Vater schien zu merken, dass sie sich gefangen hatte. Nasja blendete die Gesichter um sich herum aus und verbot sich, einen Moment länger nervös zu sein. Sie konzentrierte sich allein darauf, einen Fuß vor den anderen zu setzen und dabei eine würdevolle Miene zu tragen. Sie war hier, um ihr Volk zu repräsentieren. Niemand sollte die Nymphen für schwach oder tollpatschig halten.

Die Treppe schien endlos lang zu sein. Nasja stieg eine Stufe nach der anderen empor, ohne den Menschen und ihrem Staunen und Jubeln Beachtung zu schenken. Endlich sah sie die letzte Stufe vor sich. Nur noch vier Schritte, dann hatte sie es geschafft. Sie blickte nach oben und erlaubte sich, die Menge vor dem großen Haupteingang des Schlosses näher in Augenschein zu nehmen. Ihr Ehemann würde dort stehen und auf sie warten.

Einige Gesichter kamen ihr bekannt vor. Otis, ihr Lehrer für Gesellschaftskunde, hatte ihr immer wieder Porträtbilder von den wichtigsten Persönlichkeiten des Landes gezeigt. Nasja erkannte den Direktor der Oper mit seiner Frau, Auris, den Befehlshaber der Armee, der älter aussah als auf den Porträts und von dem Nasja wusste, dass er sein Amt vor Kurzem an seinen Enkel Artem weitergegeben hatte.

Nasja schritt mit ihrem Vater zwischen den wartenden Menschen hindurch, weiter auf das große Schloss zu, wo eine Flügeltür weit offen stand. Davor stand eine Traube von Männern in Uniform. Unter ihnen musste er sein. Doch welcher von ihnen war Nemos? Nasja kannte nur das Porträt eines freundlichen, hellhaarigen Jungen, der verschmitzt lachte. Neuere Bilder gab es nicht.

Über die Gründe hatte auch ihr Lehrer nur spekulieren können. Er mutmaßte aber, dass es aus Sicherheitsgründen keine aktuelleren Bilder von Nemos gab. Er war der einzige Sohn von König Kreotis und ihm durfte nichts geschehen.

Nasjas Blick suchte die Männer ab, die dort standen. Es waren meist ältere Herren, doch unter ihnen war auch ein einziger junger Mann. Er hatte halblange, lockige, braune Haare, auf denen ein bronzefarbener Schimmer lag, und er trug eine reich verzierte Uniform. War das Nemos? Nasja konnte nicht verhindern, dass ihr Herz wieder schneller zu schlagen begann. So viele Jahre hatte sie über diesen Moment nachgedacht und ihn sich in allen möglichen Facetten ausgemalt.

Einen Moment sah sie zu Boden, dann wagte sie es wieder, ihren Blick zu heben und den jungen Mann genauer zu mustern. Er war einige Jahre älter als Nasja, vielleicht zwanzig. Seine Statur war groß und schlank. Trotz seines Alters trug er die höchsten Ehrungen der Streitkräfte an seiner Uniform. Das musste er sein. Keiner der anderen Männer kam allein schon wegen seines Alters infrage. Nasjas Herz begann zu rasen und sie konnte nur mit Mühe die Unruhe unterdrücken, die sich in ihrem ganzen Körper auszubreiten begann. Dann traf ihr Blick mit einem Mal den seinen.

Nasjas Atem stockte. Seine Augen waren von einem warmen Braun und leuchteten voller Güte. Ihre Blicke verbanden sich. Nasja ließ es zu und senkte nicht schüchtern den Blick, wie ihre Lehrer es ihr beigebracht hatten. Das war schließlich ihr zukünftiger Mann und wenigstens ihn durfte sie ansehen, so oft sie wollte.

Sie erkannte in seinen Augen und in seinem Blick, dass er sie schön fand. Mehr als das. Er sah sie staunend an. Nasja spürte, wie sich ein sanftes Lächeln auf ihre Lippen schlich und sich in seinem Gesicht spiegelte. Erleichterung breitete sich angesichts seiner Reaktion in ihr aus. Er bewunderte sie und das erste Mal an diesem Tag löste das ein gutes Gefühl in ihr aus. Sie wollte ihm gefallen.

Dabei war er selbst schön, und zwar auf eine raue und wilde Weise. Seine Wangen waren kantig, seine Nase gerade und schmal, seine Lippen sanft geschwungen. Über seine Stirn verlief eine lange, blasse Narbe. Er hatte breite Schultern und selbst die Uniform verbarg nicht, dass er aus harten Muskeln bestand, gewohnt, sie zu nutzen. Nasja konnte sich gut vorstellen, wie er ritt, kämpfte und keine Gefahr scheute.

Nasja sah jedes Detail und sie sah auch die Wärme in seinem Blick. Plötzlich war die Aufregung völlig verschwunden. Nasja wusste, dass ihr nichts geschehen würde, solange dieser Mann in ihrer Nähe war.

Mit jedem Schritt, den sie vorwärtsmachte, kam sie ihm näher und endlich konnte sie es nicht erwarten, Königin zu werden und ihr altes Leben abzustreifen. Sie wollte neu anfangen, für die Nymphen und für die Menschen. Es gab so viel, was man besser machen konnte, in dieser Stadt und in diesem Land, und jetzt hatte sie die Chance dazu. In den Augen dieses Mannes sah sie die Entschlossenheit, aufzuräumen und die Dinge anzupacken.

Die Menschen, die Nasja umgaben, schienen weit in die Ferne gerückt sein. Wie eine Feder spürte sie den Arm ihres Vaters an ihrem. Ja, bald konnte sie seiner ständigen Kontrolle und den ewigen Bevormundungen entfliehen. Je näher sie ihrem Mann kam, umso stärker wurde das Gefühl in Nasjas Brust, dass sie hier richtig war.

Nasja sah, wie er den Blick senkte und sich vor ihr verbeugte. Jemand sagte etwas zu ihr, doch Nasja war ganz darauf konzentriert, die kleine und doch unglaublich elegante Bewegung zu bewundern.

„Nasja." Der Griff an ihrem Arm wurde wieder fester und Nasja hörte die Ungeduld in der Stimme ihres Vaters. Oh nein! Sie hatte sich ablenken lassen. Das durfte ihr nicht passieren. Das Protokoll musste eingehalten werden. Das starke Gefühl in ihrer Brust war mit einem Mal wieder verblasst.

Nasja sah ihren Vater an.

Die roten Funken in seinen Augen leuchteten, was kein gutes Zeichen war und nur bedeuten konnte, dass er schon mindestens zweimal mit ihr gesprochen hatte, ohne dass sie darauf reagiert hatte.

Schnell nickte Nasja, um ihrem Vater zu zeigen, dass sie jetzt zuhörte.

„Darf ich dir Artem von Darkenstein vorstellen, er ist König Nemos‘ engster Berater und der neue Befehlshaber der ruhmreichen Armee Galadons." Nasjas Vater zeigte mit dem Arm nach rechts und Nasjas Blick folgte der Geste.

Sie musterte die Gesichter der Männer vor sich und es dauerte eine Weile, bis sie wirklich begriff, auf wen ihr Vater gerade gezeigt hatte.

„Artem von Darkenstein." Nasja murmelte die Worte und wenn man sie nicht besser kannte, konnte man meinen, dass es die Schüchternheit war, die aus dieser Zurückhaltung sprach.

Doch Nasja war einfach nur entsetzt. Der Mann, den sie für ihren zukünftigen Ehemann gehalten hatte, war es gar nicht. Wie peinlich! Und sie hatte ihn auch noch direkt angestarrt und sogar angelächelt. Es gab vieles, was sie nicht tun sollte, und so ein Verhalten stand weit oben auf dieser Liste.

Augenblicklich schoss ihr die Röte in die Wangen und sie konnte nur hoffen, dass Celistra genug Puder auf ihre Wangen aufgetragen hatte, damit es niemandem auffiel.

Ihr Vater räusperte sich ungeduldig.

Nasja reagierte wie ferngesteuert. Sie senkte die Augen und machte einen Knicks vor Artem. „Es freut mich, Sie kennenzulernen." Sie wusste, weshalb ihr Vater ihr Artem vorstellte. Als Befehlshaber der Armee war er der zweitwichtigste Mann in Galadon und vertrat den König, wenn er abwesend war. Doch er war nicht der König und das war der ganz entscheidende Unterschied.

Aber warum stand er hier und nicht König Nemos, so wie es das Protokoll erfordert hätte? Es gab Dinge, bei denen konnte sich auch der König nicht vertreten lassen, und dazu gehörte es, seine zukünftige Frau zu begrüßen.

„Die Freude ist ganz auf meiner Seite." Artem verbeugte sich leicht vor Nasja. Seine Stimme hatte einen tiefen, weichen Klang. Er musste nicht laut sprechen, damit Nasja genug verstand. Er tat so, als wäre nichts Ungewöhnliches geschehen, und Nasja war ihm dafür dankbar. Dennoch sah sie ihn einen Moment fragend an, wagte es aber nicht, das Offensichtliche auszusprechen.

Aus den Augenwinkeln sah sie, wie die Menschen leise wisperten, und sie war sich sicher, dass sie spöttische Bemerkungen austauschten und Nasja auslachten.

Doch Artem schien sofort zu verstehen. „König Nemos wird gleich bei uns sein." Seine Stimme klang beruhigend.

„Wird er das?" Nasjas Vater sah Artem fragend an. Es war offensichtlich, dass er nicht sonderlich darüber erfreut war, dass der König nicht hier stand.

„Darauf habt Ihr mein Wort, König Besla." Artem sah Nasjas Vater mit einem besänftigenden Nicken an und wieder überkam Nasja das Gefühl, dass Artem sein Wort halten würde. „Bitte folgt mir. Ich möchte Euch mit einigen Gästen bekannt machen."

Nasjas Vater nickte zustimmend und Artem trat zur Seite, um den Weg in das Schloss frei zu machen.

Während Nasja an der Seite ihres Vaters das prunkvolle Gebäude betrat, sah sie aus den Augenwinkeln, wie Artem einen der vielen Bediensteten in ihren typischen, dunklen Uniformen herbeiwinkte und ihm etwas zuflüsterte. Der nickte und eilte mit schnellen Schritten in einem schmalen Gang davon.

„Irgendetwas stimmt hier nicht", murmelte ihr Vater, dem die kleine Begebenheit ebenfalls aufgefallen war. „Mit

König Kreotis wäre das nicht passiert."

Nasja überkam eine unangenehme Unruhe. Auch wenn Artem von Darkenstein einen verlässlichen Eindruck machte und sie nicht daran zweifelte, dass er dafür sorgen würde, dass König Nemos bald kommen würde, grübelte Nasja darüber, warum Nemos nicht hier war.

War er vielleicht genauso wie sie zu dieser Hochzeit gezwungen worden und hatte im Gegensatz zu ihr mehr Mut bewiesen, sich dem Befehl seiner Eltern zu verweigern? Oder hatte er einfach noch ein paar wichtige Entscheidungen getroffen und vor lauter Arbeit die Zeit vergessen? Wenn er das Wohlergehen des Landes über sein eigenes stellte, wie es schon sein Vater gemacht hatte, dann musste das die Erklärung für seine Verspätung sein.

Nasja beruhigte sich allmählich wieder, während sie einen riesigen Salon betraten, an dessen Decke unzählige Spiegel angebracht waren. Nach und nach strömten alle Gäste in den Raum und sobald Nasja nach oben sah, schienen die ausladenden Kleider der vielen Damen wie Blüten auf einem See zu schwimmen. Dienstboten kamen mit Tabletts voller Sektgläser und kleinen Häppchen, um die Gäste zu bewirten.

Im Gedränge verlor Nasja Artem aus den Augen und schon bald war sie in ein Gespräch nach dem anderen vertieft. Die Minenbesitzer, Schmiedemeister und Kaufleute der Stadt wollten sie genauso kennenlernen wie die Künstler und Musiker. Jeder, der von Wichtigkeit in Galadon war, war zu dieser Hochzeit eingeladen worden, und jeder wollte Nasja aus der Nähe bestaunen. Die Damen bewunderten ihr kunstvoll gefertigtes Kleid und erst jetzt erkannte Nasja, dass ihr Vater ein Vermögen dafür ausgegeben hatte, das die meisten Damen um sie herum niemals besitzen würden.

Ihr Vater wich nicht von ihrer Seite und beantwortete die meisten der Fragen, bevor Nasja auch nur den Mund aufmachen konnte. Irgendwann schwieg sie und nickte nur noch gelegentlich. Dabei musterte sie die umstehenden Menschen und suchte in der Menge immer wieder nach einem jungen Mann, der Nemos sein könnte. Je länger Nasja da stand, umso unruhiger wurde sie. Sie hörte den Gesprächen nicht mehr zu, sondern nickte nur noch, wenn es ihr passend erschien.

Glücklicherweise schien ihr Vater nicht zu bemerken, dass sie nicht konzentriert bei der Sache war. Nur Celistra fiel ihre Unruhe auf und sie wich nicht von ihrer Seite. Dann und wann drückte sie Nasja aufmunternd die Hand.

Es mochte eine gute Stunde vergangen sein, als sich plötzlich ein Raunen in dem Salon erhob und die Gespräche der Gäste nach und nach erstarben. Nasja erstarrte. Irgendetwas geschah jetzt. Sie ließ hastig ihren Blick durch den Raum schweifen und sah, dass zwei Personen den Raum betreten hatten. Die Menschen standen so eng, dass Nasja ihre Gesichter nicht erkennen konnte. Nur anhand der Frisuren erkannte sie, dass es eine Frau und ein Mann waren.

Ein Rascheln erhob sich und die Menge teilte sich langsam vor Nasja und ihrem Vater. Ein Gang entstand und Nasja sah nun endlich, wer gekommen war. Es gab keinen Zweifel, dass es König Nemos war. Der junge Mann vor ihr trug einen Anzug, der aus purem Gold zu bestehen schien. Selbst seine Schuhe schimmerten, als wären sie aus dem Edelmetall gefertigt worden.

Angesichts dieser Pracht musste sich Nasja regelrecht zwingen, in sein Gesicht zu schauen. Er hatte lange, blonde Haare, die er der Mode gemäß zu einem Pferdeschwanz zusammengebunden hatte. Sein Gesicht war hübsch und hatte feine, weiche Züge. In seinen blassblauen Augen schimmerte ein triumphaler Ausdruck, der dem in den Augen von Nasjas Vater glich, als es ihm gelungen war, die Wichtigen von Goros mit dem Antlitz seiner Tochter zu beeindrucken.

Nemos hatte gewusst, was Nasjas Vater geplant hatte, und war nicht damit einverstanden gewesen, dass Nasja mehr Aufmerksamkeit zukommen würde als ihm. Ein kaltes Gefühl stieg in Nasjas Bauch auf, als sie sah, dass König Nemos zwar auf sie zukam, aber sein Blick nicht auf ihr lag. Er betrachtete seine Untertanen und genoss ihr Erstaunen angesichts seines prunkvollen Auftretens.

Erst jetzt achtete Nasja auf die Frau neben Nemos. Ihr Kleid war ausladend und schimmerte in demselben goldenen Ton, in dem auch Nemos' Kleidung strahlte. Nasja mutmaßte, dass die Stoffe aus dem Land der Nymphen stammten. Nur sie waren in der Lage, Stoffe zu fertigen, die aus Gold gewebt wurden. Und genau das musste geschehen sein. Anders war das lautstark geäußerte Staunen um sie herum nicht zu erklären. Das Tuscheln nahm einfach kein Ende.

Wer war diese Frau? Nasja kam sich beschämt vor, weil sie so selbstverständlich an Nemos' Seite lief. Sie musterte ihr Gesicht und als sie die Ähnlichkeit zwischen den beiden erkannte und auch registrierte, dass die Frau an seiner Seite gute zwanzig Jahre älter war als Nemos selbst, verstand sie, dass es seine Mutter sein musste, die ihren Sohn da an seinem Hochzeitstag begleitete.

Nasja atmete erleichtert aus und warf ihrem Vater einen schnellen Blick zu. Seine erstarrte Miene und die Wärme, die Nasja aus seiner Richtung spürte, verhießen nichts Gutes. Nasja ließ ihren Blick noch einen Moment auf ihrem Vater ruhen, doch sie verstand nicht, warum er nicht zufrieden war. Hatte Nemos sie zu lange warten lassen?

Nasja lauschte in das Flüstern hinter ihrem Rücken und als sie die Worte verstand, verstand sie auch den Missmut ihres Vaters. Das Kleid, das Nemos' Mutter trug, war um einiges prunkvoller und opulenter als das ihre und es geziemte sich wohl nicht, dass irgendjemand bei einer Hochzeit versuchte, die Braut und ihr Hochzeitskleid zu übertrumpfen.

Nasja wollte beinahe den Kopf schütteln. Ihr war es egal, ob die Mutter ihres zukünftigen Mannes ein besseres Kleid trug als sie selbst. Was spielte das schon für eine Rolle? Dass sie gut miteinander auskommen würden, war viel wichtiger. Nasja holte tief Luft und sah Nemos entgegen. Sie bereitete sich darauf vor, ihn anzulächeln, denn dieses Mal war sie sich sicher, dass sie dem richtigen Mann entgegensah.

Nemos und seine Mutter kamen immer näher, doch sie sahen Nasja und ihren Vater kein einziges Mal an. Erst als sie direkt voreinander standen, blickte ihr Nemos ins Gesicht. Doch er nickte ihr nicht zu, wie er es tun sollte.

Nasja lächelte scheu. Nemos war ein hübscher junger Mann, der genauso alt war wie sie selbst. Er erwiderte Nasjas Lächeln nicht, sondern sah sie erwartungsvoll an.

Nasja schluckte und erinnerte sich mit Mühe daran, dass sie jetzt weiter dem Protokoll folgen musste, auch wenn Nemos das nicht getan hatte. Sie senkte den Blick und knickste leicht, wie es die Damen bei Hof zu tun hatten. Auch Nasjas Vater senkte den Kopf und wartete darauf, dass Nemos sie begrüßte.

Nasja spürte die stärker werdende Wärme, die vom Körper ihres Vaters ausging. Das war ein eindeutiges Zeichen für seinen nicht geäußerten Unmut. Wären sie zu Hause, hätte ihr Vater längst jemanden angebrüllt, um sich Luft zu machen.

Doch hier wagte er das nicht. Nasjas Oberschenkel schmerzten, während sie immer noch in der unkomfortablen Position verharrte und die unzähligen Lagen aus Stoff auf ihren Körper drückten.

„Willkommen auf Schloss Schwanenberg.“ Es war Nemos‘ Mutter, die sie mit einem leichten Näseln in der Stimme begrüßte.

„Vielen Dank.“ Nasjas Vater ließ immer noch den Kopf gesenkt.

„Vielen Dank.“ Nasja presste die Lippen fest aufeinander und versuchte ruhig zu atmen. Sie spürte, wie ihr der Schweiß auf die Stirn trat.

„Erhebt Euch.“ Die Stimme von König Nemos war überraschend weich und geradezu melodisch. „Herzlich willkommen in meinem Schloss.“

Nasja stellte sich aufrecht hin und sah weiter schüchtern zu Boden, während sich ihr Vater mit den Höflichkeiten, die das Protokoll erforderte, an Nemos wandte.

Nasja lauschte angespannt der Unterhaltung. Ihr Vater verlor kein Wort über Nemos‘ Verspätung, doch Nasja wusste, dass das letzte Wort in dieser Angelegenheit bestimmt noch nicht gesprochen war.

Nasja konnte sich nicht vorstellen, dass Nemos das hier mit Absicht eingefädelt haben könnte. Bestimmt gab es eine gute Erklärung für sein Verhalten. Nasja hob ihren Blick und sah Nemos an. Er wirkte gelangweilt, während ihr Vater über die engen Bande sprach, die diese Hochzeit zwischen dem Volk der Menschen und dem Volk der Nymphen knüpfen würde.

Mit einem Mal hob Nemos die Hand und unterbrach ihren Vater mitten im Wort.

Überrascht verstummte er. Nasja musste ihm nicht in die Augen sehen, um zu wissen, dass es in seinen Pupillen gefährlich glühte. Hätte sie das gewagt, hätte er sie spüren lassen, was er von dieser Respektlosigkeit hielt. Doch König Nemos gegenüber riss sich ihr Vater zusammen. Sie spürte nur an der Wärme neben sich, dass er wütend war.

„Genug geredet“, ließ König Nemos vernehmen und klatschte zweimal in die Hände. „Lasst uns die Zeremonie endlich hinter uns bringen.“ Auf seine Geste hin verschwanden die Bediensteten mit den Gläsern und Häppchen und die Gesellschaft machte sich, angeführt von

Nemos und seiner Mutter, auf den Weg zur großen Glaskuppel, wo die Hochzeit stattfinden sollte.

Nichts entsprach mehr dem Protokoll. Nasja sah ihren Vater fragend an.

Er stand einen Moment sprachlos da, dann verfinsterte sich sein Gesicht auf gefährliche Weise.

„Du hast deinen zukünftigen Mann gehört“, knurrte er, als ob es ihre Schuld wäre, dass die Dinge nicht nach Plan liefen. „Wir überspringen die Förmlichkeiten.“

Nasja nickte hastig, während Celistra nach ihrer Hand griff und sie drückte, als ob sie spürte, wie durcheinander Nasja war. Nasja senkte ihren Blick und folgte der Gesellschaft in den Kuppelsaal, als ob sie das fünfte Rad am Wagen wäre und nicht die Hauptperson des heutigen Tages.

KAPITEL 3

Der Hohepriester der heiligen Sonnenkirche redete schon zehn Minuten von den zahlreichen Pflichten, die eine Ehe mit sich brachte. Nasja kannte seine Rede. Sie hatte sie vorab zum Lesen bekommen und sie auswendig gelernt. Sie war froh darüber, dass sie auf seine Worte vorbereitet war und darauf, dass er die Liebe kein einziges Mal ansprechen würde. Wäre es nicht so gewesen, wäre sie entsetzt gewesen, dass er etwas so Wichtiges unerwähnt lassen würde.

So hatte sie die Möglichkeit, in aller Ruhe die Gäste zu beobachten, ohne etwas Wichtiges zu verpassen. Jeder lauschte mit Bedacht den Worten des obersten Heiligen der Stadt Goros.

Nemos hatte bedächtig den Kopf gesenkt und nickte immer wieder, als ob er die Worte des Geistlichen bekräftigen wollte. Die späte Nachmittagssonne schien in die Kuppel hinein und tauchte den riesigen Saal mit dem hellen Boden in strahlendes Licht. Nemos leuchtete regelrecht, genauso wie es seine Mutter tat. Die beiden saßen in ihren goldenen Roben leicht erhöht vor den Gästen und wirkten entrückt und erhaben, als wären sie selbst Sonnengötter. Mittlerweile war sich Nasja sicher, dass Nemos es genau so gewollt hatte. Seine Kleidung und der perfekte Winkel, in dem die Sonne jetzt stand, schienen kein Zufall zu sein.

Er hatte seine Verspätung bis ins Detail geplant.

Nasja saß mit ihrem Vater und ihrem Gefolge in der ersten Reihe zwischen den Gästen. Sie spürte die Wut ihres Vaters. Als Königin stand ihr der Platz neben Nemos zu. Sie sollte im Mittelpunkt stehen, und nicht Nemos und seine Mutter.

Doch noch war Nasja keine Königin. Sie standen erst am Anfang der langen Zeremonie und Nemos sah nicht so aus, als ob er sie weiter verkürzen wollte. Während der Hohepriester über den Wert der Keuschheit, die hohe Bedeutung des täglichen Gebets zu Samara, dem Sonnengott, und die Furcht vor den Sünden sprach, lauschte ihm Nemos mit andächtiger Miene.

Nasja fragte sich, ob er wirklich an diesen strengen und rachsüchtigen Gott glaubte, der den gütigen Naturgöttern der Nymphen so fremd war, oder ob er so konzentriert zuhörte, weil er das in Gedenken an seinen Vater Kreotis tat, der den Sonnengott seit einigen Jahren verehrte und die Religion neben vielen anderen in Galadon unterstützt hatte.

Während der Priester anhob, die Bedeutung eines pflicht- und arbeitsreichen Lebens für die Charaktergestaltung zu loben, und jeden aufrief, kritisch mit sich selbst zu sein und sich zu fragen, ob er nicht mehr tun könnte, fragte sich Nasja, was diese Worte mit einer Hochzeit zu tun hatten. Schon beim ersten Lesen der Rede war ihr das seltsam vorgekommen. Den Brauch der Menschen, am Hochzeitstag ernste Reden zu halten, verstand sie nicht. Im Land der Nymphen huldigte man am Tag der Hochzeit der Liebe und feierte ausgelassen das Leben. Man genoss mit allen Sinnen, umarmte und küsste seine Lieben und lachte viel.

Nasja traf es wie einen Fausthieb in die Brust, als ihr wieder einmal klar wurde, dass sie nie im Mittelpunkt eines solchen Festes stehen würde. Sie schluckte und sah zu Nemos hinüber, der ein paar leise Worte mit seiner Mutter wechselte. Er sah nicht so aus, als ob er heute noch lachend mit ihr über die Wiesen der Schlossgärten laufen würde, um sie dann leidenschaftlich unter dem dichten Blätterdach der Bäume zu lieben.

Nasja presste die Lippen aufeinander. Ihr Schicksal war ein anderes. Sie war hier, damit die Nymphen ihres Volkes weiter solche Feste feiern konnten, ohne fürchten zu müssen, dass die Zentauren das Land überrannten und sie ihrer Freiheit beraubten.

In ihren wenigen Jahren im Reich der Nymphen war die Angst vor den brutalen Zentauren ein ständiger Begleiter gewesen. Jeder wusste, dass die wilden Wesen alles dafür tun würden, um die Herrschaft in den Nachbarländern an sich zu reißen. Die Armee der Nymphen war gut, aber man brauchte einen starken Partner an seiner Seite, damit die Zentauren es nicht einmal wagten, einen Huf über die Grenze zu setzen.

Der gute Ruf der Armee Galadons war weit über die Landesgrenzen hinaus bekannt. Das war das Werk von König Kreotis, der gemeinsam mit Auris von Darkenstein, dem Großvater von Artem, die Armee zu ihrer ganzen Stärke aufgebaut hatte. Die Krieger Galadons hatten die schärfsten Klingen, die stabilsten Brustschilde und die stärksten Katapulte. Das verdankten sie den Schmiedemeistern des Landes, die nicht nur ein einzigartiges Geschick hatten, sondern auch jahrhundertelange Erfahrung in der Bearbeitung von Metall.

In Goros wohnten die besten Waffenschmiede, die geschicktesten Goldschmiede und die einfallsreichsten Waffenbauer. Es war keine Strafe, in dieser Armee zu dienen, es war eine Ehre, als Krieger ausgewählt zu werden. Die jungen Männer Galadons wetteiferten darum, wer einen der begehrten Plätze in den Militärakademien des Landes erhielt.

Nasja wandte sich sacht um und blickte über die Stuhlreihen hinter sich. Sie erkannte Artem, der neben seinem Großvater saß. Er schien ganz in Gedanken versunken zu sein oder er lauschte bedächtig den Worten des Priesters, der jetzt zum Höhepunkt seiner Rede kam und die Strafe des Sonnengottes androhte, falls man gegen die unzähligen Regeln verstieß, die Samara seinen Anhängern auferlegt hatte.

Ob Artem und Nemos ebenso erfolgreich das Land führen würden, wie es König Kreotis und sein Heerführer Auris getan hatten? An Artem zweifelte Nasja keine Sekunde, aber Nemos konnte sie nur schwer einschätzen. Doch sie hatte volles Vertrauen in ihren Vater. Er würde sie nicht hierlassen, wenn er sich nicht sicher wäre, dass die Menschen ein verlässlicher Partner für die Nymphen wären, und das wären sie nicht, wenn ihr König nicht die nötige Stärke zeigen würde. Das hieß, dass er Nemos zutraute, dieses Land zu führen.

Der Hohepriester schloss die düsteren Drohungen ab und kam nun endlich zum eigentlichen Anlass dieser Feier. Nasja wandte sich ihm wieder zu. Bruder Pentos, wie er sich selbst nannte, räusperte sich. Er trug eine weiße Robe, die kunstvoll mit goldenen Stickereien verziert war und im Kontrast zu seiner bescheidenen Namensgebung stand. Auch seine Körperfülle wies darauf hin, dass er es selbst mit der Mäßigung, die er heute gepredigt hatte, nicht ganz so genau nahm.

„In Gedanken sind wir heute bei denen, die diesen Moment nicht mehr miterleben können“, fuhr Bruder Pentos mit getragener Stimme fort. Sofort lag eine feierliche Stimmung über dem Saal. „Wir gedenken König Kreotis, dem Weisen, der diesem Moment nicht mehr beiwohnen kann. Der Tod kommt unbarmherzig und reißt auch die Stärksten aus dem Leben. In unseren Gedanken lebt er weiter und auch in seinem Sohn.“ Der Hohepriester richtete seinen Blick auf Nemos. „König Nemos trägt die Verantwortung für unser Land nun auf seinen Schultern und dort ist sie weise gebettet. König Nemos wird ein kluger und machtvoller Herrscher sein und Galadon zu neuer Blüte führen, so wie es sein Vater für ihn bestimmt hat. Damit aus dieser Blüte ein Samen werden und ein neuer Spross wachsen kann, braucht es eine Frau." Der Hohepriester ließ seinen Blick schweifen, bis er an Nasja hängen blieb. „Ich rufe Nasja vom grünen Born zu uns, die König Nemos als seine Ehefrau erwählt hat."

Nasja erhob sich in gemäßigtem Tempo. Sie war dem Hohepriester dankbar, dass er sich bis ins kleinste Detail an das Protokoll hielt. Zu wissen, was jetzt kommen würde, beruhigte Nasja. Ihr Anblick löste erneut ein leises Raunen aus. Wie es sich gehörte, senkte Nasja den Blick und trat in den breiten Gang zwischen die Stuhlreihen. Langsam schritt sie nach vorn zu Nemos, dem Hohepriester und Nemos' Mutter, die immer noch keine Anstalten machte, zu gehen und sich zurückzuziehen.

Nasja ignorierte es, auch wenn sie wusste, dass ihr Vater innerlich kochte. Doch es ging jetzt nicht mehr um ihren Vater. Es ging jetzt allein um sie. Nasja war froh, dass sie sich in einem Innenraum befanden und keine Tiere in der Nähe waren, deren schlagende Herzen oder überwältigenden Gefühle sie jetzt ablenken konnten. Sie durfte nicht stürzen. Alle Augen waren auf sie gerichtet und diesen Weg musste sie ohne ihren Vater gehen. Sie setzte einen Fuß vor den anderen, während eine leise Melodie ihre Schritte begleitete. Schließlich kam sie neben Nemos an und blieb an seiner linken Seite stehen. Er hatte sich erhoben, während seine Mutter immer noch an seiner rechten Seite saß und den Geschehnissen mit ausdrucksloser Miene folgte. Sie hatte dieselben hellen Haare wie Nemos, und auch die weichen Züge seines Gesichtes und die hellblauen Augen hatte er von ihr geerbt.

Doch während sein Gesicht eine jugendliche Unbedarftheit ausstrahlte, wirkte seine Mutter vergrämt. Nasja wusste nichts über sie. Keiner ihrer Lehrer hatte sie oder ihre Rolle am königlichen Hof erwähnt. Aber Nasja sah ihr an, dass sie es in ihrem Leben nicht leicht gehabt hatte und dass sie diesen Platz, den sie sich jetzt erarbeitet hatte, nicht allzu schnell aufgeben würde.

„Liebes Brautpaar", hob der Hohepriester an, den es nicht zu verwundern schien, dass Nemos' Mutter immer noch nicht gegangen war. Es war offensichtlich, dass sie eine Sonderstellung am königlichen Hof besaß, die niemand infrage stellte. „Wir sind heute zusammengekommen, um Nasja vom grünen Born und König Nemos den Ersten im heiligen Bund der Ehe zu vereinen. Das Volk der Menschen und das Volk der Nymphen werden auf immer miteinander verbunden sein. Reicht mir eure Hände." Bruder Pentos streckte seine Hand aus und sah Nasja erwartungsvoll an.

Nasja hob die Hand, um ihre auf die von Bruder Pentos zu legen, wie es das Protokoll vorsah. Doch bevor ihre Hand bei der des Geistlichen angelangt war, hatte Nemos schon seine Hand auf die des Hohepriesters gelegt. Nasja zögerte kurz, doch dann fuhr sie in ihrer Bewegung fort und legte ihre Hand auf die von Nemos, als wäre alles ganz normal. Bruder Pentos legte seine Hand auf die ihre, während er für den Bruchteil einer Sekunde die Stirn runzelte. Doch sofort war die winzige Regung wie weggewischt. Er ließ sich nicht anmerken, dass nicht alles nach Plan verlaufen war.

Der Verdacht überkam Nasja, dass Nemos das Protokoll vielleicht gar nicht kannte. So oft wie er dagegen verstoßen hatte, war das die einzig logische Erklärung in ihren Augen. Aber wie war das möglich? Er war hier am Hofe aufgewachsen und ausgebildet worden. Er hatte Unterricht bei den besten Lehrern des Landes bekommen. Er lebte mitten im Protokoll. Wie sollte er es geschafft haben, das zu ignorieren? Nasja hatte keine Antwort auf diese Frage und zerbrach sich auch nicht länger darüber den Kopf. Sie würde eine gütige Frau sein und über diese Kleinigkeiten hinwegsehen. Sie gab sich Mühe, dem Hohepriester zuzuhören, der darüber sprach, dass die Ehe voller Pflichten war und gegenseitige Treue ein Grundpfeiler war, auf dessen Basis man Paläste errichten könnte.

Nasja verlor immer wieder den Faden, während sie Nemos' Hand unter ihrer spürte. Seine Haut war warm und weich. Sie musterte ihn aus den Augenwinkeln. Er machte einen konzentrierten Eindruck. Genoss er ihre Berührung? Nasja konnte keine Regung in seinem Gesicht erkennen. Er sah sie nicht an, sondern wandte den Blick kein einziges Mal vom Hohepriester ab.

Der sprach ein stärkendes Gebet und beschwor die Kräfte des Sonnengottes. Schließlich kam er zum entscheidenden Moment. Er sah Nasja mit dem gütigen Gesichtsausdruck eines liebenden Vaters an.

„Willst du, Nasja vom grünen Born, König Nemos den Ersten zu deinem Ehemann nehmen und ihm und dem Reich Galadon dienen bis zu deinem Tod?"

Nasja reagierte, ohne zu zögern. Sie hatte diesen Moment mit Celistra wohl tausendmal geübt. Sie wollte nicht riskieren, dass ihr in der entscheidenden Sekunde die Stimme versagte oder sie die falsche Tonlage traf und König Nemos möglicherweise den Eindruck hatte, dass sie zögerte.

Sie sprach laut und klar, wie sie es schon so oft getan hatte. „Ja, ich will König Nemos den Ersten zu meinem Ehemann nehmen und ihn und das Land Galadon ehren."

Bruder Pentos nickte zufrieden. Dann wandte er sich Nemos zu. „Und willst du, König Nemos der Erste, Nasja vom grünen Born zu deiner Ehefrau nehmen und sie ehren in guten wie auch in schlechten Zeiten?"

„Ja", murmelte Nemos knapp anstelle des protokollarisch geforderten Satzes.

Nasja schluckte. Doch den Priester wunderte Nemos'

Antwort nicht. Mittlerweile rechnete er wohl gar nicht mehr damit, dass Nemos sich noch an alle Details des Protokolls halten würde.

Er nickte, wie er es auch bei Nasja getan hatte. „Dann erkläre ich euch zu Mann und Frau. Möge eure Ehe unter dem Schutz Samaras stehen."

Die Gäste klatschten, während der Priester sie aus seinen Händen entließ und sich zurückzog. Nasja ließ ihren Arm sinken und spürte der winzigen Berührung ihres Ehemannes nach. Einen Moment lang entwischten ihre Gedanken und sie fragte sich, was wohl heute Nacht auf sie zukommen würde.

Über diese Dinge hatte niemand mit ihr gesprochen, aber in den Gängen des Hauses in der Azaleenstraße war genug getratscht worden, damit Nasja wusste, was in der Hochzeitsnacht auf sie zukam. Ob er ein liebevoller Liebhaber war, der rücksichtsvoll mit ihr umgehen würde? Oder war er einer von der schnellen und lieblosen Sorte wie der Mann der Köchin? Sie hatte sich regelmäßig über ihn beschwert, wenn sie glaubte, mit der Beiköchin allein zu sein.

„Herzlichen Glückwunsch", sagte jemand zu ihr.

Nasja fuhr zusammen. Sie war einen Moment abgelenkt gewesen und hatte nicht darauf geachtet, wer zu ihr gekommen war. Die Gäste waren aufgestanden und hatten sich in eine Reihe gestellt, um ihnen einer nach dem anderen gratulieren zu können. Nasja schoss die Röte ins Gesicht und sie fürchtete beinahe den schmerzhaften Griff ihres Vaters an ihrem Arm.

Doch ihr Vater war weit von ihr entfernt und in ein Gespräch mit Auris vertieft. Vor sie hatte sich eine dunkelblonde Schönheit gestellt. Ihre langen Haare waren kunstvoll geflochten.

Nasja musste nicht lange darüber nachdenken, wer vor ihr stand. Sie kannte die Frau von einem Porträt. Das makellose Gesicht mit dem herzförmigen Mund und den katzenartigen, grünen Augen würde sie sofort wiedererkennen. Vor ihr stand eine der beiden Halbschwestern Nemos', die noch am Hof lebten.

„Vielen Dank, Bonja." Nasja knickste leicht. „Es ist mir eine Ehre, dich kennenzulernen."

„Das sollte es auch." Bonja warf Nasja einen herablassenden Blick zu und ging dann mit einem würdevollen Nicken an ihr vorbei. Nasja glaubte, Nemos kichern zu hören.

Sie sah zu ihm. Doch er wandte sich gerade einem älteren Herrn zu, der hinter Bonja aufgerückt war und ihnen nun ausschweifend gratulierte.

Nasja mühte sich, sich nicht anmerken zu lassen, wie überrascht sie von Bonjas unfreundlichen Worten war. Sie lächelte den älteren Herrn freundlich an, auch wenn sie kaum hörte, was er sagte.

Nachdem er zur Seite getreten war, stand eine junge Frau vor ihnen und strahlte Nasja mit großen hellblauen Augen an. Sie war nur einige Jahre jünger als Nasja, vielleicht zwölf Jahre alt. Nasja erkannte sie sofort. Es war Finnie. Obwohl sie nur eine Halbschwester von Nemos war, war sie ihm dennoch wie aus dem Gesicht geschnitten. König Kreotis hatte wirklich viele Frauen gehabt und für blonde schien er eine Vorliebe gehabt zu haben. Mit der Treue seines Sonnengottes hatte er es nicht sehr ernst genommen.

„Herzlichen Glückwunsch, ich freue mich so, dass du jetzt bei uns bist." Finnie strahlte regelrecht.

„Danke, Finnie." Nasja lächelte die junge Frau an. Ihre offene Freude tat ihr gut und lenkte sie von der Kränkung Bonjas ab. Was hatte Nemos' ältere Schwester nur gegen sie?

Finnie grinste sie noch einmal an, dann trat sie zur Seite. Die nächsten Gäste beglückwünschten sie und so ging es weiter und weiter. Die Gesichter flossen an Nasja vorbei, als wären sie ein träger Fluss. Sie sagte immer die gleichen Worte, schüttelte Hände und lächelte freundlich.

Während sie sich zusammenriss und sich ihre zunehmende Müdigkeit nicht anmerken ließ, wurde Nemos immer wortkarger. Das Entgegennehmen der Glückwünsche machte ihm sichtlich keine Freude.

Irgendwann nickte er nur noch den vorbeiströmenden Menschen zu. Erst als der vorletzte Gratulant bei ihnen war, lächelte er plötzlich wieder. Nasja musterte den jungen Mann überrascht, der vor ihnen stand. Er war schlank, hochgewachsen und hatte kurze, schwarze Haare. Seine Gesichtszüge waren in die Länge gezogen, so wie es sein ganzer Körper war.

„Herzlichen Glückwunsch, mein König." Er nickte Nemos mit leuchtend grauen Augen zu, ohne Nasja überhaupt wahrzunehmen.

Nasja wunderte das nicht mehr. Sie hatte längst mitbekommen, dass es viele Menschen in Galadon gab, die mit der Hochzeit des Königs nicht einverstanden waren. Eine Nymphe war wohl für diese Bewohner des Landes nicht die beste Wahl als Königin und das ließen sie Nasja auch spüren. Nasja konnte es ihnen nicht einmal verübeln. Auch in ihrem Volk gäbe es Widerstände, wenn eine menschliche Königin den Thron der Nymphen besteigen würde. Sie war einfach nur dumm gewesen, dass sie nicht mit der offenen Ablehnung einiger Gäste gerechnet hatte.

„Toto, mein Freund." Nemos lächelte, trat auf den jungen Mann zu und zog ihn in seine Arme. „Ich hatte nicht damit gerechnet, dass du es schaffen würdest, rechtzeitig hier zu sein."

„Für meinen besten Freund tue ich alles." Toto erwiderte die Umarmung und klopfte Nemos kameradschaftlich auf die Schulter. Es war eine vertraute Geste und Nasja wusste sofort, dass die beiden schon seit ihrer Kindheit

Freunde waren.

Doch wer war dieser Toto?

Nasja konnte sich nicht an ein einziges Gemälde von ihm erinnern. Auch sein Name sagte ihr nichts.

Aber sie erkannte ihren Vater, der hinter Toto stand und ihnen als Letzter gratulieren würde. In seinen Augen glühte es verdächtig. Nasja schluckte. Es wunderte sie nicht, dass ihr Vater mit der Zeremonie nicht zufrieden war. Eine Menge Dinge waren nicht gemäß dem Protokoll abgelaufen und ihr Vater war jemand, der eisern sein Wort hielt und das auch von seinem Gegenüber erwartete.

„Wir stoßen gleich an." Nemos hatte Nasjas Vater ebenfalls bemerkt. Er entließ Toto aus seiner Umarmung und der junge Mann ging weiter.

Nun standen sich Nemos und Nasjas Vater gegenüber. Nasjas Vater überragte den jungen König um einen ganzen Kopf, und nicht nur das. Während Nemos schlank war, wirkte ihr Vater mit seinem muskulösen Körperbau wie ein kampfbereiter Krieger, der jederzeit bereit war, ein Dutzend Männer in die Flucht zu schlagen. Es war keine Frage, wer in einem Kampf dominiert hätte.

„Herzlichen Glückwunsch, König Nemos." Ihr Vater sah Nemos fest in die Augen, während er seinem Schwiegersohn die Hand reichte.

Nemos zögerte einen Moment. Es war offensichtlich, dass Nasjas Vater keine gute Laune hatte, und Nemos wirkte plötzlich nicht mehr so selbstsicher und gelangweilt wie bisher. Er schien wachsam zu sein. Doch dann war der Moment vorbei. Er reichte Nasjas Vater die Hand mit einem starren Gesichtsausdruck.

„Danke." Nemos nickte Nasjas Vater knapp zu.

Nasjas Vater ließ Nemos' Hand nicht los. Stattdessen beugte er sich leicht zu ihm und flüsterte ihm ins Ohr. „Ich habe mit deinem Vater einen Vertrag geschlossen und dieser Vertrag ist bindend. Vergiss das nicht, mein Junge."

„Ich kenne diesen Vertrag", erwiderte Nemos ungerührt von dem drohenden Tonfall, den Nasjas Vater angeschlagen hatte.

„Dann bin ich beruhigt. Ich übergebe Euch meine wunderbare Tochter und erwarte, dass Ihr sie standesgemäß behandelt."

„Das werde ich, darüber braucht Ihr Euch nicht sorgen." Nemos erwiderte den Blick von Nasjas Vater und Nasja kam es vor, als ob seine Augen plötzlich eiskalt waren. „Ich habe lange genug an diesem Hof gelebt, um zu wissen, wie ein König mit seiner Frau umzugehen hat."

Nasjas Vater schluckte. Doch er sagte nichts zu diesem Thema. „Ich freue mich auf eine vertrauensvolle Zusammenarbeit unserer Reiche. Möge aus dieser Heirat eine lange Freundschaft unserer Völker entstehen."

„So möge es sein", erwiderte Nemos in einem glatten Tonfall, der die protokollarisch vorgeschriebene Antwort auf diese Art von Beglückwünschungen war.

Nasja lief es kalt den Rücken hinab. Ihr war augenblicklich klar, dass Nemos jedes Detail des Protokolls kannte. Er wusste, wie er sich am Hof zu verhalten hatte. Doch heute hatte er entscheiden, dass er sich nicht daran halten wollte, und damit hatte er Nasja und ihren Vater zum Gespött der Leute gemacht.

KAPITEL 4

Die Gäste verteilten sich in einem großen Saal, der sich direkt an den Kuppelsaal anschloss, und nahmen an einer langen Tafel Platz. Bedienstete strömten heran und begannen die Gäste zu bewirten. Es wurde Wein ausgeschenkt und ein Gang nach dem anderen aufgetischt. Gespräche waren zu hören und eine ausgelassene Stimmung lag über der Menge.

Nasja saß am Kopf der Tafel an Nemos' linker Seite. Zur rechten Seite des Königs saß seine Mutter. Wie es der Anstand erforderte, nahm Nasja von jedem Teller nur ein paar Bissen. Doch sie verspürte ohnehin keinen Hunger. Auch wenn ihr das Kleid mehr Spielraum gegeben hätte, um sich satt zu essen, hätte sie kaum mehr heruntergebracht.

Nemos unterhielt sich leise flüsternd mit seiner Mutter. Durch das Klappern, Lachen und Tratschen im Saal verstand Nasja kein Wort von den Gesprächen, die die beiden führten. Sie wusste nur, dass Nemos sie bisher kaum eines Blickes gewürdigt hatte, geschweige denn ein Gespräch mit ihr begonnen hatte. Interessierte er sich wirklich nicht für die Frau, die er gerade geheiratet hatte? Sie fühlte sich unsichtbar.

War das jetzt ihr Schicksal? Oder war Nemos einfach nur schüchtern und wusste nicht, wie er mit ihr in Kontakt treten sollte? Sie waren beide sehr jung. Es ziemte sich zwar nicht, aber Nasja überlegte, den ersten Schritt zu machen. Nachdem die Bediensteten die Teller mit den Süßspeisen abgeräumt hatten, beugte sie sich zu Nemos hinüber und räusperte sich leicht, um seine Aufmerksamkeit auf sich zu ziehen.

Doch Nemos reagierte gar nicht. Er sprach weiter mit seiner Mutter und ließ sich von einem Bediensteten ein Glas Wein nachschenken. Nasja kam sich hilflos vor. Was sollte sie jetzt tun? Sie konnte ihn ja schlecht am Ärmel zupfen, damit er wenigstens einmal zu ihr sah.

Mit einem resignierten Seufzen ließ sie sich gegen die Lehne des Stuhles sinken und beobachtete weiter die Gäste, die sich unterhielten und dem Wein gut zusprachen. Nicht einmal Celistra war da, um ihr Mut zuzusprechen. Bei der Zeremonie war sie noch geduldet worden. Aber an der Tafel hatte sie als Bedienstete nichts verloren. Hier saßen nur die Edelleute von Galadon. Ihr Vater war der Einzige außer ihr, der kein Mensch war.

Nach einer gefühlten Ewigkeit, der Abend war schon hereingebrochen und draußen vor den riesigen Fenstern färbte sich der Himmel in tausend Farben, stand Nemos auf und schlug mit einem goldenen Löffel gegen sein Glas. Das Tuscheln und Lachen verstummte und alle Anwesenden sahen den König erwartungsvoll an.

„Liebe Gäste, folgen Sie mir in den Kuppelsaal, wir wollen tanzen und feiern, bis der Morgen graut." Er hob sein Glas und trank es dann in einem Zug leer.

Nasja schluckte. Tanzen, bis der Morgen graute? Es war mittlerweile klar, dass er wenig Wert auf das Protokoll legte, aber offenbar verspürte er auch keine Lust, die Hochzeitsnacht mit ihr zu verbringen. Laut dem Protokoll verabschiedete sich das Brautpaar spätestens um Mitternacht von seinen Gästen, um sich zurückzuziehen. Doch Nemos schien darauf keinen Wert zu legen. Nasja wusste nicht, ob sie darüber erleichtert oder enttäuscht sein sollte. Im Nachbarsaal hörte man Musik. Die Gäste erhoben sich.

Nemos reichte seiner Mutter die Hand, um ihr beim Aufstehen behilflich zu sein. Dann sah er zu Nasja hinüber. Sie rechnete damit, dass er auch ihr seine Hand reichen würde, wie es sich gehörte. Doch das tat er nicht. Stattdessen sah er sie kühl an.

„Komm“, befahl er knapp, als ob sie ein Hund wäre.

Er wandte sich ab und ging mit seiner Mutter hinüber in den Kuppelsaal. Die Gäste setzten sich in Bewegung und folgten ihm.

Nasja blieb einen Moment stehen und sah ihm schockiert hinterher. Sie spürte, wie die Tränen in ihren Augen drückten und sie mit ihrer Fassung rang. Sie hörte ein paar Leute lachen. Mit einem Mal war ihr Vater an ihrer Seite und reichte ihr die Hand. Das Lachen verstummte. Nachdem Nemos mit seiner Mutter in den Kuppelsaal gegangen war, schien es nicht abwegig, dass Nasja diesen Weg mit ihrem Vater ging.

Nasja ergriff dankbar seine Hand. Sie war heilfroh, dass er da war und ihr aus dieser beschämenden Situation half. Er war immer streng zu ihr gewesen und hatte ihre Interessen den seinen untergeordnet, doch Nasja wusste, dass tief in ihm drin ein rechtschaffenes Herz schlug und sie sich auf ihn verlassen konnte, wenn es darauf ankam. Ganz langsam erhob sich Nasja und ging an der Seite ihres Vaters in den Kuppelsaal. Da Nemos einen Tanz mit seiner Mutter tanzte, zog ihr Vater sie ebenfalls auf die Tanzfläche. Ein schneller Walzer erklang und sie glitten mit weit ausholenden Schritten über das Parkett.

„Ich weiß, dass es mit Nemos nicht leicht wird“, sagte ihr Vater, nachdem sie eine Weile schweigend getanzt hatten.

Nasja sah ihn verwundert an. Die Sorge in seinem Gesicht war nicht zu verkennen. Doch sie sagte nichts. Es stand ihr nicht zu, sich über ihr Los zu beschweren.

„Ich habe dich in den letzten Jahren streng ausbilden lassen, damit du so gut wie möglich auf die Situation am Hof von Goros vorbereitet bist“, fuhr ihr Vater fort.

„Aber auf eine Sache konnte ich dich nicht vorbereiten, und das war Nemos. Ich hatte keine Ahnung, wie er sich in den letzten Jahren entwickelt hat. König Kreotis hat ihn weitestgehend von der Außenwelt abgeschirmt." Ihr Vater seufzte. „Es scheint mir, dass er den Jungen doch nicht so gut im Griff gehabt hat, wie er das immer angenommen hatte. Aber Nemos wird sich noch fangen. Er ist noch sehr jung für dieses Amt und muss erst in seine Rolle hineinwachsen. Das wird einige Zeit brauchen. Du musst Geduld haben und stark sein." Er zögerte kurz, als ob er sagen wollte, dass die Kränkungen Nemos' nur Prüfungen waren, die sie bestehen musste. Doch er sprach es nicht aus.

Das musste er auch nicht. Nasja begriff, was er sagen wollte. Ihm war klar gewesen, dass es für Nasja am Hof nicht einfach werden würde. Doch Nemos' Auftreten bei ihrer Hochzeitsfeier war auch für ihn überraschend gekommen. Ihm war klar, was er Nasja zumutete, und dennoch traute er ihr zu, dass sie damit zurechtkam. Auch sie musste in ihre Rolle hineinwachsen. Nasja fühlte sich unwohl. Wie ein Fieber breitete sich die Missempfindung in ihrem ganzen Körper aus.

„Eine Sache musst du noch wissen, bevor du diesen Weg allein weitergehen wirst." Ihr Vater sah sie ernst an. In seinem Blick lag keine Strenge, sondern nur noch Sorge.

„Was muss ich wissen?" Nasjas Stimme zitterte. Sie hatte ihren Vater selten besorgt gesehen und wenn, dann hatte es immer gute Gründe dafür gegeben.

„Du bist nicht nur Nemos' Frau." Er holte tief Luft. „Du bist auch eine Vertreterin des Volks der Nymphen. König Kreotis hat vor seinem Tod weitreichende Entscheidungen getroffen. Er hat einen Rat einberufen, der Nemos bei seiner Regierungsarbeit unterstützen wird. Der Rat wird sich einmal im Monat treffen und über die aktuellen Entwicklungen im Reich sprechen. Dort werden wichtige Entscheidungen gefällt. Du erinnerst dich vielleicht, dass ich dir schon einmal davon erzählt habe. Du wirst ein Teil dieses Rates sein. Das war meine Forderung an König Kreotis. Du musst wissen, dass du ein Recht auf den Sitz im Rat hast. Nur für alle Fälle."

„Ja, ich erinnere mich." Nasja nickte. Es war lange her, dass ihr Vater das erwähnt hatte. Bestimmt lag es zwei Jahre zurück. Weder ihr Vater noch ihre Lehrer hatten dieser Tatsache große Aufmerksamkeit gewidmet. Doch nun hatten sich die Dinge geändert. Ihr war klar, welche Fälle ihr Vater meinte. Nemos war unberechenbar und es war nicht sicher, ob er sich wirklich für die Interessen der Nymphen einsetzen würde, so wie sie das bisher angenommen hatten. Bis zum heutigen Tag war ihre Mitgliedschaft im Rat nur eine Formalität gewesen, doch ihr Vater dachte weit voraus und selbst Nasja ahnte, dass dieses kleine Detail in Zukunft noch von großer Bedeutung sein konnte.

„Du wirst Nemos beraten", fuhr er fort. „Er darf keine Entscheidung treffen, wenn er keine Mehrheit im Rat hat. Der junge König hat erst vor wenigen Tagen seinen siebzehnten Geburtstag gefeiert. Bis zu seinem achtzehnten Geburtstag ist er an die Weisungen des Rates und damit an das Wort seines Vaters gebunden. Bis er volljährig ist, darf er keine eigenständigen Entscheidungen treffen. Erst in einem Jahr bekommt er die volle Befehlsgewalt über die Streitkräfte und darf uneingeschränkt herrschen."

„Das wird jedem im Rat klar sein", sagte Nasja, der diese Nachricht nur für kurze Zeit Hoffnung gegeben hatte. „Wer sich jetzt gegen ihn stellt, wird das in einem Jahr bereuen. Denkst du nicht, dass sie alle tun werden, was er will, um sich mit ihm gut zu stellen?"

Nasjas Vater schüttelte leicht den Kopf. „König Kreotis hat diesen Rat zusammengestellt. In ihm sitzen Männer, die ihm und seiner Politik treu ergeben sind. Sie haben den Auftrag, Nemos behutsam in die richtige Richtung zu lenken. Sie haben keine Angst vor ihm und davor, dass er sich gegen sie wenden könnte. Sie opfern notfalls ihr Leben, um das Land Galadon zu beschützen." Ihr Vater schwenkte sie in einem weiten Bogen an der Fensterfront vorbei. „Aber natürlich garantiert das nicht, dass die Stimmung nicht umschlagen wird. Alles hängt davon ab, wie Nemos sich anstellen und welche Entscheidungen er treffen wird. Es ist schwer, das jetzt vorauszusehen. Aber du musst auf alles vorbereitet sein. Du kennst die Lage im Land. Du weißt alles, was es über Galadon zu wissen gibt. Du wirst weise entscheiden können, ob er den richtigen Weg einschlägt. Dein Wort hat Gewicht. Vergiss das nie."

Im Augenwinkel sah Nasja Nemos, der mit seiner Halbschwester Bonja tanzte. Viel hatte Nasja noch nicht von Nemos' Weisheit gespürt. Nur seine Verachtung hatte sie bemerkt.

„Diese Heirat war ein Befehl seines Vaters. Er ist nicht glücklich darüber", stellte Nasja fest und versuchte, ihre Enttäuschung darüber nicht mitklingen zu lassen.

„Nein, er ist nicht glücklich darüber und das hat er heute auch jeden wissen lassen. Aber damit zeigt er nur, wie unreif er ist. Du musst Geduld mit ihm haben. Er wird sich weiterentwickeln."

„Das sagtest du schon", erwiderte Nasja und fragte sich, wie sie Geduld mit jemandem haben sollte, der nicht bereit war, einen ganzen Satz mit ihr zu sprechen, sondern sie behandelte wie einen Hund.

„Sei stark und versuche deinen Platz am Hof zu finden. Du bist klug genug, um die richtigen Entscheidungen zu treffen. Stelle dich gut mit Artem von Darkenstein. Er ist der Befehlshaber der Armee und der zweitwichtigste Mann in Galadon. Außerdem macht er mir einen weitaus vernünftigeren Eindruck als der junge König. Artem hat Einfluss auf Nemos. Die beiden sind schon seit ihrer Kindheit befreundet und König Kreotis kannte ihr gutes Verhältnis zueinander. Auch scheint es mir lohnenswert, dass du dich mit Nemos' Mutter gut stellst. Ihre Macht ist seit der Krönung von Nemos rasant gewachsen. Bisher war sie ein unbedeutendes Dienstmädchen. Ich kenne nicht einmal ihren Namen."

„Ein Dienstmädchen also." Nasja nickte interessiert. So lagen die Dinge also. Sie verstand plötzlich besser, warum Nemos' Mutter so auf ihrer Stellung beharrte und sich selbst nicht zurücknahm. Seit der Krönung waren kaum zwei Wochen vergangen. Noch genoss Nemos' Mutter die neuen Privilegien, die ihr Sohn ihr ermöglicht hatte, viel zu sehr, um zurückzustecken. Vielleicht würde sie das auch niemals tun.

„Sei wachsam", sagte Nasjas Vater. „Der Hof ist voller Intrigen. Spitz die Ohren und suche dir Verbündete. Denke an die Nymphen in unserem Reich. Die Zentauren werden nichts unversucht lassen, um uns zu besiegen. Wir brauchen Galadons Armee."

„Das heißt, wir brauchen Artem von Darkensteins Wohlwollen." Nasja verstand, wo sie ansetzen musste, um ihre Aufgabe hier am Hof zu erfüllen.

„So ist es." Ihr Vater nickte. „Außerdem bleiben Aros und Celistra bei dir, um dich zu unterstützen, und zwar in jeder Hinsicht. Nutze ihre Fähigkeiten weise. Im Gegensatz zu den Menschen hier weißt du, was sie können."

Nasja nickte. Aros war nicht nur ein breitschultriger Krieger und ein besorgter Freund, er war vor allem ein Luftnymph, der das Element perfekt beherrschte und immer ein wachsames Auge auf sie hatte. Und Celistra war nicht nur ihre beste Freundin seit Kindheitstagen. Als Wassernymphe hatte sie Macht über das kühle Nass. Die beiden waren in den vergangenen fünf Jahren immer wieder in das Reich der Nymphen gereist, um die Ausbildung ihrer Fähigkeiten zu perfektionieren.

„Ich werde mich jetzt verabschieden und mich auf die Rückreise in unser Reich machen. Meine Arbeit hier ist getan. Deine Brüder brauchen mich. Ich kann die Regierungsgeschäfte in unserem Reich nicht länger aus der Ferne führen."

„Ich weiß." Nasja nickte. „Die Wehranlagen am großen Pass müssen erneuert werden. Dafür braucht es alle Kräfte, die den Nymphen zur Verfügung stehen."

„Die Zentauren werden die Bauarbeiten nutzen, um in unser Reich einzufallen. Sie nutzen jede Schwäche aus. Das weißt du genauso gut wie ich."

Ja, Nasja wusste es. Sie konnte sich noch gut an den Angriff vor zehn Jahren erinnern, als die Zentauren bis zur Hauptstadt vorgedrungen waren und von den Feuernymphen erst in letzter Sekunde vertrieben werden konnten. Viele Nymphen waren damals gestorben und noch heute erzählte man sich an den Lagerfeuern von den schrecklichen Tagen.

„Wenn die Zentauren hören, dass wir die Unterstützung von Galadon haben, werden sie Abstand halten. Die Krieger der Menschen mit ihren Maschinen flößen ihnen Respekt ein." Nasjas Vater beendete den Tanz, als die Musik verstummte.

Als die Musiker ein neues Stück anspielten, verbeugte er sich leicht vor Nasja. „Viel Glück, Nasja. Enttäusche uns nicht. Die Nymphen zählen auf dich." Der Ernst in der Stimme ihres Vaters war es nicht, der dafür sorgte, dass Nasja eine Gänsehaut über den Rücken huschte. Es war die Tatsache, dass er das erste Mal in ihrem Leben offen und ehrlich mit ihr gesprochen hatte. Er hatte nicht einfach angeordnet, was sie zu tun hatte. Er hatte ihr nicht wesentliche Informationen vorenthalten, weil er sie für zu jung hielt. Nein, er hatte sie wie eine verantwortungsbewusste Erwachsene behandelt und ihr gesagt, was er wusste. Nasja spürte, wie sie ganz ruhig wurde. Er traute ihr zu, mit alldem klarzukommen, und diese Gewissheit sorgte dafür, dass sie sich entspannte.

„Gute Heimreise, Vater." Nasja nickte ihm gefasst zu. Sie hätte sich gern in seine Arme geworfen, aber sie war kein Kind mehr. Also verabschiedete sie sich still von ihm.

Ihr Vater wandte sich von ihr ab und verließ den Kuppelsaal. Umständliche Verabschiedungen gehörten nicht zum Protokoll der Menschen von Galadon. Sie bevorzugten das stille Gehen, um den Schmerz der Trennung nicht heraufzubeschwören. So hatten es ihr ihre Lehrer zumindest erklärt. Nasja hatte es nie verstanden. Jede Trennung tat weh. Warum durfte man das nicht zeigen? Auch ihr Herz schmerzte, als sie ihren Vater davongehen sah. Eine Weile sah sie ihm hinterher, bis er ganz im Gedränge der Menschen verschwunden war.

Nun war sie auf sich gestellt.

Das Gefühl der Einsamkeit riss einen Moment schmerzhaft in Nasjas Brust. Aber sie ermahnte sich, dass sie nicht hier war, um ihr Lebensglück zu finden. Sie hatte eine Aufgabe. Ihr Vater war deutlich gewesen und je eher sie anfing, ihre Position hier am Hof zu stärken, umso leichter würde ihr Leben hier sein. Langsam lief sie durch den Saal.

Nemos tanzte gerade mit seiner jüngeren Schwester Finnie. Er war ein geschickter Tänzer und bewegte sich elegant und mit weichen, fließenden Bewegungen über das Parkett. Nasja rechnete nicht damit, dass er sie wahrnehmen oder sie sogar zum Tanz auffordern würde. Daher wunderte sie sich auch nicht, als er an ihr vorbeitanzte, ohne sie überhaupt anzusehen.

Nur Finnie lächelte ihr strahlend zu. Sie genoss die Aufmerksamkeit ihres großen Bruders. Nasja erwiderte ihr Lächeln, während sie weiterlief. Einige Gäste nickten ihr freundlich zu. Doch es gab auch viele, die sie ignorierten und so taten, als ob sie Luft wäre. Nach einer Weile fand Nasja endlich, wonach sie gesucht hatte.

Ganz am Rand des Saales lehnte ein breitschultriger

Mann mit dunkelbraunen Locken an einer Säule. Er hatte die Arme vor der Brust verschränkt und musterte die ausgelassen tanzenden Gäste mit nachdenklicher Miene. Er schien wachsam zu sein und sich außerdem zwischen den teuer gekleideten Menschen nicht allzu wohlzufühlen. Man sah ihm an, dass er nicht für Innenräume gemacht war.

Er war jemand, der sich draußen unter freiem Himmel am wohlsten fühlte. Doch er scheute sich auch nicht, Unannehmlichkeiten zu ertragen, um seine Pflicht zu erfüllen. Nasja erkannte immer mehr, wer Artem war, und je mehr sie von ihm erfuhr, umso mehr Achtung hatte sie vor ihm.

Als er Nasja erkannte, die auf ihn zukam, weitete sich sein Blick. Er ließ die Hände sinken und stellte sich aufrecht hin.

Nasjas Herz klopfte schneller, als sie den bewundernden Blick in seinen warmen, braunen Augen sah. War das wirklich eine gute Idee? Doch die Worte ihres Vaters klangen ihr in den Ohren und Nasja ging weiter. Hätte ihr Vater nicht eben noch so vertrauensvoll mit ihr gesprochen, hätte sie sich nicht getraut, ein Gespräch in dieser Art und Weise zu führen. Doch das Vertrauen, das ihr Vater in sie setzte, beflügelte sie regelrecht. Schließlich blieb sie vor Artem stehen. Im Gegensatz zu Nemos sah er sie an und wich ihrem Blick auch nicht aus.

„Meine Königin, welche Ehre." Seine Stimme war dunkel und weich. „Was kann ich für Euch tun?"

„Ich wollte mich näher mit Euch bekannt machen", sagte Nasja in einem möglichst neutralen Ton. „Mein Vater hat mir eröffnet, dass wir bald gemeinsam im Rat des Königs sitzen werden."

„So ist es, meine Königin." Artem sah sie nickend an. „Es wird mir eine Ehre sein, mit Euch zum Wohl Galadons zusammenzuarbeiten."

Nasja schluckte. Artem war voller Höflichkeiten. Sein Benehmen war vorbildlich. Außerdem kannte er die Verträge, die König Kreotis mit ihrem Vater geschlossen hatte, was Nasja ungemein beruhigte. Er war ohne Zweifel in alle wichtigen Vorgänge involviert und sie musste es schaffen, dass er auf ihrer Seite stand.

„Es freut mich, das zu hören. Ich hoffe, Ihr lasst mir rechtzeitig eine Einladung zukommen, sobald der Rat tagt. Ich möchte meine Pflichten auf keinen Fall versäumen. Das solltet Ihr wissen. Ich nehme meine Aufgabe im Rat sehr ernst. Ich möchte meinen Beitrag dazu leisten, Galadon zu Ruhm und Ehre zu führen." Sie nickte ihm bedächtig zu.

Artems Augen weiteten sich für einen winzigen Moment. Er war überrascht von ihren Worten, doch gleichzeitig machten sie auch Eindruck auf ihn. Nasja verstand, dass er es nicht gewohnt war, dass Frauen sich mit politischen Belangen beschäftigten. Ganz offensichtlich hatte er damit gerechnet, dass sie den Sitz im Rat gar nicht beanspruchen würde. Nasja wunderte es nicht. Die Frauen im Königreich Galadon hüteten die Kinder und erledigten die Hausarbeit. Es kam selten vor, dass sich eine Frau für etwas anderes interessierte, und selbst wenn sie es tat, hatte sie keine Möglichkeiten, sich zu beweisen.

Nasja hatte alle Lehrbücher durchgeblättert und ihre Lehrer befragt. Es gab keine Frauen, die in der Armee dienten, die eine der vielen Minen besaßen oder gar als Schmiedin arbeiteten.

„Ich werde mich persönlich darum kümmern." Artem nickte bedächtig.

„Versprecht es mir", bat Nasja mit ernster Stimme. Sie wussten beide, warum sie ihn darum bat. Nasja konnte in seinen Augen erkennen, dass er die Situation klar und deutlich vor sich sah. Allein die Höflichkeit verbat es ihm, offen darüber zu sprechen, dass Nemos Nasja nicht nur als Frau nicht wollte, sondern sie mit Sicherheit auch nicht gern in seinem Rat sah.

„Ich werde Euch persönlich zur Tagung des Rates begleiten, meine Königin. Das verspreche ich Euch." Artems Ton war ernst.

Nasja sah, dass er von ihren klaren Worten überrascht war.

Mit einem Mal beugte er sich leicht zu ihr. In seinen Augen lag ein ernster Blick. „Seid vorsichtig, Nasja", flüsterte er. „Nicht jeder auf Schloss Schwanenberg ist über Eure Anwesenheit froh."

„Danke für die Warnung, Artem", sagte Nasja mit fester Stimme. Sie sah ihm direkt in die Augen, wohl wissend, dass ihr Äußeres Eindruck auf ihn machte. „Ich bin froh, dass Ihr auf meiner Seite seid. So ist es doch, oder?"

Artem zögerte kurz. Sie hatte Treue von ihm gefordert und dass er Stellung bezog. Das war ein riskanter Schachzug. Sie kannten sich erst seit ein paar Stunden. Doch Nasja musste so handeln. Sie durfte den Kräften, die gegen sie arbeiteten, keinen Vorsprung lassen. Dass es so offensichtlich war und Artem sie sogar warnte, machte die Sache noch dringlicher.

Artems Blick war plötzlicher voller Ernst. „Ihr seid meine Königin. Es ist meine Pflicht, auf Eurer Seite zu stehen. Ich werde Euch mein Leben lang treu ergeben sein. Das schwöre ich Euch, Nasja vom grünen Born."

KAPITEL 5

Den Abend ihrer Hochzeit verbrachte Nasja im Kuppelsaal und sah den Gästen dabei zu, wie sie sich amüsierten. Nicht ein einziges Mal wurde sie zum Tanz aufgefordert. Außer den Bediensteten, die ihr immer wieder Getränke und Speisen anboten, sprach kaum jemand mit ihr. Dennoch stand sie im Zentrum der Aufmerksamkeit.

Sie wurde beobachtet und mehr oder weniger offensichtlich wurde über sie geredet. Nicht nur einmal verspürte Nasja den Drang, einfach zu gehen und sich von den Bediensteten ihr Zimmer zeigen zu lassen, wo sie sich am liebsten im Bett verkrochen hätte. Doch die Worte ihres Vaters wirkten immer noch nach. Eine trotzige Wut war in ihr erwacht, die ihr Kraft gab, weiter durchzuhalten.

Sie würde sich nicht verkriechen. Es war schwer auszuhalten, dass kaum jemand hier war, der zu ihr stand, aber sie hatte keine Wahl. Jeder hier am Hof sollte wissen, dass sie nicht weichen würde. Sie musste stark bleiben für die Nymphen, für ihr Volk.

Nach Mitternacht begann sich der Kuppelsaal zu leeren. Die ersten Gäste brachen auf oder zogen sich in eines der vielen Gästezimmer des Schlosses zurück. Artem und sein Großvater verließen den Saal, was Nasja betrübt zur Kenntnis nahm. Artems Anwesenheit und sein Versprechen, ihr treu ergeben zu sein, hatte ihr zumindest etwas Sicherheit gegeben.

Je mehr Zeit verstrich, umso mehr spürte sie die Müdigkeit wie einen schweren Umhang, der sie immer stärker zu Boden drückte. Sie hätte nichts lieber getan, als sich endlich zur Ruhe zu begeben. Der Tag war lang und anstrengend gewesen. Doch sie kämpfte gegen die Müdigkeit und ließ sich nichts von ihrer Erschöpfung anmerken.

Sie legte es nicht darauf an, die Hochzeitsnacht mit Nemos zu verbringen. Aber sie wollte nicht auf sich sitzen lassen, dass sie diejenige gewesen war, die ihm die Möglichkeit dazu genommen hatte, weil sie allein zu Bett gegangen war.

Gegen eins sah Nasja, wie Finnie und Nemos‘ Mutter gähnend den Saal verließen. Bonja und Nemos tanzten gerade einen flotten Foxtrott. Nasja hatte alle Mühe, die Augen aufzuhalten. Ihr Rücken schmerzte, aber sie saß immer noch aufrecht auf ihrem Platz neben dem Fenster und verzog keine Miene. Nemos sah jedes Mal, wenn er an ihr vorbeitanzte, durch sie hindurch. Nasja fragte sich, wie lange er dieses Spiel weiterspielen wollte, denn zu nichts anderem war ihre Hochzeit verkommen – einem Machtspiel zwischen ihr und ihrem frisch angetrauten Mann.

Je mehr Zeit verstrich, desto weiter leerte sich der Saal.

Als keine Gäste mehr tanzten, zog sich das Orchester auf einen Wink von Nemos zurück. Es war schon vier Uhr und Nasja hatte die Hoffnung aufgegeben, dass Nemos nun endlich die Feier beenden würde. Mittlerweile brannten ihre Augen vor Müdigkeit und ihr ganzer Körper schmerzte von der unangenehmen Position, in der sie die letzten Stunden verbracht hatte.

Doch Nemos zeigte keine Anzeichen von Müdigkeit. Er saß mit Bonja, Toto und noch ein paar anderen an einem Tisch nicht weit von Nasja entfernt. Sie sprachen dem Wein gut zu und unterhielten sich ausgelassen. Sie wechselten die Themen so schnell, dass Nasja ihnen kaum folgen konnte. Ein paarmal nickte sie beinahe ein, doch sie schaffte es zu ihrem eigenen Erstaunen jedes Mal, es rechtzeitig zu bemerken und wach zu bleiben.

Als sich Toto kurz vor sechs gähnend verabschiedete,

beschlossen auch Nemos und Bonja, ins Bett zu gehen. Ohne Nasja eines Blickes zu würdigen, verließen sie den Kuppelsaal.

Nasja sah ihnen hinterher. Als ihre Schritte verhallt waren, war sie allein in dem riesigen Saal. Mit schmerzenden Gliedern erhob sie sich. Ein paar Bedienstete kamen herein und begannen aufzuräumen. Nasja wusste noch nicht, ob sie glücklich oder unglücklich darüber sein sollte, dass Nemos sie nicht auf sein Zimmer befohlen hatte. Doch sie hatte das Gefühl, heute Nacht einen Sieg davongetragen zu haben.

Sie bat eine der Bediensteten, ihr das Zimmer zu zeigen, das der König für sie vorgesehen hatte. Gähnend folgte sie der jungen Frau in der dunklen Kleidung hinüber in den Westflügel von Schloss Schwanenberg. Sie rechnete nicht damit, dass sie zu Nemos' Räumen gebracht wurde, daher wunderte es sie auch nicht, als man sie in eine ruhige Suite im Erdgeschoss brachte, von der aus sie direkt in den Garten gehen konnte.

Sie sah die weißen Vorhänge im sanften Morgenwind flattern. Die Räume waren leer. Nemos war nicht hier. Nur ihr Gepäck stand schon bereit. Nasja ließ sich von der jungen Frau, die sie hergebracht hatte, noch aus dem Hochzeitskleid helfen. Dann wusch sie sich schnell das Gesicht, schlüpfte in ein weites Nachthemd und fiel ins Bett, wo sie augenblicklich einschlief.

KAPITEL 6

Als Nasja erwachte, stand die Sonne schon hoch am Himmel. Leises Flüstern drang an ihr Ohr und ließ sie erschrocken auffahren. Wo war sie? Sie sah sich erschrocken um. Die Helligkeit blendete sie. Es dauerte einen Moment, bis sie begriff, dass sie immer noch im Schloss war.

Einen Moment lang spürte sie, wie sich ihr trübe Gedanken aufdrängten, als sie an den gestrigen Tag und die lange, nervenaufreibende Nacht dachte. Doch dann sah sie Celistra, die mit einem fröhlichen Lächeln auf den Lippen dabei war, ihre Taschen auszuräumen und zwei Bediensteten flüsternd Anweisungen zu geben, wo sie Nasjas Kleider, ihre Hüte und die Mäntel unterbringen sollten.

„Guten Morgen." Nasja richtete sich auf und als sie sah, wie der Wind vor den riesigen Fenstern durch die Bäume und Büsche fuhr und das frische Grün leuchtete, war ihre trübe Laune gänzlich verschwunden. Es war gestern nicht alles perfekt gelaufen, aber sie hatte genug erreicht, um zufrieden mit sich selbst zu sein.

Heute war ein neuer Tag und er würde neue Chancen bereithalten. Sie musste nur die Augen offen halten. Außerdem konnte sie gar nicht schlecht gelaunt sein, wenn sie draußen die überwältigende Kraft der Natur spürte. Es war Juni, alles blühte und grünte. Die Vögel zwitscherten und Nasja ließ sich von ihrer Lebenslust mitreißen. Während sie ihrem Gesang lauschte, dachte sie wieder einmal daran, wie es gewesen wäre, wenn sie im Land der Nymphen gemäß ihren Fähigkeiten ausgebildet worden wäre. Ihr Leben wäre leichter, wenn sie die Kraft der Tiere für ihre Zwecke nutzen könnte. Dann hätte sie sich selbst auch viel mehr unter Kontrolle. Es geschah ihr regelmäßig, dass sie von den starken Emotionen der Wesen um sie herum überrascht und mitgerissen wurde. Doch ihr Vater war klar gewesen, was dieses Thema anging. Sie war die Frau eines Menschen und ihr Leben als Nymphe sollte sie hinter sich lassen.

„Guten Morgen, Nasja." Celistra kam mit einem Lächeln zu ihr. „Ich wollte dich nicht wecken."

„Das hast du nicht." Nasja schob die schwere Decke zur Seite. Sie hatte tief und traumlos geschlafen und fühlte sich frisch und ausgeruht.

„Möchtest du frühstücken?" Celistra sah sie fragend an.

Nasja nickte. Ihr Magen knurrte. Die Aufregung des gestrigen Tages war verflogen und ihr gesunder Appetit meldete sich zu Wort. „Aber bitte draußen. Ich will das schöne Wetter genießen."

„Hol frisches Obst und Wasser für die Königin." Celistra nickte einem der jungen Mädchen zu, die ihr zur Hand gegangen waren.

Die legte den Mantel zur Seite, den sie gerade in der Hand hielt, und eilte los. Nasja stand auf und ging in ihr Badezimmer hinüber. Es war riesig. Sie sah sich überrascht in dem Marmortempel um. Säulen umringten ein tiefes Becken in der Mitte des Raumes. Nasja umrundete es, bis sie zu einem Becken kam, aus dessen Mitte sich ein sprudelnder Quell ergoss. Sie machte sich frisch und ging dann zu Celistra hinüber, während sie sich fragte, warum ein Einzelner so viel Platz brauchte. In dieses Bad passten zwanzig Menschen, ohne sich allzu nah zu sein. Doch als Königin sollte sie langsam aufhören, sich immer wieder diese Frage zu stellen. In Galadon war nicht es üblich, seinen Reichtum und seine Macht zu verstecken, sondern beides zu präsentieren und sich so Respekt einzufordern.

Nasja zog sich ein leichtes Sommerkleid über, das ihr

bis zu den Knöcheln ging. Sie rechnete nicht damit, dass Nemos sie besuchen würde, und am Sonntag waren auch keine offiziellen Termine zu erwarten. Also konnte sie etwas Bequemes tragen. Sie sah sich nach Celistra um.

Sie fand sie draußen auf der Terrasse vor ihrer Suite. Gemeinsam mit der Bediensteten deckte sie einen kleinen Tisch, der im Schatten eines Schirmes stand. Nasja lief barfuß auf die Wiese hinaus. Sie spürte das kühle Gras unter sich und war sofort mit der Natur und ihren Geschöpfen verbunden. Eine Weile stand sie einfach nur mit geschlossenen Augen da und genoss die Kraft, die sie umgab. Sie hörte die Vögel oben in den Wipfeln der Bäume lärmen. Sie lauschte den Käfern, die um die Blütenkelche in den Rabatten kreisten. Bienen suchten emsig summend nach Nektar. Doch Nasja spürte nicht nur das. Sie fühlte den Hunger der Mäuse, die ihre Gänge tief unter ihren Füßen gegraben hatten, um sich vor den Gärtnern in Schutz zu bringen. Sie fühlte die Panik der Schwäne, die auf einem der Teiche in ihrer Nähe Runden zogen und Angst um ihre Gelege im Schilf hatten, weil ein paar Hunde bellend den See umkreisten.

Der Gedanke erwachte in Nasja, dass sie die Entscheidung ihres Vaters nicht einfach so hinnehmen musste. Die Umstände waren jetzt andere. Im Moment war ihre Gabe eine Schwäche, aber vielleicht konnte sie Nasja auch zu ihrer Stärke machen. Nasja konzentrierte sich auf die Hunde. Ein wenig konnte sie die Tiere in der Umgebung schon beeinflussen. Sie hatte es immer wieder heimlich geübt, wenn ihr Vater nicht in Goros war. Es waren ein paar empörte Kläffer, die sich leicht lenken ließen. Ohne Probleme konnte Nasja sie dazu bringen, zu verstummen und sich ruhig unter einen Baum zu legen.

Manche Tiere ließen sich leicht lenken, bei anderen war es schwerer. Wäre sie im Land der Nymphen aufgewachsen, wäre sie längst ausgebildet worden. Sie hätte gelernt,

Heuschreckenplagen von den Ernten fernzuhalten oder wilde Pferde zu zähmen, wenn die Streitkräfte ihres Vaters neue brauchten. Ihre Gabe war besonders. Es gab nicht viele Nymphen in ihrer Heimat, die eine Verbindung zu den Tieren hatten.

Nasja konnte nichts dagegen tun, dass sie ein tiefes Bedauern überkam, dass sie ihr volles Potenzial niemals ausschöpfen würde. Doch der warme Wind in ihrem offenen Haar half ihr dabei, sich selbst schnell wiederzufinden. Sie konzentrierte sich auf die Verbindung ihrer Füße zum Boden und sofort spürte sie einen warmen Strom Energie in sich aufsteigen. Sie konnte zumindest das Beste aus dieser Situation machen und weiter üben, so gut sie es eben vermochte. Sie breitete die Arme aus und holte tief Luft. Sie wollte sich auf die Vögel hoch oben am Himmel konzentrieren. Sie waren viel schwerer zu lenken als Hunde oder Pferde, die es gewohnt waren, Befehle auszuführen.

In dieser Sekunde erklang ein Räuspern. Nasja erschrak und riss die Augen schnell wieder auf. Sie hatte nicht bemerkt, dass jemand gekommen war. Ein Mann stand nicht weit von ihr auf der Terrasse und sah sie mit einem verdutzten Blick an. Er war groß, hatte breite Schultern und dunkelbraune, gelockte Haare. Nasja sah das Erstaunen in seinem Gesicht. Sie kannte diesen Blick. Er fand sie schön. Nein, das reichte nicht, um es zu beschreiben. Sie sah die Bewunderung in seinen Augen. Sie wusste, wie sie auf ihn wirkte mit ihren offenen, hellblonden Haaren und dem leichten Kleid, das ihre grazile Erscheinung erahnen ließ.

Einen Moment lang fühlte sie sich froh dabei, dass er sie schön fand. Er sah sie. Sie war nicht unsichtbar für ihn. Diesen Blick hätte sie sich von dem Mann gewünscht, mit dem sie verheiratet war. Doch der Mann, der da stand und sie staunend ansah, war nicht ihr Ehemann. Es war Artem von Darkenstein und er war der engste Vertraute ihres Mannes. In dieser Sekunde verschloss sich das Gesicht von Artem. Er hatte eine nüchterne Miene aufgelegt, als wäre ihm in diesem Moment klar geworden, dass er Nasja nicht so ansehen durfte.

„Guten Morgen, meine Königin", sagte er förmlich. „Entschuldigt bitte die Störung."

Nasja kam ihm gemäßigten Schrittes entgegen und bemühte sich ebenfalls um einen neutralen Gesichtsausdruck. Sie fühlte sich allein und war froh, dass Artem auf ihrer Seite stand. Aber das durfte sie nicht dazu verleiten, allzu vertraulich mit ihm zu sein. „Guten Morgen. Was kann ich für Euch tun?" Sie sah zu Boden, wie es sich gehörte.

„Ihr habt mich gebeten, Euch mitzuteilen, wann der Rat tagt. Deswegen bin ich hier. Ich hatte Euch mein Versprechen gegeben, Euch persönlich zur ersten Zusammenkunft des Rates zu begleiten. Da das Treffen recht kurzfristig einberufen wurde, müssen wir sofort aufbrechen."

Es dauerte nur einen Moment, bis Nasja die Worte und ihre Tragweite begriff. Panik schoss ihr ins Blut und vernebelte ihr kurz die Sinne. Doch sie fing sich sofort wieder. Sie hatte mit ihrem Verdacht richtig gelegen, dass Nemos sie nicht zu der Zusammenkunft des Rates einladen würde. Hätte sie Artem gestern Abend nicht das Versprechen abgerungen, sie mitzunehmen, würde sie jetzt in Ruhe frühstücken und das Treffen nichts ahnend verpassen. Die Wut auf Nemos schlug einen Moment hohe Wellen in ihrer Brust.

Doch Artems nüchterner Blick half ihr, sich zu beherrschen. „Ich warte vor der Tür auf Euch, während Ihr Euch fertig macht."

Nasja nickte. Schnell gab sie ihre Befehle, während Artem ihre Suite verließ.

„Celistra, hilf mir in ein passendes Kleid." Sie winkte die beiden Mädchen heran, die beim Auspacken der Koffer geholfen hatten. Der einen befahl sie, ihr passendes Schuhwerk herauszusuchen, und der anderen, ihr Haar zu richten.

Es dauerte nur ein paar Minuten, dann sah Nasja aus, wie es sich für eine Königin geziemte. Sie trug ein dunkelblaues, hochgeschlossenes Kleid mit einem weiten Rock, der ihr bis über die Knöchel reichte. Celistra reichte ihr zum Abschluss noch den kleinen, bestickten Stoffbeutel, den Nasja an ihrem Handgelenk befestigte. Er gehörte zur Ausstattung einer Dame dazu. Normalerweise bewahrte man darin Parfüm, Puder und ein paar Taschentücher auf, doch Nasja hatte darin praktischere Dinge verstaut. Unter anderem hatte sie immer einige Münzen bei sich. Man wusste schließlich nie, in welche Situation man plötzlich geraten konnte. Schnell eilte sie zur Tür, hinter der Artem schon auf sie wartete.

„Kommen wir zu spät?“ Nasja sah Artem besorgt an.

Einen Moment lang schimmerte ein weicher Ausdruck in seinen Augen. „Wir werden rechtzeitig da sein. Versucht, zur Ruhe zu kommen, meine Königin.“

Der Ratschlag war angebracht. Nasja kam sich vor, als ob Wildpferde in ihrer Brust galoppieren würden. Dazu mischte sich die Wut auf Nemos, die immer wieder in ihr aufflackerte und die sie nur schwer in den Griff bekam. So konnte sie ihm nicht im Rat gegenübertreten. Da hatte Artem recht. Sie musste ruhig und gelassen sein. Nemos durfte nicht merken, dass sie verärgert war. Das gehörte sich für eine Königin nicht. Nasja atmete tief durch und bemühte sich, einen entspannten Gesichtsausdruck aufzulegen.

„Ich bin bereit“, sagte sie, als sie spürte, dass ihr Herz langsamer schlug und sie sich allmählich beruhigte.

Artem nickte zufrieden und trat in den Gang hinaus. Nasja folgte ihm, als er nach links abbog. Sie liefen eine Weile einen hohen Gang entlang. Dann stiegen sie eine breite Treppe bis in den dritten Stock empor. Nasja hatte die Grundrisse von Schloss Schwanenberg studiert. Sie wusste genau, wo sich die Konferenzräume und die Arbeitszimmer des Königs befanden.

Es war Teil der Vorbereitung ihres Vaters gewesen, dass sie sich in Schloss Schwanenberg auskennen sollte. Immer wieder hatten sie die Lehrer abgefragt, wo sich welcher Raum befand. Nasja hatte das für überflüssig gehalten. Sie hatte gedacht, dass es ausreichen würde, wenn sie das Schloss erkundete, sobald sie hier war.

Doch jetzt war sie dankbar dafür, dass ihre Lehrer sie gezwungen hatten, den Grundriss dennoch auswendig zu lernen. Sie wusste genau, wann Artem abbog, und konnte sich ausrechnen, wie viel Zeit ihr noch blieb, bis sie im Rat sitzen würde. Lange dauerte es nicht mehr. Sie waren gleich da. Nasja musste schnell ihre Gedanken ordnen und sich die letzten Nachrichten über die Lage in Galadon ins Gedächtnis rufen. Sie hätte niemals damit gerechnet, dass der Rat schon einen Tag nach der Hochzeit zusammenkommen würde.

Warum hatte es Nemos so eilig?

War etwas passiert, von dem Nasja noch nichts erfahren hatte?

Nasja hatte noch keine Gelegenheit gehabt, sich darüber Gedanken zu machen, welche Position sie im Rat vertreten würde und wie sie entscheiden würde, falls es dazu kam, dass sie Nemos' Ansichten nicht mittrug. Sollte sie es wagen, sich offen gegen ihn zu stellen? Würde er dann Respekt vor ihr haben? Oder würde er sie noch mehr hassen?

Sie kannte ihn und seine politische Arbeit noch nicht gut genug, um ihn einschätzen zu können. Wie weit würde er gehen, um Hindernisse aus dem Weg zu schaffen? Was für Entscheidungen traf er? Oder interessierte er sich vielleicht gar nicht für Politik? Es konnte gut sein, dass er den Rat allein tagen ließ und sich nicht an den Entscheidungen beteiligte, damit er sich ungestört den Vergnügungen von

Goros hingeben konnte. Alles war möglich und mit jedem Schritt bereitete sich Nasja auf weitere Szenarien vor.

Sie dachte an ihren Vater und was er ihr jetzt raten würde. Sofort hatte sie seine Worte im Ohr. Ruhig bleiben, beobachten, nachdenken und dann Entschlossenheit zeigen. Langsam begriff sie, warum er ihr das immer wieder gesagt hatte. Die Worte gaben ihr Halt und Kraft.

Als sie schließlich am Konferenzsaal ankamen, der sich den privaten Büros des Königs anschloss, atmete Nasja noch einmal tief durch. Sie war bereit. Sie musste es sein. Jetzt gab es kein Zurück mehr.

Artem und Nasja wurden von dem Bediensteten vor der Tür eingelassen. Artem ließ ihr den Vortritt, wie es sich geziemte. Nasja hatte nie viel Wert auf Förmlichkeiten gelegt. Doch dass Artem ihr den notwendigen Respekt erwies, erfüllte sie mit Trost und Stärke. Nemos mochte sie isolieren, aber Artem war anständig genug, um seine gute Erziehung nicht über Bord zu werfen.

Mitten in dem großen Raum stand eine breite Tafel aus dunklem Holz. Die Fenster waren weit geöffnet und das fröhliche Zwitschern der Vögel drang in den Raum. Doch Nasja blendete es aus, so gut es ging. Sie konzentrierte sich ganz auf die Menschen im Raum. An der Stirn der Tafel saß Nemos. Er trug heute ein helles Hemd und eine Hose, die silbern schimmerte.

Der Blick in seinen Augen war mörderisch, als Nasja näher kam und einen höflichen Knicks machte, wie es sich geziemte. Es war mehr als deutlich. Er hatte nicht mit ihr gerechnet und war alles andere als froh, dass sie zur Ratssitzung gekommen war.

„Guten Morgen, mein König“, begrüßte sie ihren Mann mit der gebotenen Höflichkeit und wartete darauf, dass er ihren Gruß erwiderte und ihr einen Sitzplatz an seiner Tafel anbot.

Während sie wartete, musterte Nasja die übrigen Gäste

an der Tafel. Rechts neben Nemos saß Toto, der junge Mann, den Nemos gestern so herzlich begrüßt und mit dem er bis zum Morgengrauen gefeiert hatte. Seit er in Schloss Schwanenberg angekommen war, schien er nicht mehr von Nemos' Seite zu weichen.

Links neben Nemos saß Auris. Er sah langsam zwischen Nemos und Nasja hin und her. Je länger der Moment andauerte, umso mehr verdüsterte sich sein Blick.

Neben Auris war ein Platz frei und der konnte nur Artem zugedacht sein.

Rechts neben Toto saßen zwei ältere Herren, die Nasja sofort erkannte. Otis, ihr Lehrer für Gesellschaftskunde, hatte ihr immer wieder von ihnen erzählt und ihr auch Porträts von ihnen gezeigt, damit sie sie erkannte, wenn sie ihnen begegnete.

Der Mann neben Toto war von schmaler Statur, sein Gesicht war wettergegerbt und die Haare ausgebleicht von der Sonne der weiten Steppen. Es war Drawomir, der dort saß. Dieser Mann war eine Legende, ein exzellenter Reiter, der mit jedem Pferd zurechtkam und mochte es auch noch so wild sein.

Vielleicht war es dieses Talent, das ihn befähigte, der Botschafter Galadons im Land der Zentauren zu sein. Er war einer der wenigen Menschen, die das Land der Zentauren betreten und sich frei darin bewegen durften. Auch wenn das Verhältnis zwischen Zentauren und Menschen angespannt war, unterhielten sie dennoch diplomatische Beziehungen, und einer der Gründe, warum das immer noch so war, war Drawomir. König Kreotis hielt ihn für unersetzlich in dieser Position.

Nasja sah aus den Augenwinkeln den Mann an, der neben Drawomir saß. Er war klein und hatte einen dichten, pechschwarzen Bart. Seine winzigen Äuglein erinnerten Nasja an einen Maulwurf.

So ein Gesicht gab es kein zweites Mal. Es gab keinen

Zweifel, das war Exlet, der als Botschafter das Land Galadon im Reich der Trolle vertrat. Mit Überraschung nahm Nasja die Anwesenheit der beiden Botschafter wahr. Gestern auf der Hochzeitsfeier hatte sie die beiden nicht gesehen und sie hatte viel Zeit gehabt, die Gesichter aller Gäste in Ruhe zu studieren.

Also waren sie extra für die Zusammenkunft des Rates hergekommen. Doch die Reise aus dem Land der Trolle und dem Land der Zentauren bis nach Goros, der Hauptstadt Galadons, dauerte zu Pferde mehrere Tage. Das hier war keine spontane Zusammenkunft. Nemos hatte sie schon lange geplant. Doch warum hatte Artem gesagt, dass das Treffen kurzfristig einberufen worden war?

Wollte Artem ihr nur die Kränkung ersparen, dass Nemos Nasja nicht eingeladen hatte, oder hatte Artem auch erst kurzfristig von dem Treffen des Rates erfahren?

Auris räusperte sich jetzt vernehmlich und auch wenn es nur ein Räuspern war, so tat er es in einer Weise, die andeutete, dass Nemos Nasja jetzt lang genug missmutig angefunkelt hatte.

Nemos straffte den Rücken und warf Artem einen wütenden Blick zu. „Guten Morgen“, sagte er mit kalter Stimme. „Nehmt Platz.“

Nasja schluckte. An der Tafel gab es nur noch einen freien Stuhl und das war der neben Auris. Niemand hatte mit ihrer Anwesenheit gerechnet.

Dass Nemos sich wieder den Papieren auf seinem Tisch widmete, war ein eindeutiges Zeichen dafür, dass es ihm lieber wäre, wenn Nasja sich irgendwo an den Rand stellte, um die Zusammenkunft des Rates nicht weiter zu stören. Noch lieber war es ihm vermutlich, wenn sie einfach wieder verschwand.

Artem ging auf seinen Platz zu.

Zu gehen, kam für Nasja nicht infrage. Sie war hier, weil sie eine Aufgabe hatte.

Nasja freundete sich mit dem Gedanken an, sich neben das Fenster zu stellen und einfach nur dem Gespräch der Männer zu lauschen. Wenn sie eine ganze Nacht sitzend auf einem Stuhl verbringen konnte, dann schaffte sie es auch, sich ein paar Stunden neben das Fenster zu stellen.

Zu ihrer Überraschung zog Artem den Stuhl hervor und lud sie mit einer höflichen Geste ein, darauf Platz zu nehmen.

„Meine Königin." Er nickte ihr förmlich zu.

Nasja zögerte keine Sekunde. Sie schritt mit ernster Miene zu dem Platz neben Auris. „Vielen Dank, Artem von Darkenstein." Sie ließ sich auf den Platz sinken.

Artem machte keine großen Umstände. Er ging in ein Nebenzimmer, holte sich einen weiteren Stuhl und ließ sich links neben Nasja nieder.

Auris räusperte sich. „Nachdem wir jetzt vollständig sind, eröffne ich das monatliche Treffen des Rates. Das nächste Mal bitte ich um mehr Pünktlichkeit." Er warf Nasja einen tadelnden Blick zu.

„Entschuldigung", murmelte Nasja und versuchte, betroffen anstatt wütend zu klingen, was wirklich nicht einfach war. Als ob es ihre Schuld wäre, dass sie nicht rechtzeitig zur Sitzung des Rates gekommen war.

Auris gab ein zufriedenes Murmeln von sich. „Damit es nicht wieder zu Missverständnissen kommt, schlage ich vor, dass wir uns fortan an jedem zweiten Sonntag im Monat um zehn Uhr treffen. Gibt es Gegenstimmen?" Auris notierte etwas auf dem Papier vor sich und sah dann fragend in die Runde.

Nasja hob den Blick. Sie sah, wie es in Nemos' Augen zuckte und er Artem anstarrte, als ob er ihm klarmachen wollte, dass die beiden nachher noch ein Hühnchen miteinander zu rupfen hatten.

Niemand widersprach dem Vorschlag von Auris.

Auris nickte und machte sich eine weitere Notiz in seinen Unterlagen. „Gut, dann kommen wir jetzt zum ersten Tagesordnungspunkt." Er hob den Blick. „Drawomir, berichte uns, was es im Land der Zentauren Neues gibt."

Drawomir fuhr sich durch das schüttere Haar, als ob er noch einen Moment brauchte, um seine Worte weise zu wählen. „Die Zentauren lassen ihre Glückwünsche zur Hochzeit Ihrer Majestät übermitteln", sagte er schließlich mit tiefer Stimme an Nemos gewandt. „Ich will aber ehrlich sein, Eure Majestät, diese Worte, die ich übermitteln soll, sind nur oberflächliche Höflichkeiten. Die Zentauren sind nicht gut auf die Menschen zu sprechen. Die Stimmung im Land ist angespannt."

„Warum?", fragte Nemos knurrend. Er schien über diese Nachricht nicht sehr erfreut zu sein.

Drawomir holte noch einmal Luft. Doch erst als Auris ihm aufmunternd zunickte, sprach er weiter. „Im letzten Monat gab es viele wichtige Ereignisse in Galadon, die Beerdigung von König Kreotis, die Krönung Ihrer Majestät und auch die Hochzeit. Die Zentauren haben damit gerechnet, dass man ihren König zu den Feierlichkeiten einlädt."

„Es sind unsere Feierlichkeiten", sagte Nemos ungerührt und tat die Sache mit einer Handbewegung ab. „Es ist ein Fest der Menschen und nicht der Pferdewesen."

„Ihr müsst Euch in Erinnerung rufen, dass König Kreotis vor zehn Jahren zur Krönung von Cesar, dem König der Zentauren, eingeladen war", sagte Auris in dem bedächtigen Tonfall eines gütigen Lehrers. „Es liegt nahe, dass Cesar eine Einladung als höfliche Geste erwartet hat. Es war damit zu rechnen, dass er so reagiert." Auris verstummte. Doch er musste auch nicht mehr sagen.

Nasja begriff, dass Nemos sich gegen den Rat von Auris entschieden hatte, die Zentauren, genauso wie die Trolle und Nymphen, von der Feier fernzuhalten. Nur Nasja und ihren Vater hatte er als notwendiges Übel geduldet.

„Ich möchte Euch nichts vorenthalten, Euer Majestät." Drawomir schluckte. Es bereitete ihm sichtliches Unbehagen, die unschönen Nachrichten zu überbringen. „Im Volk der Zentauren werden Stimmen laut, die dazu aufrufen, endlich die großen Ebenen im Süden Galadons zurückzuerobern, um sich für den nicht erbrachten Respekt zu rächen", fuhr Drawomir fort, während er seinen Blick auf Auris liegen ließ. „Das sind nicht meine Worte", sagte Drawomir entschuldigend an Nemos gewandt. „Es sind die Worte der Zentauren."

Nasja spitzte die Ohren. Vor dem großen Krieg vor dreihundert Jahren lebten die Zentauren überall, ohne dass es Grenzen für sie gab, genauso wie die Menschen, die Trolle und die Nymphen. Alle teilten sich das riesige Land. Doch als der Krieg ausbrach und sich die Zentauren gegen die Menschen stellten und auch die Trolle und die Nymphen in die Kämpfe hineingezogen wurden, waren die Pferdewesen bald in der Unterzahl. Um der völligen Vernichtung zu entgehen, zogen sich die Zentauren in den trockenen Süden zurück.

Der Krieg endete damit, dass das riesige Land in vier Teile geteilt wurde und jedes Volk einen von ihnen bewohnte. Im bergigen, kalten Norden lebten seitdem die Trolle, im feuchtwarmen Westen die Nymphen und im Osten mit seinen ergiebigen Kohleminen und den fruchtbaren Böden die Menschen. Doch die Zentauren fanden sich nie mit ihrem Schicksal ab.

„Dazu rufen die Zentauren doch ständig auf." Nemos winkte ab. „Ihnen ist jeder Anlass recht, um wieder für Streit zu sorgen."

„Das ist richtig, aber die Stimmung ist angespannter, als sie es normalerweise ist", sagte Drawomir. „Das ist es, was ich Euch über die Lage im Land der Zentauren berichten kann. Aber …"

Nemos warf Drawomir einen stechenden Blick zu, woraufhin dieser verstummte.

Auris seufzte und wandte sich Exlet zu. „Erzähl uns von den Ereignissen im Norden. Was geht im Reich der Trolle vor?“

„Ihr kennt die Trolle“, sagte Exlet bedächtig. „Sie sind friedfertige Gesellen, denen nur daran gelegen ist, Reichtümer anzuhäufen. Sie haben im letzten Monat die Fördermengen an Kohle weiter erhöht.“

„Was?“ Nemos richtete sich auf. Die Empörung in seinem Gesicht war nicht gespielt. „Ihr wisst, was das bedeutet. Wenn die Trolle noch mehr Kohle nach Galadon verkaufen, dann wird der Preis weiter sinken. Die Kohlepreise sind jetzt schon an einem absoluten Tiefpunkt angelangt. Das wird die Minenbesitzer unseres Landes endgültig in den Ruin treiben. Wir können das nicht zulassen. Es geht ihnen ohnehin schon schlecht.“

„Wir haben offene Handelsbeziehungen zu den Trollen“, sagte Auris ganz ruhig. „Und letztlich entscheiden die Schmiedemeister, bei wem sie die Kohlen für ihre Feuer kaufen. Wir könnten einen Aufruf starten und für die Kohle unserer eigenen Mienen werben.“

„Unsinn. Wir sollten den Handel einschränken“, sagte Nemos entschlossen. „Wir müssen unsere Bergleute schützen.“

„Es wird noch genug Gold gefördert“, sagte Auris in beruhigendem Ton. „Und außerdem können sich die Bergleute auch anderen Dingen zuwenden. Wir brauchen in der Landwirtschaft jede freie Hand. Sie sind nur zu stolz, um einen anderen Beruf auszuüben.“

Nemos funkelte Auris wütend an. Es gefiel ihm nicht, dass ihm der alte Mann ständig Widerworte gab. Doch er sagte nichts, als Auris Exlet fragend ansah. „Gibt es weitere Neuigkeiten?“

Exlet nickte. Doch er tat es zögernd und warf dabei Nemos einen prüfenden Blick zu. Doch der Blick des jungen Königs hing immer noch an Auris und Nasja fühlte einen kalten Schauer ihren Rücken hinabgleiten, als sie die offene Abneigung in Nemos' Blick sah.

„Die Trolle erbitten die Erlaubnis, Galadon durchqueren zu dürfen, um Waren zu den Zentauren liefern zu können." Exlet sah Auris fragend an.

Doch es war Nemos, der zuerst reagierte. „Niemals", rief er, ohne auch nur eine Sekunde zu zögern. „Das kommt nicht infrage."

„Nun ja", sagte Auris gedehnt.

Doch Nemos schüttelte sofort den Kopf. „Mein Vater hat den Trollen auch keine Erlaubnis erteilt."

„Das ist das erste Mal, dass sie darum bitten", gab Auris zu bedenken.

„Das mag sein", sagte Nemos mit einem überlegenen Lächeln auf den Lippen. „Aber hier wird nur über Dinge entschieden, die zu Veränderungen führen, und diese Art von Veränderung lehne ich ab."

Auris sah Nemos eine Weile nachdenklich an. Er schien zu überlegen, ob es sich lohnte, wegen einer solchen Kleinigkeit einen Streit mit Nemos zu riskieren.

„Also gut", sagte Auris schließlich und nickte Exlet zu. „Wir ändern nichts an den bisherigen Gepflogenheiten. Die Grenzen werden nur für den direkten Handel geöffnet, wie es auch schon bei König Kreotis der Fall war. Warenlieferungen durch Galadon hindurch werden nicht erlaubt."

Exlet seufzte, doch er nickte. Damit war die Berichterstattung über das Land der Trolle offenbar beendet, denn Auris wandte sich Nasja zu.

„Kommen wir nun zum Land der Nymphen", sagte Auris und nickte Nasja zu. „Nasja vom grünen Born. Ihr habt das Wort."

Nasja hatte sich hastig ein paar Floskeln zurechtgelegt, denn einen wirklichen Bericht der Lage konnte sie nicht beisteuern. Sie war seit fünf Jahren nicht mehr im Land der Nymphen gewesen und von ihrem Vater hatte sie auch keine weiteren Anweisungen bekommen, was sie in so einer Situation sagen sollte. Sie war jetzt auf sich gestellt und musste etwas aus dem Ärmel schütteln, das danach klang, als ob sie sich sehr gut auf diese Ratssitzung vorbereitet hatte.

Nasja räusperte sich. „Die Nymphen sind dankbar, dass die Beziehungen zu den Menschen durch die Hochzeit vertieft werden konnten. Mein Vater möchte die guten Handelsbeziehungen erweitern. Die Nymphen fertigen immer ausgefallenere feine Stoffe und freuen sich, dass sie im Reich Galadon so beliebt sind." Nasja hoffte, dass sie Nemos Wohlwollen hatte. Schließlich hatte er sogar zu seiner Hochzeit Stoffe aus dem Land der Nymphen getragen. Sie wollte gerade ausholen und nach dieser Einleitung auf die militärische Verbundenheit zu sprechen kommen, doch in diesem Moment wurde sie von Toto unterbrochen.

„Die Nymphen überschwemmen Galadon mit ihren billigen Stoffen, genauso wie die Trolle Galadon mit ihren billigen Briketts überschwemmen." Toto sah zwischen Nasja, Exlet und Drawomir hin und her. „Damit töten sie unsere Wirtschaft. Niemand will mehr unser Leinen und unsere Kohle kaufen."

Nasja sah Toto überrascht an. Wer war dieser Mann? Und wie viel Gewicht war seinen Worten beizumessen? Sollte sie ihm ins Gesicht sagen, dass die Menschen die feinen Stoffe der Nymphen kauften, weil ihnen das grobe Leinen der hiesigen Webereien auf der Haut kratzte? Und dass sie die Briketts der Trolle bevorzugten, weil sie beim Anfeuern nur halb so stark qualmten wie die Briketts aus den Minen Galadons? Das hatte nichts mit dem Preis zu tun, sondern mit der Qualität der Waren.

Die Menschen Galadons mochten vielleicht die besten

Schmiedemeister weit und breit sein, aber was das Weben von Stoffen und das Veredeln von Kohle anging, hatten sie einfach kein Geschick. Selbst Nemos sah das so. Auch heute trug er keine einheimische Ware.

„Vielleicht stellt Ihr Euch erst einmal vor, junger Mann“, sagte Auris, der ebenso wenig von Totos Einwurf begeistert war wie Nasja.

„Das ist Toto, Ihr kennt ihn doch, Auris“, sagte Nemos in gelangweiltem Ton. „Mein Vater hat mir angeboten, eine Person meiner Wahl in den Rat aufzunehmen, und meine Wahl ist auf Toto gefallen.“

Auris presste die Lippen aufeinander. Ihm passte Nemos‘ Entscheidung nicht, das sah man ihm an, aber er kannte offenbar die Worte von König Kreotis und dessen Wort galt hier im Rat, zumindest tat es das noch im nächsten Jahr.

„Ich kenne Toto tatsächlich“, sagte Auris scharf, und sein Tonfall ließ keinen Zweifel daran aufkommen, dass er Toto nicht gern hier im Rat sah. „Aber es gibt Mitglieder im Rat, die ihn noch nicht kennen. Stellt Euch vor.“ Auris sah Toto herausfordernd an.

Toto hatte bis jetzt der Unterhaltung zwischen Auris und Nemos schweigend zugehört. Jetzt zuckte er mit den Achseln, als ob es ihm egal wäre, ob er etwas sagte oder nicht.

Dennoch setzte sich Toto aufrechter hin. „Ich bin Toto, Freiherr von Willingenstein“, sagte er mit einem breiten Lächeln in Nasjas Richtung. „Ihr habt bestimmt schon von meiner Familie gehört. Im großen Krieg hat mein Vorfahr dafür gesorgt, dass die Menschen in Galadon eine eigene Heimat finden konnten und nicht zu Sklaven der Zentauren gemacht wurden.“

Nasja sah Toto erstaunt an. Natürlich kannte sie die Familie Willingenstein. Es rankten sich zahlreiche Legenden um Ruprecht von Willingenstein, den mutigen Krieger, der die weit über das Land verstreut lebenden Menschen unter einer gemeinsamen Fahne vereinte und ihnen den Mut gab, für ein eigenes Königreich zu kämpfen. Nur seiner Führungsstärke war es zu verdanken, dass Galadon gegründet wurde und die Menschen eine neue Heimat fanden. Ruprecht krönte den ersten König und wurde von ihm zum Freiherr ernannt und für seine Verdienste mit Ländereien beschenkt. Er lebte ein langes, glückliches Leben und starb im Kreis seiner Familie. Damit endete die ruhmreiche Geschichte der Familie von Willingenstein. Seine Nachfahren spielten nie eine Rolle in der Politik des Landes.

Bis jetzt, wie es schien. Nasja sah Toto in einem ganz anderen Licht. Vielleicht hatte sie zu schnell über ihn geurteilt. Vielleicht wollte er in Gedenken an seinen Vorfahren wieder Gutes für Galadon tun und sich in den Dienst des Landes stellen. Es gab für ein so edles Unterfangen keinen besseren Moment als jetzt, wo König Nemos seine Regentschaft begann.

„Ein wenig mehr könntet Ihr ruhig zu Eurer Person erzählen“, sagte Auris und sah Toto durchdringend an. „Zum Beispiel, dass sich Eure ganze Familie seit dreihundert Jahren auf dem Namen Willingenstein ausruht und selbst nie mit Mut und Tapferkeit aufgefallen ist. Dafür sind viele Eurer Brüder, Onkel und Cousins in zweifelhafte Grenzgeschäfte verwickelt. Euren Geschäften ist es sicher zuträglich, wenn wir Handelsbeschränkungen erlassen. Umso mehr steigen die Umsätze an den grünen Grenzen, nicht wahr?“ Auris funkelte Toto missmutig an.

„Genug“, sagte Nemos. „Toto hat mit den Verfehlungen einzelner schwarzer Schafe seiner Familie nichts zu tun. Ihr könnt ihn nicht in Sippenhaft nehmen. Davon will ich nichts mehr hören.“

„Meinetwegen.“ Auris zuckte mit den Achseln. „Dann sollte er vielleicht erzählen, dass er die Aufnahmeprüfung an der Militärakademie nicht geschafft hat oder dass er bei den Damen im Südviertel überall bekannt ist, dass er aber selten bei rechtschaffener Arbeit gesehen wurde."

Die Damen im Südviertel? Nasja spürte, wie ihr die Röte ins Gesicht stieg. Sie kannte die Geschichten über diesen Stadtteil von Goros. Hinter vorgehaltener Hand hatten die Angestellten in der Azaleenstraße kichernd davon gesprochen, dass dort alle schmutzigen Wünsche erfüllt wurden, wenn man Geld hatte und bereit war, das Risiko einzugehen, sich Läuse oder Schlimmeres zu holen.

„Ruhe!" Nemos war aufgesprungen und sah Auris wutentbrannt an. „Wie könnt Ihr es wagen, die Entscheidung des Königs derart infrage zu stellen, alter Mann? Ihr habt wohl vergessen, dass mein Vater tot ist. König Kreotis gibt es nicht mehr. Ich bin der König und Ihr solltet es nicht noch einmal wagen, meine Entscheidung derart infrage zu stellen. Habt Ihr das verstanden, Auris?" Nemos hatte die Arme in die Seite gestemmt und wirkte in seiner Wut mit einem Mal gefährlich.

Nasja schluckte. Sie wagte es kaum zu atmen. Dass die Gespräche hier im Rat so schnell eskalieren würden, hätte sie niemals für möglich gehalten.

Auris sah Nemos prüfend an.

„Schon gut", sagte Toto in weichem Tonfall und legte Nemos beruhigend eine Hand auf den Arm. „Er hat ja nicht unrecht. Bisher habe ich mich nicht mit Ruhm bekleckert. Aber ich bin hier, um das zu ändern. Ich möchte, dass der Name Willingenstein wieder eine Bedeutung in der Gegenwart hat und nicht nur für die Legenden der Vergangenheit steht."

„Das sind ehrenvolle Ziele", sagte Auris in versöhnlichem Ton, und Nasja beschlich der Verdacht, dass er Toto mit Absicht provoziert hatte, um ihn zu einer Reaktion zu zwingen und ihn so näher kennenzulernen.

Mit Respekt sah sie zu Auris hinüber, der sich ein paar

Notizen machte, während Nemos wieder Platz nahm. Gleichzeitig fragte sie sich, was sie von Toto halten sollte. Zu welchem Schluss war Auris gekommen? Auf jeden Fall war es Nemos wichtig, dass man seine Entscheidungen respektierte. Das hatte er heute deutlich gemacht.

Nemos holte lautstark Luft und faltete die Hände vor sich auf dem Tisch. „Ich habe den Rat heute einberufen, um ein paar Entscheidungen bekannt zu geben."

Auris sah ihn überrascht an.

Nemos bemerkte es und setzte sich aufrechter hin. „Ich habe eure Berichte und Empfehlungen zur Kenntnis genommen. Wir müssen handeln, daran besteht kein Zweifel. Abzuwarten wäre fatal. Um die Lage im Land der Zentauren besser beurteilen zu können, bitte ich Artem von Darkenstein, die Grenzposten zu besuchen und weitere Informationen einzuholen. Wir müssen wissen, wie ernst die Lage ist und ob die Zentauren nur wie üblich leere Drohungen ausstoßen. Sind damit alle einverstanden?"

Auris nickte zufrieden und auch Artem, Drawomir und Exlet deuteten mit einem Kopfnicken an, dass sie mit dieser Entscheidung einverstanden waren. Nasja tat es ihnen gleich. Es war gut, so vorzugehen. Nemos unterschätzte die Gefahr nicht, aber er ließ ihr auch nicht übermäßig viel Bedeutung zukommen.

Nemos fuhr fort. „Des Weiteren müssen wir unsere Wirtschaft besser schützen. Die Schmieden des Landes sind unser stärkster Wirtschaftszweig. Wir exportieren Waffen und Schmuck in großen Mengen. Der Reichtum unseres Landes stützt sich auf die Schmiedemeister. Das ist natürlich ein Risiko. Dessen war sich auch mein Vater immer bewusst. Wir dürfen auch unsere übrigen Wirtschaftszweige nicht aus den Augen verlieren. Wenn wir zulassen, dass die Schmieden nur noch die Briketts der Trolle verwenden und die Bevölkerung nur noch die Stoffe der Nymphen für ihre Kleidung kauft, dann machen wir uns zu sehr von anderen abhängig. Aus diesem Grund belege ich diese Waren mit einer Einfuhrsperre. Ab sofort soll nur noch einheimisches Leinen genutzt werden und die Schmiedefeuer sollen mit Kohle aus den Minen von Galadon geheizt werden."

Auris schnappte nach Luft.

Doch Nemos blieb ganz ruhig, als wenn er schon mit dieser Reaktion gerechnet hatte. „Außerdem bestimme ich, dass der Sonnengott Samara der einzige Gott sein wird, zu dem die Menschen Galadons von nun an beten dürfen. Die alten Bräuche müssen endlich verschwinden."

Es war Nasja, die jetzt nach Luft schnappte. Das konnte er doch nicht ernst meinen? Sie wusste, dass mehr als die Hälfte der Menschen in Goros zu den Naturgöttern der Nymphen beteten. Es gab im Umland der Hauptstadt heilige Stätten, zu denen die Menschen gingen, um sich ihren Göttern nah zu fühlen. Es waren friedliche Gottheiten, die den Menschen Kraft und Stärke gaben und nicht von ihnen forderten, sich selbst zu kasteien und sich wegen ihrer angeblichen Sünden schlecht zu fühlen.

„Mein König." Es war Artem, der die Stimme erhoben hatte. „Was unsere Handelsbeziehungen angeht, habe ich Bedenken, wenn wir so eine radikale Entscheidung treffen. Als oberster Befehlshaber unserer Armee möchte ich anmerken, dass der plötzliche Stopp der Handelsbeziehungen zu den Nymphen und den Trollen zu Spannungen führen wird. Spannungen, die auch militärische Konsequenzen haben werden."

„Wir stoppen nicht die Handelsbeziehungen", sagte Nemos. „Wir werden weiter unsere Waffen und den Schmuck exportieren."

„Es könnte sein, dass die Nymphen und die Trolle unsere Waffen nicht mehr kaufen, wenn wir ihre Waren nicht mehr abnehmen." Artem bemühte sich um einen neutralen Tonfall.

Doch es war zu sehen, dass Nemos keinen Gefallen daran fand. Sein Gesicht färbte sich leicht rot.

„Wir stimmen über diese Entscheidung ab", sagte Auris, der den nächsten Wutausbruch Nemos' herannahen sah. „Sollte der Vorschlag eine Mehrheit bekommen, dann wird er umgesetzt. Also, wer ist dafür, den Handel zu den Nymphen und den Trollen zu beschränken?" Auris sah in die Runde. Im Rat saßen sieben Mitglieder. Damit Nemos' Vorschlag umgesetzt werden konnte, brauchte er vier Stimmen auf seiner Seite.

Nemos und Toto hoben sofort ihren Arm. Drawomir sah erst Nemos und dann Auris an. Doch schließlich hob er den Arm. Auris und Artem bewegten sich nicht und auch Exlet zeigte keine Regung. Alle Blicke waren auf Nasja gerichtet. Es war ihre Entscheidung, die den Vorschlag zur Realität werden lassen konnte.

Nasja spürte ihr Herz so schnell schlagen, als ob ein Kolibri in ihrer Brust flattern würde. Was sollte sie jetzt nur tun? Nemos' Vorschlag war absoluter Wahnsinn. Die Trolle und die Nymphen würden Handelsbeschränkungen dieser Art nicht ungestraft lassen. Falls der Handel zwischen den Völkern wieder zum Erliegen kommen würde, würde auch Galadons Wohlstand versiegen. Das war weder für die Nymphen noch für die Menschen oder gar die Trolle eine Option. Nasja konnte nicht dafür stimmen. Auch wenn sie den Zorn Nemos' fürchtete, konnte sie nicht gegen ihr Gewissen handeln. Außerdem würde sie ihr Vater umbringen, wenn sie schon am ersten Tag als Königin den Nymphen in den Rücken fiel. Also ließ sie ihren Arm auf dem Tisch liegen und nickte Auris zu, um ihm zu zeigen, dass sie ihre Entscheidung getroffen hatte.

„Der Vorschlag wurde abgelehnt", sagte Auris mit einem Nicken. „Bringen wir gleich den nächsten Vorschlag zur Abstimmung", fuhr er fort, bevor Nemos sich zu Wort melden und seinem Unmut Luft machen konnte. „Wer ist dafür, dass die Anbetung des Sonnengotts Samara zur einzigen erlaubten Religion in Galadon ernannt wird?"

Nemos und Toto hoben sofort den Arm. Drawomir sah Nemos prüfend an und als er den wütenden Ausdruck in Nemos' Augen sah, ließ er seinen Arm ruckartig nach oben steigen.

Nasja überlegte hastig, während sie aus den Augenwinkeln Artem beobachtete, der noch über den Vorschlag nachzudenken schien und Nemos ebenfalls abwägend musterte. Was sollte Nasja tun? Sie lehnte es ab, den rachsüchtigen Gott Samara als einzigen Gott anzubeten und den Menschen zu verbieten, auch andere Götter zu ehren. Doch konnte sie es noch einmal wagen, sich gegen Nemos zu stellen?

Sie überlegte nicht lang. Sondern hob den Arm.

Es tat ihr in der Seele weh, den Menschen Galadons so etwas anzutun. Doch wenn sie sich auch weiterhin für sie einsetzen wollte, dann musste sie Kompromisse eingehen. Noch während sie den Arm hob, sah sie, wie auch Artems Arm nach oben ging. Also war er zum selben Schluss gekommen wie sie.

Schließlich nickte Auris. „Die Angelegenheit ist entschieden. Fortan wird der Sonnengott Samara der einzige Gott sein, zu dem die Menschen Galadons beten dürfen. Ich werde anordnen, dass dieser Entschluss von König Nemos zügig umzusetzen ist. Gibt es weitere Themen, die nach einer Entscheidung verlangen?" Auris sah sich in der Runde um.

Nasja schluckte. Sie hoffte, dass nicht noch mehr schwierige Themen besprochen werden mussten.

„Gut. Dann beende ich diese Ratssitzung." Auris stapelte seine Papiere und Nasja atmete erleichtert auf.

Toto erhob sich sofort, als ob er nach einer langen Unterrichtsstunde endlich in die Pause gehen durfte.

Nasja warf Nemos einen schnellen Blick zu. In seinem

Gesicht lag ein zufriedener Ausdruck. Er lächelte, obwohl einer seiner Vorschläge abgelehnt worden war. Nasja überkam der Verdacht, dass Nemos genau das geplant hatte. Ihr wurde kalt. Hatte er einen Vorschlag gemacht, von dem er wusste, dass er auf jeden Fall abgelehnt werden würde, nur damit der nächste des lieben Friedens willen durchgewunken wurde? Es kam ihr beinahe so vor. Doch warum lag ihm so viel daran, den Sonnengott zu stärken?

Als Nemos grinsend und gut gelaunt den Saal verließ, war sich Nasja sicher, dass es genauso geschehen war. Doch sie wusste nicht, wohin diese Entscheidung noch führen würde. Was führte Nemos im Schilde? Es gab viele Dinge, die Nasja heute gelernt hatte, und das Wichtigste war, dass sie begriffen hatte, dass Nemos nicht zu denen gehörte, die das Regieren seinem Rat überlassen würde. Er wollte aus dem übermächtigen Schatten seines Vaters treten.

Er wollte Galadon selbst regieren, und das um jeden Preis.

KAPITEL 7

Die Ruhe, in der Nasja die nächsten Tage verbrachte, war unheimlich. Sie lebte in ihrer kleinen Suite in den Tag hinein und verbrachte ihre Zeit damit, endlos lange Spaziergänge durch die riesigen Schlossgärten zu unternehmen. Selbst nach einer Woche fand sie immer noch Ecken, in denen sie bisher nicht gewesen war.

Immer wenn sich die Gelegenheit ergab, übte sie, einen Vogel unter ihre Kontrolle zu bringen. Doch neben all den Zerstreuungen wollte sie die wirklich wichtigen Dinge nicht aus den Augen verlieren. Sie versuchte zu erfahren, was in der Hauptstadt und im Land vorging, doch jeder Bedienstete, den sie fragte, erzählte ihr, dass alles in bester Ordnung wäre. Nasja war bald klar, dass sie von den Angestellten keine Unterstützung erwarten konnte. Mit großer Sicherheit hatte Nemos angeordnet, dass man ihr nichts anderes erzählen durfte. Je weniger Informationen Nasja bekam, umso weniger Ärger konnte sie im Rat machen.

Doch Nasja war nicht bereit, sich damit abzufinden.

Sie besuchte Aros, der eine Anstellung in den Ställen bekommen hatte. Doch auch er war nicht in Goros gewesen und wusste nichts zu erzählen. Außerdem berichtete er Nasja, dass man ihm untersagt hatte, das Schloss ohne einen offiziellen Auftrag zu verlassen.

Nasja und Aros brauchten nicht lange darüber zu spekulieren, wie groß die Chancen waren, dass Nemos ihr erlaubte, mit Aros Schloss Schwanenberg zu verlassen, um sich einfach nur in der Stadt umzusehen.

Als Königin brauchte sie einen vernünftigen Grund, um das Schloss zu verlassen. So ein Ausflug musste geplant und vorbereitet werden. Sie konnte sich nicht einfach wie bisher als Dienstmädchen verkleidet aus dem Haus schleichen. Doch Nasja hatte keine rechte Idee, weswegen sie nach Goros reisen sollte. Ihre Kleiderschränke waren gut gefüllt. Die Einrichtung war komplett. Sie hatte auch keine Freunde in der Stadt, die ihren Besuch erwarteten.

Immer heftiger überkam Nasja das Gefühl, dass sie eingesperrt und regelrecht von der Außenwelt abgeschnitten war.

Während der Palast ihres Vaters in der Azaleenstraße mitten im Geschehen gewesen war und man mit wenigen Schritten in den Seitengassen war, wo man an jeder Straßenecke den neuesten Tratsch zu hören bekam, lebte man hier oben im Schloss wie in Watte gepackt.

Nasja wagte es kaum, sich die Wahrheit einzugestehen, aber sie vermisste das Haus in der Azaleenstraße. Sie hätte jetzt gern die Fenster im ersten Stock weit aufgerissen und die Menschen beobachtetet, die unten entlangflanierten. Selbst von ihnen hatte sie die eine oder andere Neuigkeit aufgeschnappt.

Nasjas einzige Kontakte neben den Bediensteten waren ihr Ehemann und seine Familie. Sie traf sie jeden Abend beim gemeinsamen Essen. Bonja und Nemos' Mutter schienen genauso wie Toto nicht von der Seite des jungen Königs zu weichen. Mittlerweile hatte Nasja zumindest herausbekommen, dass Nemos' Mutter Frederika hieß.

Durch Zufall hatte Nasja in einer düsteren Nische gestanden, als zwei Küchenmädchen vorbeigegangen waren und sich die Geschichte vom rasanten Aufstieg der abgelegten Geliebten des Königs erzählt hatten.

Sie war eine Bedienstete von König Kreotis gewesen. Er hatte sie zu seiner Geliebten gemacht. Das war nichts Ungewöhnliches, wie Nasja aus dem Gespräch herausgehört hatte. Der König wechselte seine Gespielinnen regelmäßig. Nach der Geburt von Nemos hatte er eine Weile lang in seinen Gemächern mit Frederika zusammengewohnt. Doch dann war er ihrer überdrüssig geworden. Er hatte eine neue Geliebte in seine Gemächer geholt und Frederika als Kindermädchen von Nemos eingesetzt. Das musste bitter für sie gewesen sein, aber die beiden Küchenmädchen waren sich einig, dass es Frederika genau richtig gemacht hatte. Lachend hatten sie darüber spekuliert, dass sie bei Nemos vielleicht auch Chancen auf so eine Karriere hatten, da er sich wenig für seine neue Königin interessieren würde.

Nasja hatte sich zusammenreißen müssen, um sich nicht zu verraten und ihrer Entrüstung Luft zu machen. Sie schaffte es, ruhig zu bleiben und zu warten, bis die beiden Küchenmädchen wieder verschwunden waren. Wenn die Bediensteten wussten, dass Nasja ihre Gespräche belauschte, dann würde sie noch weniger erfahren.

Von nun an war sie oft in den Gängen unterwegs. Doch dieser glückliche Umstand wiederholte sich bedauerlicherweise nicht noch einmal.

Also musste sich Nasja auf andere Informationsquellen konzentrieren. Anfangs versuchte sich Nasja beim gemeinsamen Abendessen am Gespräch zu beteiligen. Doch Nemos, Toto, Bonja und Frederika ließen sie schnell merken, dass sie kein Interesse daran hatten, sich mit ihr zu unterhalten. Also schwieg Nasja von nun an und hörte lediglich aufmerksam dabei zu, was sich Nemos und Toto zu erzählen hatten.

So erfuhr sie wenigstens, dass Nemos‘ Beschluss, Samara zum einzigen Gott in Galadon zu erklären, bereits umgesetzt wurde. Sie hörte außerdem aus den Gesprächen heraus, dass Artem und sein Großvater Auris Goros direkt nach der Ratssitzung verlassen hatten, um die Grenzstationen im Süden zu kontrollieren, wo Galadon an das Land der Zentauren angrenzte. Auch Finnie war auf einer Reise. Sie besuchte ihre Mutter, die ebenfalls eine ehemalige Geliebte von König Kreotis war und schon seit Langem weit außerhalb von Goros wohnte.

So verging ein Tag nach dem anderen, ohne dass Nasja einen Schritt vorwärtskam. Sie übte sich in Geduld und wartete auf eine passende Gelegenheit. Doch die schien einfach nicht zu kommen. Nach über zwei Wochen hatte Nasja genug davon, nichts zu tun. Sie war es gewohnt, den ganzen Tag zu lernen und sich mit verschiedenen Thematiken zu beschäftigen. Allein, sich darin zu üben, Kontrolle über eine Kohlmeise oder eine Elster zu erlangen, reichte ihr nicht, denn in Nasja wurde das Gefühl immer übermächtiger, dass sie etwas wirklich Wichtiges verpasste.

Die beiden Bediensteten, die sie neben Celistra umsorgten und ihr jeden Wunsch von den Augen ablasen, bemerkten, dass Nasja unruhiger wurde und immer häufiger in ihrer kleinen Suite auf und ab ging. Sie schlugen ihr Handarbeiten oder das Erlernen eines Musikinstrumentes vor. Damit vertrieben sich die Frauen im Schloss normalerweise die Zeit.

Nasja wusste nicht, was sie darauf antworten sollte. Es lag ihr nicht viel daran, sich die Zeit zu vertreiben. Sie wollte ihre Zeit nutzen, um zu leben und etwas Sinnvolles zu erschaffen. Sie wollte anderen helfen und dem Land dienen. Doch sie verkniff sich eine Antwort. Sie wollte nicht andeuten, dass die anderen Damen im Schloss nicht das Recht hatten, sich mit solchen Banalitäten zu beschäftigen. Nasja war sich ziemlich sicher, dass Bonja oder Frederika sofort erfahren würden, wenn sie sich abfällig zu diesen Dingen äußern würde.

Als es Nasja an einem regnerischen Abend nicht mehr aushalten konnte, war sie sogar bereit, ihre Furcht zu überwinden und mit Nemos zu sprechen und ihn zu bitten, ihr eine Aufgabe zu geben. Vielleicht konnte sie den

Armen helfen oder etwas anderes Nützliches tun. Es musste doch irgendetwas geben, womit sich eine Königin beschäftigen konnte.

Sie hatte sich lange vor diesem Schritt gedrückt. Nach ihrem Aufeinandertreffen im Rat rechnete Nasja nicht damit, dass Nemos offen auf ihre Bitte reagieren würde. Ganz im Gegenteil, sie war sich sicher, dass er immer noch wütend auf sie war. Die Angst vor einer Ablehnung hatte sie davon abgehalten, überhaupt zu fragen. Doch mittlerweile waren über zwei Wochen vergangen und bevor die nächste Ratssitzung ihre Schatten warf, war es wohl klüger, endlich mit ihm zu sprechen.

Als Nasja an diesem Abend in den goldenen Salon ging, der seinen Namen trug, weil die Wände verschwenderisch mit goldener Farbe gestrichen worden waren, blieb sie einen Moment überrascht stehen. Beim Abendessen saßen nicht nur Nemos' Mutter, Nemos, Bonja und Toto, sondern auch Finnie und ein breitschultriger Mann, der Nasja sofort bekannt vorkam.

Er trug einen schwarzen Anzug aus dem groben Leinen der Weber Galadons. Er hatte einen kleinen, schmalen Kopf, der Nasja an eine Maus erinnerte. Vor ihm lag ein Stapel Papiere. Selbst aus der Entfernung konnte Nasja die endlosen Zahlenkolonnen sehen, die schon das oberste Blatt füllten.

Das war Freiherr von Lotringen, der oberste Finanzangestellte des Landes Galadon. Er trieb die Steuern ein und verwaltete sie. Sein Einfluss am Hof war groß, auch wenn er selbst sehr bescheiden war. Nasja wusste von ihrem Gesellschaftskundelehrer, dass Freiherr von Lotringen ein strenges Regiment führte und keine Verschwendung duldete.

Ob Nemos vor ihm Respekt hatte? Schließlich verwaltete Freiherr von Lotringen das Geld Galadons und Nasja war sich ziemlich sicher, dass Nemos bis zu seinem 18.

Geburtstag noch nicht frei über diese Beträge verfügen durfte.

Nasja lächelte Finnie zu, die sie mit strahlendem Blick zu sich winkte, damit sie sich neben sie setzte. Nasja ging erleichtert zu ihr und begrüßte dabei Freiherr von Lotringen mit ein paar höflichen Worten.

„Es war doch nicht nötig, mich zum Abendessen einzuladen", sagte Freiherr von Lotringen an Nemos gewandt, nachdem Nasja sich gesetzt hatte. „So eine Ehre ist zu viel für einen einfachen Beamten des Landes."

„Nichts da, mein Lieber." Nemos winkte einen Bediensteten heran und ließ ihm großzügig Wein einschenken. „Ihr seid einer meiner wichtigsten Mitarbeiter und ich möchte, dass Ihr das auch wisst."

In diesem Moment schwang die Tür zum goldenen Salon noch einmal auf. Nasja rechnete damit, dass das Essen aufgetragen wurde. Doch es war nicht die Gruppe Bediensteter, die jeden Abend mit Schüsseln und Platten den Salon betrat, sondern es war Artem.

Er sah müde aus und der Staub der Reise klebte noch an seiner Kleidung. Seine Haare flogen wild um seinen Kopf herum und dennoch hatte Nasja noch nie einen Mann gesehen, der so schön war. Er wirkte wild und frei und Nasja sah ihn vor sich, wie er auf einem Pferd durch die weite Steppe ritt, wie er eins war mit der Natur, kein Fremdkörper, sondern ein Teil von ihr. Ihr Herz schlug schneller, während sie nicht anders konnte, als ihn anzustarren.

Doch er schien sie gar nicht zu bemerken, sondern sah besorgt zu Nemos hinüber. „Ihr habt mich rufen lassen." Er musterte den König, als ob er damit rechnete, dass er eine schwere Verletzung hatte. Die Sorge hatte eine tiefe Falte in seine Stirn gegraben. „Ihr habt mir ausrichten lassen, dass es sehr dringend wäre. Ich bin sofort nach meiner Rückkehr zum Schloss aufgebrochen." Er machte ein paar Schritte auf den König zu, sah dann aber, dass es ihm gut ging.

„Da bist du ja endlich, Artem“, sagte Nemos gut gelaunt und ging gar nicht auf seine Worte ein. „Nimm Platz und erzähle mir gleich von deiner Reise. Ich bin gespannt, was es im Süden für Neuigkeiten gibt.“

Artem sah sichtlich verblüfft aus. Doch er fing sich schnell wieder und nickte Nemos kurz zu. „Es ist mir eine Ehre, mit Euch zu speisen“, sagte er höflich.

Er wandte sich um, um an der Tafel Platz zu nehmen, und Nemos widmete sich wieder Freiherr von Lotringen. In diesem Moment sah Artem Nasja. Ihre Blicke trafen sich und Nasja spürte, wie ein Lächeln über ihre Lippen glitt, das sich in seinem Gesicht widerspiegelte. Er wandte seine Augen nicht von ihr ab, als er sich ihr gegenüber an der Tafel niederließ. Sie sah die Bewunderung vertraut in seinem Blick aufflackern.

„Ich war bei meiner Mutter auf dem Land“, begann Finnie zu erzählen.

Nasja wandte sich von Artem ab und hörte Finnie aufmerksam zu. Sie war dankbar, dass Nemos‘ jüngere Schwester sie ganz in Beschlag nahm. Sie hatte Artem viel zu lange in die Augen gesehen. Das gehörte sich nicht. Nicht dass Nemos sich dafür interessieren würde, was sie tat, aber dennoch musste sie darauf achten, dass sie sich korrekt benahm.

Während Finnie ihr von dem Gestüt erzählte, das der neue Mann ihrer Mutter betrieb, und wie oft sie auf welchem Pferd geritten war, brachten die Bediensteten das Essen herein. Nemos war wieder damit beschäftigt, die Arbeit von Freiherr von Lotringen in den Himmel zu loben, was bei Nasja den Gedanken auslöste, dass er irgendetwas von ihm wollte. Nemos war nur zu denen nett, die einen Nutzen für ihn hatten.

Die Vorspeise war karger, als sie es normalerweise war.

Die Bediensteten brachten nur einen winzigen Salat für jeden herein. Nasja warf Nemos einen unauffälligen Blick zu. Während Nemos sonst der Erste war, der sich beschwerte, wenn es seiner Meinung nach zu fade Speisen und zu kleine Portionen gab, lächelte er heute bescheiden und aß bedächtig seinen Salat. Dabei unterhielt er sich weiter angeregt mit Freiherr von Lotringen.

Nasja lauschte auf jedes Wort. Während Nemos anfangs nur Belanglosigkeiten austauschte, kam er beim Hauptgang endlich zur Sache. Es gab Gemüseauflauf und Nasja beobachtete Nemos dabei, wie er ihn genussvoll verspeiste. Dabei hatte er sich gestern noch lautstark beschwert, dass sein Steak nicht groß genug gewesen war, und einen Nachschlag verlangt.

„Lieber Freiherr von Lotringen“, setzte Nemos in höflichem Ton an. „Wie Ihr vielleicht bereits erfahren habt, habe ich angewiesen, dass unser Sonnengott Samara der einzige Gott sein soll, der in Galadon verehrt werden darf.“

Freiherr von Lotringen nickte bedächtig, während er das Besteck ablegte und sich den Mund mit seiner Serviette abtupfte. „Ja, davon habe ich gehört“, sagte er schließlich und so als ob er jedes Wort auf die Goldwaage legte, bevor er es aussprach.

„Wie Ihr vielleicht auch gehört habt, fällt es einigen Bewohnern von Galadon schwer, sich mit dieser Veränderung abzufinden“, fuhr Nemos fort.

„Ja, auch davon habe ich gehört.“ Freiherr von Lotringen nickte erneut und sah Nemos erwartungsvoll an.

„Mir ist die Idee gekommen, den Menschen die Umstellung zu erleichtern, indem ich Bruder Pentos einen stattlichen Betrag spende, damit er die Worte Samaras in die Herzen der Menschen tragen kann.“ Nemos lächelte und sah Freiherr von Lotringen erwartungsvoll an.

„Was für ein stattlicher Betrag schwebt Euch denn

vor?" Freiherr von Lotringen neigte den Kopf ein wenig.

„Ich denke, fünftausend Goldstücke sollten genügen, um Bruder Pentos ausreichend unter die Arme zu greifen."

Einen Moment lang schwiegen alle am Tisch.

Nasja hatte es regelrecht die Sprache verschlagen. Fünftausend Goldstücke? Das war ein unfassbar hoher Betrag. Ihr mit Diamanten besetztes Hochzeitskleid hatte fünfzig Goldstücke gekostet und war damit so teuer wie eines der zweistöckigen Häuser am Rande von Goros.

Mit fünftausend Goldstücken könnte man eine Armee ausrüsten.

„Das ist wahrlich eine stattliche Summe", sagte Freiherr von Lotringen, ohne dass seine Stimmlage verriet, was er davon hielt, Bruder Pentos einen derart hohen Betrag zu überlassen. Freiherr von Lotringen holte tief Luft und seufzte dann.

„Ja, das ist richtig, aber wenn Ihr die Situation im Land genauso einschätzt, wie ich es tue, dann werdet Ihr mir vielleicht zustimmen, dass sie nötig sein wird, damit die Menschen ihren Frieden mit Samara schließen können." Nemos war ernst geworden.

Nasja wusste, dass Finnie sie gerade etwas gefragt hatte. Aber sie hatte ihr nicht zugehört. Ihre ganze Aufmerksamkeit war auf Nemos und Freiherr von Lotringen gerichtet. Hatte Nemos wirklich gerade angedeutet, dass es Unruhen gab? Kippte die Stimmung im Land schon nach so kurzer Zeit? Sie konnte sich vorstellen, dass Nemos sich mit seiner Entscheidung nicht sehr beliebt gemacht hatte. Aber dass es so schlimm sein würde, hatte sie nicht einmal geahnt.

„Das Budget für dieses Jahr sieht Spenden in dieser Höhe nicht vor", sagte Freiherr von Lotringen schließlich. „Um der Kirche einen derart stattlichen Betrag spenden zu können, müssen wir uns Geld von den Trollen leihen, und damit wir es zurückzahlen können, müssen wir die Steuern erhöhen. Das ist alles möglich." Freiherr von Lotringen zögerte kurz. „Ihr solltet nur in aller Ruhe die möglichen Folgen einer solchen Entscheidung bedenken, mein König."

Nemos nickte. „Über die Folgen bin ich mir im Klaren. Ich wünsche, diesen Schritt zu gehen."

„So sei es." Freiherr von Lotringen nickte.

Als das Dessert aufgetragen wurde, es gab aufgeschnittenes Obst, wandte sich Nemos Artem zu. „Erzähl mir von den Zentauren", bat der König. „Was ist dran an den Sorgen von Drawomir?"

Artem schob seinen leeren Teller von sich fort. Auf seinem Gesicht lag eine ernste Miene. „Ich muss leider berichten, dass die Stimmung an der Grenze tatsächlich angespannt ist. Die Grenzposten berichten einstimmig von versuchten Grenzübertritten und auffälligen Ansammlungen in der Nähe der Siedlung Frenzenstetten."

„Frenzenstetten?", entfuhr es Nasja überrascht. Bei dem Namen schrillten alle Alarmglocken in ihrem Kopf.

„Ja, meine Königin, Frenzenstetten", erwiderte Artem nickend und sah sie prüfend an. „Die Siedlung der Zentauren liegt kurz hinter der Grenze und keiner kann sich erklären, warum sich die Zentauren gerade dort vermehrt versammeln."

„Wer weiß schon, was die Gäule juckt." Nemos grinste Toto zu, der laut lachte.

Freiherr von Lotringen runzelte die Stirn, woraufhin Totos Lachen verstummte.

„Das Wichtigste ist, dass alle versuchten Grenzübertritte verhindert werden konnten. So ist es doch, oder?" Nemos sah Artem fragend an.

„Ja, so ist es." Artem nickte. „Aber wir sollten der Sache dennoch weiter nachgehen. Drawomirs Warnung war berechtigt. Das Verhalten der Zentauren ist tatsächlich ungewöhnlich."

„Das ist gut zu wissen. Verstärke die Besetzung der Grenzposten“, sagte Nemos mit entschlossener Miene. „Außerdem schickst du ein paar Katapulte an die Grenze. Sollten die Zentauren frech werden, schlagen wir zurück und zünden ihre Siedlungen an.“

Artem schluckte. Man sah die Überraschung über Nemos‘ Worte deutlich in seinem Gesicht aufblitzen. „Seid Ihr Euch sicher, dass so ein aggressives Auftreten nötig sein wird? Vielleicht lohnt es sich, den Dialog mit König Cesar zu suchen. Ich bin mir sicher, dass er sich beschwichtigen lässt, wenn man ihm ein wenig Ehrerbietung erweist.“

„Ehrerbietung?“ Nemos‘ Gesicht verdüsterte sich. Seine Wangen färbten sich schlagartig rot. „Ich werde nicht vor einem Gaul das Knie beugen“, stieß er zornig aus.

„Ich habe schon von Frenzenstetten gehört“, sagte Nasja, als ob sie so den nahenden Wutausbruch noch verhindern konnte. „Es ist nicht einfach nur eine unbedeutende Siedlung.“

„Schweig, Weib“, fuhr sie Nemos an. In seinen blassblauen Augen loderte der Zorn. Seine weichen Gesichtszüge waren zu einer wütenden Maske verzerrt. Das war das erste Mal, dass Nemos nach all den Wochen das Wort direkt an Nasja richtete.

Nasja sah Nemos entsetzt an. Angst füllte ihr Herz und ließ ihre Hände zittern.

„Mit Politik beschäftigen sich nur Männer und jetzt will ich nichts mehr von den Gäulen hören.“ Nemos wandte sich von Nasja ab und sah wieder zu Artem hinüber. „Wir beobachten die Lage weiter und kümmern uns um die Probleme in unserem eigenen Land. Nur wenn sie übermütig werden, schlagen wir zu und zeigen ihnen, wo ihr Platz ist.“

„Ja, mein König.“ Artem nickte. Nasja sah an seinem angespannten Kiefer, dass er etwas sagen wollte. Doch er hielt es wohl für klüger, Nemos nicht weiter zu reizen.

Nasja lag so viel auf der Zunge, doch Nemos' Blick war so vernichtend, dass sie es nicht wagte, auch nur einen weiteren Ton von sich zu geben. Sie wusste, dass er es nicht dulden würde, wenn sie ihm jetzt Widerworte gab.

Also wandte sich Nasja Finnie zu und bat sie flüsternd, ihre Frage zu wiederholen. Finnie hatte von der Spannung am Tisch nicht viel mitbekommen oder sie war an Nemos' Wutausbrüche so sehr gewöhnt, dass sie ihr nicht seltsam vorkamen. Sie fragte Nasja, ob sie morgen mit ihr zum Schwanenteich gehen wollte, um nachzusehen, ob die Küken schon geschlüpft waren.

Nachdem Nemos das Gespräch mit Toto wieder aufnahm, wurde auch am übrigen Tisch die Konversation an der Stelle fortgesetzt, an der Nemos sie unterbrochen hatte.

Das weitere Gespräch drehte sich um eine Feierlichkeit in Goros, an der Nemos und Toto heute Abend noch teilzunehmen gedachten. Nasja hörte nur noch gelegentlich dem Gespräch zu, während Bonja und Frederika ausführlich über die passende Kleidung für den Abend sprachen.

Nasja unterhielt sich mit Finnie über ihre Pläne, im Garten eine Schaukel an einen der großen Bäume zu hängen. Doch insgeheim waren Nasjas Gedanken nicht in den Schlossgärten, sondern dabei, was da gerade passiert war und warum Nemos sie so sehr hasste. Hatte sie etwas falsch gemacht? Wie sollte sie sich für die Interessen der Nymphen einsetzen, wenn Nemos so eine feindliche Position ihr gegenüber bezog?

Nasjas Gedanken überschlugen sich. Sie musste an Informationen kommen. Wenn Nemos sie weiter so stark isolierte, würde sie bei der nächsten Ratssitzung kaum etwas Sinnvolles beitragen können, was mit Sicherheit sein Ziel war. Für gute Entscheidungen brauchte es ausreichende Informationen und die hatte sie nicht. Wenn sie nicht vorbereitet war, riskierte sie, dass sie aus dem Rat ausgeschlossen wurde. Bestimmt gab es einen Passus, der Nemos das Recht dazu gab.

Ihr Vater würde ihr sicher noch einen Boten schicken, aber das reichte Nasja nicht. Sie musste wissen, was in Goros und in Galadon vor sich ging. Während sie mit Finnie darüber philosophierte, welcher der vielen Bäume im Schlossgarten für eine Schaukel infrage kam, hatte sie eine Idee.

Als Nemos die Tafel aufhob und sich so wie jeden Abend in einen der Säle zurückzog, um mit Toto noch ein Glas Wein zu trinken, lud er Artem und Freiherr von Lotringen ein, ihn zu begleiten. Während Artem das Angebot annahm, reagierte Freiherr von Lotringen ganz so, wie Nasja es vermutet hatte. Er lehnte das Angebot mit der Entschuldigung ab, dass er noch arbeiten müsse, um Nemos' Wunsch so schnell wie möglich in die Tat umzusetzen.

Als Nemos mit Toto und Artem in den Nebensaal ging und Freiherr von Lotringen den goldenen Salon verließ, folgte ihm Nasja möglichst unauffällig. Finnie war gerade mit Bonja in ein Gespräch vertieft und merkte glücklicherweise nicht, dass Nasja sich erhoben hatte. Noch im Gang holte Nasja Freiherr von Lotringen ein.

„Entschuldigt bitte." Sie erreichte den älteren Herrn und lächelte ihm freundlich zu.

„Meine Königin." Freiherr von Lotringen deutete eine kleine Verbeugung an und ließ sich nichts von seiner Überraschung anmerken, dass Nasja ihm gefolgt war. „Was kann ich für Euch tun?"

„Ich habe nur eine kleine Bitte an Euch", sagte Nasja und schlenderte an seiner Seite weiter den Gang entlang. „Ich bin von meinem Vater in vielen Dingen auf meine Rolle als Königin von Galadon vorbereitet worden. Ich habe mich auch mit der Haushaltsplanung des Landes beschäftigt."

„Habt Ihr das?" Jetzt war Freiherr von Lotringen die Überraschung sichtlich anzusehen.

„Ja, das habe ich." Nasja wurde ernst. „Ich weiß, dass Ihr ein strenges Regime führt, um die Steuergelder der Menschen Galadons verantwortungsvoll zu verwalten. Verschwendung ist Euch ein Gräuel und auch Ungenauigkeiten habt Ihr den Kampf angesagt. Ich möchte gern meinen Teil dazu beitragen."

„Das ist sehr lobenswert."

„Dazu muss ich aber mehr über den Haushalt erfahren. Vor allem interessieren mich die Ausgaben von Schloss Schwanenberg. In den Berichten, die ich lesen durfte, schreibt Ihr, dass das Schloss im Jahr einen Betrag von dreitausendfünfhundertdreiundachtzig Goldstücken verschlingt."

„Das ist richtig." Freiherr von Lotringen zog überrascht eine Augenbraue hoch.

„Da der Betrag nicht weiter aufgeschlüsselt war, wollte ich fragen, ob Ihr mir vielleicht näher darüber Auskunft geben könnt, wie er sich zusammensetzt und vor allem wie ich als Königin darauf Einfluss nehmen kann. Welcher Betrag steht mir zur Verfügung? Welche Ausgaben darf ich veranlassen? Und wo kann ich Einsparungen vornehmen? Ich hoffe, Ihr entschuldigt meine neugierigen Fragen, aber ich wollte meinen Ehemann nicht mit solchen Banalitäten belasten. Er hat so viel wichtigere Dinge zu durchdenken." Nasja setzte eine ernste Miene auf. „Er muss sich um das ganze Land sorgen."

„Ich verstehe", sagte Freiherr von Lotringen und nickte bedächtig, und das tat er wirklich. „Ich kann Eure Einstellung nur begrüßen. Es ist wichtig, dass Ihr Euch darüber bewusst seid, dass das Leben hier auf Schloss Schwanenberg Geld kostet und dass es wichtig ist, verantwortungsbewusst mit den Steuergeldern der Menschen von Galadon umzugehen."

„Genau das war mein Gedanke", sagte Nasja ernst.

„Ich erwarte Euch morgen früh in meinem Büro im achten Stock. Ich habe ein paar Tage hier auf Schloss Schwanenberg zu tun. Es dauert zu lang, das alles zwischen Tür und Angel zu erläutern."

„Sehr gern." Nasja nickte. „Vielen Dank."

Freiherr von Lotringen wünschte ihr noch einen schönen Abend und ging dann mit schnellen Schritten davon. Nasja hörte noch eine Weile zu, wie sich seine Schritte entfernten. Dann drehte sie sich um und ging zurück in ihr Zimmer.

So wie jeden Abend schickte sie die Bediensteten davon und setzte sich mit Celistra noch draußen in den Garten, wo sie dabei zusahen, wie die Sonne unterging. Nasja erzählte Celistra, was heute geschehen war, und Celistra hörte ihr geduldig zu. Dann nickte sie und sagte, dass Nasja genau richtig gehandelt hatte. Das reichte Nasja schon, um die Unruhe in ihr zu besänftigen.

Sie unterhielten sich über andere Themen. Nasja schloss die Augen und erzählte Celistra, welche Wesen sie in der Dunkelheit umgaben. Celistra indes spürte der Feuchtigkeit in der Luft nach und machte eine Wetterprognose für den nächsten Tag.

Als Celistra kurz vor Mitternacht schlafen ging, blieb Nasja noch eine Weile sitzen und sah in den Sternenhimmel hinauf. Alles war still um sie herum. Sie konzentrierte sich ganz auf die Fledermäuse, die die Jagd eröffnet hatten und die Luft lautlos zerschnitten. Ob sie auch die Kontrolle über eine Fledermaus erlangen konnte? Sie hatte es noch nie probiert. Aber einen Versuch war es wert. Nasja spürte den kleinen Wesen nach und versuchte eines davon auszuwählen.

Sie war so darin vertieft, dass sie nicht hörte, wie jemand näher kam. Erst als sie das schwere Klopfen eines

Herzens in ihrer Nähe spürte, wusste sie, dass da jemand war.

„Nicht erschrecken“, sagte eine vertraute Stimme.

„Artem?“ Nasja konnte kaum glauben, dass sie wirklich seine Stimme hörte.

„Ja, ich bin es.“ Er war so nah gekommen, dass sie im matten Schein der Sterne seinen Umriss erkennen konnte.

Nasja spürte eine unbändige Aufregung in sich aufsteigen, die sich mit einer ihr völlig fremden Freude mischte. Doch gleichzeitig spürte sie auch Angst.

„Du darfst nicht hier sein“, sagte sie leise und sah sich um. Alles war ruhig. Sie spürte niemanden in ihrer Nähe.

„Ich weiß, aber ich muss mit dir reden“, sagte Artem ernst. „Es geht um die Zentauren.“

„Um die Zentauren?“ Nasja hatte mit allem gerechnet, aber nicht mit dieser Antwort.

„Ja, um die Zentauren. Ich habe eine Frage an dich.“ Artems Stimme war weich. Er wusste, dass es ihr Angst machte, wenn er mitten in der Nacht hier auftauchte, und versuchte, in einem sanften Tonfall mit ihr zu reden.

Doch Nasja hatte keine Angst, weil Artem bei ihr war. Seine Anwesenheit fühlte sich gut an. Sie wusste, dass er niemals etwas tun würde, was nicht recht war. Sie hatte Angst, dass sie jemand hier sah und falsche Schlüsse aus diesem Treffen zog. Nemos hasste sie ohnehin schon. Wenn er erfuhr, dass sie sich mitten in der Nacht mit Artem allein im Garten traf, würde er vor Wurt explodieren.

Doch nun war Artem hier und brauchte ihre Hilfe. Nach allem, was er für sie getan hatte, würde sie ihm diese nicht versagen. Zudem war das eine Gelegenheit, auf die Nasja lange gewartet hatte. Sie begriff schnell, dass sie jetzt, wo sie niemand beobachtete und jedes ihrer Worte auf die Goldwaage legte, ein paar Fragen stellen konnte, um zu erfahren, was in der Stadt und im Land vor sich ging.

„Was für eine Frage hast du?", sagte Nasja zügig. „Ich helfe gern weiter, wenn ich damit die Menschen Galadons schützen kann."

„Das dachte ich mir. Du hast vorhin beim Essen gesagt, dass du etwas über Frenzenstetten weißt."

„Du meinst, bevor Nemos so abrupt das Thema gewechselt hat." Nasja konnte nicht verhindern, dass ihre Worte bitter klangen.

Artem schwieg einen Moment und Nasja wusste, dass er nicht sein Wort gegen seinen König erheben konnte. Er hatte ihm Treue geschworen und so wie Nasja Artem einschätzte, hielt er sich an sein Wort.

„Ja, ich kenne Frenzenstetten. Es gibt eine Legende über diesen Ort, denn dort lebten einst Nymphen", begann Nasja zu berichten.

„Also gibt es dort Magie?" Artem klang interessiert.

„Es gab dort Magie", sagte Nasja bestimmt. „In Frenzenstetten stand einst das Mondtor."

„Das Mondtor?" Artem schien zum ersten Mal davon zu hören.

„Ja, das Mondtor", sagte Nasja. „Kennst du dich ein bisschen mit der Magie der Nymphen aus?"

„Nur ein bisschen", sagte Artem in entschuldigendem Ton. „Ich weiß, dass manche Nymphen starke Kräfte haben. Dein Vater soll ein Feuernymph sein. Es heißt, er hätte schon ganze Wälder in Brand gesteckt, um die Zentauren vom Land der Nymphen fernzuhalten."

„Ja, das hat er tatsächlich." Nasja nickte. „Vor zehn Jahren, als die Zentauren bis in unsere Hauptstadt vorgedrungen sind. Diese Magie ist bei jeder Nymphe anders."

„Was hat das mit dem Mondtor zu tun?"

„Eine Nymphe kann ihr Leben und ihre Kraft einer edlen Sache widmen", sagte Nasja zögernd. Es war nicht so, dass diese Information ein großes Geheimnis war, aber dennoch beschrieb sie etwas so Besonderes, dass Nasja nur zögernd davon erzählen konnte. „Um das Mondtor zu erschaffen, haben fünf Nymphen ihr Leben gegeben. Ihre Kraft lebte in dem Tor weiter und es ermächtigte es zu einem ganz besonderen Zauber. Solange es einen abnehmenden Mond gab und die Mondsichel am Himmel stand, konnten die Nymphen durch das Tor hindurchgehen und an jeden Ort gelangen, an den sie wollten. Sie konnten ihre Liebsten treffen, die am anderen Ende des Kontinentes wohnten. Sobald der Mond sich wandelte und der Neumond kam, verging auch der Zauber und zog den Wanderer zurück zum Mondtor. Bei Vollmond und zunehmendem Mond funktionierte der Zauber nicht. Nur bei abnehmendem Mond.“

Artem schwieg einen Moment und Nasja ließ ihm ein wenig Zeit, um ihre Worte zu verdauen.

„Als man die Nymphen vor dreihundert Jahren vertrieb, zerstörten sie das Mondtor“, fuhr sie schließlich fort. „Seitdem bewohnen die Zentauren das Land. Niemand weiß, was aus dem Mondtor geworden ist. Denn seitdem hat keine Nymphe mehr das Land der Zentauren betreten. Aber wenn sich die Zentauren in Frenzenstetten sammeln, sollte man diese Geschichte vielleicht im Hinterkopf behalten.“

„Das sollte man“, sagte Artem entschlossen. „Traust du ihnen zu, dass sie es wieder in Betrieb nehmen können?“

Nasja wunderte sich darüber, dass sich Artem ernsthaft für ihre Meinung interessierte. Nach den langen Tagen, in denen sie sich wie Luft gefühlt hatte, tat es einfach nur gut.

„Wenn ich ehrlich bin, traue ich ihnen nicht zu, dass sie es selbst wieder reparieren können. Dazu fehlt ihnen das Wissen, aber sie sind clever genug, um jemanden zu bezahlen, der es kann. Die Magie ist noch an diesem Ort.“ Nasja schwieg, während Artem über ihre Worte nachdachte.

„Ich kann dir nicht genug dafür danken, dass du mir davon erzählt hast. Danke, Nasja.“ Die Wärme in seiner

Stimme trieb Nasja die Röte in die Wangen. Sie war froh, dass es dunkel war und Artem es nicht bemerken würde.

„Ich helfe immer gern, das weißt du hoffentlich. Ich bin hier, um etwas Gutes zu tun, für die Nymphen, aber auch für die Menschen.“ Nasja zögerte kurz, doch dann ermahnte sie sich, ihre Fragen zu stellen, bevor Artem wieder in der Dunkelheit verschwand. Wer wusste schon, wann sich wieder eine Gelegenheit dafür ergab?

„Wie ist die Lage wirklich draußen in Goros und im Land?“ Nasja holte tief Luft. „Drohen wirklich Unruhen?“

Artem zögerte einen Moment mit seiner Antwort. Doch dann sprach er leise und schnell mit ihr. „Die Leute sind aufgebracht, nicht nur in Goros, sondern im ganzen Land. Nemos muss sie beruhigen, wenn er Schlimmeres vermeiden will. So schlecht ist die Idee nicht, Bruder Pentos ein paar Wohltaten vollbringen zu lassen. Ich kann nur hoffen, dass das reicht. Über die Zentauren weißt du ja schon Bescheid. Ich sollte vielleicht erwähnen, dass die Trolle im Moment auch nicht gut auf uns zu sprechen sind. Ich habe einen Brief von Exlet erhalten. Sie sind sehr verstimmt, dass der Aufbau ihrer Handelsbeziehungen zu den Zentauren nicht genehmigt worden ist. Sie hatten wohl darauf gehofft, dass dies mit Nemos möglich sein würde. Aber wenn wir uns jetzt Geld bei den Trollen borgen und sie einen großzügigen Zins berechnen können, dann sind sie sicher wieder versöhnt.“

Nasja nickte. „Danke, dass du mir das alles erzählst“, sagte sie, und sie war Artem wirklich dankbar dafür, dass er so offen zu ihr war.

„Du hast ein Recht darauf, das zu wissen“, sagte er zögernd.

„Warum hasst mich Nemos so sehr?“ Die Worte kamen ihr nur stockend über die Lippen. Es war das erste Mal, dass sie ihre Gedanken aussprach. Doch sie hatte das Gefühl, dass sie es bei Artem wagen konnte. „Du stehst ihm doch nah. Warum benimmt er sich mir gegenüber so abweisend? Liegt es an mir? Mache ich etwas falsch?“

Artem seufzte. „Er hasst dich nicht“, sagte er schließlich. „Er ist einfach noch viel zu jung, um zu begreifen, was er für ein Glück hat, eine Frau wie dich an seiner Seite zu haben. Du bist alles, was er sich in seinen kühnsten Träumen wünschen könnte. Gib ihm Zeit, dass zu verstehen.“

„Das hat mein Vater auch gesagt“, erwiderte Nasja seufzend.

„Dein Vater ist ein kluger Mann.“ In Artems Stimme klang ein Schmunzeln mit. „Bleibe stark, Nasja“, flüsterte Artem, und das Schlagen seines Herzens entfernte sich von ihr. „Lass nicht zu, dass er dich bricht.“

Seine letzten Worte verklangen. Dann war Artem genauso leise verschwunden, wie er gekommen war.

KAPITEL 8

In dieser Nacht schlich sich Artem das erste Mal in Nasjas Träume. Als sie am Morgen erwachte, glühten ihre Wangen und sie brauchte einen Moment, um den Traum loszulassen und mit ihm das warme Gefühl, das Artems Anwesenheit in ihr auslöste. Selbst in ihrem Traum hatte sie es gespürt und sogar jetzt sehnte sie sich danach. Sie wusste, dass dies nur geschah, weil er einer der wenigen Menschen in ihrer Nähe war, der sie respektvoll behandelte und sie sich deswegen seine Gesellschaft wünschte. Wem würde es nicht so gehen?

Nasja schloss noch einmal die Augen und erinnerte sich an den Weg, den sie bisher gegangen war, um hierher zu kommen. Die vergangenen fünf Jahre flogen an ihr vorbei. Sie dachte an ihre Mutter und an ihre Heimat. Unzählige Opfer waren gebracht worden, damit sie jetzt in Schloss Schwanenberg sein konnte, an der Seite des Königs, um alles in ihrer Macht Stehende zu tun, um die Nymphen und ihre Heimat zu beschützen.

Es war die Aufgabe ihres Lebens und sie durfte sich nicht von ihrer Einsamkeit und Nemos‘ Hass davon abbringen lassen. Alles, was ihre Familie geopfert hatte, wäre umsonst, wenn Nasja das zulassen würde.

Ihr Vater hatte gewusst, dass es eine schwere Aufgabe werden würde, die Königin von Galadon zu sein. Deswegen hatte er so viel Zeit geopfert, um sie darauf vorzubereiten. Sie musste nun beweisen, dass er sein Vertrauen zu Recht in sie gesetzt hatte.

Nasja riss die Augen wieder auf. Sie hatte sich auf ihre

Aufgabe fokussiert und wusste, was zu tun war. Sie rief Celistra zu sich und bat sie, ihr beim Ankleiden zu helfen. Sie frühstückte so wie jeden Morgen im Garten ein wenig Obst und trank frisches Wasser dazu. Dann machte sie sich auf den Weg zu den Büroräumen von Freiherr von Lotringen.

Sie wusste inzwischen von einer der Bediensteten, dass der Buchhalter einmal im Monat ein paar Tage auf Schloss Schwanenberg verbrachte, um die Ausgaben in die Bücher einzutragen.

Nasja lief eine ganze Weile durch das Schloss und stieg viele Treppen hinauf, bis sie schließlich im Büro von Freiherr von Lotringen im achten Stock ankam. Von hier oben hatte man einen fantastischen Blick über den Schlossgarten und noch darüber hinaus. Man konnte sogar über die Stadt Goros sehen, die sich wie ein riesiger schwarzer Krake unter dem Schloss ausstreckte und von dem Fluss Nimbus in zwei Teile geteilt wurde. Wenn man in die andere Richtung blickte, konnte man auch das endlose Meer erkennen, in das sich der Fluss stürzte und das sich weit in die Ferne erstreckte.

Das Blau des Ozeans faszinierte Nasja so sehr, dass sie ihren Blick nicht davon abwenden konnte. Eine Weile sah sie aus dem Fenster und musterte es. Sie hatte schon so viele Jahre in Goros verbracht und doch hatte sie das Meer nur selten gesehen, obwohl es doch so nah war.

Schließlich riss sie sich von dem Anblick los und klopfte an die Bürotür von Freiherr von Lotringen. Es dauerte nicht lang, dann kam ein Junge von vielleicht elf Jahren und ließ sie herein. Er trug nicht die übliche Kleidung der Bediensteten, woraus Nasja schloss, dass er direkt für Freiherr von Lotringen arbeitete. Er brachte Nasja in das Büro. Nasja sah sich erstaunt um. Es war ein einfaches Zimmer mit einigen wenigen Möbeln. Das Eindrucksvollste waren die hohen Regale mit den unzähligen Ordnern.

„Meine Königin." Freiherr von Lotringen hatte sich erhoben und senkte den Kopf, wie es die Höflichkeit gebot.

Nasja nahm es dankbar zur Kenntnis, ebenso, dass er ihr einen Stuhl neben seinem Schreibtisch anbot. Mittlerweile war sie für jede Höflichkeit dankbar, die ihr auf Schloss Schwanenberg entgegengebracht wurde.

„Vielen Dank, dass Ihr Euch Zeit für mich nehmt", sagte Nasja und nahm Platz.

„Es ist mir eine Ehre, meine Königin", sagte Freiherr von Lotringen und reichte Nasja eine Mappe, die voller Papiere steckte. „Ich habe mich heute Morgen schon mit Euren Fragen beschäftigt. In diesen Unterlagen findet Ihr alles Wissenswerte für Eure Lage. Ihr solltet alles in Ruhe durcharbeiten." Er nickte ihr bedächtig zu. „Die Finanzen von Schloss Schwanenberg habe ich noch etwas ausführlicher aufgeschlüsselt. Außerdem habe ich gedacht, dass es nicht schlecht wäre, wenn ich Euch über die Strukturen des Hofstaates informiere. Jede Stelle hier auf Schloss Schwanenberg bringt ihre Rechte und Pflichten mit sich. Diese Lektüre wird Euch sicher interessieren."

„Danke", sagte Nasja erstaunt und betrachtete den dicken Packen Papier in ihrem Schoß voller Erstaunen. Das war mehr, als sie erwartet und erhofft hatte.

„Es ist meine Pflicht, Euch zu Diensten zu stehen, meine Königin", sagte Freiherr von Lotringen.

Nasja musterte ihn gespannt. Ja, das war vermutlich wirklich seine Pflicht, aber Nemos würde ihm keine Vorwürfe machen, wenn er sie nicht erfüllte. Ganz im Gegenteil. Nemos sah es lieber, wenn er ihr nicht weiterhalf. Sie würde zügig wieder gehen, um ihn nicht unnötig in Schwierigkeiten zu bringen. Doch eine Frage hatte sie noch und die musste sie unbedingt loswerden.

„Ihr habt gestern beim Abendessen angedeutet, dass nicht jeder in Galadon damit einverstanden ist, dass Samara nun der alleinige Gott ist, zu dem die Menschen beten sollen. Das bereitet mir große Sorgen. Könnt Ihr mir sagen, wie ernst die Lage ist?“ Nasja sah Freiherrn von Lotringen erwartungsvoll an. Sie wollte wissen, ob er ehrlich zu ihr war und sie sich wirklich auf ihn verlassen konnte. Wenn er ihr dasselbe sagte wie Artem, dann konnte sie ihn zu ihren Vertrauten zählen. Wenn dem nicht so war, dann sollte sie alles, was sie von ihm erfuhr, mit Vorsicht betrachten.

Doch Freiherr von Lotringen zögerte nicht. Sondern begann in ruhigem, nüchternem Ton zu erzählen. „Viele Menschen haben schon zu Samara gebetet und viele andere sind auch bereit, der neuen Religion zu folgen. Doch es gibt da einige, die die Naturgötter um Beistand anflehen und die sich nicht der Entscheidung des Königs unterwerfen wollen. Dieser überschaubare Prozentsatz Menschen ist bereit, Gewalt anzuwenden, um seinen Unmut zu äußern. Diese Menschen sammeln sich jetzt schon seit einer Weile in Goros. Sie kommen aus dem ganzen Land in die Hauptstadt geströmt und wenn meine Informationen richtig sind, müssen wir mit Ärger rechnen. Wenn einer zweifelt, steckt er den anderen an und so kann sich ein Funke schnell zu einem Flächenbrand entwickeln, wenn man nicht rechtzeitig gegensteuert.“ Er warf dem Jungen, der an der Tür auf weitere Befehle wartete, einen schnellen Blick zu. Dann wandte er sich wieder Nasja zu. „Nemos schlägt den richtigen Weg ein. Die Kirche braucht Geld, um Wohltaten unter die Menschen zu bringen. Die Armen bekommen ein Dach über dem Kopf und genug Nahrung, um sie vor dem Hungertod zu retten. Das wird die Akzeptanz der Lehre von Samara erhöhen. Die Menschen werden sehen, dass ihnen der Sonnengott wohlgesonnen ist. In wenigen Monaten wird niemand darüber reden, dass es einmal anders gewesen ist, aber bis dahin stehen uns noch aufregende Zeiten bevor. Reicht Euch das vorerst als Antwort?“

Nasja nickte zufrieden. „Das reicht mir vollends. Vielen Dank, dass Ihr so offen zu mir seid. Das weiß ich wirklich zu schätzen. Ich kann wieder beruhigt schlafen, denn der König hat die Lage im Griff. Anders habe ich es auch nicht erwartet." Nasja erhob sich wieder. „Ich möchte Euch nicht länger von der Arbeit abhalten." Sie drückte die Unterlagen fest an sich und konnte es nicht erwarten, einen Blick hineinzuwerfen, jetzt wo sie wusste, dass Freiherr von Lotringen ehrlich zu ihr gewesen war.

„Wenn Ihr Fragen habt, stehe ich Euch immer gern zur Verfügung." Freiherr von Lotringen deutete eine Verbeugung an.

Nasja nickte ihm noch einmal zu, dann ging sie zur Tür. Der Junge war aufgesprungen und hielt ihr die Tür auf. Als Nasja noch einmal zurücksah, sah sie, dass Freiherr von Lotringen sich schon wieder tief über seinen Schreibtisch gebeugt hatte und gerade zu einer Schreibfeder griff, um sich seiner Arbeit zu widmen.

Gemächlich verließ Nasja sein Büro. Als der Junge die Tür hinter ihr schließen wollte, winkte sie ihn kurzerhand zu sich. Er hatte struppige, braune Haare und ein lebendiges Funkeln in den Augen.

„Weißt du, wer ich bin?" Sie sah ihn fragend an.

Er nickte, sagte aber kein Wort.

„Du wohnst doch bestimmt in Goros?"

Er nickte erneut, was Nasja zufrieden zur Kenntnis nahm.

Sie griff in den kleinen Stoffbeutel, den sie wie immer an ihrem Handgelenk trug, und zog eine Silbermünze heraus. Dann reichte sie sie dem Jungen. „Komm zu mir und erzähle mir, was in Goros geschieht. Ich will alles wissen, was wichtig ist. Wer kommt, wer geht, wer Ärger macht und worüber die Leute reden. Du kannst jedes Mal eine davon verdienen, wenn du Neuigkeiten für mich hast. Was hältst du davon?"

Die Augen des Jungen leuchteten, während er die Silbermünze ansah.

Dann griff er nach ihr und ließ sie in seiner Hosentasche verschwinden. „Ich komme, so oft ich kann, mit Neuigkeiten. Versprochen“, murmelte er leise.

„Sprich nur mit mir, wenn ich allein bin“, sagte Nasja mahnend. „Keiner darf wissen, dass du für mich die Augen aufhältst. Lass dich nicht erwischen.“

„Mich wird niemand sehen“, versprach der Junge.

Nasja nickte und ging davon. Nachdem sie in den nächstbesten Gang eingebogen war, blieb sie einen Moment stehen und atmete tief durch. Das war doch besser gelaufen als gedacht. Sie sah die Mappe in ihrer Hand an. Neugierig schlug sie sie auf. Freiherr von Lotringen hatte nicht zu viel versprochen. Er hatte die Kosten von Schloss Schwanenberg detailliert aufgeschlüsselt. Nasja würde eine Weile brauchen, bis sie alles durchgelesen und ihre Schlüsse daraus gezogen hatte.

Nachdenklich schlug sie die Mappe wieder zu. Sie konnte sie nicht mit in ihre Suite nehmen. Das war viel zu gefährlich. Dafür waren zu viele Bedienstete in ihren Räumen unterwegs, die ihre neugierigen Blicke überall hatten und vielleicht Nemos oder seiner Mutter Bericht erstatteten. Auch wenn es ihr Recht war, sich mit diesen Dingen zu beschäftigen, wollte Nasja nicht, dass Nemos wusste, was sie tat. Er hatte sie deutlich spüren lassen, dass sie nicht mehr tun solle, als zu sticken und die Harfe zu spielen. Doch dafür war sie nicht hier.

Kurz entschlossen lief Nasja los. Wenn sie sich den Lageplan des Schlosses richtig ins Gedächtnis rief, dann gab es über der achten Etage, in der sie sich gerade befand, einen Dachboden. Soweit sie sich erinnerte, diente er als Lager. Bestimmt gab es dort eine ruhige Ecke, wo sie die Mappe verstecken konnte.

Es dauerte eine Weile, bis Nasja die schmale Treppe

fand, die zum Dachboden hinaufführte. Sie blickte sich noch einmal um, aber sie sah und hörte niemanden. Also stieg sie schnell die Treppe empor. Die Tür zum Dachboden war nicht verschlossen. Sie öffnete sie und betrat einen langen, staubigen Flur.

Es war ganz so, wie sie es noch im Kopf hatte. Der Dachboden bestand aus unzähligen Kammern. Doch das, was Nasja nicht wusste und was sie wirklich erstaunte, war, dass in diesen Kammern die Hinterlassenschaften mehrerer Jahrhunderte lagerten. Sie ging an den offenen Räumen vorbei. Sie sah unzählige Gemälde, Porträts, Stillleben, Landschaften, die jeweils in der Mode ihrer Zeit gestaltet waren.

Unzählige Kisten voller Kleidung standen hier, ganz genauso wie Möbel. Vom Sessel bis zur Kommode war hier alles zu finden. Nasja lief den Gang immer weiter entlang. Schließlich gelangte sie in einen Seitengang, von dem aus weitere Kammern abgingen. In eine unscheinbare Kammer, in der alte Bücher gelagert wurden, bog sie schließlich ein. Die Staubschicht auf den Regalen war daumendick. Nasja schob sich zwischen zwei eng stehenden Bücherstapeln vorbei und gelangte in den hinteren Teil der Kammer. Hier stand ein alter, durchgesessener Sessel neben einer Stehlampe, in deren Schirm die Motten riesige Löcher gefressen hatten.

Es war perfekt. Nasja ließ sich auf dem Sessel nieder und begann sich in ihre Lektüre zu vertiefen.

KAPITEL 9

So oft Nasja konnte, schlich sie sich von nun an nach oben auf den Dachboden. Sie blieb nie länger als eine Stunde, auch wenn es ihr schwerfiel, ihre Lektüre immer wieder zu unterbrechen. Doch so erweckte sie keine Aufmerksamkeit und niemand wurde stutzig, weil sie zu lange nicht auffindbar war.

Nasja arbeitete sich durch unzählige Tabellen und Listen. Freiherr von Lotringen hatte ihr zum Vergleich die Ausgaben der letzten Jahre aufgeschlüsselt. Nasja staunte, wie sorglos in Schloss Schwanenberg das Geld ausgegeben worden war, besonders im letzten Monat, seitdem König Kreotis nicht mehr am Leben war. Auffallend war, dass für die Kleider der Damen das meiste Geld floss. Selbst die Einrichtung und die Feierlichkeiten überstiegen diesen Betrag nicht.

Da Nasja immer nur wenig Zeit erübrigen konnte, dauerte es lange, bis sie sich nennenswert in den Papieren vorgearbeitet hatte.

Nach zwei Wochen hatte sie sich endlich einen groben Überblick verschafft und auch über die verschiedenen Stellen am Hof hatte sie sich informiert. Es gab ein eigenes Regelwerk, das die Kompetenzen jedes Mitgliedes des Hofstaates festlegte. Es war interessant gewesen, es zu lesen, und es hatte auch einige Überraschungen für Nasja bereitgehalten. Nur die Beschreibung der Rechte und Pflichten als Königin war knapp gefasst. Sie stand über allen Angestellten und den Damen des Hofes. Die Königin sollte das Königshaus würdevoll repräsentieren und durfte die Würde des Königs nicht beschmutzen.

Diese Formulierung war so allgemein, dass Nasja immer wieder darüber nachgrübelte, was genau das bedeuten sollte. Doch nicht nur über ihre eigene Position dachte sie nach.

Als sie wieder einmal beim Abendessen saß, musterte sie Bonja und Frederika mit einem ganz anderen Blick. Es war so, wie sie es schon auf den ersten Blick gesehen hatte. Die beiden hatten im letzten Monat das meiste Geld ausgegeben, vor allem für einen Schneider in der Azaleenstraße. Bestimmt waren dort ihre Kleider für die Hochzeit entstanden. Nasja musste diesen Umstand irgendwie nutzen.

Nemos und Toto unterhielten sich, wie sie es so oft taten, über die Pläne, die sie noch für den Abend hatten. Die Partys und Feste in Goros nahmen immer mehr Platz in ihren täglichen Gesprächen ein und Nasja fragte sich, ob Toto wirklich dachte, dass das der richtige Weg war, um dem Namen Willingenstein wieder eine neue Bedeutung zu verleihen. Warum besprachen die beiden nicht die wirklich wichtigen Dinge? Eigentlich müssten sie sich ständig den Kopf darüber zerbrechen. Es gab schließlich genug zu tun.

Nasja lauschte eine Weile ihrem Gespräch, das sich darum drehte, ob sie heute in die Oper wollten oder gleich in einen der Privatklubs, wo sie meist die ganze Nacht verbrachten und erst in den frühen Morgenstunden ins Schloss zurückkehrten.

Nasjas Blick hing an Nemos‘ Mutter und sie fragte sich wieder einmal, ob es wirklich keinen Weg gab, ihr ein wenig näherzukommen. Sie hatte oft versucht, mit ihr ins Gespräch zu kommen, doch egal ob sie über das Essen, das Wetter oder sogar Frisuren gesprochen hatte, immer wieder hatte sie Frederika mit wenigen Worten abgespeist und kein Gespräch zwischen ihnen aufkommen lassen.

Die Worte ihres Vaters klangen ihr immer noch in den

Ohren. Sie sollte versuchen, Nemos' Mutter auf ihre Seite zu bringen. Es musste doch einen Weg geben, zu ihr durchzudringen. Vielleicht hatte Nasja bisher einfach noch nicht das richtige Thema angesprochen? Da Toto und Nemos sich gerade darüber ereiferten, welcher der privaten Klubs den besten Service bot, räusperte sich Nasja und streckte den Rücken, während sie Nemos' Mutter anblickte. Plötzlich hatte sie eine Idee.

„Entschuldigt bitte", sagte sie laut genug, damit sie von Bonja und Frederika gehört wurde.

Die beiden unterbrachen ihr Gespräch für einen Moment und wandten sich Nasja mit einem überraschten Gesichtsausdruck zu. Sie schienen gar nicht bemerkt zu haben, dass sie überhaupt mit am Tisch saß. Nasja kam sich einmal mehr wie ein Möbelstück vor. Doch sie schluckte das unangenehme Gefühl sofort herunter. Sie stand am Anfang einer langen Reise und noch war alles möglich.

Im selben Moment wollte Bonja sich schon wieder von ihr fortdrehen, vermutlich weil ihr eingefallen war, dass sie sich vorgenommen hatte, Nasja nicht zu beachten.

„Eure Kleider sehen wunderschön aus", sagte Nasja hastig und unterbrach Bonja damit in ihrer Bewegung. „Ich brauche auch bald neue Garderobe. Könnt ihr mir einen Schneider in Goros empfehlen?" Nasja sah Bonja direkt in die Augen.

Bonja hielt inne. Man sah ihr an, dass sie darüber nachdachte, ob sie es wagen konnte, eine so direkte Frage der Königin unbeantwortet zu lassen. Ganz automatisch wanderte ihr Blick zu Nemos. Doch der war immer noch in sein Gespräch mit Toto vertieft und hatte gar nicht bemerkt, dass Nasja überhaupt den Mund aufgemacht hatte.

„Der Schneider heißt Thedoros Flanderhaed", sagte Bonja nach einem kurzen Moment des Überlegens.

„Danke", erwiderte Nasja hastig, wohl wissend, dass das nicht der Schneider war, von dem diese Kleider wirklich stammten. Gregoro war der beste Schneider in der Stadt. Er hatte auch Nasjas Hochzeitskleid angefertigt. Zu Flanderhaed ging man, wenn das Personal neue Kleidung brauchte. „Ich möchte, dass ihr mich morgen dorthin begleitet und mich diesem Schneider vorstellt." Sie nickte Bonja freundlich zu und wandte sich dann wieder dem Dessert zu. Nasja wusste aus den Unterlagen von Freiherr von Lotringen, dass Bonja sich diesem Befehl nicht widersetzen durfte. Die Damen, die auf Schloss Schwanenberg lebten, waren allesamt der Königin unterstellt und mussten ihr zu Diensten sein, wenn sie sie darum bat.

Bonja klappte die Kinnlade herunter. Nasja sah es in ihren Augen wütend blitzen.

Nasja wusste, dass sie jetzt schnell reagieren musste. Sie legte ihren Löffel beiseite und erhob sich. Dann nickte sie Bonja freundlich zu. „Wir fahren morgen zur Mittagszeit ab. Bereitet alles vor. Ich freue mich schon." Mit diesen Worten drehte sich Nasja auf den Fersen um und verließ den goldenen Salon mit klopfendem Herzen. Sie rechnete jeden Moment damit, dass Bonja wütend wurde und ihr hinterherschrie, was sie sich erlauben würde, oder dass sie sich bei Nemos beschwerte und er ihrem Vorhaben einen Riegel vorschieben würde.

Doch als sie die Tür hinter sich schloss, blieb alles ruhig.

Das hieß noch lange nicht, dass sie morgen auch gemeinsam in die Stadt fahren würden. Doch Nasja hatte einen Anfang gemacht. Die Ausgaben für die Kleider waren ein riesiger Posten in der Kostenaufstellung von Schloss Schwanenberg und Nasja war sich sicher, dass weder Bonja noch Frederika darauf verzichten wollten, weiter so großzügig Geld für Mode auszugeben. Also mussten sie entweder gemeinsam mit Nasja zu diesem Schneider gehen oder sich unangenehme Fragen gefallen lassen.

Nasja bog nach rechts ab und machte sich auf den Weg

zu ihrer Suite. Sie musste Celistra von ihrem Gespräch erzählen und dass sie endlich einen Weg gefunden hatte, wie sie nach Goros gelangen konnte. Nasja wollte endlich raus.

Es war egal, dass ihr Kleiderschrank schon voll war und sie es unnötig fand, sich weitere Kleider schneidern zu lassen. Als Königin hatte sie das Recht, sich immer wieder neue Garderobe anfertigen zu lassen, und wenn sie an die gut gefüllten Kammern auf dem Dachboden dachte, dann hatten das die Damen, die in all den Jahrhunderten hier residiert hatten, ganz genauso gehalten.

Nasja lief eine breite Treppe hinab und wollte gerade nach links abbiegen, als sie plötzlich ein Räuspern vernahm. Es dauerte nur einen Moment, bis sie den Schatten hinter einer Säule erkannte. Es war der Botenjunge von Freiherr von Lotringen. Nasja hatte schon nicht mehr daran geglaubt, dass sie ihn noch einmal wiedersehen würde. Umso mehr staunte sie nun, als er aus dem Halbdunkel trat und sie zu sich winkte.

Nasja zögerte nicht, sondern trat schnell zu ihm.

„Ich sollte Euch Bericht erstatten“, sagte er und sah sie fragend an.

Nasja nickte und verzichtete darauf, ihm zu erklären, dass sie schon weitaus eher erwartet hatte, ihn wiederzusehen. Sie war viel zu neugierig darauf, zu erfahren, was er ihr zu sagen hatte.

„Unten in der Stadt wird es immer ungemütlicher“, berichtete der Junge, während er sich hastig umsah. „Die Protestierer, wie sie genannt werden, treiben sich mittlerweile in allen Stadtvierteln herum und sorgen für Unruhe. Besonders im Südviertel wird es immer gefährlicher, auf die Straße zu gehen. Sobald es Abend wird, treffen sie sich in den Straßen und halten lange Reden über die Ungerechtigkeit von König Nemos‘ Entscheidung. Die Soldaten versuchen, sie auseinanderzutreiben. Doch sie haben die

Lage nicht im Griff. Die Protestierer laufen davon und treffen sich wenig später in einer anderen Straße. Die Stimmung in der Stadt wird früher oder später ganz umkippen. Es schließen sich den Protestierern immer mehr Einwohner von Goros an. Und auch aus dem ganzen Land kommen die Menschen nach Goros. Man munkelt, dass die Stadt bald brennen wird."

„Brennen?" Nasja hatte mit immer größer werdendem Erstaunen zugehört. Das kalte Gefühl in ihrem Bauch wurde stärker. Dennoch blieb sie bei der Sache.

„Was ist mit der Kirche? Verteilt sie keine Wohltaten?" Nasja sah den Jungen fragend an.

„Das tun sie, aber es ist Sommer." Der Junge sah Nasja stirnrunzelnd an. „Die Leute wollen keine warmen Suppen, keine Decken und keine langen Reden. Sie wollen ihre Freiheit behalten und zu den alten Göttern beten."

„Das war alles?" Nasja sah den Jungen fragend an.

Er nickte. „Ich komme wieder, wenn sich etwas ändert."

Nasja griff in den kleinen Beutel an ihrem Handgelenk und gab dem Jungen eine Silbermünze. Sobald er sie in den Händen hatte, rannte er auch schon davon. Nasja blieb einen Moment im Halbdunkel des Ganges stehen. Sie hatte nicht einmal geahnt, wie sehr sich die Lage in Goros verschlechtert hatte. Kein einziges Wort war bei den gemeinsamen Abendessen gefallen. Wusste Nemos nichts davon? Verschwieg er ihr den Ernst der Lage oder interessierten ihn die Proteste des einfachen Volkes nicht?

Nachdenklich ging Nasja zurück in ihre Suite. Celistra wartete bereits auf sie. So wie jeden Abend saßen sie noch gemeinsam im Garten und genossen den warmen Sommer. Es war Juli. Über ihren Köpfen schossen die Schwalben lärmend durch den Himmel. Nasja hätte an ihnen ihre Kräfte trainieren können, aber dieser Gedanke fand keinen Platz in ihrem Kopf. Ihre Gedanken kreisten allein um die

Geschehnisse in Goros.

Die Sonne ging gerade unter und die Wärme lag schwer und feucht über der Stadt. Es wunderte Nasja kaum, dass bei diesem drückenden Wetter die Gemüter erhitzt waren und sich leicht an Kleinigkeiten entzündeten. Suppe und Decken? War das alles, was man für fünftausend Goldstücke auf die Beine stellen konnte? Dachte Bruder Pentos wirklich, dass er damit die Leute auf seine Seite brachte?

Als Nasja sich an dem Tisch im Garten niederließ, wollte sie Celistra schon von ihrem Treffen mit dem Botenjungen erzählen. Doch bevor sie auch nur die Stimme erheben konnte, reichte ihr Celistra mit ernster Miene einen Brief.

„Was ist das?", fragte Nasja erstaunt. Sie lebte nun seit beinahe einem ganzen Monat auf Schloss Schwanenberg und hatte bisher keinen einzigen Brief erhalten. Sie hatte auch in der Azaleenstraße keine Briefe erhalten. Daher hatte sie es auch nie gewundert. Doch jetzt, wo sie den Brief in den Händen hielt, der an die Königin von Galadon adressiert war, fragte sie sich doch, ob alles mit rechten Dingen zuging.

„Ein Brief von deinem Vater", sagte Celistra. „Aros hat sich nach Goros geschlichen und ihn im Palast an der Azaleenstraße abgeholt."

„Mein Vater hat den Palast behalten?" Nasja wusste nicht, dass dem so war. Die Worte ihres Vaters hatten nach einem endgültigen Abschied geklungen und eigentlich war das auch sein Plan gewesen. Er hatte vorgehabt, den Palast zu verkaufen. Doch nach der Hochzeit musste er seine Meinung geändert haben.

„Ja, er hat den Palast behalten und das Personal auch." Celistra nickte. „Aros hat mir heute erzählt, dass er auf ungewohntem Weg davon erfahren hat, dass Post in den Palast geliefert wurde. Er hat die Nachricht von einer Seeschwalbe erhalten."

„Einer Seeschwalbe?“ Nasja wunderte sich nicht darüber, dass ein Vogel eine Nachricht überbringen konnte. Im Land der Nymphen hatte es in jeder großen Stadt einen Nymph gegeben, der Macht über Tiere hatte und ihnen Botschaften mit auf den Weg geben und sie an ihr richtiges Ziel lotsen konnte. Aber sie waren nicht im Land der Nymphen. Das lag weit entfernt im Westen und es dauerte mehrere Tagesritte, bis man dort war. Um mit den Menschen, den Trollen oder den Zentauren in Kontakt zu treten, nutzten auch die Nymphen lieber einen berittenen Boten.

Die Seeschwalben schickten sie nur dann auf die Reise, wenn es weite Strecken zu überwinden gab und die Angelegenheit wirklich dringend war.

Hastig öffnete Nasja den Brief und schon als sie die Handschrift darauf sah, wusste sie, dass ihr tatsächlich ihr Vater geschrieben hatte. Schnell überflog sie seine Zeilen. Er erklärte, dass er auf diesem Weg mit ihr in Kontakt trat, um sicherzugehen, dass sie auch wirklich alle wichtigen Informationen erhielt.

Er berichtete davon, dass die Bauarbeiten begonnen hatten und er in den nächsten Wochen mit der versprochenen militärischen Hilfe rechnete, die in Form von etwa eintausend Soldaten vereinbart gewesen war. Er wies Nasja darauf hin, dass sie in der nächsten Ratssitzung darauf bestehen musste, dass diese Versprechen eingehalten würden, denn bis jetzt hatte sich Nemos nicht bei ihm gemeldet, um das weitere Vorgehen zu besprechen.

Nasja ließ den Brief sinken. Die nächste Ratssitzung war in zwei Tagen. Es dauerte nicht mehr lang, bis es so weit war. Umso dringender war ihr Besuch in Goros. Sie musste sich selbst ein Bild der Lage machen. Daran hatte auch der Besuch des Botenjungen nichts geändert. Ganz im Gegenteil. Jetzt wollte sie erst recht sehen, wie sich die Stadt innerhalb eines Monats verändert hatte. Wie war die

Stimmung unter den Menschen? War es wirklich so schlimm, dass die Gefahr bestand, dass die Stadt bald brennen könnte?

Nasja sah sorgenvoll in die Nacht hinaus. So viele Dinge drängten in ihren Kopf. Erneut drehte sich alles um die Frage, warum Nemos die Entscheidung getroffen hatte, Samara zum alleinigen Gott zu ernennen.

Welchen Plan verfolgte er und wie viel Opfer war er bereit, dafür zu bringen? Die Lage spitzte sich zu und es kam auf sie an, dass die Nymphen nun nicht darunter litten. Die nächste Sitzung im Rat würde von großer Bedeutung sein und auch wenn Nemos nicht wollte, dass sie sich in die politischen Belange von Galadon einmischte, würde er nicht verhindern können, dass sie es dennoch tun würde.

Was hatte Artem zu ihr gesagt? Sie durfte sich nicht von Nemos brechen lassen. Sie hielt sich an diesen Worten fest. Der Gedanke an Artem breitete sich warm und beruhigend in Nasjas Brust aus. Nein, sie würde sich nicht brechen lassen. Sie würde fester denn je zu ihrer Meinung stehen, egal was Nemos davon halten würde.

KAPITEL 10

Unruhig sah Nasja über den Schlossplatz. Es war beinahe zwölf Uhr. Die Pferdekutsche stand bereit und neben ihr warteten ein paar Bedienstete in der gleißenden Sonne auf Befehle. Nasja stand mit Celistra in der Mittagshitze und wartete schon seit einer Weile. Kleine Schweißbäche rannen Nasja den Rücken hinab. Wo blieb Bonja? Sie hatte alles vorbereitet, aber sie selbst fehlte noch.

Nasja hatte bis zum letzten Moment nicht daran geglaubt, dass Bonja ihren Befehl ausführen würde. Sie hatte damit gerechnet, dass sie einfach so tun würde, als wenn sie nie ein Wort darüber gesprochen hätten. Was hätte Nasja auch dagegen tun können? Sich bei Nemos beschweren? Das würde wenig helfen.

Auch auf offenen Protest war sie vorbereitet gewesen. Es wäre nicht unwahrscheinlich gewesen, dass Nemos ihr ganz offen verbieten würde, Schloss Schwanenberg zu verlassen. Sie hatte sich vorgenommen, mit den Worten zu argumentieren, die sie das durchaus durfte. Sie konnte sich frei in Galadon bewegen, solange sie die Würde des Königs nicht gefährdete. Mehr Auflagen gab es für sie nicht.

Doch es war nicht nötig gewesen, diesen Trumpf zu ziehen. Keine ihrer Befürchtungen war eingetreten. Nemos war sie den ganzen Tag noch nicht einmal begegnet und auch sonst hatte sich ihr niemand in den Weg gestellt.

Vermutlich schlief Nemos immer noch aus, wie er es jeden Tag tat. Sie hatte heute morgen die Pferde erschöpft wiehern hören, als sie beim Frühstück saß, und daraus geschlossen, dass er erst sehr spät von seinen nächtlichen

Vergnügungen heimgekehrt war.

Nasja schloss die Augen. Die Unruhe war nicht mehr zu ertragen. Sie musste wissen, was geschehen würde. Als Königin schickte es sich nicht, ins Schloss zurückzulaufen und Bonja suchen zu gehen, um sie zur Rede zu stellen.

Nasjas Herz schlug schneller und daran war nicht nur die sommerliche Hitze und das viel zu enge Kleid schuld. In diesem Moment vernahm Nasja das beruhigende Geräusch von herannahenden Schritten. Sie riss die Augen auf und blinzelte dann erstaunt. Sie konnte kaum glauben, was sie sah. Da waren Bonja und Frederika.

Frederika? Nasja hatte Nemos' Mutter mit Absicht nicht angesprochen. Sie hatte nicht damit gerechnet, dass sie auch nur einen Schritt freiwillig auf Nasja zugehen würde. Nasja hatte den Plan verfolgt, sich zuerst Bonja anzunähern und dann mit ihrer Hilfe eine Brücke zu Frederika zu schlagen.

Es war ihr regelrecht aussichtslos erschienen, jemals eine normale Beziehung zu Frederika aufbauen zu können. Sie war von einer Dienstmagd zur Mutter des Königs aufgestiegen. Es gab für sie keinen Grund, Nasja höflich zu behandeln, erst recht nicht, wenn Nemos es auch nicht tat.

Bei Bonja lagen die Dinge anders. Bonja war noch jung, sie war in diesen Mauern aufgewachsen und Nasja hatte die Hoffnung noch nicht völlig aufgegeben, dass es einen Weg gab, zu ihr durchzudringen. Erst recht, seitdem sie Finnie kannte und wusste, dass nicht alle Mitglieder der königlichen Familie ein böses Herz hatten.

Dass Frederika sich ihrem Ausflug anschließen wollte, erfüllte Nasja mit Erstaunen. Zugleich meldete sich eine misstrauische Stimme in ihrem Kopf, die ihr zur Vorsicht riet. Es wäre möglich, dass das hier die Chance war, auf die Nasja so lange gewartet hatte. Vielleicht konnte sie endlich mit den beiden Frauen auskommen und einen neuen Anfang wagen. Aber es war genauso gut möglich, dass die beiden Nasja nicht wohlgesonnen waren und etwas planten, um ihr das Leben schwer zu machen. Nasja beschloss, die Dinge auf sich zukommen zu lassen, erst recht als sie sah, dass ihr Bonja und Frederika freundlich zulächelten.

Nasja starrte sie einen Moment verdutzt an. Sie blinzelte, doch es gab keinen Zweifel. Auf den Gesichtern der beiden Frauen lag ein freundliches Lächeln, während sie näher kamen. Es war weder spöttisch noch hämisch, es war einfach nur freundlich.

Der irrwitzige Gedanke überkam Nasja, dass jetzt vielleicht doch alles gut werden würde. Die Hoffnung war so stark, dass die misstrauische Stimme in Nasjas Kopf immer leiser wurde. Vielleicht hatten die beiden beschlossen, ihre Abneigung gegen Nasja aufzugeben. Vielleicht waren die teuren Kleider ein gemeinsames Interesse, auf dem sie aufbauen konnten. Nasja war zu allem bereit, um das Verhältnis zu den beiden Frauen zu verbessern. Sie würde sogar sticken und Harfe spielen, wenn es unbedingt sein musste.

„Schön, dass ihr da seid." Nasjas Lächeln kam von Herzen, als Bonja und Frederika bei ihr angelangt waren.

Bonjas herzförmige Lippen verzogen sich zu einem breiteren Grinsen und sie wirkte mit einem Mal beinahe so hübsch wie eine Nymphe. „Über einen Ausflug zu unserem Lieblingsschneider freue ich mich immer. Er fertigt wirklich zauberhafte Kleider. Ich habe gehört, dass Gregoro auch dein Hochzeitskleid geschneidert hat, meine Liebe." Bonja winkte einem der Bediensteten, die bereitstanden, um ihre Wünsche zu erfüllen. Er setzte sich sofort in Bewegung und öffnete die Tür der Kutsche. Von dem falschen Schneider war keine Rede mehr. Doch das war nicht das, was Nasja in diesem Moment am meisten wunderte.

Meine Liebe? Nasja sah Bonja verdutzt. Etwas Warmes regte sich in ihrem Herzen. Die misstrauische Stimme wurde wieder lauter und erinnerte Nasja an die Kälte und die Arroganz, mit der Bonja ihr bisher begegnet war. Sollte das einfach über Nacht verschwunden sein?

„Wir sollten langsam aufbrechen", sagte Frederika mit einem Blick zum Himmel. „Die Mittagshitze macht mir immer zu schaffen." Sie wedelte sich mit einem Fächer etwas Luft zu. Sie trug heute ein weit ausladendes, hellblaues Kleid mit einem weiten Rock und einer schmalen Taille.

Damit passte sie gut zu dem zartgrünen Kleid von Bonja, das in einem ähnlichen Stil geschneidert war. Nasja kam sich in ihrem pastellfarbenen, schmal geschnittenen Kleid schlicht neben den beiden Frauen vor. Aber das war ihr egal. Alles, was zählte, war die Frage, ob das hier echt war oder nicht.

Es gab nur einen Weg, es herauszufinden. Mit einem Lächeln bestieg Nasja als Erste die Kutsche. Bonja und Frederika folgten ihr und nahmen ihr gegenüber Platz. Als alle saßen, gab Nasja dem Kutscher ein Zeichen, damit er losfahren konnte. Die Kutsche setzte sich in Bewegung und Frederika wandte sich Nasja zu.

„Ich wusste gar nicht, dass Ihr Euch auch für Mode interessiert, meine Liebe. Wenn ich das geahnt hätte, hätten wir schon viel eher einen Ausflug zu Gregoro machen können." Sie lächelte Nasja mit einer liebevollen, mütterlichen Miene zu.

Nasjas Herz zog sich schmerzhaft zusammen, als sie diese ganz spezielle Freundlichkeit erkannte, die sonst nur eine Mutter ihren Kindern schenkte. Sie spürte, wie sie die Rührung zu überkommen drohte. In diesem Ton hatte schon sehr lange niemand mehr mit ihr geredet, genau genommen schon seit fünf Jahren nicht mehr. Der Schmerz über den Tod ihrer Mutter stieg in Nasja empor und sie spürte, wie ihr die Tränen in den Augen drückten. Nur mit höchster Konzentration konnte sie sich zusammenreißen und verhindern, dass sie ihre Gefühle übermannten.

„Das freut mich zu hören“, sagte Nasja mit erstickter Stimme. „Das bedeutet mir wirklich viel. Ich hatte gehofft, dass wir uns besser kennenlernen können. Vielleicht finden wir noch andere Gemeinsamkeiten.“ Nasja lächelte Bonja und Frederika freundlich zu.

„Bestimmt, mein Kind.“ Frederika nickte.

Nur Bonja sah Nasja plötzlich mit gerunzelter Stirn an. Nasjas freundliche Worte schienen etwas in ihr zu berühren.

Nasja blickte kurz aus dem Fenster der Kutsche. Das Schloss zog an ihr vorbei und Nasja war froh, als sie in den Garten einbogen. Der helle Sonnenschein ließ die goldene Außenmauer von Schloss Schwanenberg so stark leuchten, dass es in den Augen brannte. Das Grün um sie herum fühlte sich deutlich besser an.

Nasja sah wieder zu Bonja hinüber. Der nachdenkliche Ausdruck auf ihrem Gesicht war wieder verflogen. Sie blickte stattdessen zu Frederika, die sich gerade an Nasja wandte.

„Wenn du möchtest, können wir nach unserem Besuch beim Schneider noch bei Lady Hallington vorbeigehen. Sie betreibt den einzigen Damenklub in Goros.“

„Ein Damenklub?“ Nasja wusste gar nicht, dass es so etwas gab.

Frederika nickte. „Ja, er ist im Prinzip nichts anderes als die vielen Herrenklubs, die es in der Stadt gibt. Nur bei Lady Hallington treffen sich eben die Damen der Stadt. Sie würden sich sicher freuen, dich kennenzulernen. Das wird bestimmt reizend.“

Etwas an dem Tonfall von Frederika ließ Nasja aufhorchen. Sie hatte das letzte Wort in einer Art und Weise betont, die Nasja falsch vorkam. Die misstrauische Stimme meldete sich wieder zu Wort. Der Gedanke überkam sie, dass die Freundlichkeit von Nemos‘ Mutter nicht so ehrlich war, wie es Nasja gehofft hatte. Sie wollte den enttäuschenden Gedanken wieder aus ihrem Kopf drängen, doch es gelang ihr einfach nicht. Die Stimme wurde immer lauter und drängender.

Dabei hatte ihr die Freundlichkeit von Frederika und Bonja so gutgetan. Ihre Mutter war längst tot, aber der Gedanke, dass Frederika wenigstens ein wenig so zu ihr sein könnte, wie es ihre Mutter immer gewesen war, war so tröstlich. Die Ablehnung und die Einsamkeit der letzten Wochen hatten ihre Spuren auf Nasjas Seele hinterlassen. Sie sehnte sich danach, dass das endlich aufhörte. Eben hatte sie noch die Hoffnung gehabt, dass sie an einem Wendepunkt angelangt sein könnte. Doch sie durfte nicht dumm sein und offensichtliche Zeichen ignorieren.

Nasja gab ein ersticktes Geräusch von sich. Es kostete sie alle Kraft, doch sie schloss ihre Augen und holte tief Luft. Sie spürte in ihre Umgebung hinein. Sie spürte den Herzschlag von Bonja und von Frederika ganz in ihrer Nähe. Zu Tieren hatte sie sofort eine enge Verbindung, wenn sie das wollte.

Bei Menschen war es schwerer, aber wenn sie sich sehr konzentrierte und sich viel Mühe gab, reichte es, um wenigstens eine Ahnung zu bekommen, was in ihrem Gegenüber vorging. Ihr Vater hatte ihr immer gesagt, dass sie diese Fähigkeit vergessen sollte. Sie wäre jetzt ein Mensch und würde leichter von anderen Menschen akzeptiert, wenn sie sich nicht nur wie einer benahm, sondern sich gänzlich wie einer fühlte. Doch Nasja musste wissen, wie ernst es Frederika mit ihr meinte, und mittlerweile war sie überzeugt davon, dass ihr Vater mit seiner Annahme falsch gelegen hatte. Ihre Fähigkeiten konnten ein großer Vorteil sein und es war nicht gut, dass sie so verkümmert waren.

Als sie den Hass in Frederikas Herz spürte, brauchte sie nicht weitermachen. Sie bemerkte sofort, wie sich alles in ihr verschloss. Frederikas Freundlichkeit war gespielt. Daran gab es keinen Zweifel. Nasja riss die Augen wieder auf und starrte Frederika an.

Wut brandete in ihr auf wie riesige Wellen, die gegen die Küste Sturm liefen. Die Wut spülte das weiche Gefühl in Nasjas Herz davon. Nasja wusste, dass es nur der Zorn war, der ihr jetzt Kraft gab. Doch noch hatte sie Kraft und aus welchem Gefühl es sich speiste, war ihr in diesem Moment völlig egal. Ihr Blick bohrte sich in die blassblauen Augen von Nemos' Mutter.

„Warum?" Sie formte nur ein einziges Wort. Doch der Klang in ihrer Stimme sorgte dafür, dass Frederika augenblicklich die freundliche Maske fallen ließ.

„Ich weiß nicht, was du meinst, mein liebes Kind." Ein herablassendes Lächeln schlich sich auf die Lippen von Nemos' Mutter und bestätigte Nasjas Verdacht.

Nasja erstarrte. Natürlich würde sie alles leugnen. Doch es musste einen Grund geben, warum sie hier in dieser Kutsche saßen. Nasja hatte sich zu Recht gewundert, warum Nemos sie einfach so gehen ließ. Sie hatte mit Protest und zumindest mit Widerworten seitens Bonja gerechnet und dass das nicht geschehen war, hätte sie noch eher stutzig machen sollen. Sie hatte nicht triumphiert. Sie war einfach dumm gewesen, anzunehmen, dass Bonja und Frederika sie plötzlich mögen würden und bereit waren, sie als einen Teil ihrer Familie zu betrachten. Irgendetwas ging hier vor, was die beiden verschleiern wollten.

„Was ist hier los?" Nasja sah Bonja fragend an.

Doch die zuckte nur mit den Schultern. „Keine Ahnung, was hier los ist. Wir wollten zum Schneider."

„Warum seid ihr so nett zu mir?" Nasjas Blick wurde scharf, während sie Bonja nicht aus den Augen ließ. Frederika war voller Hass, aber bei Bonja hatte sie das nicht gespürt. Nasja hatte größere Chancen, Nemos' Schwester zum Reden zu bringen.

„Weil …" Bonja schien sichtlich verdutzt zu sein, dass Nasja so offen mit ihr sprach. Auch ihr angriffslustiger

Gesichtsausdruck schien sie zu verwundern.

„Warum, habe ich dich gefragt. Antworte mir, oder du wirst die Konsequenzen schmerzhaft zu spüren bekommen.“ Nasja schlug den scharfen Tonfall an, den sie so oft bei ihrem Vater gehört hatte. Sie wählte auch seine häufig gebrauchten Worte und sie verfehlten ihre Wirkung nicht.

Bonja zuckte zusammen. Ihr Blick flackerte. Sie war es nicht gewohnt, dass man so mit ihr sprach.

„Nun beruhige dich doch, mein Kind“, sagte Frederika in einem Ton, als ob Nasja fünf Jahre alt wäre. „Wir fahren zum Schneider und dann führe ich dich in die Gesellschaft von Goros ein. Das ist schon längst überfällig.“ Frederika sah aus dem Fenster, als ob die Diskussion für sie an dieser Stelle beendet wäre.

Ein eiskalter Verdacht überkam Nasja. „Nein, das hat er nicht gewagt“, flüsterte sie entsetzt.

„Wer hat was gewagt?“, fragte Bonja. Im Gegensatz zu Frederika schien sie nicht mehr zu wissen, was gerade geschah oder was sie tun sollte.

Doch Nasja achtete nicht auf sie. Sie schloss die Augen und die Wut machte es ihr leicht, sich auf den nächstbesten Vogel zu konzentrieren, der über sie hinwegflog. Es war eine kleine Kohlmeise. Bisher war es ihr nie gelungen, Kontrolle über einen Vogel zu erlangen. Doch die Wut machte es ihr plötzlich leicht, den starken Willen des kleinen Tieres mit ihrem zu überdecken. Mit einem Mal sah sie die Welt von oben und fühlte die warme Luft an ihrem Körper entlangstreichen. Doch Nasja gönnte sich keine Sekunde, um sich über ihren Erfolg zu freuen.

Sie lenkte ihren Flug zum Schloss zurück und ließ die Kohlmeise an den hohen Fassaden entlanggleiten. Schnell erreichte sie das Fenster des Konferenzraumes.

Ihr Herz blieb beinahe stehen, als sie sah, dass Nemos dort gerade mit einem siegessicheren Lächeln an der Tafel Platz nahm. Neben ihm saßen Drawomir und Exlet und eben kamen Artem und Auris zur Tür herein.

„Kutscher, umdrehen“, schrie Nasja und riss die Augen wieder auf.

Doch der Kutscher schien sie nicht zu hören. Die Kutsche fuhr weiter durch den Schlossgarten und schien sogar noch an Tempo zuzulegen.

Erst jetzt begriff Nasja das ganze Ausmaß des Betrugs, auf den sie hereingefallen war.

Sie funkelte Bonja und Frederika wütend an. „Dass ihr euch nicht zu schade für solche hinterhältigen Spielchen seid.“ Sie riss die Tür der Kutsche auf. Dann konzentrierte sie sich auf die Pferde, die die Kutsche zogen. Es war ihr ein Leichtes, sie dazu zu bringen, langsamer zu laufen. Sie konnte nicht darauf warten, bis die Kutsche gewendet hatte, dafür hatte sie zu wenig Zeit. Sie musste sich beeilen. Also raffte Nasja ihre Röcke.

„Was machst du denn da?“ Bonja sah sie entsetzt an. „Du kannst doch nicht aus der Kutsche springen. Du wirst dir den Hals brechen.“

„Lieber das, als auch nur eine Sekunde länger mit euch zu verbringen.“ Die Kutsche war so langsam geworden, dass Nasja es riskieren konnte, zu springen.

„Bleib hier.“ Frederika packte Nasja am Arm.

„Was ist denn überhaupt los?“ Bonja starrte Nasja entsetzt an. Dann wandte sie sich Frederika zu. „Du hast gesagt, wir sollten endlich ein bisschen nett zu ihr sein.“

„Ja, damit ich nicht merke, dass Nemos die Ratssitzung ohne mich abhält“, sagte Nasja in bitterem Tonfall. „Nemos will mich vom Rat fernhalten.“

„Was? Das glaube ich nicht.“ Bonja schüttelte den Kopf. „Das würde er nie tun.“

„Doch. Genau das hat er getan und du hast dabei geholfen. Ihr beide habt ihm geholfen. Nemos will mich um meine Rechte als Königin bringen. Aber das werde ich nicht zulassen. Ich werde für mein Volk kämpfen“, sagte

Nasja und biss die Zähne zusammen. Dann riss sie sich von Frederika los und sprang kurzerhand aus der Kutsche.

Sie landete günstig in einem Beet voller bunter Blumenkissen. Hastig rappelte sie sich auf und dann rannte sie, so schnell sie konnte, zum Schloss zurück. Es war ihr egal, dass ihr die Gärtner hinterherstarrten, und es war ihr auch egal, dass sie einen Schuh verlor, als sie stolperte und stürzte. Sie hatte sich eine Schürfwunde am Arm geholt, aber sie achtete nicht weiter darauf, sondern rannte keuchend auf den Schlosshof zurück.

Da die Bediensteten immer noch vor der großen Eingangstür standen und sie damit rechnen musste, dass sie sie nicht passieren ließen, schlüpfte sie in die nächstbeste Seitentür, an der sie vorbeikam. Sie betrat einen Waschraum, wo ein paar Frauen dabei waren, Bettlaken in riesigen Trögen zu waschen. Sofort wusste Nasja, wo sie sich befand, und sie wusste auch, wie sie am schnellsten zum Konferenzraum kam.

Wieder einmal dankte sie ihrem Vater dafür, dass er sie den Lageplan des Schlosses hatte auswendig lernen lassen. Hatte er geahnt, auf welche Schwierigkeiten sie stoßen würde?

Es dauerte eine gefühlte Ewigkeit, bis sie die Treppen hinaufgelaufen war. Doch dann stand sie endlich vor der Tür des Konferenzraumes. Der Bedienstete, der davor stand, nahm eine aufrechte Haltung an und sah sie überrascht an. Er machte nicht den Eindruck, als ob er sie passieren lassen wollte.

„Geh zur Seite, wenn dir dein Leben lieb ist“, fauchte Nasja in einem Ton, der ihrem Vater alle Ehre gemacht hätte und der keinen Zweifel daran ließ, dass sie ihre Macht als Königin ausreizen würde, um ihren Willen zu bekommen. Sie war immer noch in Fahrt und sie nutzte die Wut in sich, um an ihr Ziel zu gelangen. Tief in ihr drin wusste sie, dass sie diese Kraft nicht mehr lange tragen würde. Sie war ein freundliches Wesen und Wut war ihr normalerweise fremd. Doch jetzt war sie das Einzige, was ihr Kraft gab.

„Aber der König ...“ Der junge Mann zögerte.

„Ich bin die Königin und ich bin ein Teil des Rates“, sagte Nasja und imitierte dabei erneut den Tonfall ihres Vaters. Sie hätte nie gedacht, dass sie einmal dankbar dafür sein würde, dass er sie so oft angebrüllt hatte. Dabei sah sie dem Mann tief in die Augen. „König Kreotis hat bestimmt, dass ich hier sein soll, und soweit ich weiß, gilt im Moment noch sein Wort und nicht das von König Nemos. Du kennst König Kreotis doch noch. Wie hätte er gewollt, dass du dich entscheidest?“

Es dauerte einen Moment, aber dann trat der junge Mann zur Seite und öffnete die Tür, damit Nasja eintreten konnte.

Nasja setzte eine würdevolle Miene auf und betrat den Konferenzsaal.

Auris hatte gerade die Sitzung eröffnet und erstarrte mitten im Wort, als Nasja den Raum betrat. Sie sah Nemos durchdringend an, während sie sich dem Tisch näherte.

Sie sah die Wut in seinen Augen aufflackern. Doch dieses Mal senkte sie nicht ihren Blick. Sie trat ihm mit stolz erhobenem Haupt entgegen. Sie wusste, dass in ihren Augen mindestens genauso viel Wut flackerte wie in den seinen.

„Entschuldigt meine Verspätung“, sagte sie in bedauerndem Ton. „Ich bin durch ein paar unangenehme Umstände aufgehalten worden.“

Aus den Augenwinkeln sah Nasja den besorgten Blick von Artem, der an ihrem aufgeschürften Arm hängen geblieben war. Sie schluckte und wollte nichts anderes, als sich so schnell wie möglich zu setzen. Doch wie schon bei der letzten Sitzung des Rates war auch dieses Mal kein Stuhl für sie vorgesehen. Alle Plätze am Tisch waren besetzt.

Einen Moment lang stand Nasja verunsichert da und überlegte, was sie jetzt tun sollte. Die Kraft in ihr wankte und die Unsicherheit wurde stärker. Was tat sie hier überhaupt? War sie lebensmüde, Nemos so zu provozieren? Er war der König von Galadon und wenn er wollte, konnte er sie unter einem Vorwand einfach in den Kerker werfen lassen. Theoretisch mochte sie ein paar Rechte haben, aber wenn es hart auf hart kam, war das nichts wert.

Doch bevor die Furcht vor ihrer eigenen Courage zu stark werden konnte, erhob sich Artem und bot ihr mit einer leichten Handbewegung seinen Platz an. Nasja schluckte, während sie die Geste mit einem leichten Kopfnicken annahm. Sie war ihm unendlich dankbar, dass er ihr als Einziger im Raum half. Doch sie bemühte sich um einen ganz gelassenen Gesichtsausdruck. Sie setzte sich und konzentrierte sich ganz auf Auris und seine skeptische Miene.

Artem ging währenddessen in das Nebenzimmer und holte sich einen Stuhl, den er neben den von Nasja stellte.

Als alle saßen und die Tür des Konferenzraumes wieder geschlossen worden war, räusperte sich Auris. Er sah Nemos nachdenklich an und schwieg einen endlosen Moment, bevor er sich noch einmal räusperte. Er schien eine Weile zu brauchen, um die richtigen Worte zu finden.

„Es scheint mir so, als ob diese Terminverschiebung nicht bei allen Mitgliedern des Rates rechtzeitig angekommen ist.“ Er blickte zu Nasja hinüber.

„Es tut mir leid, aber ich habe erst sehr kurzfristig davon erfahren.“ Sie sah Auris bedauernd an.

„Ich verstehe.“ Auris nickte. „Ich schlage vor, dass wir unser nächstes Treffen am vereinbarten Termin stattfinden lassen, am zweiten Sonntag des Monats um zehn Uhr, egal welche Zwischenfälle bis dahin geschehen sind. Der Termin hat Bestand, komme, was da wolle. Gibt es Gegenstimmen?“ Er sah in die Runde.

Nemos sah Nasja schlecht gelaunt an. Doch er sagte nichts und Nasja war Auris unendlich dankbar, dass er erkannt hatte, wo das Problem ihrer Verspätung wirklich gelegen hatte. Nasja wagte es nicht einmal, daran zu denken, wie es werden würde, wenn Nemos seinen achtzehnten Geburtstag gefeiert hatte und nicht mehr an die Weisungen seines Vaters gebunden war. Nasja konnte nicht verhindern, dass ihr ein eiskalter Schauer den Rücken hinabfuhr.

„Dann begrüße ich noch einmal alle Ratsmitglieder zur monatlichen Ratssitzung.“ Auris nahm sich seine Notizen zur Hand und blickte darauf. „Wir beginnen wie immer mit den Berichten aus den Nachbarländern, bevor wir uns der Lage im Land zuwenden.“ Er wandte sich dem Botschafter aus dem Land der Zentauren zu. „Drawomir, bitte, berichte uns, was es Neues gibt.“

Alle Blicke wandten sich dem drahtigen Mann mit der sonnengegerbten Haut und den hellen Haaren zu.

Drawomir räusperte sich. „Die Lage im Land der Zentauren ist nach wie vor angespannt. Ich kann leider nicht berichten, dass sich etwas verbessert hätte. Im Gegenteil. Es ist den Zentauren nicht verborgen geblieben, dass wir an der Grenze von Galadon Katapulte und zusätzliche Männer in Stellung gebracht haben. Sie rechnen mit einem Angriff der Menschen und bereiten sich auf einen Krieg vor.“

„Einen Krieg?“ Nemos‘ Worte klangen höhnisch. „Hast du ihnen gesagt, dass wir uns nur gegen sie verteidigen werden? Sie waren es, die sich an der Grenze zusammengerottet haben.“

Drawomir nickte und sah dann zu Auris hinüber, als ob er ihn um Beistand anflehen wollte. Der alte Mann nickte kurz und daraufhin fuhr Drawomir mit zitternder Stimme fort zu sprechen.

„Die Zentauren glauben mir nicht. Sie haben mich einen Lügner genannt und damit gedroht, die diplomatischen Beziehungen abzubrechen.“ Drawomir sah jetzt angestrengt die Tischplatte vor sich an, während er hastig weitersprach, als ob er alles loswerden wollte, bevor ihn der Mut dazu verließ. „Ich wollte mich selbst noch einmal in Frenzenstetten umsehen, um herauszufinden, was die Zentauren dort treiben. Aber sie haben mich nicht einmal in die Nähe des Ortes kommen lassen.“

Nemos gab einen schnaubenden Laut von sich und strich sich die langen, blonden Haare glatt, die er heute offen trug. Dann funkelte er Drawomir wütend an.

Nasja brauchte nicht viel Fantasie, um vorherzusagen, dass er ihn gleich als Versager beschimpfen würde.

„Mein König“, unterbrach Artem die angespannte Stimmung, die sich jeden Moment entladen würde. Seine Stimme war weich und freundlich. „Darf ich etwas zu der Situation sagen?“

„Artem.“ Nemos wandte den Blick seinem obersten Heerführer zu. „Was möchtest du dazu sagen?“

Artem blieb ganz ruhig und erwiderte Nemos‘ Blick mit einer Gelassenheit, um die ihn Nasja beneidete. Wie schaffte er das nur? Er blieb ganz ruhig, während die Stimmung im Raum kurz vor dem Explodieren stand.

Artem strich sich nachdenklich über das markante Kinn. „Ich möchte berichten, dass ich Hinweise darauf erhalten habe, was die Zentauren in Frenzenstetten treiben. Ich glaube, es könnte erklären, warum sie sich dort sammeln. Sie scheinen etwas vorzubereiten.“

„Einen Angriff?“ Nemos sah ihn erwartungsvoll an.

Artem nickte langsam. „Ich würde es nicht ausschließen. Es ist kein Geheimnis, dass die Zentauren die alleinigen Herrscher über alle Länder sein wollen. Sie haben es selbst immer wieder angekündigt. Und die angespannte Stimmung, von der Drawomir spricht, zeigt deutlich, dass wir die Sache ernst nehmen sollten. Sie bereiten etwas vor und was auch immer es ist, wir müssen es rechtzeitig wissen, um kluge Entscheidungen treffen zu können."

Nemos ließ sich von Artems besonnen vorgetragenen Worten beruhigen. „Also gut", sagte er und legte den Kopf schief, ohne Artem aus den Augen zu lassen. „Was hast du erfahren?"

Artem beugte sich leicht nach vorn und legte die Arme auf der Tischplatte auf. Seine dunkle Uniform gab ein leises, weiches Geräusch von sich. „Ich glaube, dass die Zentauren mit Magie experimentieren." Der Ernst in Artems Stimme breitete sich im ganzen Raum aus.

Nasja betrachtete ihn erstaunt. Er hatte wirklich ein feines Gespür dafür, wie er mit Nemos umgehen sollte.

Nemos schien nicht wütend zu sein. Stattdessen sah er Artem überrascht und neugierig an und das waren Gefühlsregungen, die Nasja bis jetzt noch nie in seinen weichen Gesichtszügen gesehen hatte.

„Magie?" Nemos betonte das Wort mit einem leichten Raunen in der Stimme. Es war offensichtlich, dass die Magie ihn interessierte.

„Ja, Magie." Artem nickte ernst. „So wie es aussieht, wollen sie einen alten heidnischen Ort in Frenzenstetten wiederbeleben, an dem vor dem großen Krieg Magie bewirkt wurde."

Auris runzelte die Stirn. „Das ist das erste Mal, dass ich davon höre, dass die Zentauren so etwas versuchen. Sind sie dazu überhaupt in der Lage?"

„Die Gäule werden sich Hilfe holen", sagte Nemos und kniff die Augen zusammen. „Was ist das für eine Magie an diesem Ort?" Er sah Artem fragend an.

„Das wissen wir noch nicht genau", sagte Artem bedauernd, während Nasja ihn zu seinem schauspielerischen Talent nur beglückwünschen konnte. Er teilte Nemos einen Teil der Informationen mit, über die er verfügte, aber nicht alle. Er spielte eindeutig auf Zeit. Das war klug, denn Artem wusste, dass Nemos sofort in das Land der Zentauren einfallen würde, wenn er von dem Mondtor und seiner möglichen Kraft erfahren würde.

„Ich muss erst weitere Nachforschungen anstellen, bevor ich Näheres darüber sagen kann“, fuhr Artem fort. In seinen warmen, braunen Augen lag ein besorgter Blick. Er hatte mit seiner Einschätzung absolut recht. Solange niemand wusste, was die Zentauren wirklich in Frenzenstetten trieben, sprach er nur über Mutmaßungen und auf dieser Grundlage konnte man wirklich keine Entscheidungen treffen, erst recht nicht, wenn so ein Hitzkopf wie Nemos an der Spitze eines Landes stand. „Aber es ist jetzt wichtig, dass wir die Zentauren in Sicherheit wiegen. Einen Krieg mit ihnen sollten wir auf keinen Fall riskieren.“

„Warum nicht?“, sagte Nemos, ohne lange zu zögern. „Seit Jahren spitzt sich die Situation zu. Die Zentauren wollen Krieg und warum sollten wir ihnen nicht geben, was sie wollen? Unsere Streitkräfte sind den ihren überlegen. Mit unseren Waffen beenden wir den Konflikt in kürzester Zeit und dann erweitern wir das Land Galadon in Richtung Süden.“

Nasja starrte Nemos fassungslos an. War es das, was er wirklich wollte? Einen Krieg führen und Länder erobern? War das sein Plan, um aus dem Schatten seines Vaters zu treten? Das konnte doch nicht sein Ernst sein?

Auris gab ein empörtes Schnauben von sich. „Ein Krieg wird Opfer fordern. König Kreotis hat immer darauf gesetzt, den Frieden zu erhalten, und nur dank dieses Friedens und der Handelsbeziehungen zwischen den Ländern konnte der Wohlstand in Galadon einziehen. Ohne König Kreotis würden wir immer noch in Armut leben. Wollt Ihr das wirklich in Gefahr bringen?“

Nemos sah Auris eine Weile schweigend an. Der Ausdruck auf seinem Gesicht war schwer zu deuten. „Der

Frieden meines Vaters war zu seiner Zeit der richtige Weg und ich beabsichtige auch weder mit den Trollen noch mit den Nymphen einen Krieg zu führen. Es sind die Zentauren, die uns immer wieder drohen und die auch andere Völker angreifen. Es ist an der Zeit, ihrem Treiben ein Ende zu bereiten und sie ein für alle Mal in die Knechtschaft zu zwingen. Ein Pferd sollte einen Karren ziehen und nicht mordend und brandschatzend durch die Lande ziehen."

„Nein, das ist nicht der richtige Weg." Auris schüttelte den Kopf. „Wir müssen um jeden Preis an diesem Frieden festhalten. Es gibt diplomatische Wege, um die Zentauren zum Einlenken zu bewegen."

„Mein Vater ist diesen Weg viele Jahrzehnte lang gegangen", sagte Nemos und lehnte sich in seinem Stuhl zurück. „Aber die Zentauren hat er nie in den Griff bekommen."

„Es herrschte immer Frieden", sagte Auris und funkelte Nemos herausfordernd an. „Erst als Ihr entschieden habt, die Beziehungen zu den Zentauren nicht mehr zu pflegen und Katapulte an der Grenze zu stationieren, ist dieser Frieden ernsthaft in Gefahr geraten. Wie konnte dieser Beschluss überhaupt gefasst werden? Der Rat entscheidet über solche Maßnahmen und ich kann mich nicht erinnern, dass wir uns letzten Monat über diese Dinge beraten haben." Auris sah Nemos fragend an.

„Der Rat hat entschieden", sagte Nemos achselzuckend. „Es war eine Notabstimmung und es gab keine Gegenstimmen."

„Wann soll diese Abstimmung denn stattgefunden haben?" Auris runzelte die Stirn.

„Vor zwei Wochen beim Abendessen", sagte Nemos mit einem siegessicheren Grinsen. „Artem hat mir berichtet, was geschehen ist, und es musste schnell eine Entscheidung getroffen werden. In diesem Fall darf eine Notbesetzung des Rates von drei Personen entscheiden, und wir waren drei. Ich war da, Artem war da und Nasja war auch da." Nemos zuckte mit den Achseln. „Niemand hat meinem Vorschlag widersprochen und damit durfte er umgesetzt werden."

Nasja riss die Augen auf. Sie erinnerte sich gut an diesen Abend. Nemos hatte Artem zu sich bestellt, um sich berichten zu lassen, wie die Lage im Land der Zentauren war. Freiherr von Lotringen war bei diesem Essen da gewesen. Ihr war in keiner Sekunde bewusst gewesen, dass sie sich in einer Notfallsitzung des Rates befunden hatten.

„War das so?" Auris sah erst Artem und dann Nasja prüfend an.

Nasja wollte etwas sagen, doch ihre Kehle war plötzlich staubtrocken. Es war mitnichten so, dass Nemos sich nur mit seinen Feiern beschäftigte. Er wollte ihr nur diesen Eindruck vermitteln. Dabei war er mit allen Wassern gewaschen und zögerte nicht, zu fragwürdigen Mitteln zu greifen, um seine Pläne umzusetzen.

„Es war genau so", sagte Artem, der eher seine Sprache wiedergefunden hatte als Nasja. „Aber uns war vermutlich nicht bewusst, dass wir uns in einer Notabstimmung des Rates befunden haben."

„Oh, das tut mir leid", sagte Nemos mit gespieltem Bedauern, und dieser Gesichtsausdruck erinnerte Nasja mit aller Gewalt an den seiner Mutter, als sie ihr weismachen wollte, dass sie es nur gut mit Nasja meinen würde. Sie waren beide falsch und gefährlich.

„Ich verstehe." Auris nickte und seufzte. Dann wandte er sich an Nemos. „Sagt es das nächste Mal klarer, falls Ihr eine Abstimmung des Rates wünscht."

„Das werde ich." Nemos lächelte und seine feinen, weichen Gesichtszüge ließen ihn unschuldig und ehrlich wirken.

„Kommen wir zurück zu der Frage, wie wir mit den

Zentauren umgehen sollen", fuhr Auris fort und wandte sich wieder an die Runde. „Es gibt nur zwei Möglichkeiten. Entweder lassen wir den Konflikt weiter eskalieren und riskieren einen Krieg oder wir schlagen wieder den diplomatischen Weg ein und versuchen die Zentauren zu beschwichtigen. Wir sollten darüber abstimmen."

„Nein", sagte Nemos entschlossen und schüttelte den Kopf. „Es gibt noch einen dritten Weg. Ich schlage vor, dass wir den diplomatischen Weg einschlagen, solange wir nicht sicher sind, was die Zentauren planen. Währenddessen wird Artem Leute aussenden und die Zentauren ausspionieren. Sobald wir sicher sind, dass sie eine kriegerische Auseinandersetzung planen, kommen wir ihnen zuvor und überrumpeln sie mit einem Überraschungsangriff. Darüber werden wir entscheiden. Wer stimmt diesem Vorgehen zu?" Nemos richtete seinen Blick auf Drawomir.

Es überraschte Nasja nicht, dass er sofort seinen Arm in die Höhe schießen ließ. Er hatte so viel Angst vor dem jungen König, dass er all seinen Vorschlägen zustimmen würde. Auch Exlet zögerte nicht. Das Land der Trolle war weit von dem der Zentauren entfernt und ihm war es vermutlich egal, was im Süden vor sich ging. Auch Toto reckte seinen Arm und damit war die Angelegenheit schon entschieden. Nemos hatte mit seiner eigenen die vier Stimmen, die er brauchte, um seinen Entschluss durchzusetzen.

„Also ist es entschieden", sagte Auris mit einem bedächtigen Kopfnicken und wandte sich um. „Drawomir, du beginnst sofort damit, die diplomatischen Beziehungen aufleben zu lassen. Überbringe Cesar, dem König der Zentauren, Geschenke und lasse ihn wissen, wie sehr uns an einem guten Verhältnis zu den Zentauren gelegen ist."

Drawomir nickte.

„Ich werde mich währenddessen darum kümmern, dass wir weitere Informationen bekommen." Artems ernste Miene machte Nasja Sorgen. Man sah ihm an, dass er mit dem Verlauf des Gespräches nicht zufrieden war. Doch die Dinge waren entschieden und jetzt mussten sie alle das Beste daraus machen.

„Gut." Auris wandte sich Exlet zu. „Kommen wir nun zu den Neuigkeiten aus dem Reich der Trolle. Was gibt es zu vermelden, Exlet?"

Exlet fuhr sich durch den langen, dunklen Bart. „Die Lage ist ruhig, auch wenn ich sagen muss, dass die Trolle Gerüchte gehört haben, dass es eine Handelseinschränkung geben soll. Ich konnte nicht herausfinden, woher sie das erfahren haben, aber ich habe versucht, Borgis, den König der Trolle, zu beruhigen und ihm klarzumachen, dass das nur falsche Gerüchte sind. Vor allem im Hinblick auf die große Summe, die er dem Königshaus von Galadon geliehen hat, hat er deutlich gemacht, dass er eine Einschränkung des Handelsverkehrs nicht akzeptieren wird. Ich denke aber, dass ich ihn beruhigen konnte."

„Gut." Nemos nickte. „Dann war es das wohl für heute." Er machte Anstalten, sich zu erheben.

„Nicht ganz", sagte Auris, ohne sich von der Unruhe Nemos' beeinflussen zu lassen. „Wir haben noch zwei Punkte auf unserer heutigen Tagesordnung. Das ist zum einen die Lage im Land der Nymphen und zum anderen die innenpolitische Lage in Galadon, die wir dringend besprechen müssen."

„Meinetwegen." Nemos ließ sich mit einem gelangweilten Gesichtsausdruck wieder auf seinen Stuhl sinken.

„Nasja, darf ich bitten." Auris nickte ihr mit einem freundlichen Lächeln zu.

„Vielen Dank." Nasjas Stimme war fest und ruhig. Sie hatte genug Zeit gehabt, um sich auf ihre Wortmeldung vorzubereiten, und sie wusste genau, was sie zu sagen hatte. „Die Lage im Land der Nymphen ist nicht so ruhig wie bei unserer letzten Sitzung. Grund dafür sind die Zentauren und die geplanten Bauarbeiten an den Wehranlagen des großen Passes. Mein Vater, der König der Nymphen, hat mir eine Nachricht geschickt." Nasja betonte mit Absicht den Titel ihres Vaters, um klarzumachen, dass es von Bedeutung war, was er zu sagen hatte. „Er bat mich, König Nemos daran zu erinnern, dass zwischen dem Land Galadon und dem Reich der Nymphen vereinbart wurde, zum Beginn der Bauarbeiten eintausend Soldaten mitsamt Kriegsgerät in das Land der Nymphen zu schicken, um die Grenze zu den Zentauren zu sichern. Die Nymphen sind auf diesen Schutz angewiesen."

„Das ist noch nicht geschehen?" Auris runzelte die Stirn und sah seinen Enkel fragend an.

Artem räusperte sich. „Bis jetzt wurde mir noch nicht gestattet, die Soldaten loszusenden." Er hatte es höflich formuliert, doch jedem war klar, dass Nemos ihm nicht erlaubt hatte, die vertraglichen Verpflichtungen zu erfüllen.

„Ein Vertrag ist ein Vertrag", sagte Auris mit gesetzter Stimme und sah Nemos durchdringend an. „Seine Versprechen zu halten, ist nicht nur eine Frage der Ehre, sondern auch der Vernunft. Das Vertrauen zwischen den Ländern darf nicht zerstört werden, sonst führen wir bald nicht nur gegen ein Land Krieg, sondern gleichzeitig gegen ein zweites. Die Armee von Galadon ist zwar stark, aber nicht stark genug, um einen Zweifrontenkrieg zu führen."

„Schick die Männer los", sagte Nemos in herablassendem Tonfall an Artem gewandt.

„Wie Ihr wünscht." Artem nickte leicht.

„Gut, dann kommen wir jetzt zu unserem letzten Punkt." Auris sah mit ernster Miene in die Runde. „Die Lage in Goros spitzt sich mit jedem Tag weiter zu. Bruder Pentos scheint sie mit seinen Wohltaten nicht in den Griff zu bekommen, wie das geplant war. Wie wollen wir vorgehen, um wieder Ruhe in die Stadt zu bekommen?"

Nemos richtete sich auf. Sein Desinteresse war verschwunden. Er wirkte überraschend ernst. „Es gibt nur einen Weg", sagte er mit entschlossener Miene. „Wir müssen die Aufstände gewaltsam niederschlagen. Je eher wir sie im Keim ersticken, umso schneller ist die Angelegenheit erledigt und es kehrt wieder Ruhe in Goros ein. Wir müssen diesen Protestierern klarmachen, dass wir ihr Verhalten nicht tolerieren werden. Wer sich gegen meine Entscheidungen erhebt, erhebt sich gegen Galadon."

„Gewaltsam niederschlagen?" Auris runzelte die Stirn. „Ist das wirklich der richtige Weg? Was ist mit Bruder Pentos? Kann er nicht mehr ausrichten als Suppe zu verteilen und mit den Leuten zu reden? Er hat eine Menge Geld bekommen. Wir haben uns bei den Trollen hoch verschuldet, damit er auf die Menschen einwirkt."

„Warum ist es so wichtig, dass Samara der einzige Gott ist?" Nasja hatte ihre Frage nicht laut ausgesprochen, aber dennoch hatte jeder ihre Worte vernommen.

Schweigen lag mit einem Mal über der Runde.

Es war Auris, der sich als Erster äußerte. „Eine durchaus berechtigte Frage. Angesichts der Heftigkeit der Reaktion im Volk wäre es eine Überlegung wert, die Regelung vielleicht ein wenig aufzulockern."

Nemos' Blick lag kalt auf Nasja. Sie musste sich nicht viel Mühe geben, um seine Wut zu spüren. Jeder im Raum konnte das und wieder einmal fragte sich Nasja, woher seine heftige Ablehnung kam. Was hatte sie getan, was ihn so zornig machte?

„Das steht nicht zur Debatte", sagte Nemos ganz ruhig. „Ich werde die Unruhen gewaltsam niederschlagen lassen und darüber stimmen wir jetzt ab. Wer ist dafür?"

Toto riss noch im selben Moment den Arm nach oben. Drawomir folgte ihm einen Moment später. Exlet warf Nemos einen hastigen Blick zu. Man sah ihm an, dass er die Idee nicht wirklich gut fand.

Als Nemos die Augen aufriss und Exlet anstarrte, als ob er ihn gleich eigenhändig erwürgen würde, überkam

Nasja das ungute Gefühl, dass diese Abstimmung schlecht für die Menschen von Galadon ausgehen würde. Zwischen Exlet und Nemos geschah etwas. Es wurde nicht gesprochen, aber dennoch wurden Botschaften ausgetauscht. Einen Moment später starrte Exlet ins Leere und hob seinen Arm.

„Sehr gut“, sagte Nemos mit einem zufriedenen Nicken. „Damit ist die Sache entschieden.“ Er wandte sich Artem zu. „Ich brauche eintausend Mann in Goros. Zieh sie heute Nacht noch aus den Kasernen zusammen. Morgen früh beginnen wir mit der Reinigung der Stadt. Alle Unruhestifter, die wir zu fassen bekommen, werden wir von der Klippe ins Meer werfen. Das wird eine abschreckende Wirkung haben. Dann werden wir sehen, wie lange sie es noch wagen, gegen meinen Entschluss zu protestieren.“ Nemos erhob sich und lächelte zufrieden. Auch Toto stand auf. Gemeinsam verließen sie mit schnellen Schritten den Konferenzraum.

Nasja, Artem und Auris sahen ihnen entsetzt hinterher.

„Was ist los mit dir?“ Artem fuhr Exlet wütend an. „Ist das wirklich deine Meinung? Willst du ein Gemetzel in deiner Heimatstadt? Es mag ja sein, dass du inzwischen die meiste Zeit im Land der Trolle verbringst, aber ist dir wirklich egal, was hier vorgeht?“

Exlet holte hektisch Luft. Er fuhr sich nervös durch den dunklen Bart. „Ich kann nicht anders entscheiden.“

„Warum?“, fragte Auris mit bebender Stimme. Er schien immer noch völlig verdutzt zu sein, wie die Sache eben entschieden worden war.

Exlet sprang hastig auf, als ob er das Gespräch keine Sekunde länger führen konnte. In seinen kleinen, dunklen Augen lag pure Angst. „Ich habe eine Familie“, sagte er hastig. „Und ich möchte auch nächstes Jahr noch leben, wenn Nemos achtzehn geworden ist und sich nicht mehr vom Rat vorschreiben lassen muss, was er tun darf und was nicht. Ich will nicht vom König für meine Untreue geköpft werden.“ Mit diesen Worten verließ er ebenfalls den Raum.

Drawomir schloss sich ihm wortlos an. Doch er musste nichts sagen. Nasja wusste, dass es ihm ganz genauso ging. Nemos hatte die Schwachstellen im Rat schnell ausfindig gemacht und dort den Hebel angesetzt. Die Vorsichtsmaßnahmen seines Vaters waren innerhalb eines Monats außer Kraft gesetzt worden.

Nasja fühlte sich erschöpft.

Sie dachte an die Menschen in Goros und ein schweres Gefühl legte sich auf ihre Brust. Sie wollte etwas tun, um den Menschen zu helfen, doch sie hatte beim besten Willen keine Idee, was das sein sollte.

KAPITEL 11

Steile Rauchsäulen stiegen über Goros auf. Nasja stand schon seit Stunden im achten Stock von Schloss Schwanenberg an einem geöffneten Fenster und sah auf die Hauptstadt Galadons hinab. Es war ein bewölkter Tag, eine frische Brise brachte endlich etwas Abkühlung. Doch die Geräusche, die der Ostwind von der Stadt zu ihr hinauftrug, straften den friedlichen Moment Lügen.

Bis zu ihren Ohren drangen die Schreie der Menschen und bei jedem einzelnen stellten sich Nasjas Nackenhaare auf. Doch sie blieb stehen und bewegte sich keinen Zentimeter von ihrem Platz fort. Sie wollte sehen, hören und fühlen, was Nemos und auch ihre Entscheidungen angerichtet hatten. Schon im Morgengrauen waren die Soldaten angerückt und hatten die Stadt von außen nach innen durchkämmt. Jeder, dem auch nur im weitesten Sinne eine Beteiligung an den Protesten nachgewiesen werden konnte, wurde festgenommen. Nasja fragte sich immer wieder, ob Nemos einen Scherz gemacht hatte, als er angedroht hatte, die Protestierer von der Klippe werfen zu lassen. Doch als ein Tross von Soldaten am Nachmittag aus der Stadt hinauszog und am Fluss entlang zu der großen Plattform marschierte, von der aus man weit über das Meer sehen konnte, wusste sie, dass es kein Scherz gewesen war.

Nasja konnte sich nicht erinnern, wann jemals ein König in Galadon zu so einem Mittel gegriffen hatte. Ja, es hatte immer Bestrafungen in Goros gegeben. Mörder wurden enthauptet und Diebe ausgepeitscht. Aber das geschah nach einem Verfahren und einem Richterspruch und nicht nachdem die Soldaten Leute festgenommen hatten, von denen sie glaubten, dass sie an den Protesten in der Stadt beteiligt waren.

„Wir sollten etwas essen gehen“, sagte Celistra mit weicher Stimme.

Nasja wandte sich kurz zu ihr um. Schon seit dem frühen Morgen war Celistra immer wieder zu ihr gekommen und hatte sie gebeten, mit nach unten zu kommen. Doch Nasja schüttelte nur den Kopf. Sie wollte nichts essen. Im Moment glaubte sie nicht, dass sie jemals wieder einen Bissen herunterbekommen würde. Sie konnte es nicht. Nicht, wenn jeden Moment unzählige Menschen nicht weit von ihrem bequemen Leben auf Schloss Schwanenberg entfernt zu Tode kamen, weil sie ihren verständlichen Wunsch geäußert hatten, weiter zu ihren vertrauten Göttern beten zu dürfen.

Nasja machte sich Vorwürfe, dass sie dem Vorhaben Nemos‘ zugestimmt hatte. Warum hatte sie nicht wenigstens ein paar Bedenken geäußert? Vielleicht hätte sie eines der Ratsmitglieder umstimmen können und sie hätten sich gegen Nemos stellen können. In dieser ersten Ratssitzung wäre es noch möglich gewesen, Nemos‘ Vorschläge zu blockieren.

An jedem Tod, der heute vollstreckt wurde, trug sie heute mit Schuld. Mit erhobenem Haupt blickte Nasja zu dem Grüppchen Soldaten und Gefangener hinüber. Der Weg hinauf zur Klippe führte an den Schlossgärten vorbei und Nasja konnte ihn vom achten Stock aus gut einsehen. Sie spürte das Entsetzen, das sie seit der gestrigen Ratssitzung überkommen hatte, immer noch tief in sich sitzen.

Nemos‘ Kaltherzigkeit war unerträglich. Sie fragte sich, ob König Kreotis nie gesehen hatte, was im Herzen seines Sohnes vor sich ging. Er war doch ein gütiger und gerechter König gewesen. Wie hatte es so weit kommen können?

Die Fragen gingen Nasja schon seit dem Morgen durch

den Kopf. Aber egal wie oft sie darüber nachdachte, sie fand einfach keine Antwort darauf. Die Soldaten waren jetzt mit ihren Gefangenen an der Klippe angekommen. Nasja zwang sich, die Augen offen zu halten und sich anzusehen, was geschah, wenn der König eine Entscheidung traf. Sie dachte, die Dinge würden nun eine Weile dauern. Doch die Soldaten zögerten nicht. Schnell packten sie einen nach dem anderen und warfen ihn die Klippe hinab.

Ihre schrillen Schreie zerrissen den Tag und brannten sich in Nasjas Erinnerung. Nasja wollte weinen, sie wollte schreien. Doch es kam kein Ton über ihre Lippen, um ihrem Schmerz Ausdruck zu verleihen. Alles in ihr brannte und dennoch blieb sie still. Sie stand noch lange oben an dem Fenster und starrte auf das Meer hinaus.

Alles war wieder still und dennoch war nichts wie vorher. Die Soldaten machten sich auf den Rückweg. Sie würden nach getaner Arbeit in ihre Kaserne zurückkehren, die sich am nördlichen Stadtrand von Goros befand. Die Unruhestifter waren beseitigt worden und die Dinge in Goros würden wieder ihren geregelten Gang gehen.

Als Celistra das nächste Mal zu ihr kam und sie bat, mit nach unten in ihre Suite zu kommen, lehnte Nasja das Angebot nicht ab. Sie ließ sich von der Wassernymphe hinabbegleiten. Doch einmal in ihren Gemächern angekommen, überkam sie der Schmerz, den sie die ganze Zeit in Schach gehalten hatte. Schluchzend brach sie zusammen.

Celistra brachte sie in ihr Bett und dunkelte den Raum ab. Dann schickte sie die anderen Bediensteten davon.

„Ich schaffe das nicht mehr“, schluchzte Nasja, nachdem Celistra sich neben ihr Bett gesetzt hatte. „Ich kann einfach nicht dabei zusehen, wie Nemos den Menschen von Goros und von Galadon so etwas antut.“ Die Schreie der über die Klippen stürzenden Menschen klangen ihr immer noch in den Ohren. „Ich ertrage diese Feindseligkeiten nicht mehr. Dieser Hass macht mich krank.“

Celistra strich ihr sanft über das blonde Haar. „Du kannst nicht alle retten“, sagte sie leise. „Aber wenn du aufgibst, kannst du keinem Einzigen mehr helfen.“

Nasja spürte die Tränen heiß auf ihren Wangen. Die Verzweiflung kämpfte mit der Vernunft in ihr, während Celistra ihr tröstende Worte zumurmelte.

Es dauerte lange, bis Nasja sich wieder beruhigte. Erst als ihr Artems Worte in den Sinn kamen, dass sie sich von Nemos nicht brechen lassen durfte, fing sie sich wieder. Er hatte recht und ihr Vater auch. Sie hatten beide gewusst, dass es nicht einfach werden würde. Nasja ermahnte sich, sich daran zu erinnern, weswegen sie hier war. Sie hatte eine Aufgabe. Sie durfte nicht scheitern. Sie hatte den Fehler gemacht, Nemos zu unterschätzen. Das durfte ihr nicht noch einmal geschehen. Er war ein geschickter Stratege und ihm war jedes Mittel recht, um an sein Ziel gelangen. Sie musste von nun an mit allem rechnen.

In der letzten Ratssitzung hatte er deutlich gemacht, welchen Weg er einschlagen wollte. Nasja musste sich nun überlegen, wie sie dazu stand und was ein Krieg zwischen Galadon und dem Land der Zentauren für die Nymphen bedeuten würde. Ihr Vater hatte sie in allem Möglichen ausbilden lassen. Sie kannte die Geschichtsbücher des Landes in- und auswendig. Sie wusste über Kriegsführung Bescheid und Nemos war nicht der erste Herrscher, der sein Volk hart anpackte. Doch wenn Nasja eines aus ihren Geschichtsstunden gelernt hatte, dann, dass das freie Volk von Galadon diese Könige nicht liebte und sie auch nicht unterstützte. Hoffte Nemos, dass es ihm anders erging? Oder war es ihm einfach egal, was die Menschen dieses Landes von ihrem neuen König hielten?

Nasja setzte sich hastig auf und warf schnell einen Blick auf die Uhr an der Wand. Bis zum Abendessen war es nicht mehr lang. Sie musste sich in Ordnung bringen. Sie durfte auf keinen Fall fehlen. Nemos durfte nicht ahnen, dass ihr der Tag zugesetzt hatte. Sie musste Stärke zeigen, sonst erging es ihr wie Exlet oder wie Drawomir. Sie waren zu nichts anderem als Marionetten des Königs verkommen, weil der König ihre Schwäche gewittert hatte und sie schamlos ausnutzte. Nasja hatte Angst, dass Nemos sie ebenso zerstören würde, sobald er auch nur einen Hauch von Unsicherheit bei ihr spürte.

Nasja war verantwortlich für die Nymphen und ihr Wohlergehen. An dieser Aufgabe würde sie sich festhalten und nach ihr würde sie ihre Entscheidungen ausrichten. Für sie musste Nasja stark sein. Nasja erhob sich und öffnete die Vorhänge. Draußen schien inzwischen die Sonne und ein weiches Licht lag über den Wiesen und Blumenrabatten. Der Anblick gab ihr Kraft. Sie wusch sich das Gesicht mit kaltem Wasser und wählte aus ihrer Garderobe ein besonders prachtvolles Kleid aus. Dann ließ sie sich von Celistra beim Anziehen helfen und bat sie, ihr Haar hochzustecken und ihr Gesicht zu schminken.

Als Celistra fertig war, betrachtete sich Nasja zufrieden im Spiegel. Man sah ihr nicht an, dass es ihr schlecht ging. Sie wirkte frisch und ausgeruht. Das Puder verbarg ihre Augenringe und die roten Lippen ließen sie anziehend wirken. Auch wenn es ihr schwerfiel, zwang sie sich zu einem Lächeln.

„Du schaffst das", sagte Celistra. „Ich weiß, dass es nicht einfach ist. Du bist erst siebzehn. Du bist noch so jung." Sie lächelte Nasja zu. „Aber du bist stark und du bist nicht allein. Du hast mich und du hast Aros und so wie es aussieht, sind dir auch Artem und Auris wohlgesonnen. Du hast schon etwas erreicht. Im Moment sind eintausend Soldaten auf dem Weg zu deinem Vater und das ist dein Verdienst. Vergiss das nie."

Nasja nickte. Celistra hatte recht. Sie hatte etwas erreicht und an dieser Stelle musste sie anknüpfen. Sie verließ ihre Suite mit erhabener Miene und machte sich auf den Weg in den goldenen Salon. In Gedanken bereitete sie sich darauf vor, auf Frederika, Bonja, Toto und Nemos zu treffen. Sie stellte sich vor, wie sie ihnen ruhig und gefasst gegenübertreten würde. Sie würde so tun, als ob ihr die falschen Spielchen völlig egal wären. Als sie vor dem goldenen Salon angekommen war, atmete sie ein letztes Mal tief durch. Dann nickte sie dem Bediensteten zu, der neben der Tür stand. Er öffnete die große Holztür und Nasja trat ein. Erstaunt blieb sie stehen. An der großen Tafel saßen weder Nemos noch Toto. Auch Frederika war nicht da. Da saß nur Bonja und sah Nasja mit ihren grünen Augen gespannt an.

„Hallo“, sagte Bonja stockend.

In diesem Moment schloss der Bedienstete hinter ihr die Tür. Sie waren allein. Das Essen stand bereits auf dem Tisch und es war nicht damit zu rechnen, dass sie in absehbarer Zeit gestört wurden.

„Wo sind die anderen?“, fragte Nasja und konnte nicht verhindern, dass sich ein misstrauischer Ton in ihre Stimme schlich.

„Nemos und Toto sind noch unten in Goros bei Artem. Sie warten ab, ob es heute Abend noch ein paar Protestierer wagen werden, Krawall zu schlagen.“ Bonja winkte Nasja zu, sich neben sie zu setzen. „Frederika isst heute in ihren Gemächern. Wir sind allein hier. Setz dich.“

Nasja zögerte immer noch. Sie wusste nicht, ob es eine gute Idee war, mit Bonja zu essen.

Bonja spürte Nasjas Zurückhaltung. „Es tut mir leid wegen gestern.“ Sie sah Nasja bedauernd an.

Nasja traute dem Frieden nicht. Hatte Nemos seine Schwester instruiert, um sie wieder auf eine falsche Fährte zu locken? Geschah gerade etwas, das er vor ihr verbergen wollte?

„Eigentlich tut es mir wegen allem leid.“ Bonja seufzte. Sie sah ernsthaft betrübt aus. „Ich habe dich von Anfang an ziemlich mies behandelt und das war nicht in Ordnung. Ich wollte heute mit dir allein essen, um endlich reinen Tisch zu machen. Ich habe mich von Frederika beeinflussen lassen. Sie hat mir eingeredet, dass du es nicht wert bist, in diesem Schloss zu leben, und dass wir dich spüren lassen müssen, dass du hier nicht erwünscht bist. Ich habe mitgemacht, obwohl ich es besser hätte wissen müssen. Das war falsch und es tut mir wirklich leid. Gestern ist mir erst so richtig bewusst geworden, wie gemein ich war."

Nasja spürte das Echo eines hoffnungsvollen Gedankens in sich. Sie wollte Bonja glauben. Es wäre so schön, wenn Bonja Nasja nicht mehr hassen würde. Aber sie konnte Bonja nicht einfach so vertrauen. Einen Moment lang schloss sie die Augen und holte tief Luft. Sie spürte Bonjas schnell schlagendes Herz ganz in ihrer Nähe. Bonja war ein komplizierter Mensch, der seine Gefühle gut verbergen konnte. Aber dennoch spürte Nasja die Wehmut in ihrem Herzen ganz deutlich. Da waren kein Hass und keine Wut. Nicht einmal ansatzweise spürte sie den Zorn, den sie gestern im Herzen von Frederika vernommen hatte.

Nasja öffnete die Augen. Es war nicht so, dass sie Bonja nun vertraute. Ihre Fähigkeiten waren nicht stark genug, um wirklich tief in ihr Herz vordringen zu können. Aber sie würde sich zumindest anhören, was Bonja zu sagen hatte. Langsam ging Nasja zu Bonja hinüber und ließ sich auf den Platz neben ihr sinken.

„Also gut", sagte Nasja und wandte sich Bonja zu. „Warum hast du dich von Frederika anstecken lassen? Warum hasst sie mich so sehr?"

Bonja seufzte und sah ernsthaft bedrückt aus. „Nemos ist nicht glücklich, dass er dich heiraten musste", sagte sie bedauernd.

„Das weiß ich schon", erwiderte Nasja mit einem bitteren Klang in ihrer Stimme. Der Moment verleitete sie, ehrlich zu sein. „Ich habe auch nicht darum gebeten, seine

Frau zu werden.“

„Hast du nicht?“ Bonja sah Nasja überrascht an. „Frederika hat gesagt, du wärest ganz wild darauf, Königin zu sein, weil du alles Gold der Menschen für die Nymphen haben willst.“

„Gold?“ Nasja schüttelte belustigt den Kopf. „Ich interessiere mich nicht für Gold und mein Volk auch nicht. Materieller Reichtum bedeutet uns nichts. Man ist reich, wenn man Liebe in seinem Herzen trägt. Nur das zählt.“

Bonja schluckte. Nur zögernd sprach sie weiter. „Außerdem hat Frederika mir erklärt, der Platz an Nemos‘ Seite würde einem Menschen zustehen und keiner Nymphe.“ Bonja seufzte. „Ich war so dumm. Eigentlich hat mich mein Vater gelehrt, offen zu sein und anderen respektvoll zu begegnen. Es tut mir leid.“

„Ach, Bonja.“ Nasja sah ihre Schwägerin bedauernd an. Obwohl Bonja zwei Jahre älter war als sie selbst, kam sich Nasja plötzlich wie die Erfahrenere von ihnen vor. „Mein Vater hat mir befohlen, Nemos zu heiraten. Er und König Kreotis haben diesen Pakt schon vor vielen Jahren geschlossen. Nach dem, was ich will, hat nie jemand gefragt. Als ich zwölf Jahre alt war, hat man mir mitgeteilt, dass ich meine Heimat verlassen muss. Ich habe mein Leben, meine Familie und meine Freunde aufgegeben. Seitdem lebe ich hier in Goros und lerne, ein Mensch zu sein.“

„Du wolltest das wirklich alles nicht?“ Bonja schien immer noch nicht glauben zu können, dass es so war.

„Ich bin hier, weil ich meine Pflicht gegenüber meinem Vater und meinem Volk erfülle, aber es war nie mein freier Wille. Genauso wenig, wie es Nemos freier Wille war, mich zu heiraten.“

„So war das also.“ Bonja betrachtete Nasja nachdenklich. „Aber im Gegensatz zu Nemos reißt du dich zusammen und versuchst, dich mit deiner Situation zu arrangieren.“ Bonja schüttelte leicht den Kopf.

„Ich habe eine Aufgabe und ich trage Verantwortung", sagte Nasja. „Es wäre leicht, wütend zu sein, aber die Wut bringt niemanden weiter. Sie zerstört nur alles."

„Neben dir kommt mir Nemos vor wie ein kleiner, bockiger Junge." Bonja lächelte leicht.

Doch Nasja war nicht nach Lachen zumute, wenn sie an die vielen Menschen dachte, die heute ihren Tod gefunden hatten. „Nemos ist kein kleiner Junge", sagte sie mit fester Stimme. „Er ist ein erwachsener Mann und er weiß genau, was er tut. Er ist der König von Galadon und er will wohl ein besonders harter Herrscher werden."

„Ich weiß." Bonja presste die Lippen aufeinander. „Ich habe mitbekommen, was heute passiert ist." Bonja schwieg einen Moment, als ob sie an die Verbrechen dachte, die heute ganz in der Nähe des Schlosses begangen worden waren.

Nasja schluckte. Sie hatte nicht damit gerechnet, dass es noch jemandem außer ihr nahegehen würde.

Bonja holte tief Luft. „Aber was dich angeht, benimmt sich Nemos trotzdem wie ein Idiot. Es tut mir leid, dass ich mich von Frederika dazu habe verleiten lassen, dich hereinzulegen. Du musst mir glauben. Ich wusste wirklich nicht, was sie vorhat, als sie sich unserem Ausflug angeschlossen hat. Sie muss das mit Nemos ausgemacht haben."

„Ich glaube dir ja", sagte Nasja. „Aber ich wünschte, es wäre alles ganz anders und wir müssten dieses Gespräch überhaupt nicht führen. Ich bin hier, um etwas Gutes für die Menschen von Galadon und für die Nymphen in meinem Land zu tun. Eigentlich hatte ich angenommen, dass das nicht schwer werden würde." Nasja seufzte. „Ich habe nicht geahnt, wie viel Ablehnung und Hass mich hier erwartet."

„Etwas Gutes tun." Nachdenklich strich Bonja über das Tischtuch vor sich. „Du meinst das wirklich ernst, oder?“

Nasja nickte. „Deswegen bin ich hier. Was hätte mein Leben sonst für einen Sinn, wenn ich auf dieser Welt nicht wenigstens ein paar Dinge zum Besseren gewendet hätte.“

Bonja schluckte. „Du hast keine Ahnung, wie sehr es mir leidtut, dass ich so unfreundlich zu dir war. Du hast so eine reine Seele. Das hast du wirklich nicht verdient.“

Nasja spürte, wie ein Lächeln über ihre Lippen zuckte. „Danke“, sagte sie und traute sich, die Worte ein wenig an sich heranzulassen.

„Wir sollten noch einmal von vorn beginnen“, sagte Bonja mit einem weichen Lächeln auf den Lippen. „Was denkst du?“

Nasja betrachtete Bonja mit einem überraschten Ausdruck. „Ich möchte dir gern glauben, Bonja.“

„Ich weiß, dass es schwer ist, nach allem, was passiert ist.“ Sie strich sich eine dunkelblonde Locke aus dem Gesicht. „Ich erwarte auch nicht, dass alles sofort gut ist zwischen uns. Aber vielleicht kannst du mir noch eine Chance geben.“

„Ich will es versuchen“, sagte Nasja. „Aber versprich mir, immer ehrlich zu mir zu sein.“

Bonja nickte. „Ich verspreche es und damit du merkst, wie ernst ich es meine, beantworte ich dir alle Fragen, die du hast.“

Nasja zögerte kurz und sah Bonja überrascht an. Was für ein verlockendes Angebot. Bonja kannte Nemos schon, seitdem er ein Baby war. Wenn sich Nasja auf Bonjas Angebot einließ, würde sie viel über Nemos erfahren können und warum er so geworden war, wie er nun eben war. Das würde es ihr leichter machen, sein Verhalten vorherzusehen. Sie hätte Bonja gern ausführlich über Nemos und seine Pläne ausgefragt und mit ihr darüber gesprochen, wie man Einfluss auf den jungen König nehmen konnte, um so etwas wie heute vermeiden zu können, aber sie spürte, dass sie langsam vorgehen musste. Sie durfte nicht riskieren, dass dieses Gespräch doch noch bis an Nemos' oder Frederikas Ohren gelangte und sie sich ihr eigenes Grab schaufelte. Bevor sie wirklich ganz offen mit Bonja sprechen konnte, musste sie absolut sicher sein, dass sie ihr zu einhundert Prozent vertrauen konnte.

„Vielleicht erzählst du mir erst mal etwas über dich", bat Nasja mit einem aufmunternden Lächeln. „Wie war deine Kindheit?"

Bonja nickte, während sie Nasjas Lächeln erwiderte. „Meine Kindheit war schön, aber es gab auch viele Tragödien." Sie seufzte. „Meine Mutter war eine Harfenistin, die am Hof zu Besuch war. König Kreotis hat sich sofort in sie verliebt, als sie die erste Note angeschlagen hatte. Zumindest hat es mir meine Mutter damals so erzählt." Bonja lächelte versonnen. „Sie blieb am Hof, als klar war, dass sie ein Kind von König Kreotis erwartete. Aber wie so oft hat mein Vater sein Interesse an einer Frau schnell wieder verloren. Meine Mutter hatte schwer daran zu tragen, die abgelegte Geliebte zu sein. Für sie war die Liebe zu König Kreotis etwas Echtes und Wahres gewesen. Doch dann hatte er sich in Frederika verliebt und sie bekam Nemos. Als Kinder waren wir unzertrennlich. Meine Mutter ist gestorben, als ich acht Jahre alt war."

„Das tut mir leid", sagte Nasja betrübt. Sie hatte nicht gewusst, dass Bonja ihre Mutter so zeitig verloren hatte.

Bonja seufzte. „Ich glaube, sie ist an einem gebrochenen Herzen gestorben. Seitdem hat mich Frederika unter ihre Fittiche genommen. Nemos war immer mein kleiner Bruder. Wir haben alles zusammen gemacht. Aber seit Toto wieder da ist, hat er sich zurückgezogen. Er hat sich verändert und sucht nicht mehr oft meine Nähe."

„Das tut mir leid", sagte Nasja.

Bonja winkte ab. „Das muss es nicht. Er ist jetzt eben der König und hat eine Menge zu tun. Als Frau habe ich nicht viel zu den ganzen Regierungsgeschäften beizutragen. Das regeln die Männer unter sich. Mein Vater hat mich auch nicht in diese Sachen einbezogen. Das Einzige, was er ernsthaft mit mir besprochen hat, ist, welchen Mann ich irgendwann einmal heiraten soll."

„Und? Hast du schon jemanden ausgewählt?" Nasja sah Bonja fragend an.

Bonja grinste. „Ausgewählt? Ich darf mir keinen Mann auswählen. Es war die Aufgabe meines Vaters, einen auszusuchen. Aber dann ist er krank geworden und jetzt ist er tot und das Thema steht nicht mehr zur Debatte."

„Warum nicht?" Nasja sah Bonja überrascht an. „Willst du keine Familie? Willst du dich nicht verlieben?" Es kam ihr seltsam vor, dass Bonja nicht einmal einen Gedanken an die Liebe verschwendet hatte.

Bonja schüttelte den Kopf. „Das Schicksal meiner Mutter ist mir eine Lehre. Ich will nicht so enden wie sie. Ich will keinen Mann und verlieben möchte ich mich auch nicht. Man verschenkt sein Herz an jemanden und riskiert, daran zu zerbrechen, dass er diese Liebe nicht erwidert. Nein, das möchte ich nicht. Es wäre jetzt eigentlich Nemos' Aufgabe, sich darum zu kümmern, eine passende Verbindung für mich zu finden. Aber mein Bruder interessiert sich nicht dafür, ob ich verheiratet bin oder nicht. Und mir ist es ganz recht so."

„Das heißt, du wirst einfach auf Schloss Schwanenberg bleiben." Nasja nickte, als sie es verstand.

„Ja, genau, und zwar als deine Gesellschafterin." Bonja lächelte zufrieden. „Das gefällt mir. Wir werden eine schöne Zeit haben. Nemos will dich vielleicht nicht als seine Frau, aber ich möchte dich als meine Freundin. Ich werde dafür sorgen, dass du nicht unglücklich sein musst. Das Leben hier in Goros hat eine Menge positiver Seiten. Glaube mir. Wenn sich die Lage unten in Goros beruhigt hat, werde ich dich zu ein paar Ausflügen mitnehmen. Ich kann dich meinen Freundinnen vorstellen."

„Du meinst diesen Damenklub?"

„Nein." Bonja schüttelte den Kopf und lachte. „Das ist etwas für die alten Frauen. Nein, ich zeige dir, was Goros noch zu bieten hat. Wir gehen ins Theater und in die Oper. Wir treffen uns mit den jungen Frauen in der Stadt. Du wirst überrascht sein, wie offen es dort zugeht. Wir können auch reisen. Wir besuchen die Landsitze meines Vaters. Dagegen wird Nemos sicher nichts einzuwenden haben."

„Das klingt gut", sagte Nasja erstaunt von Bonjas Angebot.

„Das wird es, aber jetzt essen wir erst einmal. Mir knurrt der Magen." Bonja zog die Suppenschüssel heran und füllte Nasjas Teller. Dann wünschte sie Nasja einen guten Appetit.

Während sie weiter darüber redete, was sie in Goros alles unternehmen würden, sobald man sich wieder in die Stadt trauen konnte, betrachtete Nasja Bonja mit wachsamem Blick. Nichts deutete darauf hin, dass Bonja ihre Worte nicht ernst meinte. Ganz im Gegenteil, sie schien wie von einer Last befreit und vertiefte sich immer weiter in ihren Plan, Nasja zu einem Teil des gesellschaftlichen Lebens Goros' zu machen. Nasja wagte es, den Gedanken zuzulassen, dass sie gerade dabei war, eine Freundin und eine Vertraute zu finden, und dieses Gefühl war einfach nur herrlich.

KAPITEL 12

Einige Tage später fuhr die prächtige, königliche Kutsche die Azaleenstraße entlang und Nasja blickte mit staunenden Augen aus dem Fenster. Sie sah den Palast ihres Vaters an sich vorbeiziehen und ein schwermütiges Gefühl überkam sie. Eigentlich war nur ein knapper Monat vergangen, seitdem sie ihr altes Leben in Goros zurückgelassen hatte. Doch Nasja kam es vor, als wären Jahre verstrichen.

Sie war nicht mehr dieselbe. Sie war ahnungslos zu ihrer Hochzeit aufgebrochen. In ihrem Herzen hatte sie die Hoffnung getragen, die Liebe zu finden. Niemals wäre ihr in den Sinn gekommen, dass ihre neue Familie ihr mit offenem Hass begegnen würde. Doch vielleicht gab es noch eine Chance, dass sich einiges zum Guten wendete. Nasja warf Bonja, die neben ihr saß, einen schnellen Blick zu.

Seit ihrem Gespräch waren ein paar Tage vergangen und mit jedem Tag waren sie sich ein Stück nähergekommen und hatten offener miteinander gesprochen. Nasja hatte noch immer keinen Hinweis darauf finden können, dass Bonja sie hereinlegen wollte.

Beim Abendessen hatte sich Bonja mit Nasja unterhalten und Frederika war in die Gespräche von Toto und Nemos vertieft gewesen. Es schien sich eine neue Front innerhalb der Familie aufgetan zu haben.

Nasja hatte es mit Genugtuung wahrgenommen. Mit einem Lächeln sah sie sich in der Kutsche um. Ihr gegenüber saßen Celistra und Finnie. Nemos‘ jüngste Schwester hatte sich ihnen sofort anschließen wollen, als sie bemerkt hatte, dass Bonja einen Ausflug in die Stadt plante.

Die Kutsche bog nach rechts in die Chrysanthemenallee ein und hielt schließlich vor dem großen Theater von Goros. Es war ein prachtvolles Gebäude, an dessen hoher Fassade Stuckarbeiten golden eingefärbt waren. Dieser Luxus zeugte von den zahlreichen, großzügigen Gönnern, die das Theater finanziell unterstützten.

„Ich freue mich so auf das Stück", sagte Finnie und sah gespannt aus dem Fenster. „Ich war schon so lange nicht mehr im Theater."

„Du warst erst vor zwei Wochen das letzte Mal hier", sagte Bonja kopfschüttelnd.

„Genau, das ist schon viel zu lange her." Finnie grinste. Sie hatte die blonden Haare zu zwei Zöpfen geflochten und sah in ihrem hellblauen Rüschenkleid einfach nur reizend aus. Sie sah Nasja gespannt an. „Wann warst du das letzte Mal im Theater?"

Nasja schluckte. „Ich war noch nie im Theater", sagte sie schließend.

Bonja sah sie entsetzt an und auch Finnie schien einen Moment überrascht von ihrer Antwort zu sein.

„Wie bitte?" Bonja schüttelte den Kopf, als ob sie nicht glauben konnte, was Nasja da gerade gesagt hatte. „Du hast doch fünf Jahre in Goros gewohnt. Wie kann es sein, dass du kein einziges Mal im Theater warst?"

„Weil mein Vater wollte, dass ich die Zeit nutze, um alles über das Land, seine Geschichte und seine Einwohner zu lernen. Er hat immer gesagt, dass ich nicht hier bin, um zu faulenzen." Nasja verzichtete darauf, zu erklären, dass sie ihr Vater eigentlich vor der Gesellschaft in Goros versteckt hatte, um ihre Schönheit am Tag der Hochzeit präsentieren zu können.

„Dein Vater war wohl ziemlich streng", sagte Finnie stirnrunzelnd, während der Kutscher von der Kutsche stieg.

„Ja, das war er." Nasja nickte. „Er ist schließlich der König der Nymphen. Könige müssen immer streng sein."

„Mein Vater war nie streng", sagte Finnie mit einem Grinsen auf den Lippen. „Er hat immer Späße mit mir gemacht und mit Nemos auch."

Nasja legte nachdenklich den Kopf schief, während der Kutscher die Kutsche öffnete und Finnie zuerst heraushalf. Nasja hatte König Kreotis immer für einen klugen und gerechten König gehalten. Ganz automatisch hatte sie angenommen, dass er nicht nur sein Land, sondern auch sein eigenes Haus mit strenger Hand geführt hatte. Doch so wie es aussah, hatte der König zwei Maßstäbe angelegt. Sein privates Leben hatte er streng von seinen Verpflichtungen getrennt. War das der Grund für Nemos' Gesinnung? War er zu sehr verwöhnt worden und hatte sich nie mit dem Ernst des Lebens auseinandersetzen müssen? Hatte sein Vater ihn nie an einer Aufgabe scheitern lassen, damit er lernte, dass Rückschläge zum Leben dazugehörten und man viel aus ihnen lernen konnte, um es beim nächsten Mal besser zu machen?

Nach Finnie stieg Bonja aus und dann verließ Nasja die Kutsche. Die Sonne blendete sie. Die Hitze war jetzt am frühen Nachmittag am schlimmsten und es würde noch einige Stunden dauern, bis es endlich etwas kühler wurde.

Nasja sah sich um, nachdem sich ihre Augen an die Helligkeit gewöhnt hatten. Da standen Männer neben der Kutsche. Erst dachte Nasja, es wären Angestellte des Theaters, die sie zur Vorstellung begleiten wollten, doch dann erkannte sie die dunklen Uniformen der Soldaten von Galadon.

Einen Moment lang stockte ihr der Atem. Was wollten die Soldaten hier? Wollte Nemos sie gewaltsam zurück auf Schloss Schwanenberg bringen, weil er mit ihrem Ausflug nicht einverstanden war? Sie hatte die ganze Zeit damit gerechnet, dass er sich gegen Bonjas Pläne stellen würde.

Doch Bonja war sich absolut sicher gewesen, dass er keine Einwände haben würde, nachdem Nasja mit Frederika und Bonja das Schloss auch einfach so hätte verlassen können.

„Artem? Was machst du denn hier?“ Es war Bonjas Stimme, die Nasja aus ihren düsteren Grübeleien riss.

Artem? Sie sah sich hastig um. Tatsächlich, da stand er hinter den Soldaten. Nasja war sofort erleichtert. Das Gefühl der Ruhe verband sie inzwischen ganz automatisch mit Artems Anwesenheit. Wie immer sah er blendend aus. Seine dunkelbraunen Locken glänzten warm in der Sonne und die Uniform betonte seine breiten Schultern und seine athletische Gestalt.

Nasja hätte sich gefreut, ihn zu sehen, aber seine ernste Miene machte ihr Sorgen. War die Situation in Goros nicht sicher genug? War etwas geschehen, von dem sie bisher noch nichts erfahren hatte? Wie so oft kreisten ihre Gedanken zuallererst darum, dass ihr etwas Wichtiges entgangen war.

Ihre Augen fanden die seinen und ihr Blicke verharrten kurz ineinander. Nasja sah das vertraute Staunen in seinen braunen Augen aufflackern. Er fand sie immer noch schön. Nasja konnte nicht verhindern, dass ein leichtes Lächeln über ihre Lippen glitt, bevor sie es schaffte, eine ernste Miene aufzulegen.

„Meine Königin.“ Er verneigte sich leicht vor ihr.

„Artem, was verschafft uns das Vergnügen Eurer Anwesenheit?“, fragte sie in einem förmlichen Ton. „Gibt es weitere Unruhen in der Stadt? Man hatte uns versichert, dass es wieder sicher ist, nach Goros zu kommen.“

„Die Stadt ist sicher, Euer Majestät“, erwiderte Artem. „Ihr könnt unbesorgt sein. Aber es ist mir ein Anliegen, Euch auf Euren Ausflügen zu begleiten, um sicherzugehen, dass Euch nichts geschieht.“

„Ich habe doch Leute dabei“, sagte Bonja. „Reicht das nicht aus?“

Artem schüttelte den Kopf. „Ein Kutscher hat bisher gereicht, aber jetzt bist du mit der Königin unterwegs, Bonja, da gibt es einiges mehr zu beachten." Artem warf Bonja einen ernsten Blick zu.

„Oh." Bonja sah sichtlich erschüttert aus. „Das wusste ich nicht."

Nasja überkam das ungute Gefühl, dass sie etwas Wichtiges übersehen hatten und es einen guten Grund gab, aus dem Artem hier war.

„Nun gut, dann kommst du eben mit", sagte Bonja, die ihren Schreck schnell überwunden hatte, und hakte sich bei Finnie und Celistra ein. „Mir soll es recht sein. Dann gehen wir eben zusammen ins Theater." Sie lief die breite Treppe empor, die zum Eingang des Theaters führte.

Artem reichte Nasja höflich seinen Arm und sie hängte sich bei ihm ein. Die etwa zehn Soldaten, die Artem bei sich hatte, folgten ihnen in respektabler Entfernung. Schweigend liefen sie die große Treppe empor.

„Du musst vorsichtiger sein", sagte Artem leise, als sie die Mitte der Treppe erreicht hatten.

„Warum?", fragte Nasja und versuchte ruhig zu bleiben. Ihr Herz schlug schnell und sie hatte ein ungutes Gefühl im Bauch. „Was habe ich falsch gemacht?"

„Du bist jetzt die Königin und kannst dich nicht mehr so frei bewegen, wie du es gewohnt bist, vor allem nicht in Goros." Artem sah sich um, als ob er prüfte, dass keine Gefahr in der Nähe war. „Als Königin musst du immer mit Wachschutz reisen, sobald du das Schloss verlässt. Wachschutz bedeutet, dass immer mindestens fünf kampfbereite und bewaffnete Männer in deiner Nähe sein müssen."

„Das wusste ich nicht", sagte Nasja entsetzt.

„Und Bonja scheinbar auch nicht", sagte Artem ernst. „Bei deinem nächsten Ausflug gibst du mir Bescheid und ich stelle dir eine Abordnung von Soldaten an die Seite.

Du hast Glück, dass ich rechtzeitig von eurem Ausflug erfahren habe und hier war."

Nasja schluckte. Sie musste nicht nachfragen, was sonst passiert wäre. Sie wusste es sofort. Sie kannte den Passus aus den Unterlagen von Freiherr von Lotringen, der besagte, dass sie sich frei bewegen konnte, solange sie die Würde des Königs nicht gefährdete. Ohne ausreichend Begleitung durch Goros zu gehen, schien schon auszureichen, um an der königlichen Würde zu kratzen.

Die Freude über den Ausflug war Nasja schlagartig abhandengekommen. Artem hatte sie wieder einmal davor gerettet, in eine von Nemos' Fallen zu laufen. Jetzt war ihr klar, warum Nemos nichts dagegen gehabt hatte, dass sie das Schloss verließ. Es wäre seine Gelegenheit gewesen, sie endlich loszuwerden.

Sie spürte, wie ihre Hände zu zittern begannen. Wie oft würde sie noch Glück haben? Es war doch nur eine Frage der Zeit, bis sie etwas übersah und Artem nicht rechtzeitig zur Stelle wäre, um ihr zu helfen. Und dann würde Nemos triumphieren und sie einfach in den tiefsten Kerker stecken, den er finden konnte. Aus seiner Abneigung zu ihr hatte er nie einen Hehl gemacht.

„Hab keine Angst", flüsterte Artem, und der weiche, tröstende Klang seiner Stimme schnürte Nasja die Kehle zu.

„Ich habe aber Angst", flüsterte sie erstickt. „Irgendwann sehe ich nicht kommen, was er vorhat, und dann ist alles vorbei."

„Ich habe dir geschworen, dass ich dir treu ergeben bin, und ich halte mich an meinen Schwur. Egal wohin du gehst, ich habe ein Auge auf dich und wache über dich, Nasja. Du bist meine Königin und es ist meine Pflicht, dein Leben über das meine zu stellen. Notfalls werde ich mein Leben opfern, um das deine zu schützen."

Nasja schluckte. Der Ernst in Artems Stimme ließ ihr

einen kalten Schauer den Rücken hinablaufen. Sie blieb stehen und drehte sich zu Artem, um ihm direkt in die Augen sehen zu können. Sie erschrak, als sie die Bewunderung und den Ernst in seinem Gesicht sah. Er meinte jedes Wort so, wie er es gesagt hatte.

Doch Nasja blieb ganz ruhig.

„Wie willst du mich vor Nemos schützen?“, fragte sie und lächelte Artem weich an. „Er ist der König. Wenn er dir befiehlt, mich umzubringen, wirst du seinem Befehl Folge leisten müssen.“

Artem erwiderte ihren Blick. Nasja sah in seinen Augen eine Tiefe, die sie nicht für möglich gehalten hatte.

„Lass das meine Sorge sein, Nasja.“ Er betonte ihren Namen weich und sanft und Nasja spürte, wie ein warmer Trost in ihr aufstieg und sie sich für einen winzigen Moment geborgen fühlte und so als ob ihr niemand auf dieser Welt etwas anhaben konnte.

Dann war der Moment vorbei. Artem wandte sich der Treppe zu und ganz automatisch setzte sich auch Nasja in Bewegung.

Artem sagte nichts mehr. Doch das musste er auch nicht. Seine Worte klangen immer noch in Nasjas Ohren. Sie saß in dem Theaterstück neben Bonja, Celistra und Finnie und konnte sich kaum auf den Inhalt der Vorstellung konzentrieren, die für sie als einzige Gäste gespielt wurde.

Stattdessen warf sie im Dunkeln Artem immer wieder nachdenkliche Blicke zu, der nicht weit von ihnen saß, um für ihre Sicherheit zu sorgen. Seine Soldaten warteten draußen vor den Türen.

Artem war seine Pflicht ein geradezu heiliger Ernst, aber das, was Nasja in seinen Worten gehört hatte, war nicht nur reine Pflicht gewesen. Sie spielte mit dem Gedanken, genauer zu erkunden, was in Artem vorging.

Es wäre ganz einfach. Sie musste einfach nur die Augen

schließen, sich auf seinen Herzschlag konzentrieren und herausfinden, von welchem Gefühl er getrieben wurde. Sie würde nie ganz erkunden können, was in ihm vorging, aber je stärker ein Gefühl in ihm pochte, umso leichter würde sie es erkennen.

Nicht nur einmal schloss Nasja kurz die Augen und wollte sich der Versuchung hingeben. Doch sie riss die Augen jedes Mal wieder auf, bevor sie auch nur anfangen konnte, seinen Herzschlag zu suchen. Sie sollte die Sache auf sich beruhen lassen. Sie musste es. Artem war der oberste Befehlshaber der Armee von Galadon. Er war der Stellvertreter des Königs und damit der engste Vertraute von Nemos. Er war eine Respektsperson für sie, zu der sie Abstand halten musste.

Es war seine Aufgabe, für ihren Schutz zu sorgen, und das schloss ein, alles zu verhindern, was dazu führen konnte, dass sie in einem Kerker landete.

Nachdem sie das Theater verlassen hatten, brachte Bonja sie zu einer Freundin, die nicht weit entfernt in der Hyazinthenallee wohnte. Sie hieß Penelope und war eine rundliche, junge Frau mit rosigen Wangen und schönen, schwarzen Haaren. Sie tranken gemeinsam Tee und Nasja bemühte sich, sich an dem freundlichen Gespräch über den neuesten Tratsch in der Stadt zu beteiligen. Doch es kam ihr seltsam vor, sich darüber zu unterhalten, wer mit wem verlobt worden war und wo man in der Stadt die schönsten Hüte bekam, wenn vor wenigen Tagen Proteste gewaltsam beendet worden und Menschen gestorben waren.

Nasja spürte das Verlangen, diese Dinge anzusprechen. Sie wollte wissen, was in der Stadt wirklich vorging, und am liebsten wäre sie selbst wieder mit spitzen Ohren durch die engen Gassen geschlichen, so wie sie es oft getan hatte, als sie noch mit ihrem Vater in der Azaleenstraße gewohnt hatte.

Doch diese Zeiten waren endgültig vorbei. Nasja musste noch vorsichtiger sein und immer mit dem Schlimmsten rechnen. Sie dachte an Artem, der unten vor dem Haus stand und die Augen offen hielt, um seine Königin zu schützen.

Das warme, tröstende Gefühl stieg sofort wieder in ihr auf, das sie in seiner Nähe so oft überkam. Er hatte gesagt, dass er notfalls sein Leben opfern würde, um ihres zu schützen. Nasja schluckte. Denn mit einem Mal hatte sie das Gefühl, dass er das auch tun würde, wenn sie nicht seine Königin wäre.

KAPITEL 13

Nasja wagte sich nicht mehr aus Schloss Schwanenberg heraus, weder am nächsten Tag noch in der nächsten Woche. Egal wie oft Bonja sie bat, noch einmal mit ihr in die Stadt zu fahren, Nasja lehnte ihre Angebote ab. Ihre Angst, etwas falsch zu machen und in der Öffentlichkeit unangenehm aufzufallen, war einfach zu groß. Sie hatte begriffen, wie knapp sie einer Katastrophe entgangen war und dass die Gefahr, dass sie etwas Falsches tat, immer größer wurde, je weiter sie sich von Schloss Schwanenberg entfernte.

Nasja bemühte sich noch mehr als vorher, nicht aufzufallen und alles zu tun, was von einer guten Königin erwartet wurde. Den Satz über ihre Rechte und Pflichten kannte sie längst auswendig. Das war auch nicht schwer. Weder ihre Rechte noch ihre Pflichten waren zahlreich. Doch wie diese Regeln ausgelegt wurden, war eine ganz andere Sache, und herauszufinden, was sie im Detail bedeuteten, war nicht einfach. Nasja sprach oft mit Bonja darüber und versuchte mit ihrer Hilfe herauszufinden, wie die Königinnen vor ihr auf Schloss Schwanenberg gelebt hatten.

Nasja wusste, dass ihre Aufgabe im Wesentlichen darin bestand, das Königshaus würdig zu repräsentieren. Daher achtete sie mehr denn je darauf, dass sie sich entsprechend der Mode der Menschen von Galadon kleidete, passenden Schmuck und eine gefällige Frisur trug.

Begegnete ihr Nemos irgendwo im Schloss, was selten vorkam, grüßte sie ihn mit gesenktem Blick und ging in die Knie, bis er an ihr vorübergeschritten war. Sie ließ sich

Stickereien und die Harfe in ihre Suite bringen und lud Bonja und Finnie regelmäßig zu sich ein, um mit ihnen bei Tee und Gebäck zu reden, zu musizieren und Handarbeiten anzufertigen.

Nasja langweilte dieses Leben fürchterlich. Sie wollte ausbrechen und frei sein. Sie wollte die Welt sehen und über ihre Wunder staunen. Sie wollte andere Menschen treffen und mit ihnen lachen. Aber die Angst hielt sie zurück, auch nur einen unbedachten Schritt zu machen.

Mit einer Stickerei im Schoß und umgeben von Bonja und Finnie fühlte sie sich sicher. Sie versuchte ihre Ohren zu spitzen und herauszufinden, was unten in Goros vor sich ging, während sie gemäßigten Schrittes durch die Gänge ging und beim Abendessen saß. Aber außer ein paar Gerüchten, dass nach etlichen Tagen der Ruhe doch der ein oder andere Protestierer festgenommen und hingerichtet worden war, drang nichts Neues zu ihr.

Nasja spürte, wie ihr Ehrgeiz, sich neue Informationen zu beschaffen, immer mehr verging. Was sollte es denn bringen, sich mühsam auf die nächste Ratssitzung in wenigen Tagen vorzubereiten? Nemos hatte sich die Mehrheit im Rat verschafft und egal was sie besprachen und wie sie abstimmen würden, Nemos würde immer gewinnen. Das Einzige, was Nasja auf sich zog, wenn sie sich gegen Nemos stellte, war sein Hass und das würde ihr Leben hier am Hof nicht einfacher machen.

Sie hatte ihre Aufgabe erfüllt. Ihr Vater hatte militärische Unterstützung bekommen und zumindest bis zu Nemos‘ nächstem Geburtstag würde er seine Soldaten auch nicht zurückbeordern können. Ihr Vater würde schon dafür sorgen, dass sie blieben, wo sie waren.

Bis zum nächsten Sommer waren die Bauarbeiten abgeschlossen und die Nymphen hatten ihre Wehranlagen so weit verstärkt, dass sie besser gegen die Angriffe der Zentauren gerüstet waren. Vielleicht hatten sie bis dahin auch genug von den Menschen gelernt, um sich selber Kriegsmaschinen zu bauen und sich zu verteidigen. Was nach Nemos' Geburtstag geschah, stand ohnehin in den Sternen. Doch so wie Nasja die Lage im Moment einschätzte, würde Nemos kaum noch zu bekehren sein. Niemand würde ihn dann davon abhalten, Krieg gegen die Zentauren zu führen oder die Handelsbeziehungen zu den anderen Ländern zu zerstören, wenn er es so wollte.

Vielleicht war es besser, wenn Nasja an sich dachte und einen Weg fand, irgendwie mit Nemos auszukommen.

„Hast du etwas von Artem gehört?" Bonja sah Nasja fragend an, die völlig in ihre Gedanken versunken gewesen war. Es war ein heißer Nachmittag im August und zum Schutz vor der Hitze hatten sich Nasja, Bonja und Finnie in die abgedunkelte Suite von Nasja zurückgezogen, wo sie bei kaltem Tee saßen und darauf warteten, dass die Temperaturen endlich sanken, damit sie noch einen Spaziergang durch die Schlossgärten machen konnten.

„Nein." Nasja schüttelte den Kopf. „Warum sollte ich etwas von ihm gehört haben?" Sie sah Bonja fragend an, verwundert von ihren Worten. Seit ihrem Aufeinandertreffen in Goros war sie Artem nicht mehr begegnet. Und da Nasja nicht vorhatte, das Schloss zu verlassen, würden sie sich erst zur Ratssitzung wiedersehen.

„Ich dachte, ihr hättet vielleicht noch einmal über unsere Ausflüge geredet. Er kümmert sich doch darum, dass du Geleit bekommst."

„Nein, er war nicht hier." Nasja schüttelte den Kopf.

„Du brauchst dir keine Sorgen mehr machen. Ich würde so gern noch einmal ins Theater gehen. Überleg es dir doch bitte noch einmal." Bonja legte bittend den Kopf schief, während ihnen Celistra ein paar feuchte Tücher brachte, die sie sich in den Nacken legen konnten.

Nasja seufzte. Dieses Gespräch führten sie in dieser oder ähnlicher Form beinahe jeden Tag. Dachte Bonja wirklich, dass Nasja ihre Meinung ändern würde, wenn sie sie nur oft genug darum bat?

„Ich kann das nicht noch einmal riskieren“, erwiderte Nasja in ruhigem Ton. „Außerdem hat Artem Wichtigeres zu tun, als unsere Ausflüge abzusichern. Ich will ihm keine Umstände machen.“

„Ja, ich weiß.“ Bonja fuhr sich seufzend mit dem feuchten Tuch über die Stirn. „Du willst niemandem zur Last fallen.“

„Es tut mir leid.“ Nasja zögerte. Sie war so froh, dass ihre Beziehung zu Bonja sich immer weiterentwickelte, und wollte sie nicht durch ihre Einstellung gefährden. Aber sie konnte auch nicht über ihren Schatten springen und riskieren, dass sie gegen irgendwelche Regeln verstieß.

„Es ist meine Schuld, dass das beinahe schiefgegangen ist“, sagte Bonja flüsternd, während sie dabei zusah, wie Finnie gedankenverloren auf der Harfe zupfte. „Ich wusste wirklich nicht, dass es sich nicht ziemt, nur in Begleitung von zwei Bediensteten in die Stadt zu fahren. Das hat bisher noch nie jemanden interessiert. Das hat mir auch niemand erklärt.“

Natürlich nicht. Nasja seufzte. „Ich weiß doch, dass du nichts dafür kannst.“ Sie lächelte Bonja aufmunternd zu. Bonja hatte sich seit ihrem Ausflug nach Goros oft bei ihr entschuldigt.

„Was könnten wir dann unternehmen, wenn du nicht ins Theater willst?“ Bonja erhob sich und ging zu einem der großen Fenster. Sie schob den schweren Vorhang ein wenig zur Seite und sah hinaus in den heißen Sommertag.

„Ich will zur Klippe“, sagte Finnie und ließ die Harfe los. Der letzte Ton verklang sanft und leise.

Bonja nickte. „Das ist eine gute Idee. Dort oben weht immer ein frischer Wind. Wir verlassen die Gärten nur für ein paar Minuten und dort wird uns niemand begegnen und demzufolge kannst du auch niemanden verärgern.“

Nasja zögerte. Der Gedanke, endlich wieder zur Klippe zu gehen und auf das Meer hinauszusehen, war verlockend. Dort oben wehte tatsächlich immer ein frischer Wind. Nasja erinnerte sich daran, weil sie im letzten Sommer einmal dort gewesen war, als ihr Vater für ein paar Tage nicht in der Stadt war. Als Bedienstete verkleidet war Nasja mit Celistra dorthin geschlichen und hatte es genossen, für ein paar Stunden draußen zu sein und sich frei zu fühlen. Seitdem war sie nicht mehr dort gewesen.

„Was denkst du?" Nasja sah Celistra fragend an.

Bonjas Blick wanderte ganz automatisch zu der Nymphe. Sie war es mittlerweile gewohnt, dass Celistra nicht nur eine einfache Bedienstete von Nasja war, sondern ihre Freundin und ihre Vertraute.

„Das klingt ungefährlich", sagte Celistra nach einigem Überlegen. „Ich habe das Meer schon lange nicht mehr gesehen. Das wäre wirklich schön."

„Stimmt es, dass du eine Wassernymphe bist?" Finnie sah Celistra gespannt an.

Celistra lächelte und nickte. „Ja, das bin ich."

„Was kannst du mit dem Wasser anstellen?" Finnie hing regelrecht an Celistras Lippen.

„So einiges", lachte Celistra.

„Wirklich? Bitte, zeig mir, was du kannst." Finnie war aufgesprungen.

Celistra warf Nasja einen fragenden Blick zu.

Nasja dachte kurz darüber nach, ob es wirklich gut war, wenn Finnie und Bonja erfuhren, was für Kräfte in Celistra steckten.

„Zeig ihnen ruhig etwas", sagte Nasja schließlich. „Aber nur, wenn ihr Stillschweigen wahrt. Kannst du das?" Nasja sah Finnie fragend an.

Finnie legte eine todernste Miene auf. „Ich schwöre bei meinem Leben, dass ich kein Wort verraten werde." Dann stieß sie Bonja mit dem Ellbogen in die Seite. „Los, du auch."

Bonja hob eine Augenbraue. Sie interessierte sich mehr für ihre Ausflüge nach Goros als für die Tricks, die Celistra ihnen zeigen konnte. Dennoch tat sie ihrer kleinen Schwester den Gefallen und sagte ernst. „Ich schwöre, kein Wort zu verraten."

Celistra nickte. Dann nahm sie das feuchte Tuch, das immer noch in Finnies Nacken lag. Sie schloss beide Hände darum und im selben Moment erklang ein leises Knistern. Nasja erinnerte das Geräusch daran, wie es sich anhörte, wenn sie im Winter auf eine zugefrorene Pfütze trat und das Eis unter ihren Füßen zersprang.

Celistra reichte Finnie das Tuch zurück. Nasja musste lächeln, als sie den verwunderten Ausdruck in Finnies Gesicht sah.

„Es ist gefroren", murmelte Finnie voller Unglauben.

„Was?" Bonja riss die Augen auf und griff nach dem Tuch. „Das ist doch nicht möglich."

Finnie hatte ihre Überraschung inzwischen überwunden und grinste über das ganze Gesicht, während sie Bonja das Tuch überließ, die es verwundert in ihren Händen drehte.

„Das ist ein Wunder", murmelte Bonja.

Celistra schüttelte den Kopf. „Nein, das ist kein Wunder. Das ist das, was eine Wassernymphe nun einmal kann."

„Ich will mehr davon sehen", sagte Finnie atemlos. „Kommt, wir gehen gleich los zu den Wasserfällen. Dort gibt es noch viel mehr Wasser."

„Aber es ist noch so schrecklich heiß draußen", gab Nasja zu bedenken.

„Das macht mir überhaupt nichts aus." Finnie war schon auf dem Weg zur Tür. „Ich gehe mich schnell umkleiden und wir treffen uns in zehn Minuten draußen am Schwanenteich." Mit diesen Worten war Finnie schon verschwunden.

„Bis gleich." Bonja schloss sich mit einem Grinsen ihrer kleinen Schwester an. „Ich kann es kaum erwarten. Das ist wirklich beeindruckend."

Nasja sah ihr einen Moment nachdenklich hinterher. War das wirklich eine gute Idee oder verstieß sie ungewollt gegen eine der Regeln? Nasja war sich unsicher, aber sie wollte auch nicht Artem hierherbemühen, um ihn nach seinem Rat zu fragen.

Ein kleiner Spaziergang auf die Klippen war kein Ausflug in die belebte Stadt. Dort oben waren selten Menschen, erst recht nicht an einem heißen Tag wie heute. Nasja spürte, wie sehr sie Lust darauf hatte, sich zu bewegen und endlich wieder vor die Tür zu kommen. Sie setzte sich schnell einen breiten Hut auf und zog weiße Handschuhe an, wie es sich bei diesem Wetter gehörte, damit die Sonne nicht ihre vornehme Blässe zerstörte.

Kurz darauf verließ sie mit Celistra ihre Suite und schlenderte den langen Gang entlang, der zum Ausgang führte. Es war alles ruhig auf Schloss Schwanenberg. Wie Nasja dank einer Amsel herausbekommen hatte, saß Nemos im Moment mit Toto in seinen Arbeitsräumen. Sie hätte so gern gewusst, was die beiden dort trieben. Doch egal wie oft sie den Vogel an den Fenstern seiner Arbeitsräume vorbeigeschickt hatte, die Fenster waren geschlossen gewesen, als ob Nemos ahnte, was Nasja konnte.

Vermutlich ahnte er es nicht nur, sondern wusste es auch.

Celistra bog in den Küchenteil ab, um noch ein paar Erfrischungen in ihren Korb zu packen. Nasja ging derweil schon vor. Sie lief den langen, säulenbestandenen Gang entlang und war in Gedanken darin vertieft, in welche Richtung die Fenster von Nemos' Arbeitszimmer zeigten und ob er sie von dort oben aus beobachten konnte, wenn sie die Schlossgärten verließ, als sie plötzlich ein leises

Räuspern vernahm.

Es dauerte einen Moment, bis Nasja bemerkte, dass dieses Geräusch ihr galt. Sie blieb abrupt stehen und als sie die wirren Haare des Botenjungen von Freiherr von Lotringen hinter einer Säule erkannte, schlug ihr Herz sofort schneller.

Hastig trat sie in den Schatten der Säule und näherte sich ihm. „Hast du Neuigkeiten für mich?“ Sie sah ihn fragend an.

Der Junge nickte ernst. Er sah schmaler aus, als Nasja ihn in Erinnerung hatte. Unter seinen lebhaften Augen lagen dunkle Schatten, als ob er in letzter Zeit nicht oft genug zum Schlafen gekommen war.

„Was ist los in Goros? Erzähl mir davon“, bat Nasja mit freundlicher Stimme.

„Ihr habt mich gebeten, Euch alles zu berichten, was unten in der Stadt geschieht.“ Der Junge sah sie prüfend an, als ob er sich vergewissern wollte, dass sie ihn für schlechte Nachrichten nicht verantwortlich machen würde.

„Ich werde nicht wütend sein, egal was du erzählst. Sei ganz offen zu mir“, sagte Nasja sofort. „Ich will einfach nur wissen, was los ist und was die Leute in der Stadt denken und reden. Auch wenn es schlimme Dinge sind, die sich die Leute sagen, erzähle es mir ruhig.“

Der Junge nickte und sah sich prüfend um. Sein Blick flackerte unruhig. „Die Leute hassen Nemos“, flüsterte er schließlich mit erstickter Stimme. „Bei seiner Säuberung sind über dreißig Menschen gestorben. Das können ihm die Einwohner von Goros nicht vergeben. Sie sind wütend auf ihn und auch auf die Soldaten. Sie sagen, der König hat sich gegen sein Volk gerichtet.“

„Aber es ist doch ruhig in Goros.“ Nasja runzelte die Stirn.

„Es ist nicht ruhig“, flüsterte der Junge mit weit aufgerissenen Augen. „Die Leute lassen sich nur nicht mehr dabei erwischen, wenn sie zu ihren Göttern beten. Sie treffen sich in ihren Häusern und in den Hinterhöfen. Sie machen einen Bogen um die Soldaten, die jede Nacht durch die Straßen laufen. Aber es braut sich etwas zusammen. In der Stadt herrscht eine angespannte Stimmung und sie wird mit jedem Tag schlimmer."

„Weißt du, was geschehen könnte?", fragte Nasja. „Gibt es Gerüchte?"

Der Junge schüttelte den Kopf. „Nein, die gibt es nicht. Jeder erzählt etwas anderes." In seinem Gesicht lag ein Ausdruck, den Nasja nur schwer deuten konnte. Doch man sah ihm an, dass es ihm nicht gut ging.

„Was ist los?", fragte Nasja besorgt. „Was ist mit dir geschehen?"

Der Junge schwieg.

„Du kannst es mir ruhig sagen." Sie sprach leise und sanft mit ihm.

Er schniefte plötzlich. „Mein Vater. Er hat nichts getan. Er war einfach nur in der Nacht unterwegs, weil er spät aus dem Wirtshaus gekommen ist. Er …" Er stockte und Tränen liefen seine Wangen hinab.

Doch er musste nicht weitersprechen. Nasja wusste, was ihm geschehen war. Die Soldaten hatten ihn für einen Protestierer gehalten und seinem Leben oben an der Klippe ein Ende gesetzt.

„Es tut mir so leid", sagte Nasja bedrückt. Sie wusste, dass es keine Worte gab, um das Unrecht ungeschehen zu machen. Nichts konnte ihm den Vater zurückgeben. Nasja griff zu dem Beutelchen an ihrem Handgelenk und zog fünf Gold-, acht Silber- und vier Bronzemünzen heraus. Das war ihr ganzes Geld, das sie aus der Azaleenstraße mitgebracht hatte. Mehr besaß sie nicht. Sie reichte es dem Jungen mit ernster Miene. „Das ist für dich und deine Familie."

Der Junge riss erstaunt die Augen auf und starrte die

Münzen ungläubig an. Das war vermutlich mehr, als sein Vater in seinem ganzen Leben verdient hatte. Nasja sah, dass er etwas sagen wollte. Vielleicht wollte er es höflich ablehnen, weil es einfach zu viel war. Nasja ließ ihn nicht zu Wort kommen. Sie drückte ihm das Geld in die Hand. „Es ist für deine Mutter und deine Geschwister, damit ihr nicht hungern müsst. Und jetzt geh! Bevor dich noch jemand hier erwischt." Sie sah sich prüfend um, als ob sie damit rechnete, dass jeden Moment jemand den Gang entlangkommen würde.

Ihre Geste verfehlte ihre Wirkung nicht. Der Junge nahm das Geld und rannte los. Schnell verschwand er hinter der Säule und Nasja hörte nur noch seine davoneilenden Schritte.

Nachdenklich ging sie aus dem Schloss und schlenderte den breiten Gartenweg entlang, der sie zum Schwanenteich führte. Die Ungerechtigkeit, die dem kleinen Kerl geschehen war, erschütterte sie bis ins Mark.

Sie konnte nur hoffen, dass ihre kleine Geste seine Lage ein wenig verbessern würde. Mehr konnte sie nicht für ihn tun. Die Lage in Goros war keineswegs so, wie Nemos sie sich wünschte. Mit seinem brutalen Durchgreifen hatte er nur Hass gesät und Leid unter die Menschen gebracht. Ordnung hatte er der Stadt damit nicht gebracht. Ob er wusste, was die Menschen wirklich über ihn dachten?

Nasja war sich ziemlich sicher, dass er es mitbekommen hatte. Wenn sie davon erfahren konnte, dann konnte er es ebenso. Er würde seine Leute in Goros haben, die ihm mitteilten, was in der Stadt vor sich ging. Mittlerweile zweifelte sie nicht mehr daran, dass er genau wusste, was um ihn herum geschah. Doch vermutlich war es ihm egal, oder es war ihm vielleicht sogar recht, dass die Menschen ihn fürchteten. So wie es schien, verwechselte er Angst mit Respekt.

Als Nasja beim Schwanenteich ankam, warteten Finnie,

Bonja und Celistra schon auf sie.

„Da bist du ja endlich." Finnie sprang ihr entgegen und nahm sie bei der Hand. „Du siehst wunderschön aus." Sie strahlte Nasja an und Nasja erwiderte ihr Lächeln ganz automatisch.

„Du auch", sagte sie und nahm Finnie an der Hand, die jetzt ein weißes Kleid mit Lochstickmuster und einen dazu passenden Hut trug. Gemeinsam liefen sie im Schatten der großen Eichen, die den Gartenweg eine Weile säumten.

„Erzähl mir, was es für Nymphen gibt." Finnie sah Celistra mit großen Augen an. „Du bist eine Wassernymphe. Ich habe gehört, es gibt auch Feuernymphen."

Celistra nickte. „So ist es. Nasjas Vater ist ein Feuernymph. Er kann Feuer entfachen und sie immer größer werden lassen. Außerdem kann ihm Feuer nichts anhaben. Er kann einfach durch die Flammen hindurchgehen."

„Oh!" Finnies Mund blieb vor Erstaunen offen stehen.

„Als Wassernymphe kann ich das Wasser lenken und hin und her bewegen. Es gehorcht meinem Willen. Ich kann es dazu bringen, dass es kocht oder dass es gefriert, und je stärker eine Nymphe ist, umso mehr Wasser kann sie unter ihre Kontrolle bringen." Celistra lächelte. „Und dann gibt es auch noch Luftnymphen. Sie können den Wind lenken."

„Was gibt es noch für Nymphen?" Finnies Stimme klang vor Aufregung ganz hoch.

„Es gibt Nymphen, die eine Verbindung zu Tieren aufbauen können. Sie verstehen, was sie fühlen, und können sie dazu bringen, zu tun, was man möchte." Celistra warf Nasja einen kurzen Blick zu.

Doch Nasja schüttelte nur kurz den Kopf. Es war besser, wenn Finnie nicht wusste, welche Kräfte in Nasja steckten. Sie hatte zwar geschworen, zu schweigen, aber zu hundert Prozent wollte sich Nasja nicht darauf verlassen. Dass Aros und Celistra Nymphen waren, wusste jeder auf

Schloss Schwanenberg. Aber was Nasja konnte, war ein gut gehütetes Geheimnis. Sie wollte nicht, dass Nemos davon erfuhr und sie vielleicht noch mehr hasste, weil sie anders war.

„Oh, das will ich auch können. Dann wüsste ich endlich, was mein Pony bei Onkel Hermit denkt." Finnie klatschte vor Begeisterung in die Hände.

„Ja, das könntest du dann wissen." Celistra nickte.

„Und was gibt es noch für Nymphen?"

„Lass mich mal überlegen." Celistra legte den Kopf schief. „Nymphen sind ja im Allgemeinen sehr feinfühlige Wesen, aber es gibt auch einige unter uns, die sind besonders feinfühlig, so feinfühlig, dass sie andere Nymphen oder auch Menschen aufspüren können. Sie können Vermisste finden."

„Das ist ja unglaublich." Finnie lächelte Nasja und Celistra strahlend an.

„Und jetzt erzählst du mir etwas über den Schlossgarten", bat Celistra.

Finnie nickte und erzählte zu jedem Ort in diesem Garten eine Geschichte. Nasja hörte ihr mit halbem Ohr zu, während ihre Gedanken immer wieder hinab nach Goros wanderten und sie sich fragte, was die Menschen in der Stadt noch tun würden, um ihrem Unmut Ausdruck zu verleihen. Währenddessen erzählte Finnie von aufgeschrammten Knien und den besten Verstecken im Garten.

„Und hier haben wir Nemos einmal gefunden." Sie zeigte auf eine Gruppe alter Bäume. „Er hat sich hier immer vor Artem versteckt, wenn er da war."

„Ist Artem nicht hier aufgewachsen?", fragte Nasja. Ihr war bei Finnies Worten aufgefallen, dass sie nur seinen offiziellen Lebenslauf kannte. Was er vor seiner Ausbildung in der Militärakademie getan hatte, wusste sie nicht.

„Nein." Bonja schüttelte den Kopf. „Artem war nur manchmal hier, wenn er seinen Großvater eine Weile besucht hat. Bevor Nemos König wurde, hat Auris quasi mit auf Schloss Schwanenberg gewohnt. Er und mein Vater haben jeden Tag zusammengesessen und über Politik geredet. Am Tag von Vaters Tod ist Auris gegangen. Deswegen war Artem auch mit auf Schloss Schwanenberg, wenn er hier war. Aber eigentlich ist er auf der Burg der Darkensteins aufgewachsen. Die liegt im Norden, an der Grenze zum Land der Trolle."

„So war das also." Nasja nickte. Es wunderte sie nicht, warum man Artem ansah, dass er sich unter freiem Himmel am wohlsten fühlte. So wie es klang, hatte er eine Kindheit in Freiheit geführt. Das Land im Norden war rau. Es gab dort keine großen Städte oder Vergnügungen wie Theater oder Opern. Da oben gab es nur endlose Weiten und hohe Berge, auf denen niemals der Schnee taute. Nasja konnte sich gut vorstellen, wie er dort als Kind unterwegs gewesen war und wie seine Muskeln durch die täglichen Anstrengungen gehärtet worden waren.

„Nemos hat immer geheult, wenn er mit Artem gespielt hat, und Artem hat gesagt, Nemos wäre ein Mädchen." Bonja kicherte, als sie an den Moment zurückdachte. „Deswegen hat sich Nemos vor ihm im Garten versteckt, und das obwohl er gar nicht gern draußen war."

„Die beiden haben sich wohl nicht so gut verstanden", sagte Nasja schmunzelnd.

„Doch, das haben sie schon, aber Nemos war es nicht gewöhnt, so wilde Rauf- und Fangspiele zu spielen wie Artem." Bonja sah zu der Stelle, auf die Finnie gezeigt hatte.

„Das kann ich mir vorstellen." Nasja ging weiter und bog in einen Weg ein, der unter einem Blumenspalier entlangführte. Nach einer Weile gelangten sie in den entlegeneren Teil des Schlossgartens. Buchsbaumhecken bildeten ein großes Labyrinth und nachdem sie dieses durchquert hatten, erreichten sie eine große Mauer. Ein schmaler

Sandweg führte an ihr vorbei und Bonja bog nach rechts ab. Nach einer Weile gelangten sie zu einer Tür in der Mauer und zu Nasjas Überraschung zog Bonja einen Schlüssel aus einer verborgenen Tasche in ihrem Rock und grinste Nasja an.

„Den haben immer die Gärtner. Ich habe ihn mir mal kurz ausgeborgt“, sagte sie und schloss die Tür auf. „Das ist nicht das erste Mal, dass ich hier entwische.“ Sie grinste Nasja und Finnie an, die vor Aufregung rote Wangen bekam.

„Bist du sicher, dass wir das dürfen?“ Nasja zögerte. Doch dann spürte sie, wie der Wind eine frische Brise heranwehte. Sie fühlte das Meer nicht mehr weit entfernt und sah in Celistras Augen die Sehnsucht aufflackern.

„Ja, wir dürfen das. Ich war schon oft mit Finnie dort.“ Bonja schob die Tür auf und trat hindurch. Finnie folgte ihr hastig und auch Celistra schlüpfte durch die Tür.

Nasja zögerte noch einen kurzen Moment und sah sich um. Da war niemand. Sie spürte keinen Menschen in ihrer Nähe. Schnell schlüpfte Nasja durch die Tür und zog sie hinter sich zu.

Als sie wenig später auf der hohen Klippe standen, fühlte sich Nasja das erste Mal seit ihrer Hochzeit wieder frei. Ein kühler Wind fuhr ihr unter das schwere Kleid und die Erinnerung an ihre Kindheit stieg in ihr auf, als sie nur leichte Sommerkleider tragen musste, die man kaum auf der Haut spürte. Sie hatte getanzt, gelacht und war durch Gärten und Wälder gerannt. Sie war frei und glücklich gewesen.

Die Erinnerung an das Gefühl ließ Nasja wehmütig werden, erst recht als sie an die Mauer der kleinen Aussichtsplattform trat und hinab in die Tiefe sah. Vor Kurzem waren hier Menschen umgekommen. Nemos hatte sie einfach in die Tiefe stürzen lassen. Der Vater des Jungen war einer von ihnen gewesen. Vielleicht war er der einzige

Unschuldige gewesen, aber vielleicht auch nicht. Trotz der Wärme des Augusttages fröstelte Nasja plötzlich und die trüben Gedanken drohten sie zu überwältigen.

Neben ihr rauschte der Fluss Nimbus in seinem Bett, bevor er sich in die Tiefe stürzte, und Nasja ließ zu, dass das Geräusch ihre Gedanken davontrug. Sie spürte dem Wasser nach, das ins Meer hinabfiel, wo es sich in Strudeln und Wirbeln mit dem salzigen Nass vermischte.

Ein paar Fische schossen silbern durch die Flut und Nasjas Gefühle blieben an ihnen hängen. Sie spürte ihre Freude, als sie Geschwindigkeit aufnahmen, und diese Empfindung durchströmte Nasja ganz und gar. Sie gab sich keine Mühe, sie von sich fernzuhalten. Nein, dieses Mal stürzte sie sich regelrecht in dieses Gefühl hinein, froh, dem Gefängnis, das ihr Leben bildete, für einen Moment zu entfliehen.

Das Wasser war kühl und Nasja spürte, wie es durch die Kiemen der Fische strömte. Sie sah Felsen und Korallen an sich vorbeiziehen. Ihr Blick glitt über Muscheln und Oktopusse, über Seeigel und tiefgrüne Wasserpflanzen, die sich in der Strömung hin und her wiegten, als ob sie einen Tanz tanzten, dessen Melodie allein der Ozean verstand.

Nasja entfernte sich immer weiter von ihrem Selbst. Sie wurde immer mehr zu diesem Fisch und je weiter sie ins Meer hinausschwamm, umso leichter und freier fühlte sie sich.

„Nasja." Jemand riss an ihrem Arm und sie spürte, wie sie zur Seite gezerrt wurde.

Es fühlte sich an, als ob ihr Vater wieder da war und peinlich genau darauf achtete, dass sie sich wie ein Mensch benahm. Nasja hatte es so satt. Sie öffnete missmutig die Augen und sah in die entsetzten Gesichter von Bonja und Finnie.

Nur Celistra war ganz ruhig. Sie hatte Nasja an den Armen gepackt und hielt sie immer noch fest.

„Was machst du denn?" Bonjas Stimme zitterte, während sie immer wieder zwischen Nasja und der Mauer hin- und hersah. „Wolltest du dich umbringen?"

„Umbringen?" Nasja verstand nicht, was Bonja ihr sagen wollte.

„Du bist auf die Mauer gestiegen. Es sah aus, als ob du dich runterstürzen wolltest." Finnie sah unter ihrem weißen Hut ganz bleich aus.

„Ich wollte mich doch nicht umbringen." Nasjas Antwort kam stockend. Das war wirklich nicht ihre Absicht gewesen. Sie hatte wieder einmal die Kontrolle verloren. Nicht sie hatte die Fische kontrolliert, sondern die Fische sie.

„Du brauchst dir keine Sorgen machen", sagte Celistra mit fester Stimme an Finnie gewandt. „Nasja ist so eine Art Schlafwandlerin, nur dass ihr das auch manchmal am Tag passiert, wenn sie vor sich hinträumt und nicht aufpasst. Deswegen bin ich immer in ihrer Nähe. Ich passe auf, dass ihr nichts passiert."

„Oh!", sagten Finnie und Bonja wie aus einem Munde. Offenbar kannten sie Schlafwandler und die Erklärung, die Celistra gefunden hatte, leuchtete ihnen ein.

„Komm, Finnie, ich zeige dir, was ich mit dem Wasser anstellen kann." Celistra warf Nasja einen prüfenden Blick zu.

„Alles okay", murmelte Nasja. „Ich passe auf."

Celistra nickte und trat mit Finnie an die Mauer, hinter der man den Fluss sehen konnte. Dann hob sie die Arme und schloss die Augen. Finnie und Bonja waren sofort abgelenkt und hatten Nasja und ihren lebensgefährlichen Schritt auf die Mauer sofort wieder vergessen. Das war auch kein Wunder. Aus dem Fluss erhoben sich plötzlich einzelne Tropfen.

Sie schimmerten in der Sonne wie kleine Diamanten. Celistra ließ sie über ihre Köpfe schweben und dann verwandelten sie sich mit einem Mal in winzige Eiskristalle und fielen langsam und schwer zu Boden. Es war mitten im Hochsommer, doch mit einem Mal schneite es auf der kleinen Plattform.

Finnie stieß einen überraschten Laut aus. Dann begann sie zu grinsen und drehte sich in den Flocken und lachte laut.

Der überraschte Ausdruck in Bonjas Gesicht wich Staunen. Sie hob die Hand und ließ die Schneeflocken darauf rieseln. Schon bald waren alle Flocken auf den Boden gefallen und zu Wasser geschmolzen. Der Zauber war vorbei.

„Du bist voller Magie", sagte Finnie staunend.

„Ich bin eine Wassernymphe", sagte Celistra lachend. „Wir ziehen unsere Kraft aus dem Wasser und wir können mit ihm so einiges anstellen."

Während Finnie und Bonja noch über die Schneeflocken staunten und Celistra überreden wollten, das Wunder noch einmal zu vollbringen, musterte Nasja ihre Freundin mit ruhiger Miene. Sie wusste, dass Celistra nur eine winzige Kostprobe ihres Könnens gegeben hatte, und sie staunte, wie ahnungslos Finnie und Bonja waren. Sie kannten sich mit den Nymphen überhaupt nicht aus.

War Nemos auch so? Wusste er nicht, welche Kraft in den Nymphen steckte? Ihr Vater hätte Goros niederbrennen können. Und Celistra hatte genug Kraft, um eine Flutwelle zu entfesseln, die Goros mühelos überschwemmte.

Während Celistra neue Schneeflocken auf sie herabschneien ließ, verfluchte Nasja die Tatsache, dass die Nymphen trotz ihrer Kraft und ihren Fähigkeiten auf die Menschen und ihre Kriegsgeräte angewiesen waren. Wäre es nicht so, müsste Nasja jetzt nicht hier sein.

Doch die Zentauren waren ernst zu nehmende Gegner.

Die Pferdewesen waren starke und zähe Kreaturen.

Aber vor allem waren es viele. Sie waren so viele, dass sie eine Flutwelle oder eine Feuersbrunst nicht auslöschen konnte. Sie kamen wieder, und zwar aus allen Himmelsrichtungen.

Sie waren eine Plage und sie lernten schnell. Drohte man ihnen mit dem Wasser, dann kamen sie mit Schiffen. Nachdem ihr Vater die Zentauren mit Feuer zurückgeschlagen hatte, trugen sie plötzlich Schilde und Decken, die sie vor den Flammen schützten. Einen einzelnen Zentauren konnte eine Nymphe mit durchschnittlich starken Kräften mühelos besiegen. Aber in ihrer Masse waren sie gefährlich.

Gedankenverloren spürte Nasja dem Gefühl der schmelzenden Schneeflocken auf ihrer Haut nach. In Celistras Kraft versuchte sie ihre eigene wiederzufinden. In wenigen Tagen würde der Rat zusammentreffen und auch wenn Nasja nicht mehr daran glaubte, noch etwas Gutes bewirken zu können, musste sie es wenigstens versuchen. Das war sie sich und ihrem stolzen Volk schuldig.

KAPITEL 14

Am Abend vor der Ratssitzung war Nasja wie so oft draußen im Garten. Celistra war schon schlafen gegangen und Nasja hatte sich im Schutz der Dunkelheit weit vom Schloss entfernt. Sie wollte allein sein. Nachdem sie sich vergewissert hatte, dass niemand in der Nähe war, hatte sie sich einfach auf den Rasen gelegt. Sie spürte die Kraft der Erde unter sich, während sie in die Sterne blickte. Das warme Gefühl floss durch sie hindurch und beruhigte sie.

Das war auch dringend nötig. Obwohl ihr Vater ihr einen Brief hatte zukommen lassen, in dem er schrieb, dass die Bauarbeiten gut vorankamen und die Zentauren sich seit dem Auftauchen der Soldaten aus Galadon nicht mehr hatten blicken lassen, fühlte sich Nasja nicht wohl. Sie dachte an den Brief und ob sie irgendetwas darin überlesen hatte. Ihr Vater hatte noch erwähnt, dass die Trolle ihn ersucht hatten, sein Land zu durchqueren, um Warenlieferungen in das Land der Zentauren zu bringen, und dass er ihrer Bitte stattgegeben hatte. Aber mehr hatte er nicht geschrieben. Zumindest nichts, was Nasja etwas nützen könnte. Die Worte des Botenjungen von Freiherr von Lotringen klangen ihr immer wieder in den Ohren.

Unten in Goros braute sich etwas zusammen und Nasja hatte Angst, was Nemos morgen vorschlagen und gegen den Willen von Auris und Artem durchsetzen würde. Nasja überlegte, ob es irgendetwas in ihrer Macht Stehende gab, das sie tun konnte. Sie drehte sich in Gedanken immer wieder im Kreis, aber letztendlich blieben ihr nicht viele Möglichkeiten. Genau genommen blieb ihr nur eine.

Auris und Artem waren die Einzigen, die standhaft geblieben waren und die den Mumm hatten, ihre Meinung zu äußern, auch wenn sie nicht der von Nemos entsprach. Würde Nemos bald auch versuchen, Artem zu beeinflussen? Nasja dachte an den dunkelhaarigen Krieger. In ihren Gedanken ritt er immer frei über eine endlose Weite, während der Wind ihm das Haar zerzauste und ihm die Geschwindigkeit ein Lächeln auf die Lippen zauberte.

Nasjas Gedanken blieben an diesem Bild hängen. Sie versuchte sich wieder einmal vorzustellen, wie er hoch oben im kalten Norden aufgewachsen war. Sie fragte sich, ob es ihn Überwindung kostete, hier im Süden in der Hauptstadt zu leben und einem Herrn wie Nemos zu Diensten sein zu müssen.

Nasja schrak hoch. Sie sollte Artem nicht so viel Platz in ihren Gedanken einräumen. Sie sollte lieber überlegen, ob es wirklich keinen Weg gab, um Exlet oder Drawomir wieder zu Vernunft zu bringen. Und was war mit Toto? Konnte sie ihm vielleicht einreden, dass er etwas Gutes tun musste, wenn er dem Namen Willingenstein wieder zu neuem Glanz verhelfen wollte?

Nasja war noch völlig in ihre Gedanken versunken, als plötzlich Fledermäuse über sie hinwegflogen. Die Ereignisse der letzten Zeit hatten sie so in Schach gehalten, dass sie keine Ruhe gehabt hatte, um weiter an ihren Fähigkeiten zu üben.

Dabei hatte ihr der Tag auf der Klippe gezeigt, dass das dringend nötig war. So etwas durfte ihr nicht noch einmal passieren. Sie musste das endlich in den Griff bekommen. Wäre Celistra nicht gewesen, wäre sie vielleicht von der Klippe gesprungen, ohne es überhaupt zu bemerken, und das nur, weil sie sich von den Gefühlen der Fische hatte überwältigen lassen.

Die Fledermäuse stießen hohe Laute aus. Die Gelegenheit war günstig. Da sie am Boden lag, konnte sie es riskieren, ihre Gedanken mit ihnen fliegen zu lassen. Sie musste nur aufpassen, dass sie die Kontrolle behielt. Sie musste das Tier lenken. Außerdem war das vielleicht die letzte Gelegenheit, etwas über die Lage in Goros zu erfahren.

Warum auch nicht? Der Botenjunge von Freiherr von Lotringen hatte keine neuen Nachrichten gebracht. Seit er hier gewesen war, waren schon einige Tage vergangen. In dieser Zeit konnte viel geschehen sein. Nasja wusste, dass es gefährlich war, ihre Gedanken so weit auf die Reise zu schicken.

Doch sie war verzweifelt und wie sollte sie morgen irgendetwas Brauchbares zu der Ratssitzung beitragen, wenn sie nicht wusste, was in Goros wirklich vor sich ging? Mit einem Mal spürte Nasja, wie sie mit einer der Fledermäuse lautlos durch die Nacht flog. Es war nicht schwer, das kleine Wesen in die Richtung zu lenken, in die Nasja wollte. Sie flog über die riesigen Schlossgärten, vorbei am Schwanenteich, an den alten Eichen und dann über die hohe Mauer hinweg, die den Schlossgarten einschloss.

Sie folgte der breiten Straße, die zur Stadt hinabführte. Schon bald tauchten die ersten zweistöckigen Häuser auf und das Grün der Umgebung wurde von immer mehr Häusern verdrängt. In den engen Gassen herrschte Dunkelheit. Nur auf den großen Hauptstraßen leuchteten Gaslampen. Hin und wieder eilten Menschen mit Kerzen oder Fackeln durch die Dunkelheit.

Noch schlief die Stadt nicht und je weiter Nasja in ihr Zentrum eindrang, umso weniger schien sie das zu tun. Immer mehr Menschen eilten durch die engen Straßen. Nasja vernahm gemurmelte Worte. Sie spürte Angst, Aufregung und Unruhe. Es lag eine spürbare Spannung in der Luft und mit jeder Gasse und jedem Häuserdach, das Nasja hinter sich ließ, schien sie größer zu werden.

Nasja wusste, dass sie umkehren sollte. Sie war viel zu weit weg. So weit hatte sie sich noch nie von ihrem Körper entfernt. Es war nicht gut, wenn ihr Bewusstsein zu weit von einem Tier davongetragen wurde. Sie würde in einen tiefen Schlaf fallen und kaum noch wach zu bekommen sein. Einem ausgebildeten Nymph würde das nicht passieren, aber Nasja hatte nur wenig Erfahrung. Ihr Körper reagierte noch viel zu stark darauf, wenn sie ihren Gedanken freien Lauf ließ. Sie war schon froh, dass es ihr gelungen war, die Kontrolle über die Fledermaus zu behalten. Das war mehr, als sie erwartet hatte.

Gerade als sie umkehren wollte, entdeckte sie am Boden eine Ansammlung von Menschen. Sie standen mit ihren Fackeln eng beieinander und Nasja vernahm ihre Worte klar und deutlich.

„Wir werden das Schloss stürmen und den König stürzen“, rief eine tiefe Männerstimme und überschlug sich vor Eifer und Wut. „Ich werde mich nicht von diesem Kind knechten lassen. Er hat meinen Sohn getötet und dafür wird Nemos bezahlen. Blut für Blut.“ Er hob die Fackel und die anderen fielen in seine Rufe ein.

Hastig erhob sich Nasja über die Häuserdächer. Sie musste zurück. Sie musste die anderen warnen. Sie musste aufwachen. Doch so sehr sie sich auch mühte, es gelang ihr nicht, ihr Bewusstsein zurück zu ihrem Körper zu lenken. Sie flog höher und wollte den Weg zurück zum Schloss einschlagen. Da sah Nasja, dass sich überall in der Stadt Grüppchen von Menschen auf den Weg machten.

Sie schlugen die Wege ein, die zum Schloss führten. Nasja erkannte Soldaten, die sich den Menschen in den Weg stellten. Doch die Menschen waren mit Dolchen und Schwertern bewaffnet und in der Überzahl. Sie schlugen die Soldaten ohne Mühe in die Flucht.

Nasja roch das Blut, ein salziger Geruch, der nach Leid und Elend schmeckte.

Nasja zögerte nicht mehr. Sie lenkte die Fledermaus zurück zum Schloss. Sie flog über die Straße hinweg, überquerte die Schlossmauer und flog über die Gärten. Dabei entdeckte sie Soldaten, die auf dem Weg zum Schloss waren, angeführt von Artem, der auf einem Pferd saß und Befehle in alle Richtungen brüllte. Also wusste er schon, was gerade in der Stadt geschah und in welcher Gefahr alle schwebten. Nasja flog über das Schloss hinweg und ließ sich tiefer sinken.

Da unten erkannte sie ihren Körper am Rande der Wiese unter den weit ausladenden Ästen einer Magnolie. Sie lag immer noch auf dem Rasen. Ihr Atem ging flach und sie war völlig reglos. Ihr dünnes, weißes Kleid schimmerte hell im Schein der Sterne. Hätte Nasja es nicht besser gewusst, hätte sie gedacht, dass das Leben gerade aus ihrem Körper wich.

Sie ließ die Fledermaus tiefer fliegen. Mit einem leichten Rascheln landete sie auf Nasjas Kleid. In der Nähe ihres Körpers versuchte Nasja ihr Bewusstsein wiederzuerlangen. Sie schloss die Augen und versuchte zurückzukehren. Sie musste Finnie und Bonja warnen. Sie musste Aros und Celistra Bescheid sagen, dass die Menschen aus Goros kamen, um ihren König zu stürzen.

Und sie musste Nemos warnen.

Der Gedanke war der letzte, der Nasja durch den Kopf ging. Mit einem Mal verließen sie ihre Kräfte und die Dunkelheit umschloss sie wie ein tiefschwarzer Mantel.

KAPITEL 15

Als Nasja die Augen aufriss, war ihr Körper in Bewegung. Starke Arme trugen sie in der Dunkelheit davon. Es dauerte einen Moment, bis die Welt um Nasja ein wenig an Klarheit gewann. Es war immer noch Nacht. Die Sterne leuchteten hell über ihr. In der Ferne flackerten Fackeln und tauchten die Umgebung in ein unruhiges Licht.

„Was ist los?“, flüsterte Nasja. Ihre Stimme klang ungewohnt heiser, während sie sich umsah. Sie wurde durch den Schlossgarten getragen. Nasja wandte ihren Blick um.

Sie sah in warme, braune Augen, die sie trotz der Dunkelheit immer erkannt hätte. Artems kantige und zugleich schöne Gesichtszüge fesselten sie für den Bruchteil einer Sekunde. Dann waren die Erinnerungen an das Geschehene wieder da. Nasja wusste noch genau, was sie gesehen und gehört hatte.

„Die Menschen aus Goros wollen das Schloss stürmen“, sagte Nasja hastig.

„Ich weiß“, sagte Artem und blickte sie überrascht und zugleich wütend an. „Sie sind längst hier. Ich habe dich die ganze Zeit gesucht. Du warst wie vom Erdboden verschluckt.“

„Bonja und Finnie.“ Nasjas Worte klangen abgehackt.

„Die sind schon weg und Nemos auch. Alle aus dem Schloss haben sich in Sicherheit gebracht. Nur du hast noch gefehlt.“ Die Strenge in seiner Stimme wich Sorge. „Erst war ich froh, als ich dich endlich gefunden hatte, aber dann habe ich mich zu Tode erschreckt. Ich dachte, du bist nicht mehr am Leben, als ich dich da habe liegen sehen. Was ist mir dir los? Geht es dir gut?“

„Es tut mir leid“, flüsterte Nasja. „Ich wollte nur …“ Nasja zögerte, als sie den flackernden Blick in Artems Augen sah.

„Das ist jetzt egal, was du da wolltest. Darüber reden wir später. Wir müssen so schnell wie möglich von hier weg. Kannst du reiten? Eine Kutsche ist zu langsam. Das schaffen wir nicht mehr.“

„Ja, ich kann reiten“, sagte Nasja hastig. Es war zwar schon eine ganze Weile her, dass sie auf einem Pferd gesessen hatte, aber angeblich verlernte man so etwas ja nicht.

Plötzlich wurde sich Nasja Artems Berührung an ihrem Körper bewusst. Seine starken Arme hielten sie überraschend sanft fest. Mühelos schritt er mit ihr über die Rasenfläche auf den breiten Gartenweg zu, wo zwei Pferde an einer Weide angebunden waren. Sie waren unruhig und tänzelten hin und her, als sie sich ihnen näherten.

„Lass mich runter, es geht mir wieder gut. Ich hatte nur einen Schwächeanfall.“ Das war eine gängige Erklärung für die Damen der oberen Schichten, wenn ihnen unwohl war und sie keine Lust auf offizielle Veranstaltungen hatten. Vermutlich war es auch besser, wenn sie es bei dieser Erklärung beließ. Finnie und Bonja mochten ja fasziniert von den Fähigkeiten der Nymphen sein, aber die meisten Menschen fanden sie unheimlich. Warum sollte es bei Artem anders sein?

„Bist du sicher, dass du wieder laufen kannst?“ Artem blieb stehen und sah sie fragend an.

Nasja schluckte. Sie fühlte sich so gut aufgehoben bei Artem. Er hätte sie nicht suchen müssen. Das begriff sie nun. Alle waren schon weg und eigentlich hätte er sich ihnen anschließen müssen. Aber er war hiergeblieben und hatte vermutlich das ganze Schloss und den Garten durchsucht, um sie zu finden. Sie hätte sich gern in seinen starken Armen bis zum Ende der Welt tragen lassen. Aber das war nicht richtig. Anstatt einer Antwort nickte sie hastig.

Artem ließ sie sanft los und stellte sie wieder auf ihre Füße. Nasja spürte, dass ihre Knie wackelig waren, aber dennoch lief sie los. Mit jedem Schritt schwand ihre Unsicherheit und als sie bei den Pferden angelangt waren, fühlte sie sich wieder kräftig genug, um sich in den Sattel schwingen zu können.

Nasja hörte laute Stimmen, die immer näher kamen.

„Sie haben die Mauern des Schlossgartens überwunden." Auch Artem hatte sie vernommen. „Schneller, wir müssen weg." Seine Stimme klang fest, obwohl der Blick in seinen Augen unruhig flackerte. Sie waren in Gefahr, und zwar in großer. Er löste die Zügel der Pferde von dem Ast. Dann schwang er sich auf sein Pferd.

Nasja spürte die Unruhe des Tieres unter sich. Sie wollte es beruhigen, doch es bereitete ihr Mühe, eine Verbindung zu dem Tier aufzubauen. Ihre Reise mit der Fledermaus hatte ihre Kräfte beinahe aufgebraucht. Dennoch schaffte sie es, die Stute ein wenig zu besänftigen, zumindest so weit, dass sie ihren Befehlen Folge leistete.

„Hier entlang." Artem ritt voran und Nasja folgte ihm. Sie schossen auf das Schloss zu und überquerten den großen, gepflasterten Platz vor dem Schloss. Das Klappern der Hufe hallte laut über die Pflastersteine und mischte sich mit den wütenden Rufen, die dem Schloss immer näher kamen und lauter wurden.

Nasja wagte es, einen Moment zurückzusehen, und da erkannte sie die vielen Menschen, die sich wie eine riesige Walze durch die Schlossgärten bewegten und dabei alles in Brand steckten, was ihren Fackeln zu nah kam. Es sah aus, als ob sich ganz Goros auf den Weg zu Schloss Schwanenberg gemacht hatte. Es war kein Wunder, dass Artem entschieden hatte, dass die Flucht die bessere Option war. Es gab in Goros nicht genug Soldaten, um die ganze Stadt in Schach zu halten.

Einige der alten Bäume standen plötzlich in Flammen und das wütende Grölen des Mobs forderte, dass jetzt Blut fließen müsse.

Die Angst in Nasja war mit nichts zu vergleichen, was sie bisher gespürt hatte, und dabei war sie schon in so manchen gefährlichen Situationen gewesen. Sie hatte einen Angriff der Zentauren miterlebt. Sie war dabei gewesen, als sich die plündernden Horden der Stadt genähert und unzählige Nymphen unter den harten Hufen der Zentauren ihren Tod gefunden hatten. Doch ihr Volk war vereint gewesen im Kampf gegen die Feinde. Dieses Gefühl hatte ihnen Sicherheit gegeben. Aber dass sich das eigene Volk gegen seinen Herrscher stellte, hatte Nasja noch nie erlebt.

Sie trieb ihr Pferd immer schneller an und folgte Artem in die Nacht. Sie mussten weg, denn wenn sie es nicht taten, würden sie bald mit Blut für die Sünden des Königs bezahlen müssen.

Schnell ließen sie das Schloss hinter sich und folgten einem schmalen Weg, der vom Schloss weg in einem großen Bogen um Goros herum führte. Sie ritten schweigend nebeneinander her und achteten mit wachen Sinnen auf ihre Umgebung. Die Rufe hinter ihnen verhallten immer mehr und unterwegs begegnete ihnen niemand. Doch erst als sie die Stadt weit hinter sich gelassen hatten, atmete Nasja auf. Es war eine milde Sommernacht und über ihnen spannte sich ein klarer Sternenhimmel auf.

Nasja sah zurück. Die Lichter von Goros verschwanden in der Dunkelheit. Sie waren in Sicherheit und Nasja entspannte sich etwas. In der Luft lag der Duft feuchter Wiesen. Das Zirpen der Grillen füllte Nasjas Ohren und um sie herum war nichts anderes als weites Land. Die Angst wich endgültig von ihr und Nasjas Gedanken kreisten darum, wie es jetzt weitergehen würde.

„Wie weit sind die anderen vor uns?“, fragte Nasja,

nachdem sie ein langsameres Tempo angeschlagen hatten, um die Pferde zu schonen.

„Sie sind eine gute Stunde vor uns aufgebrochen“, sagte Artem mit leiser Stimme. Er schien in Gedanken versunken gewesen zu sein. „Es wird eine Weile dauern, bis wir sie eingeholt haben. Meine Männer waren auf Pferden unterwegs und sie haben die schnellen Kutschen eingesetzt und nicht die schweren, prächtigen, mit denen der König sonst in die Stadt fährt. Der Tross ist auf dem Weg zu Burg Isenstein. Sie liegt ein Stück landeinwärts und mit ihrem Wassergraben und der Zugbrücke kann man sie gut gegen Angriffe verteidigen. Dort sind vorerst alle sicher.“ Artem schwieg wieder.

Eine Weile ritten sie still nebeneinander her. Nur die Geräusche der Nacht und das leise Traben der Pferdehufe drangen an ihr Ohr.

„Worüber denkst du nach?“, fragte Nasja. Es interessierte sie, was Artem über die Lage in Galadon dachte, denn über nichts anderes konnte er sich in diesem Moment den Kopf zerbrechen.

Artem gab ein nachdenkliches Brummen von sich.

Nasja glaubte schon, dass er seine Gedanken für sich behalten würde oder ihr sagen würde, dass sie sich als Frau darüber keine Sorgen machen brauchte. Doch schließlich räusperte er sich und begann zu sprechen.

„Ich frage mich, wie die Lage in Goros so plötzlich eskalieren konnte“, sagte er zögernd. „Wir hatten alles im Griff. Die Protestierer sind kaum noch aktiv gewesen. Nur hin und wieder hat es kleine Unruhen in der Stadt gegeben. Wir hatten die Kontrollen schon wieder auf das übliche Maß reduziert.“

Nasja stutzte. Wieso wusste Artem nichts von der Spannung, die in der Stadt geherrscht hatte? Sie dachte an die Worte des Botenjungen und ganz automatisch hatte sie angenommen, dass auch Nemos und mit ihm Artem davon wussten. Doch dem war offenbar nicht so. Da fiel ihr wieder ein, was der Junge erzählt hatte.

„Die Leute haben sich vor den Soldaten versteckt“, sagte sie hastig. „In der Stadt war es nie ruhig. Seitdem Nemos die Protestierer von der Klippe hat werfen lassen, war die Stimmung am Kochen. Es war klar, dass sie sich irgendwann entladen würde. Die Frage war nur, wann und wie.“ Nasja zögerte und sah Artem einfach nur an.

Im Schein der Sterne konnte sie das Profil seines Gesichtes gut erkennen. Er sah sie nachdenklich an.

„Woher weißt du das alles?“, fragte er sichtlich überrascht.

Nasja zögerte kurz, doch dann straffte sie ihren Rücken. „Ich bin ein Mitglied des Rates. Ich sollte wissen, was in Goros vor sich geht.“

„Dann weißt du vielleicht auch, was heute Abend geschehen ist?“

Nasja schluckte. Doch dann sagte sie sich, dass es nur fair war, wenn sie Artem verriet, was sie wusste, auch auf die Gefahr hin, dass sie erklären musste, wie sie zu diesen Informationen gekommen war, und dass er Angst vor ihr haben könnte, weil sie anders war.

„Die Menschen haben sich in vielen Stadtteilen gleichzeitig auf den Weg gemacht, um zum Schloss zu gehen und es zu stürmen. Sie wollten den König stürzen.“ Nasja beobachtete Artem ganz genau, während sie die Worte aussprach.

Er schwieg einen Moment. Nasja befürchtete schon, dass er sie auffordern würde, zu erklären, woher sie das wusste. Er könnte ihr auch unterstellen, in die Ereignisse verwickelt zu sein. Doch er tat nichts davon.

„Das klingt, als ob es kein spontaner Entschluss war“, sagte er und sah nachdenklich in die Nacht hinaus. „Das war geplant und abgesprochen.“ Seine Worte klangen bitter. „Und ich habe nichts davon bemerkt.“ Er schien sich

Vorwürfe zu machen, nicht rechtzeitig darüber Bescheid gewusst zu haben. „Ich nehme an, du hast dir berichten lassen, was in den Gassen geredet wird."

Nasja nickte. „Ja, das habe ich. Aber dass die Menschen heute Nacht das Schloss stürmen wollen, habe ich auch nicht gewusst, nur dass sie Nemos dafür hassen, dass er ihnen verbietet, ihre Götter anzubeten, und diejenigen tötet, die ihre Meinung laut kundtun. Ich wusste, dass eine angespannte Stimmung in der Stadt herrscht und dass sich die Menschen vor den Soldaten versteckt haben und sich in den Hinterhöfen getroffen haben."

„Da wusstest du mehr als ich." Artem seufzte.

„Früher bin ich selbst durch die Gassen von Goros geschlichen und habe gelauscht, was die Leute sich erzählt haben." Nasja wusste nicht, warum sie Artem davon erzählte, aber als er schwieg und ihr zuhörte, fuhr sie fort. „Man erfährt am besten, was los ist, wenn man den einfachen Menschen zuhört und ihre Nöte versteht. Das Leben in Goros war schon immer ungerecht. Es ist nicht allein Nemos' Schuld, dass das heute passiert ist. Die Ärmsten leben im tiefsten Dreck und auf engstem Raum, während ich mit Finnie und Bonja vor Kurzem einen ganzen Theatersaal für mich allein hatte. Die einen haben vergoldete Wände und die anderen nicht einmal jeden Tag etwas zu essen." Nasja holte tief Luft. „Aber Nemos' Entscheidung hat die Rechte der Armen noch weiter eingeschränkt und damit hat er das Fass zum Überlaufen gebracht."

Artem nickte leicht. „Da hast du wohl recht. Mir war nicht klar, dass du die Lage so genau beobachtet hast."

„Mehr bleibt mir ja nicht, als nur dabei zuzusehen, was die Entscheidungen der anderen anrichten." Nasjas Worte klangen bitter. „Als Frau wird man in Galadon nicht sehr geschätzt."

„Das tut mir leid." Artems Worte klangen ehrlich. „Ich wünschte, es wäre anders."

„Das wünschte ich auch“, sagte Nasja erstaunt von seinen Worten.

Artem räusperte sich, als ob ihm plötzlich eingefallen war, dass er Dinge sagte, die ihm nicht zustanden, erst recht nicht vor seiner Königin.

„Wie lange werden wir bis Burg Isenstein brauchen?“, fragte Nasja, um das Gespräch in eine andere Richtung zu lenken.

„Wir werden die ganze Nacht durchreiten müssen, dann kommen wir in den Morgenstunden an“, sagte Artem und sah in den sternenübersäten Himmel empor. „Vorausgesetzt, das Wetter macht uns keinen Strich durch die Rechnung.“

Nasja folgte seinem Blick. Der Himmel war völlig klar. Nur ein leichter Wind wehte von Osten herüber. Es sah nicht danach aus, als ob ihnen das Wetter noch Probleme bereiten würde.

Nasja nickte und schwieg vorerst. Eine Weile ritten sie still durch die Nacht. Die weite Ebene wurde durch einzelne Bäume und Büsche abgelöst. Ein feiner Wolkenfilm zog über den Himmel und bald konnte man die Sterne kaum noch sehen. Sie mochten eine Stunde geritten sein, als sie einen Wald erreichten. Nasja überschlug, dass es jetzt schon zwei Uhr am Morgen sein musste. In wenigen Stunden dämmerte es.

Sie rief sich die Landkarte von Galadon ins Gedächtnis. Sie kannte Burg Isenstein. Es war die nächste Zufluchtsstätte von König Kreotis gewesen. In den Sommermonaten hatte er dort immer einige Zeit verbracht, da die Temperaturen dort angenehmer waren als in Goros, wo die Hitze in der Stadt brütete und ihm zu sehr auf den Kreislauf schlug.

Ihr Vater hatte ihn dort sogar einmal besucht. Nasja wusste, dass sie jetzt noch zwei bis drei Stunden durch den Wald reiten mussten, dann hatten sie ihr Ziel erreicht.

Nasjas Gedanken wanderten zurück nach Goros. Wie würde es jetzt weitergehen? Welche Entscheidungen würde Nemos treffen?

„Was ist mit der Ratssitzung?“, fragte Nasja heiser. Siedend heiß war ihr eingefallen, dass sie für den morgigen Tag anstand.

Artem lachte und der Ton kitzelte weich in Nasjas Bauch.

„Das bereitet dir also Sorgen?“ Artems Lachen sorgte dafür, dass Nasjas Mundwinkel zuckten.

„Ja, das bereitet mir wirklich Sorgen.“ Nasja lächelte Artem zu. „Ich habe Angst, dass Nemos die Gelegenheit nutzt, Dinge zu entscheiden, die nicht im Sinn aller sind.“

Artem wurde wieder ernst. „Du musst dir keine Sorgen machen. Exlet und Drawomir waren schon auf Schloss Schwanenberg angekommen. Sie sitzen mit in den Kutschen und sind gerade auf dem Weg nach Burg Isenstein. Wir werden die Ratssitzung morgen früh planmäßig abhalten können. Angesichts der Ereignisse ist sie nötiger denn je. Wir müssen beratschlagen, wie wir die Situation wieder unter Kontrolle bringen können.“

„Dann sollten wir uns beeilen“, sagte Nasja besorgt. „Nicht, dass uns noch etwas dazwischenkommt.“

„Das wird es sicher nicht“, sagte Artem. Doch wie um seine Worte in Zweifel zu ziehen, erklang plötzlich ein gefährliches Grollen.

Nasja sah erschrocken zum Himmel empor. Kein Stern war mehr zwischen den Baumkronen zu sehen. Das hieß, dass die Wolkendecke komplett zugezogen war. Artem hatte recht behalten. Ein Gewitter zog heran. Wie zur Bestätigung ihres Verdachtes wehte plötzlich der Wind stärker. Bisher war er eine sanfte Brise gewesen, die Nasja kaum bemerkt hatte. Sie schloss die Augen und spürte sofort die angespannte Stimmung in der Luft.

Gewitter bemerkte sie sonst zeitig. Doch heute Nacht

war sie von den Ereignissen und von dem Gespräch mit Artem viel zu abgelenkt gewesen.

Nasja trug nur ihr leichtes, weißes Kleid. Sie hatte keine Jacke dabei und auch sonst nichts, um sich vor dem Wetter zu schützen

„Wir sollten uns rechtzeitig einen Unterschlupf suchen", sagte Artem in besorgtem Ton.

„Vielleicht zieht es noch vorbei", flüsterte Nasja, doch eigentlich hatte sie keine Hoffnung, dass sie recht behalten könnte. Sie spürte es in der Luft. Das Unwetter kam näher und nach den letzten heißen Tagen würde es kein kleines sein.

Schweigend ritten sie weiter, während immer wieder Blitze den Himmel erhellten und die Donner grollend näher kamen. Nasja lenkte sich mit allen möglichen Gedanken ab, während sie zügig weiterritten. Doch das Unwetter zog wirklich nicht vorüber.

Der Wind wehte immer stärker und nach einer Weile spürte Nasja die ersten Tropfen auf ihrer Stirn. Sie hatten einen großen Teil des Weges geschafft. Doch obwohl sie zügiger geritten waren, lag immer noch mindestens eine Stunde Weg vor ihnen.

„Wir sollten rasten", sagte Artem besorgt.

„Nur noch ein paar Kilometer", sagte Nasja. Die Angst, die Ratssitzung zu verpassen, steckte tief in ihr drin und ließ ihre Risikobereitschaft ansteigen.

Nasja sah zum Himmel hinauf. Ein Blitz zerriss die Nacht und färbte den Himmel weiß. Ein ohrenbetäubender Knall ertönte ganz in der Nähe und Nasja spürte, wie der Boden erbebte.

Es war klar, dass ein Blitz ganz in ihrer Nähe eingeschlagen hatte. Vermutlich hatte er einen Baum getroffen und ihn gespalten.

Artem schrie überrascht auf.

Nasja überlegte nicht lang, als ihre Pferde plötzlich vor

Schreck aufstiegen. Sie kannte diese Reaktion. Sie musste etwas tun. Sie konnte nicht riskieren, dass die Tiere sie abwarfen und sie hier im Wald zurückblieben. Dann würde die Ratssitzung um zehn Uhr auf Burg Isenstein garantiert ohne sie stattfinden, denn zu Fuß würden sie es kaum rechtzeitig bis zu ihrem Ziel schaffen.

„Halt dich fest", schrie Nasja Artem zu. Dann umklammerte sie den Hals ihres Pferdes mit ihren Armen und schloss die Augen.

Sie spürte die Panik der Tiere wie einen Schlag in den Magen. Sie lauschte auf ihre Herzschläge und versuchte mühsam, Zugang zu ihnen zu finden. Sie war müde und erschöpft und es kostete sie alle Kraft, ihnen die Panik zu nehmen. Nasjas Herz schlug schneller, während sie spürte, dass die Tiere ruhiger wurden.

Sie ließen die Vorderhufe zu Boden sinken. Sie tänzelten noch unruhig. Doch auch diese Unruhe konnte sie ihnen nehmen. Dann schnaubten sie leise und begannen zu grasen, während der Regen stärker wurde.

Nasja öffnete mühsam die Augen. Sie war am Ende ihrer Kräfte. Ihr Körper fühlte sich schwer an, so schwer, dass sie sich kaum auf dem Pferd aufrichten konnte.

Der Regen stürzte plötzlich in reißenden Strömen zu Boden. Er tränkte Nasjas Kleid und innerhalb von Sekunden war sie nass bis auf die Haut.

„Nasja." Artems besorgte Stimme war plötzlich ganz nah.

Nasja wollte sich nur einen Moment hinlegen. Sie brauchte nur eine ganz kleine Pause, nur einen winzigen Moment.

Sie spürte, wie Artems starke Arme sie vom Pferd zogen. Er trug sie unter eine Tanne, deren Äste so dicht waren, dass der Regen nicht hindurchdringen konnte. Dort legte er sie sanft auf dem trockenen Boden ab. Dann ging er zurück und band die Pferde an einem Baum an.

Nasja merkte nicht, wie er zu ihr zurückkam. Sie hatte nur einen winzigen Moment die Augen geschlossen und war vor Erschöpfung eingenickt.

KAPITEL 16

Als Nasja erwachte, war der Sturzregen in einen Landregen übergegangen. Leise prasselnd tränkte er das Land. Nasja fühlte sich sicher und warm. Moment! Wieso war ihr warm? Sie sollte frieren, so durchnässt wie sie gewesen war.

Doch sie spürte eine wärmende Umarmung, die sie einhüllte wie ein sicherer Kokon. Die Vernunft und die Erinnerung an das, was sich gehörte und was nicht, waren noch weit von Nasja entfernt. Sie schwebte in einem angenehmen Zustand zwischen Wachen und Schlafen, in dem sie einfach nur sie selbst war.

Die Umarmung tat ihr gut. Nach diesem Gefühl der Geborgenheit sehnte sie sich schon so lang. Es war ihr vor vielen Jahren verloren gegangen. Doch jetzt war es wieder da. Es gab keinen Grund, sich dagegen zu wehren. Die Wärme hüllte nicht nur ihren Körper ein, sondern auch ihre Seele.

Nur langsam begriff Nasja, wo sie sich befand. Artem hatte sich unter den Baum gesetzt und sich an den Stamm gelehnt. Dann hatte er Nasja auf seinem Schoß platziert und seine Arme um sie gelegt, um sie zu wärmen. Ihr Kopf lag sanft auf seiner Brust und sie fühlte seinen Herzschlag ganz nah an ihrem Ohr. Alles war vertraut.

Sein warmer Atem strich über ihre Stirn. Nasja wusste nicht, ob er schlief oder wach war. Sie wusste nur, dass es jetzt ganz einfach war. Sein Herz schlug regelmäßig und Nasja konnte sich nicht länger gegen die drängende Neugier wehren. Sie ließ es geschehen und schloss einfach die

Augen. Es dauerte nur ein paar Schläge seines Herzens, dann schlug Nasja ein Gefühl entgegen, so rein und stark, dass es ihr den Atem nahm. Es war das warme Gefühl echter Zuneigung und es überlagerte alles andere in Artems Herz.

Sofort riss Nasja die Augen auf und hob ihren Kopf.

Artem war wach. Er sah Nasja an. Im Halbdunkel konnte sie die Umrisse seines Gesichtes gut erkennen. Sein Blick war auf sie gerichtet, warm, weich und wach.

Er schien nicht erstaunt zu sein, dass sie zusammengezuckt war.

„Du hast es doch längst geahnt", sagte er leise und lächelte sanft. Er hob seine Hand und strich sanft an ihrer Wange entlang.

In Nasja stürzten Welten zusammen, so viel begriff sie zugleich.

Ja, sie hatte geahnt, dass er Gefühle für sie hatte, genau dieselben Gefühle, die sie auch für ihn hatte.

Aber sie hatte nicht gewusst, dass er spüren würde, dass sie seine Gefühle erkundet hatte. Das konnten nur Nymphen. Wenn er dazu in der Lage war, dann musste das Blut einer Nymphe in seinen Adern fließen.

Nein, das war nicht möglich. Der Gedanke passte nicht in Nasjas Kopf. Das war absurd. Er war der oberste Heerführer in Galadon und der Stellvertreter des Königs. Er war in diesem Land aufgewachsen. So eine Position würde ihm niemand geben, wenn irgendjemand wüsste, dass er von einer Nymphe abstammte.

„Meine Mutter war eine Nymphe", flüsterte Artem, als ob er verstanden hatte, welche Fragen ihr gerade durch den Kopf gingen. „Sie starb, als ich noch ein Baby war. Wir hatten viel zu wenig Zeit miteinander."

„Das weiß bestimmt niemand", sagte Nasja leise.

„Nur mein Großvater weiß es noch."

„Was ist mit deinem Vater?"

„Er starb kurz nach meiner Mutter. Man sagt, aus gebrochenem Herzen, weil er seine große Liebe verloren hat. Ich kann mich an meine Eltern nicht mehr erinnern.“ Artem sah traurig in den Regen hinaus. „Mein Großvater hat meine Herkunft geheim gehalten“, flüsterte Artem. „Aber ich habe damit gerechnet, dass du es irgendwann herausfinden würdest, früher oder später. Deinem Vater war es sofort klar, als wir uns das erste Mal getroffen haben.“

Nasja nickte. Natürlich hatte ihr Vater es sofort bemerkt. Er hatte feine Antennen für solche Schwingungen. Die Frage war nur, warum es Nasja so lange verborgen geblieben war. Hatte sie schon zu lange unter den Menschen gelebt, um ihresgleichen nicht mehr zu bemerken?

„Ich werde es niemandem verraten“, sagte Nasja hastig. „Dein Geheimnis ist bei mir sicher.“

„Ich weiß“, sagte Artem weich. „Ich wusste nicht, dass du Macht über die Tiere hast.“ Er schmunzelte. „Das erklärt, warum diese tote Fledermaus auf deiner Brust lag, als ich dich gefunden habe, und es erklärt auch, woher deine Informationen kommen. Du weißt, dass es riskant ist, deine Seele mit den Tieren ziehen zu lassen.“

„Ich hatte keine Wahl“, sagte Nasja.

Artem nickte. „Ich weiß, dass du keine Wahl hast. Die hattest du nie. Dein Schicksal wurde entschieden, als dein Vater und Kreotis diese Hochzeit beschlossen haben. Würde König Kreotis noch leben, wäre für dich alles so viel leichter. Aber wie so viele ist er leider zu früh gegangen. Nemos ist zu zeitig an die Macht gekommen. Er denkt, dass er jetzt aus dem Schatten seines Vaters treten muss.“

Nasja nickte. „Alles, was er tut, tut er, um sich von seinem Andenken und seiner Bevormundung zu befreien. Er unterwandert die Entscheidungen seines Vaters mit aller Gewalt.“

„Ja, genauso kommt es mir auch vor und eines seiner

wichtigsten Anliegen ist es, dich loszuwerden. Ich habe ihm von Anfang an gesagt, dass ich ihn dabei nicht unterstützen werde. Ich habe König Kreotis meine Treue geschworen und ihm auf seinem Sterbebett versprochen, seine Entscheidungen durchzusetzen und mich darum zu kümmern, dass Nemos nichts Dummes tut."

„An seinem Sterbebett?" Nasja wusste nicht, dass König Kreotis und Artem sich so nah gestanden hatten.

Artem sah nachdenklich in den Regen hinaus. „König Kreotis hatte alle Mitglieder des Rates kurz vor seinem Tod zu sich gebeten. Er hat sich von ihnen schwören lassen, dass sie Galadon und ihm die Treue halten, auch wenn es mit Nemos schwierig werden sollte. Mein Schwur gilt, auch wenn König Kreotis tot ist. Er hat die richtigen Entscheidungen getroffen. Das merkt man schon allein daran, wie Nemos dich behandelt." Artem seufzte. Hier unter den dichten Ästen dieser Tanne schienen sie plötzlich frei zu sein von allen Verhaltensregeln, die bei Hofe galten. Niemand hörte ihnen zu und niemand kritisierte, was sie sagten.

„Ich gebe ihm keinen Anlass dazu, mich loszuwerden", sagte Nasja sofort.

Ein bitterer Zug spielte um Artems Lippen. „Du hast keine Chance gegen ihn", flüsterte er, und in seiner Stimme klangen Schmerz und Wut mit.

„Warum?" Nasja sah Artem verständnislos an.

Er zögerte. Es gab etwas Wichtiges, was er ihr nicht sagen wollte. Das spürte sie ganz deutlich.

„Sag mir, warum ich keine Chance gegen ihn haben sollte", drängte sie auf eine Antwort. „Ich muss es wissen."

„Also gut." Artem sah zu Boden und richtete seinen Blick dann auf Nasja. „Es ist nur fair, wenn du die Wahrheit kennst. Nemos wartet nicht nur darauf, dass du irgendetwas falsch machst, seine Pläne reichen weiter."

„Wie weit?" Nasjas Stimme klang kalt.

„Sie reichen bis ins nächste Jahr." Artem zögerte wieder.

„Was meinst du damit?" Nasjas Stimme zitterte plötzlich. Wenn Artem sich so davor sträubte, ihr die Wahrheit zu sagen, musste es schlimm sein.

Es dauerte einen Moment, dann räusperte sich Artem. „Solange Nemos die Ehe nicht vollzieht, und ich nehme an, dass er das immer noch nicht getan hat, kann er sie nach Ablauf eines Jahres für ungültig erklären. Er war stolz auf sich, als er dieses Schlupfloch, wie er es nennt, entdeckt hatte. An diesem Umstand wird er dir die Schuld geben und dann …" Artem sprach nicht weiter, doch das musste er auch nicht.

Nasja schluckte, während sie das Gefühl hatte, dass sich unter ihr ein Loch auftat. Deswegen ignorierte Nemos sie also. Jetzt ergab sein Verhalten plötzlich einen Sinn. Er wartete ab, bis er sie loswerden konnte, auf die eine oder die andere Weise.

Nasja spürte kaltes Grauen in sich aufsteigen. Natürlich würde er ihr die Schuld für das Scheitern dieser Ehe geben und damit hatte sie die Würde des Königs in jedem Fall beschmutzt. Das kalte Gefühl in Nasjas Bauch schnürte ihr die Kehle zu.

Doch die Panik wurde noch im selben Moment von Artems weicher Berührung gemildert. Sein Arm schlang sich fester um ihre Mitte. Die Berührung war stark und zugleich so sorgsam, als ob sie ein kleines Vöglein wäre, dem er keine Feder krümmen wollte. Es kam Nasja vor, als ob Artem sie allein mit dieser Geste beschützen wollte.

„Es ist eine Sünde, dass er dir wehtut." In seinen Augen lag Wehmut. „Du bist so ein reines und gutes Wesen. Du hast es verdient, dass du geliebt und geehrt wirst. Die Welt sollte man dir zu Füßen legen. Es bricht mir das Herz, wenn ich mit ansehen muss, wie sehr er dich leiden lässt." Ein harter Klang schwang in Artems Stimme mit.

„Ich wollte jedes Mal zu ihm gehen und ihm eine Ohrfeige geben, wenn er sich wieder etwas Neues ausgedacht hat, um dir das Leben schwer zu machen.“

Artems Worte ließen Nasjas Herz schneller schlagen.

Nasja hatte sich dieses warme Gefühl in ihrem Herzen nicht nur eingebildet. Sie wusste jetzt, wie die Dinge lagen. Artem fühlte das Gleiche. Die Freude mischte sich mit Bitterkeit, denn augenblicklich begriff Nasja, dass sie diesen Gefühlen nie einen Raum geben konnte. Sie würden nie wachsen können. Das, was da zwischen ihnen war, hatte keine Chance.

Und nicht nur das. Nasja würde nie einen Mann lieben dürfen, sie würde nie voller Liebe geküsst werden. Sie würde enden wie die Knospe einer Rose, geköpft, bevor sie zu voller Schönheit erblühen konnte.

Nasja dachte kurz darüber nach, ob sie es wagen konnte, einfach zu gehen. Sie konnte Nemos und mit ihm Goros und Galadon verlassen und in das Land der Nymphen zurückkehren.

Angesichts der Umstände würde ihr Vater bestimmt Verständnis für diese Entscheidung haben.

Doch im gleichen Moment fiel Nasja siedend heiß ein, dass Nemos sich das nicht bieten lassen würde. Er würde seine Soldaten abziehen. Die Bauarbeiten an den Wehranlagen waren noch im Gange. Die Nymphen würden den Zentauren schutzlos gegenüberstehen. Es würde wieder Kämpfe geben und keiner konnte sagen, wie sie ausgehen würden. Vor zehn Jahren waren die Nymphen nur knapp einer Katastrophe entkommen. Ein weiteres Mal würde ihnen das nicht gelingen.

Im schlimmsten Fall würde Nemos den Nymphen auch noch den Krieg erklären und dann waren sie endgültig verloren. Auris hatte zwar gesagt, dass Galadon keinen Zweifrontenkrieg führen konnte, aber Nasja war sich ziemlich sicher, dass es Nemos egal war, wie viele Verluste seine

Armee zu verschmerzen haben würde, solange er nur seinen Rachedurst befriedigen konnte. Er würde es riskieren. Das stand außer Frage.

„Ich bin verloren“, begriff Nasja in diesem bitteren Moment. Es gab keinen Ausweg aus dieser Situation. Entweder musste sie sich selbst opfern oder ihr eigenes Volk. Es war keine Frage, wie sie entscheiden würde. Ein Leben gegen das vieler. Sie musste bei Nemos bleiben, auch wenn das ihren sicheren Tod bedeutete. Nur so konnte sie die Nymphen vor einer Katastrophe retten.

„Ich finde eine Lösung. Es ist meine Pflicht, dafür zu sorgen, dass dir nichts geschieht“, sagte Artem, und in seiner Stimme hörte sie eine Entschlossenheit, die ihr klarmachte, dass er alles in Bewegung setzen würde, um ihr Schicksal noch zu ändern. „Ich habe es Kreotis geschworen und dir auch.“

Sie dachte an den Abend ihrer Hochzeit zurück. Artem hatte schon damals gewusst, wie die Dinge lagen, als sie ihn um seine Treue gebeten hatte. Er hätte Nein sagen können und er hätte alles Recht dazu gehabt.

Doch das hatte er nicht getan. Er hatte ihr geschworen, sie zu beschützen, obwohl er wusste, dass es unmöglich sein würde.

Sie hatte richtig gelegen, als sie ihn als jemanden eingeschätzt hatte, auf den man sich verlassen konnte und der zu seinem Wort stand. Er würde sich immer für die Gerechtigkeit einsetzen, auch wenn es bedeutete, dass er sein Leben damit riskierte.

„Danke“, sagte Nasja, denn genau dieses Gefühl überflutete gerade ihr Herz. Sie war ihm unendlich dankbar dafür, dass er sich für sie einsetzte.

„Dafür musst du dich nicht bedanken. Das ist doch selbstverständlich.“ Seine Worte klangen wieder weich.

„Nein, das ist es eben nicht“, erwiderte Nasja. „Du könntest es auch so machen wie Exlet und Drawomir und dich Nemos unterordnen, um sicherzugehen, dass du auch nächstes Jahr noch deinen Kopf auf deinen Schultern hast." Nasjas Worte hatten bitterer geklungen als beabsichtigt. Doch das war nun einmal die Wahrheit.

„Der einfachere Weg ist selten der richtige", sagte Artem mit ernster Stimme. „Aber vielleicht geschieht noch das Wunder, an das König Kreotis geglaubt hat, und Nemos ändert sich. Noch kann er den richtigen Weg einschlagen."

„Glaubst du daran, dass er das tun wird?" Nasja stellte die Frage, obwohl sie die Antwort schon kannte.

Artem schüttelte leicht den Kopf. Er lächelte Nasja sanft an. „Ich glaube, dass Nemos unser Ende sein wird, meines und auch deines." Seine Worte waren hart und sanft zugleich.

„Du musst nicht mit mir untergehen", flüsterte Nasja.

Artem lächelte bitter. „Was wäre ich für ein Mann, wenn ich das zuließe. Ich könnte nicht mehr in den Spiegel schauen. Dass ich dich retten muss, war mir schon am Tag eurer Hochzeit klar. Als ich dich das erste Mal gesehen hatte, wusste ich es. In deinen Augen hat so eine Klarheit und so eine Unschuld gelegen. Ich wusste, was passieren würde, und ich konnte nicht tatenlos dabei zusehen, wie er dich zerstört."

„Warum bringst du dich für mich in Gefahr?", fragte Nasja leise und sah hinab zu Artems Lippen.

„Weil du es wert bist", erwiderte Artem, ohne zu zögern. „Ich habe dir meine Treue geschworen und ich werde mein Wort nicht brechen."

„Küss mich", bat Nasja plötzlich. Sie wusste nicht, woher dieser Gedanke gekommen war, aber mit einem Mal war ihr bewusst geworden, dass sie sterben würde, ohne je einen Mann geküsst zu haben, geschweige denn das Bett mit ihm geteilt zu haben. Es gab noch so viel, was sie erleben wollte, und die Zeit lief ihr davon. Wer wusste, wann so eine Gelegenheit wieder kommen würde. Vielleicht würde es die einzige bleiben, die sie jemals haben würde.

In Artems Augen lag ein weicher Zug. „Es gibt nichts, was ich lieber tun würde“, sagte er sanft. „Schon seit ich dich das erste Mal gesehen habe, wollte ich dir nah sein.“ Er holte tief Luft. „Aber unsere Lippen werden sich nie berühren. Ich werde immer das Richtige tun und du bist die Frau meines Königs. Ich werde alles tun, um dich zu beschützen, sogar dich wärmen, wenn du drohst zu erfrieren. Aber mehr wird zwischen uns nie sein. Ich habe auch ihm die Treue geschworen und an mein Wort werde ich mich halten.“ Er räusperte sich. „Wir sollten jetzt aufbrechen. Der Regen hat nachgelassen und die Morgendämmerung ist nicht mehr weit.“

Nasja errötete sofort. Sie kam sich dumm vor. Wie hatte sie diese Worte nur aussprechen können? Mit was für einer Antwort hatte sie denn gerechnet? Artem war ein so durch und durch anständiger Mann, dass er niemals ihrer Bitte nachgegeben hätte.

„Natürlich.“ Hastig erhob sich Nasja und strich ihr feuchtes Kleid glatt. „Entschuldige, das hätte ich nicht sagen sollen.“

„Doch, das darfst du sagen. Du darfst mir alles sagen.“ Artem erhob sich ebenfalls und reichte Nasja seine Jacke. Er trug jetzt nur noch ein dünnes Hemd.

„Aber dann frierst du“, sagte sie und wollte ihm die Jacke schon zurückgeben.

Doch er hob die Hand, um ihre Geste abzuwehren. „Das macht mir nichts. Zieh die Jacke an, Nasja.“

Sie diskutierte nicht länger mit Artem, sondern zog sich die Jacke einfach über, froh, in der Wärme seines Körpers versinken zu können, die noch an dem Stoff hing. Sie stiegen auf ihre Pferde und bogen wieder auf den breiten Waldweg ein, der sie nach Westen führte, wo Burg Isenstein lag.

KAPITEL 17

Sie erreichten Burg Isenstein, als die Sonne schon längst über den Horizont gestiegen war. Der Regen hatte die Wege aufgeweicht und die Pferde waren in dem Schlamm nur langsam vorangekommen. Während ihres Rittes hatten sie kein Wort mehr gesprochen. Nasja wusste nicht, was sie sagen sollte. Die Gedanken und Gefühle wirbelten durch ihren Kopf und ihr Herz, als ob sie in einen Sturm geraten war.

Wie sollte es jetzt weitergehen, nachdem sie erfahren hatte, was Nemos mit ihr vorhatte? Die Angst schnürte ihr immer wieder die Kehle zu und sie musste sich zusammenreißen, damit ihr die Tränen nicht in die Augen schossen. Gab es denn wirklich keine Lösung? Irgendwo musste es doch einen Ausweg geben. Doch egal wie Nasja es drehte und wendete, sie kam zu keiner Lösung. Sie steckte in einer Falle.

Nachdem Artem den Wachleuten auf der Mauer zugewunken hatte, ließen sie die Zugbrücke herunter. Müde trabten ihre Pferde darüber. Der breite Burggraben sah dunkel und tief aus. Nasja spürte, dass in ihm Tiere wohnten, denen sie nicht begegnen wollte. Ihre Mordlust spürte sie, ohne sich anstrengen zu müssen.

Nasja war froh, als sie in den Hof hineinritten. Isenstein war eine kleine Burg mit hohen Mauern und einem gepflasterten Burghof. Sie war aus grauen Feldsteinen errichtet worden und wirkte mit ihren dicken Mauern, den hohen Türmen und dem tiefen Graben uneinnehmbar.

Sie war umgeben von einer flachen Landschaft, die von

Heidekraut und Ginster bewachsen war. Jeden Feind konnte man schon aus der Ferne erkennen. Nasja verstand, warum sich König Kreotis gern hierher zurückgezogen hatte. Es war ein ruhiger und sicherer Ort. Ein Bediensteter kam angelaufen und hielt die Zügel der Pferde fest, während sie abstiegen.

Der Bedienstete führte die Pferde zu den Ställen und Nasja folgte Artem, der sich einer großen Tür zugewandt hatte. Sie kannte sich nicht auf Burg Isenstein aus und hatte keine Ahnung, wo sie sich waschen und sich frisch machen konnte. Sie versuchte die Uhrzeit abzuschätzen. Lange würde es nicht mehr dauern, bis die Ratssitzung begann. Nasja fühlte sich durchgefroren und völlig übermüdet. Außerdem war ihr Kleid schmutzig und sie steckte immer noch in Artems viel zu großer Jacke. Doch ihr Erscheinungsbild musste offenbar warten.

Artem führte Nasja in eine große Halle, in der ein riesiger Tisch mit etwa zwanzig Stühlen stand. In dem offenen Kamin brannte ein flackerndes Feuer und Nasja hätte sich gern davorgestellt, um sich zu wärmen. Doch als sie Nemos an dem Tisch entdeckte, wagte sie es nicht einmal mehr, zu dem Feuer hinüberzusehen.

Der junge König saß mit Toto am Tisch. Sie schienen etwas übernächtigt zu sein, aber sie trugen saubere Kleidung und machten einen halbwegs entspannten Eindruck. Sicher hatten sie die Burg vor dem Unwetter erreicht und hatten ein paar Stunden Schlaf abbekommen. Die beiden hatten sich gerade unterhalten.

Doch als sie bemerkten, dass Artem und Nasja näher kamen, starrten sie sie überrascht an. Es war ihnen anzusehen, dass sie nicht mit ihrem Auftauchen gerechnet hatten.

Es fühlte sich völlig verkehrt an, wieder bei Nemos zu sein. Jetzt, wo Nasja wusste, was Nemos wirklich mit ihr vorhatte, fühlte sie den Drang, einfach vor ihm davonzulaufen. Nur Artems ruhige Haltung verlieh ihr genug Kraft, neben ihm stehen zu bleiben.

„Mein König, guten Morgen“, begrüßte Artem Nemos mit einem freundlichen Nicken. „Ich bin heilfroh, Euch die beruhigende Botschaft überbringen zu können, dass ich die Königin auffinden und sie sicher zu Burg Isenstein geleiten konnte. Leider hat uns unterwegs ein Unwetter überrascht und wir konnten nicht so schnell vorankommen wie gedacht.“

Nemos‘ Blick war eisig. Er starrte Artem an, als ob er ihn jeden Moment anbrüllen wollte. Doch er tat es nicht, sondern blickte den Heeresführer seiner Armee einfach nur wortlos an. In den weichen Zügen seines Gesichtes spiegelten sich seine Gefühle wider. Er war nicht froh darüber, dass Nasja wieder lebend aufgetaucht war, und das sah man ihm deutlich an.

Dieser Gedanke machte Nasja unglaublich wütend. Eine trotzige Haltung erwachte in ihr. So einfach würde sie es Nemos nicht machen, sie loszuwerden. Sie war immer noch die Tochter des Königs der Nymphen und auch wenn Nemos sie hasste und sich ihren Tod herbeisehnte, konnte auch er sich nicht über alle Protokolle der Höflichkeit hinwegsetzen. Ein gewisses Maß an Respekt musste er ihr zukommen lassen und sei es auch nur zum Schein.

Als Nemos schließlich sprach, war seine Stimme gepresst, aber leise. Dennoch war die Wut deutlich aus ihr herauszuhören.

„Tue das nie wieder, Artem. Meine Geduld ist am Ende. Ich habe dir gesagt, dass du bei mir bleiben sollst. Es ist deine Aufgabe, für meine Sicherheit zu sorgen. Wenn du es noch einmal wagen solltest, mir nicht zu gehorchen, nur um dieser Nymphe beizustehen, dann werde ich dich die Konsequenzen spüren lassen. Hast du das verstanden?“

Einen Moment lang lag drückendes Schweigen über

dem großen Saal. Man hörte nur das leise Knistern des Feuers im Kamin. Nasja blickte Artem aus den Augenwinkeln an und sie erschrak, als sie den zornigen Ausdruck in seinem Gesicht sah. Bis jetzt war er immer die Ruhe in Person gewesen und war allen Provokationen von Nemos mit Geduld und Nachsicht begegnet. Doch mit seinen Worten hatte Nemos wohl eine Grenze überschritten.

Das schien auch Nemos gerade zu bemerken, denn er schluckte laut hörbar.

Artem holte tief Luft. „Ich habe nicht nur die Pflicht, dir beizustehen, Nemos“, sagte er ganz ruhig. „Ich habe auch die Pflicht, für die Sicherheit deiner Königin zu sorgen. Dies ist Teil meiner Aufgabe als oberster Heeresleiter und ich habe geschworen, dieser Aufgabe mein Leben zu widmen. Dieses Versprechen gab ich deinem Vater auf seinem Sterbebett.“ Artem blickte Nemos durchdringend an, während seine Stimme mit jedem Wort lauter geworden war. Seine Wut war beeindruckend. „Du kannst dich bestimmt noch gut daran erinnern, denn du warst dabei und du hast denselben Schwur geleistet. Das ist noch keine zwei Monate her. Du weißt, dass ich mein Wort halte, und das solltest du auch tun. Du hast geschworen, Galadon, dein Volk und deine Königin schützen. Nun stehen wir hier, Nemos, und sieh dir an, was du bis jetzt angerichtet hast.“ Der vorwurfsvolle Ton in Artems Stimme wurde schärfer. „Galadon wird von den Zentauren bedroht, dein Volk hasst dich und deine Königin habe ich nur ganz knapp vor der wütenden Meute gerettet, die sie gelyncht hätte, wenn ich nicht rechtzeitig da gewesen wäre. Du kannst gerne wütend darüber sein, dass ich meine Pflicht erfülle, aber vielleicht nimmst du dir endlich ein Beispiel daran und tust es mir gleich.“

Nemos war mit jedem Wort von Artem immer röter angelaufen. „Wie kannst du es wagen?“, brüllte er, und seine Stimme überschlug sich regelrecht.

Nun wurde auch Artem lauter. „Ich wage es, weil ich deinem Vater geschworen habe, dir zu helfen, und dazu gehört, dass ich dir die Wahrheit sage. Ich werde dich nicht anlügen und dir Honig ums Maul schmieren, wie es Drawomir und Exlet tun, weil du sie eingeschüchtert hast. Ich werde immer ehrlich zu dir sein und dazu gehört auch, dass ich dir sage, wo wir gerade stehen und dass unsere Lage nicht gut ist. Kreotis hat sich bestimmt nicht gedacht, dass du schon kurz nach deiner Krönung nach Isenstein flüchten musst, weil du dein Volk so sehr gegen dich aufgebracht hast, dass es dich aus deinem eigenen Schloss jagt. Das hat es in der Geschichte von Galadon noch nie gegeben. Es ist meine Pflicht, dir zu sagen, wenn du einen Fehler begehst, und mit deiner Entscheidung, Samara zum einzigen Gott zu machen und die Protestierer zu töten, hast du dir keinen Gefallen getan. Wie willst du das Problem jetzt lösen?"

Nemos war immer noch rot. Doch zu Nasjas Überraschung senkte er jetzt die Stimme und brüllte nicht länger. Seine plötzliche Ruhe war beängstigend.

„Wir werden sie wieder aus dem Schloss jagen", sagte er mit kalter Stimme, während er die Arme vor der Brust verschränkte. Nur einen Moment lang flackerte sein Blick und man sah ihm kurz an, dass er wirklich erschüttert darüber war, dass er die Kontrolle über die Situation verloren hatte. Wenn man ihn beim Intrigieren und beim Verteilen seiner Befehle erlebte, vergaß man manchmal, dass er genauso wie Nasja erst siebzehn Jahre alt war. Doch genau in dieser Sekunde merkte man ihm sein Alter an. Es war ihm an jedem seiner weichen Gesichtszüge abzulesen.

„Das werden wir." Toto nickte. „Wir holen uns zurück, was uns gehört."

Artem gab ein gequältes Seufzen von sich. „Wir haben nicht genug Soldaten, um gegen unsere eigene Bevölkerung zu kämpfen." Er sah Toto feindselig an. „Und du solltest dich aus diesen Dingen heraushalten. Du hast vielleicht Ahnung vom Kartenspiel und den Frauen im Südviertel, aber nicht davon, wie man ein Land regiert."

Toto lächelte falsch. „Ich werde mich aus gar nichts heraushalten. Ich berate den König und wurde rechtmäßig in den Rat berufen. Es wird Zeit, dass du mir mit Respekt begegnest, Artem."

„Respekt muss man sich erarbeiten, Toto", sagte Artem mit scharfer Stimme. Dann wandte er sich an Nemos. Seine Stimme war wieder weich. „Ich will dir helfen, Nemos. Überlege dir meine Worte. Geh in dich und finde deine Weisheit. Dein Vater hat dir den richtigen Weg gezeigt. Du musst ihn nur noch gehen. Ich bin für dich da und werde dich unterstützen. Wir müssen diplomatisch vorgehen. Wenn du dich weiter wie ein störrisches Kind verhältst und überall deinen Willen mit Gewalt durchsetzen willst, wirst du nicht mehr lange König sein. Dafür wird dein eigenes Volk sorgen."

Nemos presste die Lippen aufeinander. In seinen Augen lag ein mörderischer Ausdruck. Nasja wurde bei diesem Anblick angst und bange. Was war mit Artem los? Warum provozierte er Nemos immer weiter? Wollte er jetzt gleich sterben oder dachte er ernsthaft, dass Nemos diese direkten Worte dazu bringen würden, seine Haltung zu überdenken?

Nasja war sich sicher, dass Nemos jeden Moment explodieren würde und Dinge sagen und tun würde, die weitreichende Folgen für sie alle haben würde.

„Wir sehen uns gleich in der Ratssitzung", sagte Nemos, ohne dass seine Stimme auch nur die Regung eines Gefühls verriet. Dann wandte er sich Nasja zu. „Bring dich in Ordnung, Nymphe." Er betonte das Wort abwertend. „So bist du eine Schande für unser Königreich."

Nasja sah an sich hinab. Ihr Kleid war schmutzig und dreckig. Sie senkte ihren Blick und nickte. Dann sah sie sich suchend nach einer Bediensteten um. Glücklicherweise entdeckte sie ein junges Mädchen, das sich neben dem Kamin in eine Ecke gelehnt hatte, als ob sie das Unwetter über ihren Kopf hinwegziehen lassen wollte.

Nasja ging auf sie zu und bat sie, ihr ein Zimmer zu zeigen, wo sie sich frisch machen konnte. Das Mädchen schien froh darüber zu sein, der Situation entfliehen zu können, und nickte eifrig.

Dann verließ Nasja mit dem Mädchen den großen Saal. Beim Hinausgehen warf sie Artem noch einen letzten Blick zu. Er stand immer noch neben dem großen Tisch und sah Nemos durchdringend an.

„Geh jetzt, Artem“, zischte Nemos, und damit schwand auch Nasjas letzte Hoffnung darauf, dass Artems Worte irgendetwas bei Nemos bewirkt haben könnten, außer ihn wütend zu machen. „Geh mir aus den Augen.“

Nasja folgte dem Mädchen eine steinerne Treppe empor. Schweigend liefen sie einen schmalen Gang entlang und schließlich erreichten sie eine Kammer. Nasja ließ sich erleichtert auf das breite Bett sinken. Am liebsten hätte sie sich zusammengerollt und wäre einfach eingeschlafen. Sie war so unendlich müde und erschöpft, und nicht nur das. Innerlich fühlte sich Nasja von den Geschehnissen der letzten Stunden völlig zerstört.

Ihre Seele brannte, vor Schmerz, vor Sehnsucht und auch vor Selbstmitleid. Es kostete sie alle Mühe, sich zusammenzureißen, das schmutzige Kleid auszuziehen und sich zu waschen. Erst als sie ein frisches Kleid trug und die Bedienstete ihr die Haare gerichtet hatte, fühlte sie sich etwas besser. Sie bat sie, ihr etwas zu trinken und zu essen zu bringen.

Während das Mädchen losging, um das Gewünschte zu holen, sah Nasja aus dem Fenster. Von hier aus konnte man weit über das Land blicken. In der Ferne erkannte Nasja den Wald, durch den sie mit Artem gekommen war.

Es waren nur Bäume, die dort standen, aber für Nasja war dieser Ort etwas ganz Besonderes. Sie hatte das Gefühl, dass sich ihr Schicksal dort entschieden hatte und von nun an alles anders war.

Artem war offen und ehrlich gewesen. Er hatte ihr klargemacht, in was für einer Situation sie steckte, und auch wenn es hart war, war sie ihm dankbar für die Offenheit. Sie hatte seine Gefühle gespürt und das Echo dieser Wärme hallte noch immer in ihrem Herzen wider. Gleichzeitig war es ihre größte Qual. Sie hatte das Glück vor Augen und dennoch war es unerreichbar.

Doch sie durfte nicht verzagen. Artem hatte ihr eben gezeigt, dass er keine Angst vor Nemos hatte, selbst wenn er mit jedem offenen Wort riskierte, dass sein Leben sofort zu Ende war. Nasja spürte, wie Artems Stärke etwas in ihr bewegte und ihr Kraft und Gelassenheit gab.

Das Mädchen kam wieder und brachte Nasja etwas zu essen und zu trinken.

Nach einem Glas Wasser, etwas Brot und Käse fühlte sich Nasja stark genug, um sich der Ratssitzung zu stellen.

Sie durchdachte alles noch einmal ganz genau. Es wäre leicht aufzugeben. Es war der einfachste Weg. Aber das konnte sie nicht tun. Artems Worte klangen ihr in den Ohren, dass der richtige Weg nie der leichteste war. Artem glaubte immer noch an ein Wunder und das gab ihr die Kraft, es auch zu tun.

Sie hatte Angst vor Nemos und seinen Entscheidungen, aber das musste sie in den Griff bekommen. Sie konnte verzweifeln und in Untätigkeit verharren, aber sie konnte ihre Zeit als seine Königin auch sinnvoll nutzen und die Hoffnung in ihrem Herzen behalten, dass ihr Leben noch zu retten war.

Als die Zeit gekommen war, ging Nasja wieder hinunter in den großen Saal. Sie war nervös und ängstlich und konnte nur hoffen, dass sie ruhig bleiben würde. Nemos und Toto saßen noch an derselben Stelle, an der sie auch schon vor einigen Stunden gesessen hatten. Zu ihnen hatten sich bereits Drawomir, Exlet und Artem gesellt.

Nasja nickte allen zu und suchte sich dann einen freien Platz an der Mitte der Tafel. Es standen viele Stühle an dem riesigen Tisch und zumindest heute konnte Nemos ihr den Sitzplatz nicht so einfach verwehren.

Gerade als sich Nasja niedergelassen hatte, schwang die Tür auf und Auris kam herein. Auf seinem Gesicht glänzten Schweißperlen. Seine Kleidung war voller Schlammspritzer und Nasja war sofort klar, dass ihn die Berichte über die Ereignisse der letzten Nacht recht kurzfristig erreicht hatten.

„Ich fasse es nicht", brüllte Auris, als er mit großen Schritten auf den Tisch zukam. Seinen Ritt hatte er offenbar genutzt, um seine Wut zu nähren. Er hatte Nemos fest im Blick und Nasja glaubte zu sehen, wie der junge König kurz zusammenzuckte.

„Aus dem Schloss vertrieben von einem wütenden Mob." Auris zog seinen schmutzigen Mantel im Gehen aus und hängte ihn über die Lehne eines Stuhles. „Vor dir hat es noch kein König geschafft, sich aus seinem Schloss vertreiben zu lassen. Siehst du jetzt endlich ein, dass es keine gute Idee war, die Proteste gewaltsam niederschlagen zu lassen? Wer Wind sät, wird Sturm ernten." Auris ließ sich mit einem Stöhnen auf den Stuhl neben Nemos sinken. Dabei ließ er ihn nicht aus den Augen. „Über Außenpolitik werden wir uns heute wohl kaum unterhalten." Er verschränkte die Arme vor der Brust und sah Nemos herausfordernd an. „Die Lage in Goros ist viel dringender. Nun denn, junger König, wie gedenkt Ihr, Euer Land wieder in den Griff zu bekommen?"

Nemos war ganz ruhig geblieben und das wunderte Nasja. Als Artem mit ihm gesprochen hatte, hatte er sich noch zu ein paar hitzigen Äußerungen hinreißen lassen.

Doch nun hatte er eine Kälte in seinen blassblauen Augen, die Nasja wirklich Angst machte. Das war kein gutes Zeichen. Er hatte irgendetwas vor.

Die Worte von Auris schienen regelrecht an ihm abzuprallen.

„Nimm Platz, Auris“, sagte er in einem kühlen Ton. „Du musst von der anstrengenden Reise erschöpft sein. In deinem Alter steckt man das nicht mehr so leicht weg. Soll ich dir einen Tee und eine warme Decke bringen lassen?“

Auris hob eine Augenbraue. „Treib es nicht auf die Spitze, Junge.“

„Davon sind wir weit entfernt, Auris.“ Nemos betrachtete Artems Großvater mit einem kühlen Lächeln. „Wir sind bei einer Ratssitzung und wir sollten uns an das Protokoll halten.“ Er wandte sich Drawomir zu. „Da Auris sich noch von den Strapazen der anstrengenden Reise ausruhen muss, übernehme ich das. Also, was gibt es im Land der Zentauren Neues?“

„Mein König.“ Drawomir straffte seinen Rücken und nickte. „Im Land der Zentauren ist es ruhig. Die angebotenen Höflichkeiten sind von den Zentauren wohlwollend aufgenommen worden. Sie haben ihr Interesse bekundet, auch in Zukunft ein friedliches Verhältnis zum Volk der Menschen pflegen zu wollen.“

„Sehr schön. Das zeigt doch, dass wir mit unserer Strategie auf dem richtigen Weg sind. Was gibt es Neues aus der Region rund um Frenzenstetten?“

„Dort ist alles unverändert. Die Zentauren sind immer noch zahlreich zugegen und unsere Leute stehen an den Grenzen bereit, um einzugreifen, falls die Lage sich verschlechtern sollte.“ Drawomir nickte, als ob er seine Worte noch einmal bekräftigen wollte.

„Und wie sieht es im Land der Trolle aus?“ Nemos warf Exlet einen fragenden Blick zu.

Der strich seinen schwarzen Bart glatt und räusperte

sich. „Die Trolle sehen mit Sorge, dass es Proteste in Goros gegeben hat. Sie haben aber ihren Glauben in den neuen König bekräftigt und wünschen ihm viel Erfolg dabei, die Lage wieder in den Griff zu bekommen.“ Exlet sah hastig zur Tischplatte hinab, als ob ihm just in diesem Moment klar geworden war, dass seine Worte nicht mehr gut zum Stand der Dinge passten.

„Vielen Dank, das werden wir. Richte dem König der Trolle meine besten Wünsche aus.“ Nemos nickte Exlet mit erhobenem Kopf zu.

Nasja sah Exlet und Drawomir skeptisch an. Berichteten sie wirklich ehrlich, was in den Nachbarländern vor sich ging, oder ließen sie einige Kleinigkeiten aus, um nicht mit Nemos streiten zu müssen? Nasja war in Gedanken noch bei Exlet und Drawomir, als Nemos das Wort plötzlich an sie richtete.

„Was gibt es Neues im Land der Nymphen, Nasja vom grünen Born?“ Nemos sah sie durchdringend an.

Als der Blick seiner blassblauen Augen plötzlich auf ihr lag, spürte Nasja Panik in sich aufsteigen. Sie war es nicht gewohnt, dass Nemos sie direkt ansah. Sonst blickte er immer an ihr vorbei oder durch sie hindurch. Sie hatte sich vorgenommen, stark zu sein. Doch so einfach war das nicht. Artems offene Worte klangen ihr in den Ohren. Ihre Kehle war plötzlich staubtrocken und sie glaubte, kein Wort sprechen zu können.

Ahnte Nemos, dass Artem offen zu ihr gewesen war und sie wusste, dass Nemos ihren Tod schon geplant hatte, bevor sie Schloss Schwanenberg überhaupt betreten hatte? Spürte er, dass Artem und sie sich nähergekommen waren? Wusste er, dass sie auf seinem Schoß gesessen hatte? Nasja hatte das Gefühl, dass ihr Körper plötzlich glühen würde und jeder im Saal sehen konnte, wo Artem sie berührt hatte.

Auris räusperte sich und Nasja begriff, dass sie endlich

antworten musste.

Sie holte hektisch Luft und sah Auris an, weil sie Nemos' Blick keine Sekunde länger aushielt. „Im Land der Nymphen gehen die Bauarbeiten meines Vaters, des Königs der Nymphen, planmäßig voran. Er lässt ausrichten, dass er für die militärische Unterstützung dankbar ist und die Zentauren bis jetzt keinen Angriff gewagt haben. Er lässt dem König und dem Rat seine besten Grüße übermitteln." Nasja verstummte wieder. Mehr gab es von den Nymphen nicht zu berichten.

„Das sind doch allesamt gute Nachrichten", schloss Nemos das Gespräch zur außenpolitischen Lage ab. „Kommen wir nun zur Lage in Goros." Er lehnte sich in seinem Stuhl zurück und wirkte seltsam siegessicher. „Da ich von Artem und auch von Auris gefragt worden bin, wie ich mit der zugegebenermaßen schwierigen Situation klarzukommen gedenke, kann ich berichten, dass ich eine Lösung gefunden habe." Ein überlegenes Lächeln lag auf seinem Gesicht. „Das plötzliche Aufflammen von Protesten in der Stadt hat uns alle überrascht. Aber ich denke, dass es sich hierbei nicht um eine Protesthaltung der gesamten Bevölkerung von Galadon handelt. Das, was wir am gestrigen Abend erlebt haben, war der Abschaum von Galadon. Sie sind nach Goros gekommen und haben den Keim der Unruhe in die Hauptstadt unseres Landes getragen." Nemos erhob sich und richtete sich über die anderen Mitglieder des Rates auf. „Ich werde dieses Verhalten nicht dulden. Diese Unruhestifter werde ich ebenfalls von der Klippe werfen lassen." Nemos war lauter geworden. Auf seinem Gesicht breitete sich ein zufriedenes Grinsen aus. „Nur mit einer strengen Hand regiert man ein Land. Das wusste auch schon mein Vater. Zumindest in diesem Punkt stimme ich ihm zu."

„Wäre es nicht einfacher, dem Wunsch des Volkes nachzugeben und ihm wieder zu erlauben, ihre Götter anzubeten?“, fragte Artem mit gerunzelter Stirn.

Nasja rechnete damit, dass Nemos wütend werden würde. Doch er blieb ganz ruhig. Mit einem falschen Lächeln legte er den Kopf schief.

„Nein, das steht nicht zur Debatte. Diese Entscheidung wurde getroffen und sie wird nicht rückgängig gemacht. Notfalls werde ich sie mit Gewalt durchdrücken. Ich dachte, da hätte ich mich klar ausgedrückt.“

Artem nickte. „Wie gesagt, die Anzahl unserer Soldaten ist begrenzt und die Menge an Menschen, die gestern das Schloss gestürmt hat, würde ich locker auf zweitausend schätzen. In Goros sind nur eintausend Soldaten stationiert. Es wird schwer, dort die Oberhand zu bekommen.“

„Ich kenne unsere Situation“, sagte Nemos scharf. „Unser Heer ist zerstreut und seiner Stoßkraft beraubt. Eintausend Männer harren an der Grenze zum Land der Zentauren aus. Eintausend Männer sind im Land der Nymphen.“ Nemos betonte das Wort so abfällig, dass klar war, dass ihn diese Tatsache nach wie vor wütend machte. „Und die übrigen zweitausend Männer, über die wir noch verfügen, sind auf die militärischen Stützpunkte im ganzen Land verteilt. Um sie zügig zusammenzuziehen, fehlt uns die Zeit.“ Nemos ließ die Worte einen Moment wirken. „Aber ich habe eine Lösung gefunden, die unser Problem schnell aus der Welt schaffen wird.“

„Jetzt bin ich aber gespannt.“ Auris lehnte sich nach vorn und sah Nemos fragend an.

„Ich habe schon letzte Nacht einen Boten ins Land der Zentauren geschickt und sie um Hilfe gebeten.“

„Was?“ Aus Auris‘ Kehle kam ein raues Krächzen.

Nemos nickte entschlossen. „Die Zentauren sind schnell und sie sind über jeden Kampf froh, den sie führen dürfen. Ihre angeborene Aggressivität macht sie zu perfekten Kämpfern. Ich bin mir sicher, dass sie uns gern zu Hilfe eilen werden und dass sie auch bald bei uns sind.“

„Die Zentauren? Sie sind auf dem Weg hierher?“ Artem schien sichtlich erschüttert zu sein. „Ich weiß nicht, ob das wirklich gute Bündnispartner sind. Die Zentauren stellen ihre Interessen immer über die anderer.“

„Ich bin mir sicher, dass sie jetzt auf unserer Seite kämpfen werden“, sagte Nemos. „Ich habe eine freundschaftliche Bitte formuliert, die sie nicht ablehnen können.“

„Was hast du ihnen angeboten?“, fragte Auris mit bebender Stimme. Er schien kurz vor einem Wutausbruch zu stehen. „Wie bist du überhaupt darauf gekommen, die Zentauren um Hilfe zu bitten? Vor einem Monat wolltest du noch Krieg gegen sie führen.“

Nemos zögerte kurz. Es war nur ein winziger Moment, doch jeder im Raum hatte ihn bemerkt.

„Warum?“ Auris‘ Stimme war eisig. „Erkläre es und dann besprechen wir, wie du allein so eine Entscheidung treffen konntest. Diese wegweisenden Dinge entscheiden wir gemeinsam im Rat.“

Nemos grinste. „Es ist doch egal, ob wir uns die Mühe machen, abzustimmen oder nicht. Das Ergebnis ist doch das Gleiche oder hast du das noch nicht bemerkt, alter Mann?“

Auris schnappte empört nach Luft. „Wie kannst du es wagen?“

Nemos‘ Blick wurde hart. „Wie kannst du es wagen, so respektlos mit mir zu sprechen. Aber bitte, wenn du eine Abstimmung brauchst, dann stimmen wir ab. Wer ist dafür, die Zentauren um Hilfe zu bitten?“ Nemos hob seinen Arm.

Im gleichen Moment schnellten die Arme von Toto, Exlet und Drawomir nach oben.

Nemos lächelte überlegen. „Ich denke, die Frage, ob ich solche Entscheidungen treffen darf oder nicht, habe ich dir ausreichend beantwortet, und was meine Informationen angeht, kann ich dir versichern, dass die Zentauren und ich schon seit einer Weile in Kontakt stehen. Du hast doch gesagt, ich soll mich um ein friedliches Miteinander mit ihnen bemühen. Ich habe König Cesar geschrieben und meine freundlichen Absichten kundgetan und er hat mir voller Dank geantwortet und mir seine Unterstützung in jeder Lebenslage zugesichert. Das nennt man Diplomatie, Auris." Nemos stemmte die Arme in die Seite und sah Auris herausfordernd an.

Nasja konnte es kaum glauben. Dachte Nemos wirklich, dass die Zentauren gutherzige, freundliche Wesen waren, die aus reiner Nächstenliebe heraus den Menschen zu Hilfe eilen würden. Zumindest war Nasja jetzt klar, was Toto und Nemos die ganze Zeit in seinem Arbeitszimmer getrieben hatten.

„Was hast du ihnen angeboten?", fragte Auris mit bebender Stimme. „Sag es endlich, Junge."

Nemos lief rot an. „Nenn mich nicht so", schrie er. Seine Selbstbeherrschung hatte ihr Ende erreicht.

Auris zuckte mit den Schultern. Von Nemos' Wutausbruch ließ er sich nicht beeindrucken. „Also gut, mein König, welches Angebot habt Ihr den Zentauren gemacht? Umsonst setzen sie keinen Huf vor den anderen." Er erhob sich und funkelte Nemos wütend an. Sein Zorn war beeindruckend. Mit jedem Wort wurde seine Stimme nun lauter. „Wie konnte ich nur daran glauben, dass du dieser Aufgabe gewachsen bist? Dein Vater hat so viel in dir gesehen. Einen großen Herrscher, einen gütigen König und einen verständnisvollen Ehemann, aber wenn ich ehrlich bin, dann war er blind vor Liebe. Er hat nicht verstanden, dass du ein verzogenes Balg bist, das viel zu lange von seiner machthungrigen Mutter verhätschelt worden ist."

„Das wirst du bereuen." Nemos bebte am ganzen Körper. „Ich werde dich töten lassen."

„Tu das", sagte Auris ganz ruhig. „Ich will ohnehin

nicht mehr miterleben müssen, wie du alles zerstörst, was dein Vater und ich so mühsam über Jahrzehnte aufgebaut haben. Aber ich werde es dir nicht leicht machen, Nemos. Wenn du meinen Tod willst, musst du mir das Messer schon selbst ins Herz rammen. Du wirst niemanden in diesem Land finden, der das für dich übernimmt. Die Menschen haben nicht vergessen, was wir für sie getan haben." Auris zog seinen Dolch und knallte ihn vor Nemos auf den Tisch. Währenddessen ließ er ihn nicht aus den Augen, sondern fixierte ihn mit einem Blick aus Stahl.

Nemos sah Auris ungläubig an. Er schien regelrecht erstarrt zu sein.

Die Zeit zog sich endlos in die Länge, während die beiden sich anstarrten. Niemand wagte ein Wort zu sagen.

„Dachte ich es mir doch." Auris steckte den Dolch wieder ein. „Dafür fehlt dir der Mut."

Nasja hatte die Luft angehalten. Sie hätte vieles für möglich gehalten, aber nicht, dass der ruhige Auris solche Worte wählte und den Konflikt mit Nemos so weit auf die Spitze trieb. Doch angesichts der Lage in Galadon war das vermutlich nötig.

„Vielleicht will uns Toto erklären, was beschlossen wurde", sagte Artem in versöhnlicherem Ton. „Die Familie Willingenstein hat sich doch immer dem Wohl des Landes Galadon verpflichtet gefühlt."

Toto warf Nemos einen fragenden Blick zu. Als dieser keine Anstalten machte, zu widersprechen, erhob sich Toto ebenfalls. Er fuhr sich über das kurze, schwarze Haar und dann an seinem schmalen Gesicht entlang, als ob er einen Moment brauchte, um die richtigen Worte zu wählen.

„Nun gut, ich berichte gern über die diplomatischen Beziehungen, die wir in den letzten Wochen aktiv gepflegt haben. Die Skepsis einiger Mitglieder des Rates kann ich durchaus verstehen. Die Zentauren sind keine einfachen

Kreaturen. Man muss sie zu nehmen wissen und sie verstehen und genau das hat König Nemos getan. Er hat die Lage im Griff. Nemos ist weise. Er weiß, dass er beachten muss, dass man den Zentauren nur mit einer gesunden Portion Skepsis begegnen darf." Toto räusperte sich und sah zu Nemos hinüber.

Der schien mit den Worten seines Vertrauten zufrieden zu sein und ließ sich langsam wieder auf seinen Platz sinken.

Auch Auris setzte sich und sah Toto mit skeptischer Miene an. Doch er unterbrach ihn nicht und das war ein deutliches Zeichen, dass er bereit war, ihm weiter zuzuhören.

„Auf unsere Briefe vom letzten Monat haben die Zentauren überraschend aufgeschlossen reagiert und ihre Zusammenarbeit angeboten." Toto nickte mit staatsmännischer Miene. „Nemos hat in seinem Schreiben die richtigen Worte gewählt."

„Was haben die Zentauren für ihren kleinen Freundschaftsdienst gefordert?", fragte Auris mit angespannter Stimme.

„Darüber haben wir uns nicht ausgetauscht", sagte Toto mit einem Achselzucken.

Auris stöhnte gequält und selbst Nasja überkam ein ungutes Gefühl. Ihr Vater hatte oft genug gesagt, wie hinterhältig die Zentauren waren. Sie würden niemals etwas für die Menschen tun, ohne eine Gegenleistung zu fordern.

„Sie werden etwas dafür verlangen, dass sie nach Galadon kommen", sagte Auris mit einem Seufzen. „Das wird nicht gut ausgehen."

„Nein, das wird es nicht", sagte Artem. In seinem Gesicht lag ein besorgter Ausdruck.

Nemos erhob sich. Er schien wieder die Ruhe in Person zu sein. „Die Angelegenheit ist entschieden. Es gibt kein Zurück mehr. Die Zentauren werden hierherkommen und dann mit uns zurück nach Goros ziehen. Ich werde die Stadt wieder unter meine Kontrolle bringen, koste es, was es wolle.“ Mit diesen Worten drehte sich Nemos um und verließ mit würdevoller Miene den Saal.

KAPITEL 18

Nur drei Tage später spürte Nasja, wie im Morgengrauen die Erde erbebte. Da wusste sie, dass die Zentauren kamen. Sie lag in ihrem Bett und war schon seit Stunden wach. Ihre Gedanken waren immer wieder um dieselben Dinge gekreist. Die letzten Tage waren schwer gewesen. Es waren nicht nur die Sorgen über das, was geschehen war, die ihr den Schlaf geraubt hatten. Sie fragte sich auch ständig, was zurzeit in Goros geschah.

Wie ging es Celistra und Aros? Hatten sie sich rechtzeitig in Sicherheit bringen können? Oder waren sie umgekommen? Hatten die Menschen, die das Schloss gestürmt hatten, es immer noch besetzt? Stand es überhaupt noch oder hatten sie es längst niedergebrannt?

Unendlich viele Fragen gingen Nasja durch den Kopf und auf keine hatte sie eine Antwort bekommen. Es gab keinerlei beruhigende Nachrichten. Nachdem Exlet und Drawomir abgereist waren, war auch Artem aufgebrochen. Er hatte sich auf den Weg zu den Kasernen im Norden von Goros gemacht, um sich einen Überblick über die Lage zu verschaffen und die Soldaten auf die geplante Rückeroberung der Stadt Goros vorzubereiten.

Seitdem hatte sie nichts mehr von ihm gehört. Das lag vermutlich auch einfach daran, dass Nemos in ihrer Nähe nicht über diese Themen sprach und auf ihre Nachfrage, ob es Neuigkeiten gab, verneinend antwortete.

Die Ungewissheit dehnte jede Minute endlos aus. Es fiel Nasja schwer, ohne Artem bei Nemos zurückzubleiben. Egal wie oft sie sich sagte, dass der junge König sie nicht einfach umbringen würde, so verging dennoch das ungute Gefühl nicht, dass sie in seiner Nähe nicht mehr sicher war.

Solange Artem da gewesen war, hatte sie die Angst im Griff gehabt. Doch seitdem er gegangen war, wurde sie wieder stärker und war immer schwerer zu kontrollieren.

Auris hatte Artem nach Goros begleitet und so war Nasja mit Nemos, Toto, Bonja, Finnie und Frederika auf Burg Isenstein zurückgeblieben. Die Stimmung zwischen ihnen war zum Zerreißen gespannt. Frederika war außer sich vor Sorge. Zumindest nahm Nasja das an, auch wenn sie ihren Kummer auf eine seltsame Weise äußerte. Sie redete ständig darüber, ob es ihrer Garderobe gut ging und dass sie jeden töten lassen würde, der Hand an ihre Kleider legte.

Selbst Nemos, der sonst immer mit seiner Mutter einer Meinung war, war es irgendwann zu viel geworden und er hatte sie beim Abendessen gefragt, ob sie denn jetzt keine anderen Sorgen hatte. Sie hatte ihn überrascht angesehen und daraufhin kein Wort mehr mit ihm gesprochen.

Wirklich große Sorgen machte sich Nasja jedoch um Finnie und Bonja. Die beiden waren seit ihrer Flucht blass und schreckten beim leisesten Geräusch zusammen. Man sah ihnen an, dass ihr Weltbild in nur einer Nacht zerstört worden war. Dass das Volk das Schloss stürmte, hätten sie nicht in ihren kühnsten Träumen für möglich gehalten. In ihrem ganzen bisherigen Leben war man ihnen immer mit Respekt und Freundlichkeit begegnet. Dass sie auch anders behandelt werden könnten, verstörte sie zutiefst.

Nasja versuchte die beiden abzulenken und mit ihnen über die Ereignisse zu sprechen. Doch besonders Finnie fiel es schwer, die nächtliche Flucht überhaupt zu erwähnen. Sie sprach kaum und aß beinahe nichts, egal wie viel Mühe sich Nasja gab, zu ihr durchzudringen und sie zu beruhigen.

Das Beben wurde stärker und Nasja spürte, wie die Erinnerung an den Angriff der Zentauren in ihrer Heimat in ihr aufstieg. Sie sah die fliegenden Hufe vor sich, hörte die Schreie der Verletzten und spürte die Hitze des Feuers, das ihr Vater entfacht hatte. Ihre Hände begannen zu zittern. Sie fuhr hastig hoch und stand auf, um das Gefühl der Hilflosigkeit in den Griff zu bekommen. Sie hatte nicht geglaubt, dass sie jemals in ihrem Leben wieder hören musste, wie eine Herde Zentauren in ihre Richtung galoppierte. Doch genau das geschah in diesem Moment.

Sie trat an das Fenster und sah hinaus. Da kamen sie. Nasja erkannte, wie sich eine unermessliche Zahl an Reitern näherte. Aus der Ferne hätte man sie für Pferde halten können, auf denen jeweils ein Mensch saß. Doch je näher sie kamen, umso deutlicher erkannte Nasja den menschlichen Oberkörper, der mit dem Pferdeleib verschmolzen war.

Der Anblick kam ihr immer noch grotesk vor, auch wenn sie ihn schon seit ihrer Kindheit gewohnt war. Nasja blickte wie erstarrt in die Ferne. Kamen sie wirklich in Frieden und wollten Nemos helfen? Schon bald hörte Nasja ihre kampflustigen Schreie und ihr Johlen und Grölen. Die Zentauren waren ein wildes Volk. Wusste Nemos wirklich, worauf er sich da einließ? Das Zittern von Nasjas Hände wurde stärker.

Die Herde wurde von einem großen Zentauren angeführt. Nasja erkannte ihn sofort. Das war Cesar. Er hatte silbergraue, lange Haare, die er offen trug, und ein helles Fell. Sein einziges Kleidungsstück war eine lederne Weste und selbst aus der Entfernung konnte Nasja die unzähligen Messer erkennen, die er an einem Gürtel bei sich trug. Andere Zentauren waren mit Pfeil und Bogen ausgerüstet, wieder andere mit langen Schwertern, Morgensternen oder riesigen Äxten.

In diesem Moment zerriss ein Schrei die morgendliche

Ruhe auf Burg Isenstein.

Nasja fuhr zusammen und wandte sich von dem Anblick der sich nähernden Zentauren ab. Diese Stimme kannte sie ganz genau. Es war Finnie, die geschrien hatte. Mit großer Sicherheit war sie genauso wie Nasja von den sich nähernden Zentauren erschreckt worden.

Nasja warf sich im Gehen einen Morgenrock über, dann eilte sie schnell zu Finnies Zimmer, das direkt neben dem ihren lag. Sie öffnete die Tür und sah Finnie am Fenster stehen. Schnell ging sie zu ihr und legte ihr tröstend einen Arm um die Schulter. Finnie starrte mit weit aufgerissenen Augen aus dem Fenster und schien es nicht einmal zu bemerken. Sie bebte am ganzen Körper.

„Sie kommen, um das Schloss zurückzuerobern", sagte Nasja tröstend. „Du brauchst keine Angst vor ihnen zu haben." Nasja hoffte inständig, dass es auch wirklich so kommen würde. Doch tief in sich drin glaubte sie nicht daran. Die Zentauren waren für sie nichts anderes als brutale Eroberer, die jede Gelegenheit nutzen würden, um ihr Land zu vergrößern. Sie witterten ihre Gelegenheit und erkannten die Schwäche ihres Gegners schnell. Ob Nemos die nötige Stärke besaß, um die Zentauren in ihre Schranken zu weisen, bezweifelte Nasja.

„Was ist denn los?" Bonja hatte Finnies Zimmer betreten. Auch sie musste den Schrei gehört haben. Sie trug ein langes Nachthemd und ihre langen, dunkelblonden Locken fielen ihr offen über die Schultern.

„Die Zentauren kommen", sagte Nasja und zeigte aus dem Fenster, wohin Finnie immer noch wie hypnotisiert starrte.

„Oh", war das Einzige, was Bonja herausbrachte, als sie die Unmenge der herannahenden Kreaturen erkannte.

Es war offensichtlich, dass auch sie das erste Mal in ihrem Leben Zentauren sah. Bonja hatte die grünen Augen weit aufgerissen und war blass geworden. Die schiere

Menge der Zentauren allein war schon beeindruckend und ihr wildes Geschrei tat sein Übriges dazu, dass auch Bonja ein ängstliches Stöhnen entwich.

Finnie wimmerte, woraufhin Nasja sie fester an sich drückte und ihr beruhigende Worte zumurmelte, an die sie selbst nicht glaubte. Die Zentauren näherten sich Isenstein und umringten grölend die Burg. Nasja beobachtete das Geschehen mit großen Augen. Sie wartete auf Nemos und Toto, die die Burg verlassen und sich den Zentauren anschließen würden.

Doch zu ihrer Überraschung kam nicht Nemos aus dem Burgtor, sondern eine Bedienstete betrat Finnies Zimmer.

„König Nemos schickt mich, um die Königin zu holen.“ Sie sah Nasja mit bedauernder Miene an. „Ihr sollt den König und die Zentauren zurück nach Goros begleiten. Die Kutsche wird bereits angespannt. Beeilt euch, bitte!“

Nasja wurde eiskalt und das lag nicht daran, dass sie sich sicher war, dass Nemos seine Bitte garantiert nicht so höflich formuliert hatte. Der Gedanke, hinab zu den Zentauren zu müssen und mit ihnen nach Goros aufzubrechen, widerstrebte allem, was sie in ihrem bisherigen Leben gesehen und erlebt hatte. Sie hatte diese Kreaturen mordend und brandschatzend durch ihre Heimat ziehen gesehen und nun sollte sie sie als Verbündete begreifen. Nasja konnte nichts dagegen tun, dass ihre Hände zu zittern begannen. Sie wollte wegrennen und nicht zu ihnen gehen.

„Nein, du musst hierbleiben“, sagte Finnie mit bebender Stimme und fing wieder an zu schluchzen.

„Das kann er nicht von dir verlangen“, stimmte ihr Bonja zu.

Nasja schluckte. „Doch, das kann er.“ Natürlich konnte Nemos verlangen, dass seine Königin anwesend war, wenn er seine triumphale Rückkehr nach Goros inszenierte. Vorausgesetzt, es lief alles so ab wie geplant und die Zentauren ermordeten sie nicht gleich hinter der nächsten Wegbiegung, um Galadon zu übernehmen.

Nasja wandte sich Bonja mit ernstem Blick zu, während sie ihr die schluchzende Finnie zuschob. „Pass auf sie auf. Ihr bleibt hier auf Burg Isenstein. Hier seid ihr in Sicherheit.“

Bonja nickte hastig und nahm Finnie in die Arme, die sich an Bonja klammerte wie an einen Rettungsanker.

Nasja versuchte den beiden noch einmal zuzulächeln, doch so recht wollte es ihr nicht gelingen. „Wir sehen uns in ein paar Tagen.“ Sie versuchte so zu klingen, als ob sie an ihre eigenen Worte glaubte, als sie Finnies Zimmer verließ und in ihr eigenes ging, um sich anzuziehen. Sie legte den Morgenmantel und das Nachthemd ab und schlüpfte in eines der grob gewebten Kleider, die hier in großer Auswahl im Schrank hingen.

Dann nahm sie noch einen festen Mantel und zog sich den kratzenden Stoff über. Zum Schluss packte sie Artems Jacke und das dünne, weiße Kleid ein, in dem sie hier angekommen war. Dabei hielt sie die Jacke kurz an ihre Nase und schnupperte daran. Artems Duft hing noch immer daran und als der Geruch in ihre Nase stieg, sah sie ihn vor ihrem inneren Auge vor sich stehen. Er lächelte ihr weich zu und ermahnte sie, stark zu sein, ihre Pflicht zu erfüllen und die Hoffnung nicht zu verlieren, dass alles doch noch gut ausgehen würde.

„Nymphe, komm endlich“, schrie es laut durch die hohen Gänge von Burg Isenstein. Das war unverkennbar Nemos‘ Stimme.

Nasja zuckte zusammen, als sie so unsanft aus dem warmen Gefühl gerissen wurde, in das sie sich für eine Sekunde geflüchtet hatte. Hastig packte sie die Jacke und das Kleid in eine kleine Tasche und eilte nach unten in den großen Saal.

Nemos stand schon vor der Tür und funkelte Nasja missmutig an, als sie endlich die Treppe herunterkam. Toto stand neben ihm und schien heute Morgen alles andere als ruhig und entspannt zu sein. Er war mindestens genauso blass wie Finnie und wenn Nasja sich nicht täuschte, dann sah sie, wie seine Hände ganz leicht zitterten. Die Begegnung mit den Zentauren schien ihm doch nicht ganz so geheuer zu sein, wie er immer hatte verlauten lassen.

„Was trödelst du so lange herum?“, fuhr Nemos sie an. „Wenn ich sage, dass du herkommen sollst, dann meine ich damit sofort und nicht erst in einer Stunde.“ In Nemos‘ Stimme lag nicht nur Verärgerung, sondern auch Nervosität und Aufregung. Es war offensichtlich, dass er seine Anspannung an Nasja ausließ.

„Entschuldigung“, sagte sie mit fester Stimme. Dass Nemos und Toto so aufgeregt waren, wäre eigentlich komisch, wenn es nicht so tragisch wäre.

Nasja wollte am liebsten den Kopf schütteln. Doch angesichts Nemos‘ Laune ließ sie es besser. Toto und Nemos war nie bewusst gewesen, wen sie um Hilfe gebeten hatten. Nasja war sich sicher, dass Nemos in seinem bisherigen Leben noch nicht sehr viele Zentauren getroffen hatte und mit Sicherheit noch nie dabei gewesen war, wenn diese Kreaturen kämpften und der Urgewalt, die in ihnen steckte, freien Lauf ließen. Auch die Größe ihres Heeres hatte er sich offenbar nie bildlich vorstellen können.

Nasja räusperte sich. „Ich wollte den Zentauren würdig entgegentreten.“ Sie legte eine kühle Miene auf und versuchte sich nicht anmerken zu lassen, dass ihr die Zentauren ebenfalls Angst machten. „König Cesar achtet sehr auf Förmlichkeiten.“

Nemos machte eine herablassende Geste und sah dann Toto an, als ob er sich noch einmal vergewissern wollte, dass er jetzt wirklich aus dieser Tür treten sollte.

Totos Lippen bebten. Er presste sie fest zusammen, dann nickte er.

Nemos holte tief Luft, dann winkte er dem Bediensteten neben der Tür zu, diese zu öffnen. Mit langsamen Schritten trat Nemos auf den Burghof hinaus. Toto folgte ihm auf dem Fuß und Nasja trat hinter den beiden auf den Hof hinaus. Nach dem Gewitter hatte sich das heiße, sommerliche Wetter abgekühlt. Ein frischer Wind wehte und Nasja war froh, dass sie den dicken Mantel übergezogen hatte. Auch wenn er auf ihrer Haut kratzte, so wärmte er sie dennoch.

Nemos und Toto schritten über den Burghof. Auf einen Wink von Nemos begann sich die Zugbrücke hinabzusenken, während sie Schritt für Schritt darauf zugingen. Mit einem knirschenden Geräusch öffnete sich die Zugbrücke vollends und Nemos lief weiter.

Nasja stockte der Atem, als sie die Unmenge an Zentauren sah, die Burg Isenstein umringten. Es schien, als ob sich das Meer aus braunen, gescheckten und weißen Leibern bis zum Horizont erstreckte. Das Stampfen der Hufe füllte mit seinem unsteten Rhythmus die Luft. Es wäre den Zentauren ein Leichtes, die Burg zu erstürmen, jetzt, wo die Zugbrücke geöffnet war, und Nasja war nicht klar, warum sie es nicht taten.

Warum wartete Cesar dort vor der Burg, während Nemos mit würdevollen Schritten auf ihn zukam? Was führte der Herr der Zentauren im Schilde?

„Willkommen in Galadon", rief Nemos, als er bei König Cesar angekommen war. „Es ist uns eine große Freude, den König der Zentauren in unserem Land begrüßen zu dürfen. Darf ich Euch in unsere Burg bitten, falls Ihr eine Rast einlegen wollt."

Cesar war alt. Sein graues Haar zeugte von den vielen Jahren, die er schon über die Erde galoppierte. Aber dennoch wirkte er immer noch kraftvoll und vital und erinnerte Nasja an die Kraft, die auch in ihrem Vater steckte. Nasja konnte nur hoffen, dass Nemos nicht den Fehler machte, auch die Zentauren so zu unterschätzen, wie er es mit den Nymphen tat.

„Eine Rast?“ Cesar lachte grölend und laut. Der Laut vibrierte in seinem riesigen Brustkorb und hallte bald aus vielen Kehlen wider.

„Ich brauche keine Rast.“ Cesar beruhigte sich allmählich wieder. „Ich kann es kaum erwarten, mit Euch nach Goros zu reiten und Euch dabei zu unterstützen, Euren rechtmäßigen Platz wieder einzunehmen. Lasst uns aufbrechen, und zwar sofort.“

Nemos nickte und hob seine rechte Hand. Daraufhin fuhr eine Kutsche aus dem Burghof und steuerte auf sie zu.

„So soll es sein“, sagte Nemos mit einem erhabenen Nicken. „Brechen wir auf.“

„Reitet Ihr nicht, König der Menschen?“ Cesar sah Nemos fragend an. Er schien sichtlich irritiert davon zu sein, dass Nemos in eine Kutsche einsteigen wollte.

Nemos sah Cesar einen Moment überrascht an. Dann begriff er, dass es dem Zentauren seltsam vorkam, dass Nemos sich in eine Kutsche setzen wollte. Schnell fing er sich und setzte eine ernste Miene auf.

„Doch, natürlich reiten wir“, beeilte sich Nemos zu sagen. „Die Kutsche war für die Königin, aber sie kann auch auf einem Pferd sitzen.“

Es fiel Nasja schwer, sich das Grinsen zu verkneifen. Nemos hasste es zu reiten. Er reiste immer in einer Kutsche. Er fand das Reiten auf einem Pferd unbequem und wenig komfortabel und das ließ er auch jeden wissen. Ihm war jeder Vorwand recht, um zu vermeiden, auf ein Pferd steigen zu müssen.

Nemos wandte sich zurück zu Burg Isenstein. „Bringt mir Pferde“, schrie er zu den Bediensteten hinüber, die auf der Burgmauer verharrten und mit Sicherheit keinen Moment zögern würden, um die Zugbrücke hochzufahren, sobald es die Höflichkeit erlaubte oder Nemos ihnen den Befehl dazu gab. Selbst aus der Entfernung glaubte Nasja das Entsetzen in ihren Gesichtern sehen zu können.

Es dauerte nicht lang, dann kam ein Bediensteter mit drei gesattelten Pferden zu ihnen hinaus. Der Kutscher bog wieder ab und fuhr zurück in die Burg.

Nasja wartete, bis sich Nemos und Toto in den Sattel geschwungen hatten. Dann befestigte sie selbst ihre kleine Tasche am Sattel und stieg auf ihr Pferd.

Nemos gab sich Mühe, eine ernste Miene aufzusetzen, während er sich neben Cesar einreihte und die beiden die Führung über das riesige Heer übernahmen. Toto und Nasja folgten ihnen, während sich die Zentauren mit einem kleinen Abstand anschlossen. Es war ein Fluss aus Fell, Metall und Leder, der ihnen folgte.

Nasja versuchte sich auf das Gespräch zwischen Nemos und Cesar zu konzentrieren, doch das war gar nicht so einfach. Wie ein tiefer Bass füllte das Stampfen der Hufe die Luft und überlagerte jedes Gespräch. Mit jedem Schritt, den sie sich von Burg Isenstein fortbewegten, wuchs das unangenehme Gefühl in Nasjas Bauch. Immer wieder sah sie sich prüfend um und kontrollierte die Gesichter der Zentauren auf verdächtige Regungen. Doch sie achteten gar nicht weiter auf Nasja, Nemos und Toto. Sie unterhielten sich leise oder betrachteten die Gegend.

Ganz langsam beruhigte sich Nasja wieder, so seltsam ihr das auch vorkam.

Wenn die Zentauren sie hätten töten wollen, dann hätten sie das längst getan. Mit jeder Sekunde, die verstrich, wuchs in Nasja die Gewissheit, dass sie wirklich bis nach Goros reiten würden.

Schon bald verschwand Burg Isenstein aus ihrem Blickfeld. Sie folgten dem Weg durch den Wald, auf dem Nasja schon hierhergekommen war. Doch der Zauber, der über dem Wald und dieser Nacht gelegen hatte, war verflogen. Es fiel Nasja schwer, sich vorzustellen, dass das immer noch derselbe Wald sein sollte, durch den sie hergekommen war. Die Bäume und Lichtungen kamen ihr fremd vor, was vermutlich an dem Klang der unzähligen Hufe lag, der sie bei jedem Schritt begleitete.

Auf dem schmalen Weg streckte sich das Heer der Zentauren schon bald in die Länge und der Waldboden nahm dem Klang ihrer Hufe den Hall. Nach und nach vernahm Nasja die Worte zwischen Cesar und Nemos und sie staunte nicht schlecht, als sie bemerkte, dass Cesar Nemos regelrecht auszufragen schien.

„Der Tod deines Vaters ist noch nicht lange her. Gab es von Anfang an Probleme in Goros oder sind die Proteste erst vor Kurzem entstanden?“ Cesar sah Nemos fragend an.

„Sie brauen sich schon seit einer Weile zusammen“, sagte Nemos nach einigem Überlegen.

„Gab es einen Auslöser?“, bohrte Cesar weiter.

Nasja spitzte die Ohren. Würde Nemos vor einem anderen König zugeben, dass sein Entschluss, die alten Götter zu verbieten, schuld daran war, dass das Schloss von Protestierern eingenommen worden war?

„Nein, den gab es nicht“, sagte Nemos entschieden. „Der Abschaum der Gesellschaft hat sich in Goros gesammelt. Sie haben wohl gedacht, dass sie bei einem neuen König leichtes Spiel haben. Aber schon die ersten Proteste habe ich brutal niederschlagen lassen und auch dieses Mal lasse ich keine Gnade zu.“

Cesar sah Nemos mit einem Lächeln an. Dann nickte er bedächtig. „Ich verstehe“, sagte er schließlich, und Nasja war sich sicher, dass er das tat.

Nemos wollte wirken wie ein knallharter Staatsmann,

aber Nasja zweifelte nicht daran, dass Cesar begriff, wen er vor sich hatte.

Nasja betrachtete Cesar und ein kalter Schauer lief ihr über den Rücken. Sie war sich sicher, dass der König der Zentauren noch nicht vollends entschieden hatte, was er tun würde. Deswegen waren alle so ruhig und entspannt. Sie warteten ab, wie Cesar entscheiden würde. Und der hielt sich noch immer alle Möglichkeiten offen. Im Moment versuchte er einzuschätzen, welchem Gegner er gegenüberstand. War Nemos ein kluger König und ein ernst zu nehmender Gegner oder würde es leicht sein, ihn zu übertölpeln und das Land Galadon zu erobern?

Nemos‘ Antworten sorgten nicht dafür, dass Nasja sich entspannte. Ganz im Gegenteil. Ihre Anspannung wuchs wieder. Cesar wusste jetzt, dass Nemos sich selbst überschätzte und sein Versuch, hart durchzugreifen, schiefgegangen war.

Während Cesar Nemos über weitere Details der Stürmung von Schloss Schwanenberg ausfragte, war Nasja sich sicher, dass es nur eine Frage der Zeit war, bis die Zentauren Nemos überwältigen würden. Mittlerweile zweifelte sie nicht mehr daran, dass Cesar Schloss Schwanenberg von den Besetzern befreien würde, um es selbst in Besitz zu nehmen.

Bei dieser Gelegenheit konnte er sich gleich des Königs entledigen und Nasja würde es auch nicht gut ergehen. Die Zentauren hassten die Nymphen und daran war auch die Tatsache schuld, dass sie schon seit Jahren vergeblich versuchten, das Land der Nymphen zu erobern.

Vielleicht sollte sich Nasja die Möglichkeit offenlassen, noch im Wald zu fliehen. Sie sah sich um. Hatte sie wirklich eine Chance, den Zentauren davonzureiten? Diese Frage konnte sie sich selbst beantworten. Die Zentauren waren einem durchschnittlichen Pferd wie dem, auf dem sie saß, haushoch überlegen. Ihre Beine waren länger, ihre

Muskeln stärker.

Auf dem Pferd hatte Nasja keine Chance. Aber vielleicht konnte sie zu Fuß durch ein dichtes Gebüsch flüchten, um ihr Leben zu retten? Dort hätte sie Chancen gegen die Zentauren, die mit ihren massigen Körpern in dichtem Unterholz nicht gut vorankamen. Nasja sah sich immer wieder um. Doch die geeignete Gelegenheit bot sich nicht und sie wagte keine halbherzige Flucht.

Kilometer für Kilometer kamen sie vorwärts. Nasja sah, wie Nemos immer unruhiger auf seinem Pferd hin und her rutschte. Er war es nicht gewohnt, so lange Strecken zu reiten. Normalerweise hätte er sich längst darüber beschwert, aber in der Nähe von Cesar ließ er sich nichts von seinem Unwohlsein anmerken. Er unterhielt sich weiter mit dem König der Zentauren, der immer neue Fragen an Nemos hatte und nicht müde wurde, ihn über die Lage in Galadon und seine bisherigen Entscheidungen als König auszufragen.

Nemos antwortete geduldig und schien erfreut zu sein, dass sich jemand für seine Politik interessierte. Er sprach ausführlich über seine Errungenschaften und seine Pläne für das Land, um es vor der Ausbeutung durch die Nymphen und den Trollen zu schützen, und was das anging, fand er in Cesar tatsächlich jemanden, der seine Meinung teilte.

So strich der Tag dahin und als der Abend dämmerte, sahen sie endlich Goros in der Ferne. Nasja atmete tief durch, während die Unruhe erneut in ihr erwachte. Es hatte sich keine Gelegenheit zur Flucht ergeben. Ein paar Mal hatte Nasja mit dem Gedanken gespielt, aber die Umgebung war nie perfekt genug gewesen, um das große Risiko einzugehen und einfach in den Wald zu rennen.

Was würde nun geschehen? Was würde Cesar tun? Würde er Nemos helfen oder würde er ihn entmachten? Von dieser Entscheidung hing ab, was Nasja tun musste.

Sollte sie doch noch einen waghalsigen Fluchtversuch wagen oder war es besser, zu bleiben?

Nasja beobachtete Cesar, während Goros immer näher kam. Er hatte sein Gespräch mit Nemos beendet und ritt nun schweigend und offenbar in Gedanken versunken neben ihm her. In einer engen Kurve ließ er sich plötzlich zurückfallen.

Nemos schien es gar nicht zu bemerken. Sein schmerzverzerrtes Gesicht zeigte, dass er sich bei dem langen Ritt ein paar wunde Stellen geholt hatte und mehr mit sich selbst als mit seiner Umgebung beschäftigt war. Als Cesar leise mit einem seiner Begleiter zu tuscheln begann, war sich Nasja sicher, dass sie soeben besprachen, wie sie Nemos zu überrumpeln gedachten.

Angst stieg in Nasja empor. Sie musste etwas tun. Jetzt oder nie.

„Er wird uns reinlegen“, flüsterte Nasja Toto zu, der neben ihr ritt und den ganzen Tag kein einziges Wort mit ihr gewechselt hatte. Vielleicht begriff wenigstens er, in welcher Gefahr sie sich befanden. Spürte er nicht, wie viel Anspannung in der Luft lag?

„Was?“ Toto fuhr aus seinen Gedanken hoch und sah Nasja überrascht an.

„Ich habe gesagt, dass uns Cesar reinlegen wird. Er wird das Schloss in Besitz nehmen und Nemos aus dem Weg räumen.“ Nasja flüsterte die Worte und sah Toto ernst an.

„So ein Unsinn“, flüsterte Toto und wandte sich wieder von Nasja ab.

„Das ist kein Unsinn“, sagte Nasja, und in ihrer Stimme schwang Verzweiflung mit. „Er hat überhaupt keinen Grund, euch zu helfen. Warum sollte er das auch tun? Die Zentauren haben nur ein Ziel. Sie wollen alle Länder auf diesem Kontinent erobern, um frei vom nördlichen Meer bis zum südlichen und vom östlichen bis zum westlichen galoppieren zu können." Nasja sah Toto an. Wusste er etwa nicht, was die Zentauren jeden hören ließen? Das war doch kein Geheimnis.

Toto sah Nasja missbilligend an. „Schweig, Nymphe", sagte er herablassend. Dann reihte er sich neben Nemos ein und begann ein Gespräch über das Abendessen, das sie sich auf Schloss Schwanenberg gönnen würden, sobald das Schloss wieder ihnen gehören würde.

„So ein Dummkopf", murmelte Nasja wütend.

„Wer ist ein Dummkopf?" Neben Nasja war plötzlich Cesar aufgetaucht und sah sie mit großen, hellgrauen Augen an. Sein massiger Körper überragte sie deutlich.

Nasja erstarrte, als der König der Zentauren so nah kam. Unzählige heftige Gefühle stiegen in ihr hoch; Hass, Furcht und der Wunsch, sich für das Unheil, das er ihrem Volk angetan hatte, zu rächen. Die Erinnerung an die angsterfüllten Tage und Wochen in ihrer Kindheit drohten sie zu überwältigen. Doch jetzt war ein schlechter Moment, um Cesar spüren zu lassen, was sie von ihm hielt. Sie war umzingelt von seiner Armee und sie hatte nicht einmal eine stumpfe Waffe dabei, um ihrer Wut Ausdruck zu verleihen.

„Ach, niemand", murmelte Nasja und sah angestrengt geradeaus.

„Du meinst bestimmt deinen Holzkopf von Ehegatten, der nicht begreift, dass er sich seine eigenen Henker ins Haus geholt hat", sagte Cesar so leise, dass Nemos es nicht hören konnte.

Doch Toto hatte die Worte mit großer Sicherheit vernommen. Nasja sah genau, wie er mitten im Satz verstummte und eine gerade Haltung auf seinem Pferd annahm. Sie schnappte nach Luft, während sie die Tragweite von Cesars Worten begriff. Gab er gerade wirklich zu, welche Pläne er hatte?

Nemos hatte nichts bemerkt. Er sprach weiter über

Pasteten und Kuchen, als ob es jetzt nichts Wichtigeres gäbe, als sich mit Gebäck zu beschäftigen.

Nasja starrte Cesar ungläubig an. Doch auf seinem Gesicht lag ein entspannter Ausdruck.

Der König der Zentauren lächelte sanft. „Er macht es mir so leicht. Er führt mich zu seinem Schloss und ich könnte ihn sogar jetzt einfach von seinem Pferd schubsen und ihn mit meinen Hufen zermalmen. Ich versuche mir schon die ganze Zeit vorzustellen, wie es klingt, wenn sein Schädel zerbricht." Die tiefe Stimme von Cesar dröhnte gefährlich in Nasjas Ohren. „Was für eine Versuchung. So einen schwachen König hatte Galadon noch nie. Wenn König Kreotis sehen könnte, wen er da auf den Thron gesetzt hat, würde er es bereuen, dass er dieses Kind nicht gleich nach seiner Geburt erwürgt hat. Aber mir kommt das sehr gelegen. Bald werden die Zentauren durch dieses Land galoppieren und freier sein als jemals zuvor. Und wenn wir die Menschen unter unsere Kontrolle gebracht haben, werden wir mit ihrem Kriegsgerät auch endlich die Nymphen besiegen können. Die Trolle werden sich dann angesichts unserer Macht freiwillig ergeben."

In Nasjas Bauch zog sich alles schmerzhaft zusammen. Sie hatte es doch gewusst. Die ganze Zeit war ihr klar gewesen, dass die Zentauren keine guten Absichten hegten. Doch diese Gewissheit nutzte ihr nichts.

Nasja starrte Nemos' Hinterkopf an. Sie wollte ihm zuschreien, die Ohren zu spitzen und endlich zuzuhören. Sein blondes Haar wippte leicht auf und ab, während sich Nasja vorzustellen versuchte, wie Nemos auf ihre Warnung reagieren würde.

Sie brauchte gar nicht den Mund zu öffnen. Selbst wenn sie ihn jetzt warnen würde, würde er ihr nicht zuhören und sie nicht ernst nehmen. Das Schicksal war entschieden. Jetzt musste sie an sich denken.

„Lass mich gehen", sagte Nasja heiser.

„Nein, das geht leider nicht", sagte Cesar bedauernd. „Ich werde dich als Geisel behalten, damit König Besla endlich seinen Widerstand aufgibt, Nasja vom grünen Born. Mit deinem Vater habe ich noch eine Rechnung offen. Die Zentauren wollen durch alle vier Länder galoppieren. Der Kontinent wird bald uns gehören."

Nasja seufzte. Natürlich würde er sie nicht gehen lassen. Eine Mutlosigkeit überkam Nasja, die ihr die Kraft nahm. Es kostete sie all ihre Anstrengung, damit sie nicht vom Pferd rutschte.

Die Angst pochte so heftig in ihrer Brust, dass ihre Hände zitterten und sie am ganzen Körper zu beben begann.

Cesar begann zu lachen. Er schien sich köstlich zu amüsieren, während sie eine kleine Anhöhe hinaufritten.

Nemos wandte sich auf seinem Pferd um und sah Nasja missbilligend an. Cesar lachte immer noch. Von diesem Hügel aus war es nicht mehr weit bis zur Stadt und bis zu ihrem Ende. Sein Lachen füllte die Luft und klang scheppernd und höhnisch in Nasjas Ohren.

Es war vorbei. So schnell konnte sich das Blatt wenden. Ihr Vater würde Cesars Forderungen niemals nachgeben. Sogar ihr drohender Tod würde daran nichts ändern. Sie kannte ihren Vater gut genug, um zu wissen, dass er sich nicht erpressen ließ. Nicht von einem Zentauren, und daran änderte sich auch nichts, wenn Cesar ihn mit dem Leben seiner Tochter erpresste. Das Leben forderte Opfer. Das hatte ihr Vater ihr oft genug gesagt und ein Opfer wäre kein Opfer, wenn es nicht schmerzen würde.

Von Cesar konnte sie auch keine Gnade erwarten. Ganz im Gegenteil. Er musste seiner Drohung Taten folgen lassen, um sein Gesicht zu wahren. Nun würde also nicht Nemos für ihren Tod sorgen, sondern Cesar, der Zentaurenkönig.

Nasja begann zu zittern. Noch nie war ihr so kalt gewesen wie in diesem Moment. Sie war allein und fühlte sich von der Welt verlassen. Warum war sie nicht davongerannt, als sie es noch konnte?

Während Cesars Lachen langsam verstummte, ritten sie einen kleinen Hügel hinauf. Mit einem Mal öffnete sich der Blick und man konnte Goros vor sich liegen sehen. In einiger Entfernung erkannte Nasja Schloss Schwanenberg, das oberhalb der Stadt thronte.

Alle Fenster des Schlosses waren hell erleuchtet. Vor dem Schloss brannten riesige Feuer und man konnte unzählige Menschen erkennen, die sich vor dem Schloss versammelt hatten. Selbst aus der Entfernung konnte man das Johlen und Rufen der Besatzer hören. Sie hatten längst bemerkt, dass sich die Zentauren näherten, und waren bereit, Schloss Schwanenberg mit allen Mitteln zu verteidigen.

KAPITEL 19

Eine bedrohliche Stille lag über dem Heer der Zentauren. Nasja fuhr ein kalter Schauer über den Rücken. Die Ruhe um sie herum war unheimlich. Selbst die Zentauren schienen von der Menge der Menschen, die Schloss Schwanenberg besetzt hielten, überrascht zu sein.

„Da habt Ihr Euch wirklich eine ganze Menge Ärger eingehandelt“, sagte Cesar mit hochgezogenen Augenbrauen, während er Schloss Schwanenberg im Licht der untergehenden Sonne ganz in Ruhe musterte.

„Fühlt Ihr Euch der Herausforderung gewachsen?“, fragte Nemos und sah Cesar abschätzend an, als ob er plötzlich Zweifel daran hegte, ob der König der Zentauren nicht zu viel versprochen hatte, als er Nemos zugesichert hatte, ihm seinen rechtmäßigen Platz wieder verschaffen zu können.

„Mit ein paar aufmüpfigen Menschen werden wir schon klarkommen.“ Cesars Gesicht war angespannt. Er hob den Arm und gab seinen Leuten ein paar Handzeichen. Dann wandte sich Cesar Nemos zu. Auf seinen Lippen blitzte ein schelmisches Grinsen. „Auf geht es, König Nemos, zückt Euer Schwert und macht Euch bereit, Euer Eigentum wieder zurückzuerobern!“

Nasjas Blick huschte zu Nemos. Der junge König wurde schlagartig bleich. Er war offenbar nicht davon ausgegangen, dass er sich selbst an den Kämpfen beteiligen musste. Er warf Toto einen fragenden Blick zu.

Doch Toto konnte nur mit den Achseln zucken. Im Gegensatz zu Nemos trug er wenigstens ein Schwert.

Geistesgegenwärtig schnallte er es ab und reichte es Nemos.

Nemos schien alles andere als dankbar zu sein, als er danach griff. Nasja konnte beinahe hören, was ihm auf der Zunge lag und was er nicht auszusprechen wagte. Nach dieser anstrengenden Reise auf einem Pferd mit wunden Stellen an Po und Beinen sollte er jetzt auch noch selbst in eine Schlacht ziehen. Nasja zweifelte daran, dass Nemos mit einem Schwert in der Hand eine gute Figur machen würde. Er hatte wohl angenommen, dass er den Geschehnissen aus sicherer Entfernung folgen konnte, während andere sich für ihn in Gefahr begaben.

Unter den wachsamen Augen von Cesar wagte Nemos jedoch nicht, auch nur ein Sterbenswörtchen zu verlieren. Mit erhabener Miene legte er sich das Schwert an und zog die Klinge. Dann reckte er sie über seinen Kopf, doch als Nasja ganz genau hinsah, bemerkte sie, wie die Spitze zitterte.

Die Zentauren quittierten die Geste mit lautstarkem Gebrüll und auch Cesar nickte zufrieden.

„Auf in den Kampf!“, schrie Cesar über die Köpfe aller hinweg, und auf seinen Befehl hin setzte sich das Heer der Zentauren in Bewegung.

Ob Nemos wollte oder nicht, er wurde in dem Strom der Pferdeleiber mitgezogen, und genauso erging es Nasja und Toto. Das Geschrei um sie herum wurde immer lauter. Es schien, als ob sich die Zentauren gegenseitig Mut machten. Nasja konnte nicht verhindern, dass die Rufe ihre tiefsten Ängste weckten. Genau diese Laute hatte sie gehört, während sie an ihre Mutter gepresst im Weinkeller ihres Hauses ausgeharrt hatten.

Nasjas Finger bebten und sie zitterte am ganzen Körper, während sie Schloss Schwanenberg immer näher kamen. Mit aller Kraft klammerte sich Nasja an die Zügel und versuchte sich aus der Gewalt der erdrückenden Erinnerungen zu befreien.

Sie konzentrierte sich auf die Gegenwart, auch wenn diese nicht viel ungefährlicher war. Nemos und Cesar ritten voran. Nasja konnte Nemos nur von hinten sehen, aber sie war sich sicher, dass ihm die Angst mittlerweile ins Gesicht geschrieben stand. Denn nun hatte sich vom Schloss her ein Rufen erhoben, das dem der Zentauren in nichts nachstand.

Die Menschen forderten, dass Nemos' Kopf rollen sollte. Nasja sah sich um. Sie war umzingelt von Zentauren, die ihre Waffen hoben und immer lauter brüllten. Sie konnte nicht von hier weg. Sie blickte zu Toto hinüber, der leichenblass war und sich immer wieder unruhig umsah. Sie waren beide unbewaffnet und hatten nichts mehr als ihre Fäuste, um sich zu verteidigen. Mit einem Mal begriff Nasja, dass sie mehr hatte als Toto. Sie hatte ihre Kraft und sie hatte ein Pferd unter sich, das scharfe Hufe und einen schweren Körper hatte.

Sie hatten Schloss Schwanenberg beinahe erreicht, als Nasja versuchte, sich zu konzentrieren und das Pferd unter ihre Kontrolle zu bekommen. Ihr Herz schlug schnell und auch das Pferd war erfüllt von Unruhe. Das waren keine guten Voraussetzungen. Die Zentauren und das immer lauter werdende Geschrei sorgten dafür, dass das Pferd angespannt war. Nasja spürte, dass es flüchten und einfach nur davonlaufen wollte. Es roch die nahen Ställe des Schlosses und wollte sich in Sicherheit bringen.

Nasja konzentrierte sich auf den schnellen Herzschlag des Tieres. Sie fühlte seine Angst und versuchte sie zu dämpfen. Sie spürte, wie sie es schaffte, das Tier ein wenig zu beruhigen, doch davon, es zu kontrollieren, war sie noch weit entfernt.

Und sie kam auch nicht mehr dazu, es weiter zu versuchen, denn in diesem Moment stürzten sich die ersten Zentauren auf die Menschen, die sich mit Stöcken, Mistgabeln und alten Schwertern bewaffnet und sich auf dem großen Platz vor dem Schloss aufgestellt hatten.

Mit lautem Klirren donnerten ihre Waffen aufeinander. Nasja starrte wie hypnotisiert nach vorn. Die Zentauren mähten die Menschen regelrecht nieder. Nur hin und wieder gelang es einigen wenigen, einen der Zentauren zu Fall zu bringen und seine Kehle aufzuschlitzen.

Die Brutalität, mit der die Zentauren vorgingen, sorgte dafür, dass Nasja pures Entsetzen überkam. Die erste Reihe der Menschen war schon zu Boden gegangen. Doch es waren viele und sie rückten schnell nach.

Nasja erkannte Nemos inmitten des Getümmels, der von seinem Pferd aus um sich schlug und mit einer Heftigkeit die Menschen attackierte, dass Nasja nur fassungslos zusehen konnte.

Als plötzlich ein Pfeil an ihrem Ohr vorbeischoss, zuckte sie erschrocken zusammen und warf den Kopf herum. Von einigen der Schlossfenster aus attackierten Bogenschützen die Menge. Die Zentauren reagierten sofort. Diejenigen unter ihnen, die Pfeil und Bogen bei sich trugen, legten ihre Waffen an und es dauerte nicht lang, bis die Bogenschützen am Fenster ausgeschaltet waren.

Als Nasja wieder nach vorn zu Nemos blickte, sah sie in ein Meer aus Blut. Seine Kleidung war damit befleckt, genauso wie die Felle der Zentauren. Die Reihen der Menschen hatten sich gelichtet, doch auch die Reihen der Zentauren hatten Löcher bekommen.

Nasja war nicht mehr weit von der Kampflinie entfernt und sie war immer noch gefangen. Die Zentauren hinter ihr drängten nach vorn, um sich an den Kämpfen beteiligen zu können, und es gab kein Entrinnen.

„Attacke!“, schrie Cesar in diesem Moment.

Der Schrei entfesselte die Kräfte der Zentauren erneut. Aus unzähligen Kehlen hallte der Ruf wider und das ganze Heer schob sich mit aller Kraft nach vorn.

Nasja starrte nach vorn, wo sich Menschen und Zentauren mit Schwertern, Morgensternen und Äxten gegenseitig töteten. Sie war wie gelähmt, während die Angst, zwischen die Schwerter der Kämpfenden zu geraten, immer heftiger wurde. Sie fühlte sich wieder wie damals, als die Zentauren ihre Heimat angegriffen hatten, hilflos und ausgeliefert. Sie spürte erst im letzten Moment, wie ihr Pferd in dem ganzen Tumult plötzlich aufstieg.

Sie versuchte es noch unter Kontrolle zu bekommen, aber es war zu spät. Nasja stürzte vom Rücken des Pferdes, knallte mit der Schulter gegen den Hals eines Zentauren und landete auf ihren Knien auf dem Pflaster des Schlossplatzes. Sie reagierte geistesgegenwärtig und sprang wieder auf. Sie drängte sich gerade noch im letzten Moment zwischen zwei Zentauren, bevor die Hufe ihres Pferdes wieder auf den Boden krachten, genau an der Stelle, an der sie eben gerade noch gehockt hatte.

In diesem Moment erhob sich Jubel. Nasja sah sich erschrocken um. Das Pferd neben ihr stieg wieder auf. Doch als seine Hufe erneut auf das Pflaster donnerten, ging das Geräusch völlig im Siegesjubel der Zentauren unter.

Nasja stellte sich auf die Zehenspitzen und sah nach vorn. Über den Rücken der Zentauren hinweg erkannte sie, dass die Menschen, die den Kampf bis jetzt überlebt hatten, gerade dabei waren zu flüchten. Sie rannten über den Schlossplatz hinweg und verschwanden gerade in der Dunkelheit des Gartens.

Nasja spürte, wie eine Last von ihr abfiel. Der Kampf war vorüber. Das Töten hatte ein Ende. Eine entspannte Stimmung machte sich um sie herum breit. Die Zentauren drängten auseinander. Sie verteilten sich auf dem Schlossplatz. Im Schein der Fackeln und Feuer konnte Nasja sie gut erkennen.

Nasja erkannte Toto ganz in ihrer Nähe. Er war immer noch blass und seine Hände zitterten sichtbar. So nah war er einer Schlacht noch nie in seinem Leben gekommen. Man sah ihm die Erleichterung an, dass es jetzt endlich vorbei war. Mit zitternden Beinen stieg er von seinem Pferd.

Als er sich nach vorn drängte, schloss sich ihm Nasja an und kurz darauf standen sie vor der großen Treppe, die zum Haupteingang hinaufführte. Vor wenigen Monaten war Nasja hier als Braut hinaufgeschritten und nun stand sie hier im Blut der Menschen, die ihre Untertanen gewesen waren. Niemals hätte Nasja das damals für möglich gehalten und dennoch war es geschehen.

Nemos' Kleidung und sein Gesicht waren blutbefleckt, aber er war unverletzt und schien langsam zu begreifen, dass er seine erste Schlacht überlebt hatte und dann auch noch siegreich aus ihr hervorgegangen war.

Ganz langsam breitete sich ein zufriedenes Lächeln auf seinen Lippen aus. Toto trat zu Nemos und als er das Lächeln auf dem Gesicht seines Königs sah, begann er auch zu grinsen. Man sah ihnen die Erleichterung darüber, dass sie überlebt hatten, regelrecht an.

Die beiden waren so miteinander beschäftigt, dass sie nicht bemerkten, wie Cesar zu ihnen trat, während er seinen Leuten wieder mit ein paar Handzeichen Befehle gab. Nasja wusste nicht, was die Kombinationen aus gekreuzten Fingern und einzelnen erhobenen Fingern bedeutete, aber sie wusste sicher, dass der Kampf noch längst nicht vorbei war. Die Besetzer mochten vielleicht aus dem Schloss vertrieben worden sein, aber der wahre Feind stand noch immer vor ihnen.

„Herzlichen Glückwunsch, König Nemos“, sagte Cesar. „Das Schloss ist befreit.“

Nemos nickte. „Ja, das ist es. Vielen Dank. Ich wusste, dass Ihr mich nicht enttäuschen würdet. Das Volk der Zentauren und die Menschen von Galadon verbindet ab sofort eine tiefe Freundschaft. Dessen könnt Ihr Euch sicher sein."

„Eine Freundschaft?" Cesar sah Nemos erstaunt an. Dann breitete sich ein Grinsen auf seinen Lippen aus, das immer breiter wurde. Der König der Zentauren begann zu glucksen und dann lauthals zu lachen.

Nemos sah ihn irritiert an. Er wusste augenscheinlich nicht, was er mit dieser Reaktion anfangen sollte.

Der König der Zentauren lachte immer lauter. Der Ton klang höhnisch und grell über den Schlossplatz. Nasja wusste, weswegen er lachte. Die Menschen waren vertrieben und zwischen Cesar und seinem Triumph über Nemos lag nur ein kräftiger Tritt mit seinen Hufen. Von einer Freundschaft waren sie weit entfernt und dass Nemos das nicht begriff, wäre wirklich zum Lachen, wenn es nicht so tragisch wäre.

Nemos, Toto und Nasja waren von Zentauren umzingelt. Sie waren nicht die Sieger, sie waren die Verlierer. Doch Nemos lächelte nur angesichts der Freude von Cesar und klopfte Toto siegessicher auf die Schulter. Nasja musste den Blick abwenden. Wenn ihr Leben zu Ende ging, wollte sie ihre letzten Gedanken nicht an ihren Mann verschwenden, sondern an ihre Familie und an ihre Heimat denken. Nasja schloss die Augen und sah die weiten Wälder und Auen vor sich, in denen sie aufgewachsen war. Sie dachte an ihre Schwestern und ihre Brüder und vor allem dachte sie an ihre Mutter, die ihr viel zu früh genommen worden war.

Und wofür das alles? Damit sie jetzt hier mit diesem Dummkopf an ihrer Seite zu Tode kam. Nasja spürte eine unbändige Wut in sich aufsteigen.

Mit einem Mal verstummte Cesars Lachen und er gab einen würgenden Laut von sich. Nasja riss überrascht die Augen auf. Cesar starrte in Richtung des Schlossgartens.

Nasja blickte in die Dämmerung vor sich. Irgendetwas war da, was Cesar nicht erwartet hatte. Fackeln wurden plötzlich entzündet. Erst eine, dann zwei und dann immer mehr. Wie eine Kette beleuchteten sie mit einem Mal den breiten Gartenweg, der hinab nach Goros führte. Es dauerte einen Moment, bis Nasja begriff, was Cesar die Sprache verschlagen hatte.

Doch da sah sie schon die Unmengen an Soldaten, die von der Stadt hinauf zum Schloss kamen. Es mussten an die eintausend Mann sein. Doch das Beeindruckende war nicht die Menge an Männern, die dort in stabile Rüstungen gekleidet stand. Es waren die unzähligen Kriegsgeräte, die sie mitgebracht hatten. Auf dem breiten Weg erkannte Nasja Katapulte, Panzer, Kanonen mit acht Läufen und unzählige andere Geräte, von denen Nasja nicht einmal wusste, was für ein Verderben man damit über seine Feinde bringen konnte.

Und vor allen stand Artem. Er saß auf einem schwarzen Pferd und trug eine schillernde Rüstung. Er wirkte im Licht der vielen Fackeln wie ein strahlender Erlöser, der gerade noch rechtzeitig gekommen war, um das Unheil abzuwenden, das Galadon drohte.

Cesar starrte die Soldaten an, die immer näher und näher kamen. Der Ausdruck in seinem Gesicht war unbeschreiblich. Soeben war er noch stolz und erhaben gewesen. Doch nun wirkte er entsetzt und überrascht und schien sichtlich um Fassung zu ringen.

Ganz im Gegensatz zu Nemos. Der lächelte zufrieden, als er die Männer erblickte. „Ah, da sind sie ja schon", sagte er mit einem Nicken und schien keineswegs überrascht zu sein, dass die Soldaten zum Schloss hinaufkamen. Dann wandte er sich Cesar zu. „Artem hat uns bei der Rückeroberung der Hauptstadt geholfen. Während wir hier oben das Schloss befreit haben, hat er mit unseren Soldaten die Stadt durchkämmt und alle Besetzer entfernen lassen. Jede Hand wurde gebraucht. Es macht mich wirklich stolz, dass wir so tapfer Seite an Seite gekämpft haben. So geht es

Euch doch auch, nicht wahr?“ Nemos sah Cesar fragend an.

Der junge König hatte gewusst, dass die verbliebene Armee von Galadon mit allem, was sie an von den Zentauren so gefürchteten Kriegsmaschinen auftreiben konnte, auf dem Weg zum Schloss sein würde, sobald sie Goros von den Besetzern befreit hatte.

Hatte Nemos gewusst, in welcher Gefahr er die ganze Zeit geschwebt hatte? War das sein Plan oder der von Artem gewesen? Egal wer darauf gekommen war, er verfehlte seine Wirkung nicht.

Cesar sah immer noch verdutzt aus. Er blickte zu seinen Zentauren und dann wieder hinüber zu den Soldaten und den riesigen Kriegsmaschinen. Man sah regelrecht, wie Cesar seine Möglichkeiten abwog. Sollte er riskieren, Nemos zu töten und Goros trotzdem einzunehmen? Die Anzahl der Zentauren, die er dabei hatte, war größer als die der Soldaten.

Wären sie allein hier, würden die Zentauren die Männer mühelos überwältigen können. Aber die Katapulte und die Kanonen wirkten einschüchternd. Falls sich die Zentauren auf einen Kampf einließen, mussten sie mit schweren Verlusten rechnen. War dieser Sieg ein so hohes Opfer wert?

„Ist alles in Ordnung?“, fragte Nemos, der immer noch auf eine Antwort von Cesar wartete.

Auch die anderen Zentauren hatten die in Rüstungen gekleideten Soldaten und die schweren Waffen längst entdeckt. Ein Raunen erhob sich und der Klang stampfender Hufe kam aus allen Richtungen. Nasja spürte deutlich die Unruhe der Zentauren. Sie füllte die Luft mit einer Wolke aus Angst.

„Es ist uns eine Freude gewesen, an der Seite der Menschen zu kämpfen“, sagte Cesar mit einem unechten Lächeln. Er hatte seine Entscheidung getroffen. Er würde seine Männer nicht für seine Pläne opfern.

„Wunderbar", sagte Nemos und winkte Artem zu sich.

Nasja trat näher zu Toto, während sie dabei zusah, wie Nemos und Artem auf Cesar zugingen.

„Du wusstest die ganze Zeit davon, nicht wahr?", sagte Nasja leise an Toto gewandt, während sie dabei zusah, wie Nemos, Cesar und Artem sich mit höflichen Gesten begrüßten.

„Ja, das wussten wir." Toto nickte. „Artem hat diesen Vorschlag gemacht und Nemos hat ihm seinen Willen gelassen. Vielleicht es ist gar nicht mal schlecht. Dieser Aufmarsch zeigt den Zentauren, dass mit den Menschen nicht zu spaßen ist. Es sieht wirklich beeindruckend aus, wie sie da stehen."

„Das ist doch nicht dein Ernst?", flüsterte Nasja entsetzt, während sie immer noch von einem Meer aus Pferdeleibern umgeben waren. Begriff Toto denn nicht, wie knapp sie einer Katastrophe entkommen waren? „Die Zentauren sind gefährlich. Du hast doch selbst gehört, was Cesar wirklich vorhatte."

Totos Augen flackerten nervös. Er hatte Angst. Nasja sah es ganz deutlich. Also hatte er es vernommen. Doch er gab es nicht zu, sondern schüttelte den Kopf.

„Ach was", flüsterte er. „Es läuft alles perfekt. Es war nur eine kleine Sicherheit, damit die Zentauren wissen, wer hier der wahre König ist. Nemos hat dem zugestimmt, um Artem zu beruhigen. Es wäre gar nicht nötig gewesen, und jetzt schweig, ich will zuhören, was sie besprechen."

Nasja warf Toto einen vernichtenden Blick zu. Doch er sah es nicht mehr, denn sein Blick hing wie gebannt an Nemos, Artem und Cesar.

Es dauerte nicht lang, dann winkte Nemos Toto zu sich und Nasja schloss sich ihm an.

„Ich werde nun als König von Galadon wieder mein Schloss betreten", sagte Nemos mit erhobenen Händen und lauter Stimme, als sie die Treppen hinaufgestiegen waren. Er hatte sich dem Schlossplatz zugewandt, auf dem sich mittlerweile die Soldaten zu den Zentauren gesellt hatten. „Und ich werde nie wieder dulden, dass jemand es wagt, einen Fuß hineinzusetzen, der hier nicht willkommen ist."

Nemos ging unter dem Jubel der Soldaten und der Zentauren auf die Eingangstür zu. Mit einem letzten Winken verschwand er mit Cesar in seinem Schloss. Artem, Toto und Nasja folgten ihm.

Nasja warf Artem ein paar vorsichtige Blicke zu. Doch seine Aufmerksamkeit war ganz auf den Zentaurenkönig gerichtet, als ob er befürchtete, dass dieser noch etwas Unüberlegtes tun konnte. Artems Anblick erfüllte Nasja mit einer angenehmen Ruhe. Die Angst des Tages verblasste. Artem war da und sie wusste, dass ihr nichts mehr geschehen würde. Langsam sah auch sie sich um.

Das Schloss war verwüstet. Überall lag Müll, die Wände waren beschmiert und etliche der Glastüren waren zu Bruch gegangen.

„In der Stadt ist alles ruhig", sagte Artem an Nemos gewandt. „Wir haben ein paar einzelne Protestierer aufgegriffen, aber die Mehrzahl hatte sich hier oben im Schloss verschanzt. Diejenigen, die aus dem Schloss geflüchtet sind, haben wir aufgegriffen."

„Sind sie schon tot?", fragte Nemos, und in seinem Blick lag pure Mordlust.

„Wir haben sie festgenommen", sagte Artem und zog eine Augenbraue in die Höhe.

„Meine Männer vollstrecken gerne Euer Urteil", sagte Cesar mit einem freundlichen Lächeln in Nemos' Richtung. Er schien sich mit der plötzlichen Wendung der Ereignisse abgefunden zu haben. „Heute Nacht stirbt jeder, der sich gegen Euch gestellt hat und es gewagt hat, Eure Entscheidungen infrage zu stellen."

„So soll es sein", sagte Nemos an Artem gewandt.

„Übergebt den Zentauren die Gefangenen."

Man sah Artem an, dass er mit dieser Entscheidung nicht einverstanden war. Dennoch nickte er. Doch davon schien Nemos nichts zu bemerken. Er sah sich mit gerunzelter Stirn in seinem Schloss um.

„Hol die Bediensteten herbei", sagte Nemos an Toto gewandt. „Sie sollen das Schloss in Ordnung bringen und ein Festmahl vorbereiten. Ich möchte Euch einladen, ein paar Tage mein Gast zu sein." Nemos sah Cesar an. „Lagert mit Euren Männern auf den weiten Wiesen rund um Goros. Lasst uns heute Nacht feiern und gemeinsam trinken und essen. Ich möchte Euch meine Dankbarkeit zeigen."

Cesar nickte zufrieden. „Das werden meine Männer gern hören. Ich nehme Euer Angebot an." Er nickte Artem, Nemos, Toto und Nasja noch einmal zu. Dann verließ er das Schloss durch das große Portal. Das Klappern seiner Hufe verhallte und schließlich waren sie allein.

Nemos atmete erleichtert auf, als er gegangen war. Das begeisterte Grölen vor der Tür deutete darauf hin, dass Cesar seinen Männern soeben verkündet hatte, dass sie heute Nacht noch mit einer ausgelassenen Feier rechnen konnten.

„Das war knapp", sagte Artem. Ein besorgter Ausdruck lag in seinem Gesicht.

„Nein, das war es nicht." Nemos schüttelte den Kopf. „Es lief alles nach Plan. Ich habe doch gesagt, dass er gekommen ist, um uns zu helfen, und das hat er auch getan. Mir zu helfen, ist für ihn Ehre genug."

Nasja starrte Nemos ungläubig an und auch Artem schien es die Sprache verschlagen zu haben.

„Es gibt nicht den kleinsten Hinweis darauf, dass Cesar vorhatte, sein Versprechen zu brechen", fuhr Nemos unbeirrt fort.

„Ist das so?", sagte Artem ernst. „Wir wissen nicht, was

passiert wäre, wenn unsere Männer und all unsere Waffen nicht gekommen wären. Ich hatte eher den Eindruck, dass ihr von Zentauren umzingelt wart."

„Nichts wäre passiert", fauchte Nemos. Der Triumph schien ihn vergessen zu lassen, dass er noch vor wenigen Stunden ängstlich auf Burg Isenstein gestanden hatte und sich kaum aus der sicheren Halle getraut hatte.

Nasja starrte Nemos immer noch ungläubig an. Das glaubte er doch nicht wirklich? Wut stieg in ihr empor. Sie hatte genug von den Lügen. Warum konnte er nicht einfach ehrlich sein und sagen, wie die Dinge waren? Seit Monaten hielt sie sich zurück und benahm sich, wie es von ihr erwartet wurde. Aber in diesem Moment konnte sie ihre Meinung nicht für sich behalten.

„Doch, wir wissen, was passiert wäre", schrie Nasja. Die Empörung übermannte sie und dieses Mal war sie stärker als ihre Angst. Sie funkelte Nemos wütend an. „Cesar hat es mir selbst gesagt. Er wollte dich von deinem Pferd schubsen und deinen Kopf unter seinen Hufen zermalmen, bevor er dein Königreich einnimmt. Hast du das gehört, Nemos? Er hat dich einen Holzkopf genannt. Er hält dich für schwach und für dumm. Wäre Artem nicht da gewesen, wäre jetzt keiner von uns mehr am Leben. Ein bisschen mehr Demut wäre wirklich angebracht, denn du hast unglaubliches Glück gehabt, dass du jetzt nicht tot bist. Wir alle haben Glück gehabt."

Nemos starrte Nasja verwundert an. Er hatte nicht damit gerechnet, dass sie die Stimme gegen ihn erheben würde.

Doch nun färbte sich sein Gesicht rot.

Nasja schluckte. Doch sie wich keinen Schritt zurück. So wie es bisher gewesen war, konnte es nicht weitergehen.

Nemos holte Luft, um die Stimme zu erheben.

Doch Nasja ließ ihn gar nicht erst zu Wort kommen. Es war vermutlich Artems Anwesenheit, die ihr genug

Kraft gab, die Worte auszusprechen, die ihr auf der Seele lagen.

„Ich weiß, dass du es nicht hören willst, aber das ist die Wahrheit", sagte sie bitter. „Frag doch Toto, falls du mir nicht glaubst. Er hat genau gehört, was Cesar gesagt hat. Außerdem habe ich deine Lügen satt. Das wollte ich dir schon lange sagen. Ich weiß, dass du mich töten willst. Sei wenigstens so ehrlich und gib es zu. Du willst mich loswerden, als wäre ich nur ein lästiger Ballast." Sie holte tief Luft. „Ich bin hergekommen, weil ich gehofft habe, dass mein Mann mich lieben wird und ich Gutes für die Menschen und die Nymphen tun kann. Ich habe dir nie etwas Böses gewünscht, aber ich bin es leid, deinen Hass zu ertragen. Ich werde deine Beleidigungen nicht mehr hinnehmen. Das sollst du einfach nur wissen."

Nemos' Blick flackerte vor Wut. Seine weichen Züge verzerrten sich zu einer düsteren Maske. Er hob die Hand und Nasja war sich sicher, dass er ihr eine Ohrfeige verpassen wollte. Doch bevor er zuschlagen konnte, stand Artem vor ihm.

„Wir sind alle ein wenig aufgebracht heute Abend", sagte er ganz ruhig. „Es ist besser, wenn wir uns jetzt beruhigen."

„Wie kannst du es wagen?", fuhr ihn Nemos an. „Du bist es gewesen, der ihr das gesagt hat. Warum fällst du mir in den Rücken?" Doch er ließ seine Hand sinken und trat einen Schritt zurück.

Artem war um einiges größer und breiter als Nemos und wie sie sich so gegenüberstanden, sahen sie aus wie Gegensätze. Der eine blond und zart gebaut, der andere dunkel und stark.

Artem zuckte mit den Schultern. „Es war doch offensichtlich, dass du sie nicht auf Schloss Schwanenberg willkommen heißt oder dich um ihr Leben sorgst. Viel musste ich nicht sagen."

Nemos' Stimme wurde laut. „Die ganze Zeit schon hintergehst du mich, Artem. Du bist mein Heerführer und dienst mir. Du bist nicht ihr Beschützer."

Artem war immer noch ganz ruhig. „Wie ich schon auf Burg Isenstein erklärt habe, ich habe geschworen, den König und die Königin zu schützen. Ich bin euch beiden treu ergeben."

„Bitte, wenn du es so willst." Nemos' Augen verengten sich zu Schlitzen. „Du kannst nicht immer da sein", flüsterte er in gehässigem Ton.

Artem schluckte und Nasja sah, wie seine Lippen ganz kurz bebten. Doch sofort fing er sich wieder und nickte Nemos zu. „Wir sollten jetzt diesen großen Triumph feiern und nicht länger streiten, mein König."

Nemos trat einen Schritt zurück. „Ja, das sollten wir. Lasst uns feiern. Die Hauptstadt gehört wieder mir und noch einmal wird es nicht passieren, dass man mich von hier vertreibt."

„Nie wieder", rief Toto und reckte den Arm in die Höhe. Er grinste Nemos an.

Nemos erwiderte sein Lächeln und sein Ärger schien vorerst vergessen zu sein.

Während Toto losging, um die Bediensteten zusammenzutrommeln und ihnen Instruktionen zu geben, ging Nemos in seine Gemächer, um sich für die Feierlichkeiten frisch zu machen.

Nasja und Artem blieben allein in der zertrümmerten Eingangshalle zurück.

„Heute hast du schon wieder mein Leben gerettet." Nasja strich sich eine Strähne ihres hellblonden Haares hinters Ohr und sah Artem mit einem kleinen Lächeln an. „Ich hatte wirklich gedacht, dass es vorbei wäre."

„Hat Cesar wirklich so offen mit dir gesprochen?" In Artems warmen, braunen Augen lag ein besorgter Ausdruck. Er fuhr sich durch die lockigen Haare.

Nasja nickte. „Ja, das hat er, und nicht nur das. Er wollte mich als Geisel nehmen, um meinen Vater zu erpressen. Er wusste offenbar nicht, dass sich die Mühe nicht lohnt. Mein Vater würde sich nie von einem Zentauren erpressen lassen. Also hätte Cesar mich …" Nasja konnte den Satz nicht vollenden. In den letzten Stunden und Tagen hatte sie schon viel zu oft über ihren eigenen Tod sprechen und nachdenken müssen.

„… töten müssen", vollendete Artem mit bitterer Miene ihren Satz.

Nasja nickte. „Es tut mir leid, dass Nemos nun weiß, dass du mir gegenüber so offen warst." Nasja schluckte. „Ich hätte das nicht sagen dürfen. Aber ich war so wütend. Es ist mir einfach rausgerutscht. Ich habe dir Probleme gemacht. Entschuldige bitte."

„Nein", sagte Artem mit ernster Miene und schüttelte den Kopf. „Du musst dich niemals für irgendetwas bei mir entschuldigen."

„Niemals?" Nasja sah zu ihm empor.

„Niemals", flüsterte Artem. Dann zuckte ein warmes Lächeln um seine Lippen. „Pass gut auf dich auf, Nasja vom grünen Born. Ich will dich morgen früh lebendig wiedersehen."

„Das wirst du, Artem von Darkenstein, ich verspreche es." Nasja sah zu, wie Artem sich abwandte und zum Ausgang ging.

„Gute Nacht, Nasja, schlaf gut." Seine Worte hingen in der Luft und streichelten Nasjas Seele. Ja, sie würde gut schlafen. Weil sie wusste, dass Artem nicht weit weg war und offenbar einen siebten Sinn dafür hatte, wann ihr Leben in Gefahr war.

KAPITEL 20

Am nächsten Morgen kamen die Bauarbeiter und begannen das Schloss wieder herzurichten. Überall hämmerte und klopfte es und durch die Gänge von Schloss Schwanenberg zog der Geruch von frischer Farbe. Auch die Bediensteten kehrten im Laufe des Tages auf Schloss Schwanenberg zurück und als auch Aros und Celistra unter ihnen waren, atmete Nasja endlich erleichtert aus.

Den beiden war nichts geschehen und Nasja zog Celistra erleichtert in ihre Arme. Sie hatten die unruhigen Tage außerhalb von Goros verbracht und waren zurückgekommen, als sie gehört hatten, dass der König und seine Frau das Schloss mithilfe der Zentauren zurückerobert hatten. Nasja kam nicht umhin, den beiden zu erklären, wie es so weit hatte kommen können, da sich weder Celistra noch Aros erklären konnten, wie man die Zentauren freiwillig zu seinen Bündnispartnern machen konnte.

Am Ende der Woche kam auch Bonja von Burg Isenstein zurück und bezog ihr frisch renoviertes Zimmer. Finnie wollte lieber zu ihrer Mutter aufs Land, wo sie sich sicherer fühlte als in der Hauptstadt.

Obwohl die Renovierungsarbeiten noch andauerten, ging das Leben auf Schloss Schwanenberg und in Goros wieder halbwegs seinen Gang. Nun ja, beinahe. Denn die Zentauren lagerten noch immer auf den großen Wiesen südlich von Goros. Sehr zum Unmut von Nemos, der jeden Tag beim Abendessen saß und sich laut darüber echauffierte.

„Ich habe ihnen gesagt, dass sie ein paar Tage bleiben

können." Nemos rührte missmutig in seiner Suppe. „Nicht, dass sie sich für immer in Goros niederlassen sollen. Jede Nacht ziehen sie durch das Südviertel und machen die Straßen unsicher. Ständig müssen die Soldaten durch Goros patrouillieren, um Streit zu schlichten und Prügeleien aufzulösen." Nemos holte lautstark Luft. „Außerdem kostet es uns ein Vermögen, sie zu verköstigen. Zweitausend Pferde durchzufüttern ist aufwendig. Freiherr von Lotringen hat mir heute die Kostenaufstellung der letzten Woche gegeben. Wenn sie noch eine Woche bleiben, müssen wir einen weiteren Kredit bei den Trollen aufnehmen." Er zog einen Zettel aus seiner Jackentasche und legte ihn neben seinen Teller, um ihn zu studieren. „Unfassbar, was diese Kreaturen verschlingen. Zweitausend Brote am Tag und Gemüse in Unmengen, dazu noch Fleisch und Käse. Und der ganze Dreck, den sie machen. Die Leute in der Stadt beschweren sich schon. Es stinkt überall nach Pferdemist. In jeder Straße lassen sie ihren Unrat liegen."

„Schmeiß die Gäule doch wieder aus dem Land", sagte Frederika und strich sich die Falten ihres Kleides glatt.

Nemos hob den Blick und sah sie kopfschüttelnd an. „Manchmal wird mir klar, warum mein Vater sich eine neue Geliebte gesucht hat. Zu mehr als einem Dienstmädchen reicht der Grips in deinem Kopf wirklich nicht aus."

Frederika gab ein empörtes Schnauben von sich, während der Rest der Tischgesellschaft schweigend weiteraß. Es lohnte sich nicht, irgendetwas zu dem zu sagen, was Nemos von sich gab. Das hatte jeder am Tisch schon bemerkt.

Nemos ließ seine schlechte Laune an jedem aus, der es wagte, die Stimme zu erheben und ihm einen Vorschlag zu machen. Daher hatte selbst Toto aufgegeben, mit Nemos zu sprechen, seitdem der junge König ihn als Torfkopf bezeichnet hatte, der nicht einmal dazu taugte, Nüsse zu knacken.

Nemos warf seinen Löffel in die Suppe, die sich spritzend über das Tischtuch verteilte. Dann sprang er auf und begann unruhig im Raum auf und ab zu laufen. Bonja beobachtete ihren Bruder skeptisch aus den Augenwinkeln, während Frederika in ihren Teller starrte und ihre Suppe löffelte, als ob sie die Unruhe ihres Sohnes nichts mehr anginge.

Schließlich gab Nemos ein wütendes Schnauben von sich und verließ den goldenen Salon noch vor dem Hauptgang. Dass nun die Zentauren anstelle der Protestierer durch Goros streiften, war ihm ein Dorn im Auge. Aber eine Lösung hatte er für sein Problem immer noch nicht gefunden.

Als Nemos den Salon verlassen hatte, atmete Bonja erleichtert auf. „Seine Laune ist ja nicht mehr zu ertragen“, sagte sie und sprach damit aus, was alle dachten.

„Aber die Zentauren ertragen wir auch keinen Tag länger in Goros“, sagte Toto vorwurfsvoll und erhob sich. „Seine Laune ist ja wohl mehr als verständlich.“

„Ihr habt sie hergeholt“, sagte Nasja achselzuckend und aß in aller Ruhe ihre Suppe weiter.

Toto warf ihr einen vernichtenden Blick zu. Genauso wie Nemos sprach er kein Wort mehr mit ihr, seitdem Nasja Nemos ihre Meinung gesagt hatte. Dann legte Toto seinen Löffel ab, stand auf und verließ den Salon, um Nemos zu folgen. So wie jeden Abend würden sie nun noch eine Weile in Nemos‘ Arbeitszimmer sitzen und beratschlagen, wie sie die Zentauren loswerden konnten, um dann nach Goros hinabzufahren und in einen der Klubs zu gehen und sich mit reichlich Wein und Likör von ihren Sorgen abzulenken.

Nasja wollte gar nicht wissen, was sie dort die ganze Nacht trieben.

Nachdem auch Toto den Salon verlassen hatte, sah

Nasja kurz auf. Als sie sich sicher war, dass weder Nemos noch Toto bald wiederkommen würden, erhob sie sich und ging zu Nemos' Platz hinüber. Sie nahm die Aufstellung der Kosten zur Hand, die er von Freiherr von Lotringen bekommen hatte, und las sie sich noch im Stehen durch. Sie nutzte jede Gelegenheit, um zu erfahren, was um sie herum geschah. Dass die Zentauren immer noch in Goros waren, beunruhigte Nasja über alle Maßen. Cesar plante etwas, aber was könnte das sein?

Nasja widmete sich der Kostenaufstellung. Die Ausgaben waren ja wirklich unfassbar hoch. In einer Woche waren Lebensmittel im Wert von eintausend Goldstücken an die Zentauren geliefert worden. Nasja sah sich die Aufstellung genauer an. Freiherr von Lotringen hatte sie nach Tagen und nach Lebensmittelkategorien sortiert. Nasja überflog die Tabellen.

„Kannst du überhaupt lesen?“ Frederikas Stimme riss Nasja aus ihrer Lektüre.

Sie wollte schon etwas erwidern, doch es war Bonja, die sich erhoben hatte und Frederika böse anfunkelte.

„Im Gegensatz zu dir kann Nasja nicht nur lesen, sondern auch nachdenken“, sagte sie und funkelte Frederika angriffslustig an.

Frederika sah überrascht auf. Dass auch Bonja ihr so offen in den Rücken fiel, ließ eine Sekunde lang einen verunsicherten Ausdruck über ihr Gesicht huschen. Doch sie fing sich schnell wieder und funkelte Bonja angriffslustig an.

„So dankst du mir also, dass ich all die Jahre für dich da war“, fauchte sie.

Doch Bonja knickte nicht ein. „Ich bin dir dankbar, dass du für mich da warst, aber dass du Nasja so hasst, obwohl sie dir nichts getan hat, nehme ich dir wirklich übel. Das werde ich auch nicht länger dulden. Du hast kein Recht, sie so zu behandeln.“

Frederika sah Bonja einen Moment nachdenklich an. Dann verfinsterte sich ihr Gesicht. „Ich habe jedes Recht der Welt, eine Nymphe so zu behandeln, wie ich das möchte. Ich werde Nemos sagen, dass er dich endlich verheiraten soll. Du nimmst dir zu viel heraus. Es wird Zeit, dass du einen Mann bekommst, der dir Manieren beibringt und dir die Frechheiten austreibt." Mit diesen Worten verließ Frederika den goldenen Salon.

Bonja schluckte. Diese Drohung hatte sie beeindruckt.

„Das sagt sie bestimmt nur so daher", versuchte Nasja Bonja zu trösten.

Doch Bonja schluckte. „Das hoffe ich auch", murmelte sie und erhob sich. „Mir ist der Appetit vergangen. Gute Nacht, Nasja, schlaf gut." Bonja ging mit bedrückter Miene aus dem Salon.

Als die Bediensteten kamen und die Hauptspeise auftragen wollten, schickte Nasja sie wieder davon. Auch ihr war der Appetit vergangen. Doch daran waren zur Abwechslung nicht Nemos oder Frederika schuld, sondern die Abrechnung von Freiherr von Lotringen.

Irgendetwas stimmte nicht mit den Zahlen. Nasja falteten den Zettel zusammen und steckte ihn ein. Dann verließ sie den goldenen Salon und eilte in ihre Suite im Erdgeschoss.

Celistra war gerade dabei, die Schränke wieder einzuräumen, nachdem sie von den Bauarbeitern in Ordnung gebracht worden waren. Als Nasja den Raum betrat, sah sie überrascht auf.

„Seid ihr schon fertig mit dem Abendessen? Das hat ja nicht sehr lange gedauert." Sie hängte das letzte Nachthemd in den Schrank.

„Die Stimmung war schlecht", sagte Nasja und schickte die beiden Mädchen hinaus, die Celistra geholfen hatten. Als sie endlich allein waren, ging Nasja nachdenklich ans Fenster und sah hinaus. Eine schmale Mondsichel stand hoch oben am Himmel und tauchte den Garten in ein blasses, kaltes Licht. Nasja zog den Vorhang zu und ging durch ihr Zimmer. Dann zog sie die Abrechnung von Freiherr von Lotringen wieder hervor. Sie setzte sich an ihren Schminktisch und überflog die langen Tabellen ein weiteres Mal. Dieses Mal konzentrierte sie sich besser auf die Zahlenkolonnen und da fiel ihr auf, was seltsam an den Zahlen war.

„Die Ausgaben nehmen jeden Tag zu", sagte Nasja erstaunt, als sie es begriff.

„Vielleicht haben sie mehr Hunger, wenn sie die Nächte in der Südstadt verbringen", sagte Celistra und grinste.

„Nein, das ist es nicht", sagte Nasja kopfschüttelnd. „Die Ausgaben haben sich beinahe verdoppelt. Selbst mit mehr Hunger würden sie es nicht schaffen, diese Menge zu verdrücken." Nasja dachte nur kurz über diese Tatsache nach. „Es gibt nur eine Erklärung", sagte sie schließlich.

„Welche?" Celistra sah Nasja gespannt an.

„Es sind mehr Zentauren geworden", sagte Nasja und verstaute den Zettel in einer versteckten Tasche ihres Rockes. Das war die einzig logische Schlussfolgerung.

„Wie soll das möglich sein?", fragte Celistra kopfschüttelnd. „Sie können nicht einfach so nach Goros kommen. Das hätte längst jemand bemerkt."

„Es gibt noch einen anderen Weg, um zu reisen", sagte Nasja. Sie lehnte sich auf dem Stuhl zurück und betrachtete ihr Spiegelbild. Sie sah müde aus. Nur dank Celistras Künsten mit Puder und Quaste wirkte sie dennoch frisch und ausgeruht. Die letzte Zeit ging Nasja an die Substanz.

Celistra sah Nasja ungläubig an. Dann schüttelte sie den Kopf. „Nein, das kann nicht sein", sagte sie entschlossen. „Das Mondtor ist seit Jahrhunderten zerstört."

„Und wenn sie es repariert haben?", fragte Nasja.

„Sie sind keine geschickten Handwerker." Celistra schüttelte den Kopf.

„Vielleicht haben sie sich die Trolle zu Hilfe geholt." Nasja war plötzlich klar, wie es dazu gekommen sein könnte. „In der ersten Ratssitzung haben die Trolle darum gebeten, Waren zu den Zentauren bringen zu dürfen. Sie wollten dafür Galadon durchqueren. Das müssen die Basaltsteine gewesen sein, mit denen sie das Mondtor reparieren wollten."

„Aber Nemos hat es ihnen doch verboten", sagte Celistra.

„Aber mein Vater hat es ihnen erlaubt", sagte Nasja stockend und erinnerte sich an den Brief, in dem ihr Vater davon geschrieben hatte.

„Wenn du dir wirklich sicher bist, musst du jemandem davon erzählen", sagte Celistra.

„Ich bin mir aber nicht sicher", sagte Nasja gedehnt. Bevor sie diesen Verdacht aussprach, musste sie sicher sein, dass er nicht aus der Luft gegriffen war.

„Sprich wenigstens mit jemandem darüber, der dir weiterhelfen könnte", sagte Celistra sofort.

„Wem soll ich denn davon erzählen?", sagte Nasja seufzend und stand auf. „Nemos und Toto hören mir nicht zu und nehmen mich erst recht nicht ernst und Artem ist unten in Goros und versucht die Zentauren davon abzuhalten, das Südviertel zu verwüsten. Zumindest hat das einer der Bauarbeiter erzählt, der heute die Eingangstür repariert hat. Ich konnte ihn einen Moment belauschen. Er hat Artem gesehen, der durch die Gassen geritten ist. Die Zentauren führen sich wirklich ganz fürchterlich in Goros auf. Kein Wunder, dass Nemos so schlechte Laune hat."

„Vielleicht gibt es eine andere Erklärung für die zusätzlichen Lebensmittel", sagte Celistra tröstend. „Vielleicht sind es ja gar nicht mehr Zentauren geworden. Das halte ich auch wirklich für ziemlich abwegig."

Nasja legte nachdenklich den Kopf schief. „Das könnte

sein, aber was ist, wenn ich recht habe?", sagte sie. „Ich kann das Risiko nicht eingehen, dass Cesar etwas plant, um Goros doch noch einzunehmen und Nemos zu entmachten. Wenn es so weit kommt, dann bin ich tot. Ich muss etwas unternehmen, und zwar so schnell wie möglich."

„Was hast du vor?", fragte Celistra sichtlich beunruhigt von Nasjas Tonfall.

Nasja wandte sich von ihrem Spiegelbild ab und sah Celistra nachdenklich an. „Wir werden uns heute Nacht nach Goros schleichen und herausbekommen, was Cesar da unten treibt. Ich muss wissen, was er vorhat und ob ich mit meinem Verdacht recht habe." Nasja dachte kurz darüber nach, ob es vielleicht reichen würde, wieder in eine Fledermaus zu schlüpfen und sich mit ihrer Hilfe in Goros umzuhören. Aber nach dem, was ihr beim letzten Mal geschehen war, verwarf sie den Gedanken schnell wieder. Das war zu unsicher und Unsicherheit konnte sie sich in dieser Frage nicht leisten.

„Nach Goros? Heute Nacht?" Celistra schnappte nach Luft. „Bist du des Wahnsinns? Wenn uns jemand erwischt, dann wird das übel enden."

„Das stimmt", sagte Nasja und schluckte. Sie hatte Angst vor Nemos und vor seinen unberechenbaren Entscheidungen, aber die Angst vor den Zentauren war noch größer und sie steckte schon viel länger in ihr. „Wenn ich zulasse, dass Cesar Galadon erobert, dann ist mein Tod gewiss." Nasja ging zu Celistra und nahm ihre Hände in die ihren. „Besorge uns die dunkle Kleidung der Bediensteten und sag Aros Bescheid, damit er uns begleitet. Wir warten ab, bis Nemos und Toto das Schloss verlassen haben. Dann schleichen wir uns davon. Es wird uns niemand erwischen. Im Schloss schlafen dann alle und die Bediensteten ziehen sich zurück. Wir müssen nur die Wachen rund um das Schloss und an der Straße nach Goros umgehen. Wenn wir wissen, was los ist, können wir morgen Artem davon erzählen."

Celistra wurde blass. Sie zögerte einen Moment, doch schließlich nickte sie. „Also gut, wenn du meinst, dass das nötig ist."

Nasja holte tief Luft. „Es ist nötig, glaube mir. Irgendetwas stimmt da nicht."

Celistra nickte. „Also gut, dann finden wir es heraus."

„Das werden wir." Nasja nickte und versuchte, ihre Angst in den Griff zu bekommen. Was sie vorhatte, war verrückt, aber sie hatte keine Wahl.

Sie konnte nicht tatenlos abwarten oder einfach nur eine Fledermaus hinab in die Stadt schicken. Dieses Mal musste sie überlegter handeln und das würde sie auch tun.

KAPITEL 21

Es war schon weit nach zehn Uhr, als Nemos und Toto endlich in die Kutsche auf dem Burghof stiegen und in die Stadt hinabfuhren. Celistra hatte sie von einem Fenster im sechsten Stock beobachtet und kam sofort zurück in Nasjas Suite.

„Es ist so weit", sagte sie flüsternd, nachdem sie die abgedunkelten Räume betreten hatte.

Nasja nickte. Sie löschte die letzten Lichter und arrangierte ein paar Kissen unter ihrer Bettdecke so, dass es auf den ersten Blick so aussah, als ob Nasja schlafen würde. Dann hörte sie sich noch einmal um. Alles im Schloss war still. Keine Schritte oder Gespräche waren zu hören. Die Bediensteten waren zu Bett gegangen.

Nasja nahm Celistras Hand und gemeinsam schlichen sie in den Garten hinaus. Celistra lehnte die Tür an und dann schritten sie gemeinsam über den Rasen, bis sie den Schutz der Bäume erreichten. Es war eine trübe Nacht. Über dem Himmel lag ein dünner Wolkenschleier und verdeckte die Sterne.

Man sah kaum die Hand vor Augen und nur weil Nasja sich so gut in den Schlossgärten auskannte, kamen sie zügig vorwärts. Sie liefen am Schwanenteich vorbei und entlang der Eichen, von denen viele von den Protestierern zerstört worden waren. Nach einer Weile erreichten sie das Buchsbaumlabyrinth und im Dunkeln war es deutlich schwerer, hindurchzufinden, als im Tageslicht. Es dauerte eine Weile, doch schließlich erreichten sie die Mauer und die kleine Tür darin.

„Nasja.“ Es war Aros‘ Stimme, die Nasja vernahm, als sie sich gegen die Mauer lehnte.

„Ja, wir sind es“, flüsterte Nasja.

Sie vernahm das Klappern eines Schlüssels und spürte dann das kalte Metall in ihrer Hand, als Celistra ihr den Schlüssel in die Hand drückte, den sie sich bei den Gärtnern ausgeborgt hatte.

Es dauerte einen Moment, bis Nasja das Schlüsselloch gefunden hatte. Doch dann war es ganz leicht. Der Schlüssel ließ sich ohne Probleme herumdrehen und die Tür schwang mit einem kaum hörbaren Quietschen auf.

Schnell schlüpfte Nasja durch die Tür und zog Celistra mit sich. Aros folgte ihnen. Dann verschloss Nasja die Tür wieder hinter sich und atmete das erste Mal erleichtert aus. Sie hatten es geschafft, das Schloss zu verlassen, und waren unterwegs keinem Soldaten begegnet. Am großen Hauptweg standen überall Wachen und kontrollierten genau, wer zum Schloss wollte. Doch diese kleine Tür weit entfernt vom Hauptweg hatte keiner der Soldaten im Blick.

Eine Weile folgten sie einem kleinen Pfad, bis sie den breiten Weg erreichten, der den Nimbus entlang von Goros bis zur Klippe führte. Nasja hörte das Rauschen, als sich der Fluss in die Tiefe stürzte. Mit einem Schaudern dachte sie an die vielen Menschen, die hier ihren Tod gefunden hatten.

Nasja wandte sich von der Klippe ab und schlug den Weg Richtung Goros ein.

Man sah die Lichter der Stadt und mit jedem Schritt kamen sie ihr näher.

Während sie liefen, sprachen sie kein Wort miteinander. Erst als sie die ersten Häuser von Goros erreichten, räusperte sich Nasja.

„Wir suchen uns ein paar Zentauren und folgen ihnen möglichst unauffällig. Vielleicht können wir sie belauschen oder wir kommen mit ihnen ins Gespräch, um etwas zu erfahren. Wir werden wohl oder übel in das Südviertel gehen müssen." Nasja schluckte. Sie hatte schon so viel von diesem anrüchigen Stadtviertel gehört, dass sie eigentlich wenig Lust verspürte, sich dorthinzubegeben. Aber sie hatte keine Wahl.

„Ins Südviertel also." Aros holte tief Luft.

„Ja, wir müssen dorthin, wo die Zentauren sind", sagte Nasja und lief weiter.

„Wonach genau suchst du denn eigentlich?", fragte Aros.

Sie schluckte. Es kostete sie einige Mühe, es noch einmal auszusprechen, weil es so absurd klang. „Ich glaube, dass sie das Mondtor wieder in Ordnung gebracht haben", sagte Nasja stockend. „Und auf diesem Weg immer mehr Zentauren nach Goros bringen."

„Das Mondtor?" Aros schüttelte den Kopf. „Denkst du wirklich, dass an dieser alten Legende etwas dran ist? Meine Großmutter hat mir davon erzählt, dass ihre Urgroßeltern damit noch durch das Land gereist sind." Aros legte den Kopf schief. „Ich habe immer gedacht, dass das nur ein Märchen ist. Ich habe nie erlebt, dass Nymphen ihre Magie übertragen können. Diese alten Geschichten aus der Zeit vor dem großen Krieg sind doch alles nur Märchen."

„Das kann schon sein." Nasja nickte. „Aber wenn sie es nicht sind, verpassen wir vielleicht etwas Wichtiges. Die Zentauren haben sich in Frenzenstetten gesammelt. Dort hat das Mondtor gestanden."

„Also gut, das ist ein Argument." Aros nickte bedächtig. „Wenn sie auf diese Weise Verstärkung nach Goros holen, dann könnte es tatsächlich gefährlich werden."

„Das glaube ich auch", sagte Nasja. „Sobald es genug Zentauren sind, werden sie einen günstigen Moment abpassen und das Schloss stürmen. Das ist die einzig logische Erklärung dafür, dass sie immer noch hier sind und warum die Menge an Lebensmitteln, die sie brauchen, jeden Tag größer wird.“

„Aber das setzt voraus, dass sie das Mondtor wirklich wieder aktiviert haben.“ Aros sah Nasja fragend an. Im Schein der Straßenlaternen sah sie den Unglauben in seinem Gesicht. „Sie sind nicht sehr geschickt, was das Bauen angeht, und Geduld haben sie dafür auch absolut keine. Ihre einzigen Stärken sind ihre Kraft, ihre Geschwindigkeit und dass sie in solchen Mengen auftreten, dass sie mühelos jeden Gegner einschüchtern.“

„Sie hatten Hilfe, da bin ich mir ziemlich sicher. Ich glaube, dass ihnen die Trolle geholfen haben. Was denkst du?“ Nasja legte nachdenklich den Kopf schief, während sie einem kleinen Grüppchen Soldaten auswich, das ihnen entgegenkam.

Nasja senkte ihren Blick und da sie eine Haube mit einer breiten Krempe trug, konnte man kaum ihr Gesicht erkennen. Dennoch klopfte ihr Herz schneller, als sie an den Soldaten vorbeiging. Die Angst, entdeckt zu werden, war riesig. Erst als sich die Soldaten wieder von ihnen entfernten, atmete Nasja auf.

„Außer den Nymphen kann niemand so etwas bauen und die Nymphen würden den Zentauren niemals helfen“, sagte Aros entschlossen. „Ich glaube nicht, dass die Trolle ihnen helfen. Was hätten sie davon? Die Zentauren haben keine gut gefüllten Kassen und für nichts anderes interessieren sich die Trolle.“

Nasja zuckte mit den Schultern. Sie wusste es nicht. Grundsätzlich hatte Aros recht. Sie mussten Schritt für Schritt vorgehen und zuerst herausfinden, ob sich die Anzahl der Zentauren wirklich vergrößert hatte. Nasja sah sich um, ob sie schon einen Zentauren entdecken konnte, dem sie sich an die Hufe heften konnten.

Doch noch immer hatten sie keinen gesehen. Sie bogen in eine kleine Gasse ab und Nasja spürte, wie sie immer wieder in Unrat oder Schlamm trat. Aus den eng stehenden Häusern drangen Stimmen. Es wurde gestritten, gelacht und gepöbelt und aus einem Haus hörte Nasja durch die weit geöffneten Fenster lautes Stöhnen, das sie errötend hatte weitereilen lassen.

Je weiter sie Richtung Südviertel kamen, umso lustiger ging es in den Straßen zu. An beinahe jeder Straßenecke gab es Kneipen und Bars.

Es wurde getrunken und gegrölt.

Betrunkene torkelten durch die Straßen und Aros musste Nasja und Celistra nicht nur einmal mit einem beherzten Fausthieb vor aufdringlichen Trunkenbolden retten. Als Nasja schon langsam daran zweifelte, dass sie noch einmal einen Zentauren treffen würden, vernahm sie endlich das Hufgeklapper, auf das sie schon so lange gewartet hatte.

Zwischen einer Bierkneipe und einem Freudenhaus, aus dem laute Musik schallte, liefen zwei Zentauren durch die Gassen.

Sie folgten ihnen in ausreichender Entfernung und beobachteten sie dabei, wie sie von einer Kneipe zur nächsten liefen, Streit mit einem Wirt anfingen und sich dann mit einer Gruppe Soldaten zu prügeln versuchten, die den Streit schlichten wollten.

Schon über zwei Stunden waren sie unterwegs und Nasja hatte nicht das Gefühl, dass sie auch nur einen Schritt weitergekommen waren. Bis jetzt hatten sie nur erfahren, dass sich die Zentauren tatsächlich fürchterlich benahmen und Nemos‘ Ärger darüber, wie sie sich in Goros aufführten, verständlich war.

„Das bringt doch nichts“, sagte Aros, nachdem sie den Zentauren dabei zugesehen hatte, wie sie sich an einer Straßenecke erleichtert hatten.

„Das ist widerlich.“ Celistra gab ein würgendes Geräusch von sich, während ein abartiger Gestank in ihre

Richtung zog.

Nasja ließ ihren Blick schweifen. Sie befanden sich mitten im Südviertel und mittlerweile waren in jeder Gasse und Straße unzählige Zentauren unterwegs. Das klappernde Geräusch ihrer Hufe auf den Pflastersteinen war aus allen Richtungen zu hören.

„Vielleicht haben wir uns nur die falschen Zentauren ausgesucht“, sagte Nasja nachdenklich. Es war erst Mitternacht und noch hatten sie viel Zeit, um die Lage auszukundschaften.

„Ich weiß nicht.“ Celistra sah zu einem Zentauren auf der anderen Straßenseite hinüber, der sich gerade geräuschvoll übergab.

Resigniert sah sich Nasja um. Gab es denn nicht ein paar Zentauren, die einen halbwegs vernünftigen Eindruck machten und sich vielleicht über die Pläne von Cesar unterhielten, weil sie schon ein paar Gläser Wein zu viel getrunken hatten?

Nasja hatte eine Idee. Die Zentauren, die hier durch die Straßen gingen, waren allesamt schon viel zu betrunken, um ihnen weiterhelfen zu können.

„Wir sollten in eine Bar gehen und uns in die Nähe von ein paar Zentauren setzen, die noch nicht halb bewusstlos sind“, sagte Nasja entschlossen. „Wie wäre es zum Beispiel mit der Kneipe da drüben?“ Sie zeigte auf das nächstgelegene Etablissement, das ihr ins Auge fiel.

„Die trunkene Ziege?“ Celistra hob skeptisch eine Augenbraue, nachdem sie das Schild über der Tür gelesen hatte. „Das klingt nicht sehr vertrauenserweckend.“

„Wir probieren es einfach aus“, sagte Nasja entschlossen. Sie wollte schon loslaufen. Doch sie spürte plötzlich die Anwesenheit von jemand Großem hinter sich.

„Nein, das tust du nicht“, sagte eine tiefe Stimme, und im gleichen Moment wurde Nasja von einer starken Hand an der Schulter gepackt.

KAPITEL 22

Alles geschah gleichzeitig. Nasja wurde von einer unerträglichen Welle Panik durchflutet. Während Aros sein Messer zog und mit einer schnellen Bewegung herumwirbelte, spürte Nasja das vertraute Schlagen von Artems Herzen ganz in ihrer Nähe.

„Stopp!", rief sie und stellte sich Aros in den Weg, bevor er Artem sein Messer in den Leib rammen konnte.

„Nasja, verdammt", fluchte Aros. Die Klinge seines Messers stoppte nur einen Zentimeter von ihrer Brust entfernt. „Was soll das?"

„Das ist Artem", sagte Nasja hastig. „Es ist besser, wenn du den obersten Heerführer von Galadon nicht mit einem Messer durchbohrst."

„Das halte ich auch für keine gute Idee", sagte Artem. In seiner Stimme lag ein weicher Klang, doch zugleich schien er verärgert zu sein.

„Was willst du hier?" Nasja fuhr herum und sah zu Artem auf. Er trug keine Uniform, sondern eine dunkle Jacke und schwarze Hosen. In der Dunkelheit hatte Nasja ihn nicht kommen gesehen. Vermutlich war sie auch von der Beobachtung der Zentauren zu sehr abgelenkt gewesen.

„Die Frage ist ja wohl eher, was du hier willst?" Seine Verstimmung war jetzt deutlich zu hören. „Es ist mitten in der Nacht und das hier ist das Südviertel. Das allein ist schon gefährlich genug, aber jetzt ist das Südviertel auch noch voller Zentauren."

Nasja schluckte. „Wie du siehst, können wir uns gut verteidigen. Aros führt das Messer mit sicherer Hand. Mir passiert schon nichts.“

„Das war nicht meine Frage“, sagte Artem ungeduldig und sah sich um. „Was willst du hier, Nasja?“ Er betonte ihren Namen voller Sorge.

Nasja schluckte. „Ich wollte etwas herausfinden“, sagte sie zögernd. Plötzlich überkam sie der Verdacht, dass ihre Mutmaßungen zu albern klingen könnten.

„Was denn?“, fragte Artem. „Jetzt sag es schon, es gibt wirklich schönere Orte, um sich mit dir zu unterhalten.“

In diesem Moment galoppierte eine Gruppe Zentauren grölend durch die Straße und die vier konnten gerade noch im richtigen Moment zur Seite springen, um sich vor ihren Hufen in Sicherheit zu bringen.

„Komm!“, sagte Artem. „Wir gehen an einen sicheren Platz.“ Er nahm Nasja am Arm und führte sie durch die engen Gassen von Goros. Aros und Celistra folgten ihnen. Sie bogen nach rechts und dann wieder nach links ab, gingen eine schmale Allee entlang und erreichten bald eine ruhigere Ecke von Goros. Hier gab es keine Kneipen und Freudenhäuser und es waren auch keine betrunkenen Zentauren unterwegs.

Als sie einen kleinen, von Bäumen bestandenen Platz erreicht hatten, ging Artem auf den Eingang eines zweistöckigen Hauses zu. Er zog einen Schlüssel aus der Tasche und schloss die Haustür auf. Dann wandte er sich Aros und Celistra zu. „Wartet hier und wenn sich irgendjemand nähert, der euch verdächtig vorkommt, dann hämmert gegen die Tür.“

„Verstanden.“ Aros nickte und baute sich vor der Tür auf.

Auch Celistra nickte. „Wir passen auf.“ Sie wandte sich Nasja zu. „Erzähl ihm alles.“

Nasja nickte. Dann folgte sie Artem in das Haus hinein. Er schloss die Tür hinter ihnen und entzündete eine kleine Gaslampe mit einem Streichholz. Sie befanden sich in einem schmalen Flur.

Artem bog nach rechts ab und führte Nasja in einen kleinen Salon. Er war praktisch, aber dennoch gemütlich eingerichtet. Es gab ein großes Bücherregal, einen gemütlichen Sessel, ein kleines Sofa und einen schmalen Tisch, auf dem ein aufgeschlagenes Buch lag, als ob Artem es eben erst aus der Hand gelegt hatte.

Vor dem Fenster befand sich ein großer Schreibtisch, der unter Büchern und Papieren regelrecht begraben war. Artem entzündete eine weitere Lampe und der Raum wurde in ein warmes Licht getaucht. Dann bot er Nasja mit einer höflichen Geste einen Platz auf dem Sofa an.

Nasja ließ sich dankbar darauf nieder. Sie war seit Stunden auf den Beinen und froh über eine kleine Pause. Artem setzte sich neben sie und sah sie fragend an.

„Also, Nasja, du bist nach Goros gekommen, um etwas herauszufinden. Dabei hast du gegen alle geltenden Regeln verstoßen, die für eine Königin gelten. Du hast keinen Wachschutz dabei und deine Kleiderordnung entspricht auch nicht dem, was man bei Hofe erwartet. Ich nehme an, du hast einen ziemlich guten Grund dafür, dass du alle meine Hinweise in den Wind geschlagen hast.“

Nasja schluckte. „Ja, den habe ich. Es ist wegen den Zentauren. Vor ihnen habe ich mehr Angst als vor Nemos.“

„Ich verstehe.“ Artem legte die Stirn in Falten, dann schüttelte er den Kopf. „Nein, also eigentlich verstehe ich es nicht. Wenn du Angst vor den Zentauren hast, ist das Südviertel bei Nacht der Ort, um den du den größten Bogen machen solltest.“

Nasja nickte. In seinem kleinen, gemütlichen Haus fiel es ihr leicht, über ihre Gedanken zu sprechen. „Ich glaube, dass mehr Zentauren in der Stadt sind als noch vor einer Woche. In der Abrechnung von Freiherr von Lotringen sieht man deutlich, dass die Mengen an Essen, die jede

Woche in das Lager der Zentauren geliefert werden, immer größer werden. Da du sicher nicht beobachten konntest, dass weitere Heeresteile nach Goros geritten gekommen sind, glaube ich, dass sie das Mondtor aktiviert haben und sich ihre Verstärkung auf diese Weise nach Goros holen. Ich glaube, dass es nur eine Frage der Zeit ist, bis Cesar genug Zentauren zusammen hat, um damit unsere Soldaten niederzuschlagen und Goros und Schloss Schwanenberg einzunehmen, wie er es von Anfang an geplant hat. Ich glaube nämlich nicht, dass er seinen Plan aufgegeben hat. Das ist auch der Grund, aus dem er noch hier ist. Aros, Celistra und ich sind nach Goros gekommen, um einen Beweis für diese Theorie zu finden." Nasja holte Luft. „Ich hatte gehofft, dass wir ein paar Zentauren belauschen können, um herauszufinden, ob da etwas dran ist. Vielleicht verraten sie sich auch, wenn man mit ihnen spricht." Nasja sah Artem fragend an.

Er sah nachdenklich geradeaus und schien völlig in seine Gedanken versunken zu sein. Überlegte er, ob Nasjas Verdacht plausibel war, oder hielt er das alles für ausgemachten Unsinn und würde sie sofort wieder ins Schloss zurückbringen?

„Ist alles in Ordnung?" Nasja gefiel nicht, wie bewegungslos Artem vor ihr saß.

„Das Mondtor", murmelte er plötzlich und stand auf. Dann ging er zu seinem Schreibtisch und beugte sich darüber. Es dauerte einen Moment, dann zog er ein Buch heraus und kam zurück zu Nasja. Mit dem Buch in der Hand ließ er sich wieder auf das Sofa sinken. „Seitdem du mir davon erzählt hast, habe ich meine engsten Vertrauten losgeschickt, um mir alles zusammenzusuchen, was es über die alten Legenden der Nymphen zu erfahren gibt. Sie sind in alle Ecken des Landes gefahren und haben alle Bibliotheken besucht, die sie finden konnten. Sie haben mir Bücher gebracht und mir auch Berichte von Menschen zukommen lassen, die von ihren Vorfahren von dem Mondtor oder anderen Legenden gehört haben."

„Und dabei hast du etwas Neues herausgefunden?", fragte Nasja gespannt. Gleichzeitig spürte sie ein tiefes Gefühl des Bedauerns. Wäre sie nicht so zeitig aus dem Land der Nymphen fortgeschickt worden, dann wüsste sie jetzt selbst über diese Dinge Bescheid und könnte davon erzählen.

„Ja und nein." Artem seufzte. „Ich habe viel über eure alten Legenden gelesen. Es gibt viele magische Orte auf dem Kontinent. Sogar in er Nähe von Goros befinden sich einige. Ich habe über das Goldene Horn gelesen, über den silbernen Kamm der heiligen Nymphe Gorgyra und über die Diamantbrücke. Aber ich habe auch viel über das Mondtor herausgefunden." Er zeigte auf eine Zeichnung in dem Buch vor ihm. Darauf war eine schmale Mondsichel zu sehen, die sich zu einem Kreis schloss. Sie war auf einem steinernen Podest platziert und von ihr ging ein Leuchten aus. „So soll es aussehen. Es muss riesig gewesen sein. Hier steht, es wäre drei Meter hoch gewesen. Ein Zentaur passt also mühelos hindurch. Das wirklich Interessante an der Sache ist eigentlich das Gestein, aus dem das Mondtor gebaut wurde. Es besteht aus schwarzem Basalt."

„Schwarzer Basalt?" Nasja betrachtete nachdenklich die Zeichnung des Mondtores. „Es gibt keinen schwarzen Basalt im Land der Zentauren."

„So ist es." Artem nickte.

„Aber es gibt ihn im Land der Trolle", sagte Nasja und sah Artem durchdringend an.

In diesem Moment hellte sich sein Gesicht auf, als er verstand, worauf sie hinauswollte. „Die Warenlieferung der Trolle an die Zentauren", murmelte er.

Nasja nickte. „Mein Vater hat sie erlaubt. So sind sie an die Steine gekommen, die sie brauchten. Auch die Trolle verfügen über Magie. Sie könnten die fehlenden Steine hergestellt und das Mondtor wieder aufgerichtet haben."

„Oh, nein." Artem erhob sich und ging eine Weile unruhig in dem kleinen Salon auf und ab. „Ich habe schon seit ein paar Tagen das Gefühl, dass es immer mehr und mehr Zentauren sind, die in der Nacht durch Goros ziehen. Aber ich habe das bisher abgetan, weil es einfach nicht sein konnte. Auf die Idee mit dem Mondtor bin ich gar nicht gekommen. Das war vermutlich ein Fehler. Jetzt, wo du es sagst, ist es so logisch."

„Es ist nur ein Verdacht, dass sie mehr werden", sagte Nasja. „Wegen der Ungereimtheiten in der Abrechnung von Freiherr von Lotringen."

„Ich hatte den Verdacht und du auch. Das sollten wir ernst nehmen. Aber wir können die Zentauren nicht zählen. In ihrem Lager herrscht ein einziges Durcheinander. Es ist schwer zu sagen, ob es noch zweitausend sind wie vor einer Woche oder zweitausendfünfhundert oder gar dreitausend."

„Also müssen wir von ihnen direkt hören, ob mein Verdacht stimmt", sagte Nasja und erhob sich ebenfalls. Sie stellte sich vor Artem, um ihn davon abzuhalten, länger durch das Zimmer zu gehen. „Das ist der einzige Weg, um sicherzugehen, dass wir nichts Wichtiges übersehen und Galadon bald von den Zentauren regiert wird."

„Das sehe ich ganz genauso." Artem nickte ernst. Dann sah er Nasja plötzlich mit einem weichen Gesichtsausdruck an. „Wenn Nemos davon erfährt, dass du hier bist und wir gemeinsam durch die Stadt ziehen, wird es schwer, ihm das zu erklären."

„Das ist mir völlig klar", flüsterte Nasja. „Ich bin mir der Gefahr bewusst, aber egal wie gefährlich Nemos ist, die Zentauren sind gefährlicher. Glaube mir, ich habe gesehen, wie sie ganze Landstriche dem Erdboden gleichgemacht haben. Sie sind eine Plage, die man nur mit großer

Mühe wieder los wird.“

„Ich weiß.“ Ein weiches Licht schimmerte in Artems Augen und ließ das Braun regelrecht leuchten. „Ich ertrage nur den Gedanken nicht, dass dir da draußen etwas passieren könnte.“

Nasja fühlte sich wie auf einer Insel, die von einem gewaltigen Sturm umbraust wurde. Hier war sie sicher. Die Welt schien plötzlich still zu stehen. Alle Probleme waren für einen Moment vergessen.

Mit einem Mal spürte sie, wie Artem nach ihrer Hand griff. Ein warmes Gefühl durchflutete sie und sie kam sich vor, als ob sie in einem Sommerregen stehen würde. Sie wollte sich lachend im Kreis drehen, so schön und berauschend war diese winzige Geste.

„Wenn wir untergehen, dann gehen wir gemeinsam unter“, flüsterte Nasja und lehnte sich leicht an Artems starke Brust.

Sein Arm schloss sich um sie und er drückte sie sanft an sich. Es war eine winzige, absolut verbotene Geste, aber sie war so rein und richtig, so tröstend, dass Nasja die Augen schloss und tief einatmete.

Was würde sie für einen Kuss geben. Nur einen einzigen Kuss voller Leidenschaft und Liebe.

Doch als Artem seine Umarmung löste, wusste Nasja, dass das unmöglich war. Sie war verheiratet und Artem würde niemals die Grenze übertreten.

„Lass uns gehen“, flüsterte Artem rau in ihr Ohr. Die unterdrückte Leidenschaft in seiner Stimme vibrierte schmerzhaft in Nasjas Herz. „Ich halte es keine Sekunde länger allein mit dir aus, ohne dich zu küssen.“

Nasja wollte murmeln, dass er es doch einfach tun sollte. Sie sehnte sich so sehr danach, seine Lippen auf ihren zu spüren und der warmen Liebe, die in ihr zu diesem Mann erwacht war, endlich nachzugeben.

Doch sie biss sich fest auf die Lippen. Nein, sie durfte

so etwas nicht einmal denken. Sie war die Königin von Galadon und sie hatte ihre Pflicht gegenüber ihrem Land und ihrem Ehemann zu erfüllen. „Ja, lass uns gehen“, sagte Nasja mit fester Stimme.

Artem löschte die Lichter und dann verließen sie wieder sein Haus. Nasja sah nicht zu der kleinen Insel des Glücks zurück, auf der sie gerade gewesen war. Sie konzentrierte sich ganz auf Artems Stimme, der Aros, Celistra und ihr gerade erklärte, wo die beste Stelle in Goros war, um die Zentauren in aller Ruhe belauschen zu können.

KAPITEL 23

Schon seit einer Stunde saßen sie in dem engen Raum einer Wirtschaft am Rand des Südviertels und versuchten, keinen Laut zu machen. Der winzige Raum, den man eher als Bretterverschlag bezeichnen konnte, grenzte direkt an die große Schankstube eines gut besuchten Restaurants, in dem die gesitteteren Zentauren ein und aus gingen. Direkt neben dieser Wand hatte der Wirt einen langen Stehtisch aufgebaut, an dem die Zentauren gern ihre Mahlzeiten einnahmen und ein Glas Wein tranken.

Soeben verließ eine Gruppe von drei Zentauren den Tisch, um sich noch in das nächtliche Vergnügen des Südviertels zu stürzen, das erst jetzt so richtig begann. Nasja unterdrückte ein Seufzen. Sie war müde und ihr tat der Rücken von der unbequemen Stellung weh, in der sie jetzt schon so lange verharrte, ohne es zu wagen, sich auch nur einen Zentimeter zu bewegen.

Die drei Zentauren hatten sich über alles Mögliche unterhalten. Darüber, dass sie es nett in Goros fanden und nichts dagegen hatten, noch eine Weile zu bleiben. Dass das Klima hier oben auf der Klippe angenehm war und der frische Wind ihnen guttat. Gerade als Nasja gedacht hatte, dass sie etwas zu den Plänen von Cesar sagen würden, waren sie dazu übergegangen, sich über eine Prostituierte namens Kleopatra zu unterhalten, die unglaublich gelenkig war, was man mindestens einmal in seinem Leben gesehen haben müsste.

Anfangs war Nasjas Hoffnung groß gewesen, dass sie hier etwas erfahren würden, aber je länger sie hier saßen und dem schlüpfrigen Gespräch der drei Zentauren zuhörten, umso mehr war ihre Hoffnung geschwunden.

Ihr einziger Trost war, dass Artem direkt neben ihr hockte und sie sein Bein direkt an ihrem spürte. Es war nur eine winzige Berührung. Nasja hätte niemals für möglich gehalten, dass sie so wenig schon glücklich machen würde. Doch genauso war es. Sie genoss das Wenige, das sie bekommen konnte.

Dennoch überlegte sie, wie sie schon bald wieder zurück ins Schloss kommen würde, bevor jemand bemerkte, dass sie die Nacht in Goros verbracht hatte. Es war schon drei Uhr morgens und viel Zeit blieb ihnen nicht mehr. Nasja aß genau um acht Uhr ihr Frühstück und wenn sie es nicht tat, würden die Bediensteten bestimmt stutzig werden und nachsehen, ob alles bei ihr in Ordnung war.

Über eine Stunde musste sie für den Rückweg einrechnen und dann sollte sie auch noch eine Stunde Reserve einplanen, falls etwas Unvorhergesehenes dazwischenkam. Wenn alles glatt lief, konnten sie morgen Nacht einfach wieder nach Goros kommen und noch einmal versuchen, die Zentauren zu belauschen. Nasja war gerade dabei, auszurechnen, wann sie spätestens aufbrechen mussten, als sich zwei neue Zentauren an den Tisch stellten.

Sie bestellten Bier und gebratenes Hühnchen und begannen, sich über die Mädchen in Goros zu unterhalten. Nasja konnte nur mühsam ein gequältes Stöhnen unterdrücken. Gab es denn kein anderes Thema, worüber sich die Zentauren unterhalten konnten?

Die gelenkige Kleopatra kam wieder zur Sprache und Nasja wollte sich am liebsten die Ohren zuhalten, als ein dritter Zentaur zu den beiden kam. Nasja konnte sie gut anhand ihrer Stimmen unterscheiden. Der eine sprach langsam, der andere sehr hoch und der dritte hatte eine ungewöhnlich tiefe Stimme.

„Wisst ihr, wann es losgeht?“, fragte der neu Hinzugekommene mit der tiefen Stimme. Er sprach leise und in seinen Worten klang ein Ernst mit, der Nasja überraschte. Das war das erste Mal an diesem Abend, dass sich ein paar Zentauren in ihrer Nähe vernünftig unterhielten.

„Ja, in zwei Tagen“, sagte der mit der hohen Stimme. „Dann sind wir fast dreitausend Mann. Wenn wir nachts angreifen, dann haben sie keine Chance gegen uns. Der abnehmende Mond steht nicht mehr lange am Himmel. In wenigen Tagen haben wir Neumond, dann werden unsere Leute zurück nach Frenzenstetten gezogen. Bis dahin muss alles erledigt sein.“

Nasja stockte der Atem. Das war es, was sie hören und zugleich nicht hören wollte. Es bestätigte ihren Verdacht und zugleich wäre es Nasja lieber gewesen, wenn das nicht geschehen wäre.

Sie spürte deutlich, wie Artem sich neben ihr versteifte und Aros auf ihrer anderen Seite geräuschvoll Luft holte. Nur noch zwei Tage. Das war nicht viel, um das Unglück noch abzuwenden, aber es war besser als gar nichts.

„Dieser Dummkopf von einem König wird erst merken, dass wir sein Reich erobert haben, wenn er selbst von dieser Klippe stürzt. Er glaubt ernsthaft, dass wir seine Feinde getötet haben. Dabei sitzen sie mitten in unserem Lager und können es nicht erwarten, Nemos, den Idioten, in ihre Hände zu bekommen.“ Der Zentaur, der langsam sprach, begann zu lachen.

„Ich bin auf sein Gesicht gespannt, wenn er erfährt, dass wir die Proteste angezettelt haben. Allein wären die Menschen gar nicht auf die Idee gekommen, gegen ihre Obrigkeit zu protestieren. Aber mit ein paar Münzen in der Hand sind sie zu allem bereit. Es war einfach, die Minenbesitzer für unsere Zwecke einzuspannen. Sie haben sich über jedes verdiente Goldstück gefreut.“ Der mit der hohen Stimme fiel in das Lachen ein.

„Ihr könnt sagen, was ihr wollt, Cesar hat das geschickt

eingefädelt. Er schürt die Proteste und bietet dann seine Hilfe als Retter an, damit der dumme König uns bis in sein Schloss und in seine Hauptstadt lässt. So einen einfachen Krieg haben wir auch noch nicht geführt. Wir werden sogar von unseren Feinden verköstigt, bis wir angreifen. Bequemer geht es nun wirklich nicht."

„Aber eigentlich verdanken wir diesen Sieg doch den Trollen", sagte der mit der tiefen Stimme. „Hätten sie das Mondtor nicht repariert, wäre das alles nicht möglich gewesen. Dumm nur, dass die Trolle noch nicht wissen, dass sie die Goldminen, die ihnen Cesar versprochen hat, nie bekommen werden."

Als alle drei gleichzeitig zu lachen begannen, zitterten Nasjas Hände plötzlich und sie hatte Mühe, weiter so ruhig sitzen zu bleiben.

Das Gespräch der Zentauren drehte sich bald wieder um Kleopatra und ihre unglaublichen, akrobatischen Künste. Doch die Worte flossen durch Nasja hindurch. Sie hörte den Zentauren nicht mehr zu. Stattdessen kreisten ihre Gedanken fieberhaft darum, was sie jetzt noch tun konnte, um das Unglück, das auf sie zukam, noch abzuwenden.

Sie wollte hier raus und mit Artem, Celistra und Aros darüber sprechen, was sie jetzt noch für Möglichkeiten hatten. Stattdessen saß sie fest und konnte sich nicht von der Stelle bewegen. Sie spürte, wie sie am ganzen Körper zu zittern begann.

Artem legte ihr beruhigend eine Hand auf die Schulter und zog sie an sich. Sie spürte plötzlich seine Lippen an ihrer Schläfe. Er hauchte ihr einen federleichten, beruhigenden Kuss auf die Haut.

Die Welt stand still, als sie die Berührung spürte. Sie war nur der Hauch einer Zärtlichkeit und dennoch so intensiv wie nichts, was Nasja zuvor gefühlt hatte.

Nasja prägte sich das Gefühl in all seinen Facetten ein.

Sie wollte es niemals vergessen und wie einen Schatz in ihrem Herzen wahren.

Plötzlich war es egal, wie lange sie noch dort sitzen mussten. Die Zeit floss schnell dahin und als die Zentauren wieder aufbrachen und sich Artem erhob, glaubte Nasja, dass nur ein paar Minuten verstrichen waren.

Erst als sie ebenfalls aufstand und ihre schmerzenden Glieder spürte, wusste sie, dass eine Menge Zeit verstrichen war. Sie verließen den Bretterverschlag durch die Hintertür und Artem drückte dem Wirt beim Hinausgehen eine Goldmünze in die Hand. Als sie wieder auf der Straße standen, sahen sie sich einen Moment schweigend an.

Das, was sie gerade gehört hatten, änderte alles.

„Wir können das nicht zulassen." Nasja war die Erste, die ihre Sprache wiedergefunden hatte.

„Aber wie willst du sie davon abhalten?", sagte Aros skeptisch. „Du hast es doch gehört. Sie haben zweitausend Zentauren aus ihrem Heer. Dann sind durch das Mondtor bestimmt noch einmal fünfhundert gekommen und sie haben noch etwa fünfhundert Menschen, die zu ihnen halten und ihnen dabei helfen, den König zu stürzen. In Galadon sind nur eintausend Soldaten stationiert. Selbst mit den besten Waffen sind ihnen die Zentauren überlegen. Sie können nicht überall sein."

„Der König könnte fliehen, um sein Leben zu schützen", sagte Celistra.

Nasja schüttelte den Kopf. „Er kommt keinen Meter aus Goros hinaus. Die Zentauren lassen ihn nicht entkommen. Wenn Cesar schon in zwei Tagen angreifen will, dann hat er längst Späher rund um Goros positioniert und beobachtet genau, wer die Stadt betritt und wer sie verlässt."

„Dann gehen wir zu Nemos und berichten ihm, was wir gehört haben", schlug Aros vor.

„Er wird uns nicht glauben", sagte Nasja mit einem

Seufzen. Sie sah Artem fragend an.

„Selbst wenn er uns glaubt, was sollte er noch dagegen tun?", erwiderte Artem bitter.

„Was sollen wir dann tun?", fragte Nasja verzweifelt. „Es muss doch einen Weg geben, um das Unheil noch abzuwenden."

Artem holte tief Luft und Nasja überkam ein ungutes Gefühl.

„Es gibt noch einen Weg", sagte Artem bedächtig. „Er ist irrsinnig, gefährlich und absolut riskant."

„Was sollen wir tun?", fragte Nasja sofort.

Artem schmunzelte. Dann wurde er wieder ernst. „Wir gehen in das Zeltlager der Zentauren und schleichen uns zu Cesars Zelt."

Nasja holte zischend Luft.

„Und dann", fuhr Artem fort, „werden wir den König der Zentauren davon überzeugen, dass er noch heute Nacht seine Koffer packt und aus Galadon verschwindet."

„Wie willst du das schaffen?" Celistra sah Artem fragend an.

„Lass das meine Sorge sein", sagte Artem.

„Das ist total verrückt", sagte Aros kopfschüttelnd.

„Ich weiß", sagte Artem. „Die Chancen, dabei unter die Hufe der Zentauren zu kommen, stehen gut. Aber wenn wir warten, wird die Gefahr nur immer größer und wir werden alle in einem blutigen Kampf sterben."

„Was ist, wenn er sich nicht von uns überzeugen lässt?", fragte Celistra mit zitternder Stimme.

„Ich bin zu allem bereit." Artem zögerte kurz. „Ich bin der oberste Heerführer von Galadon. Es ist meine Pflicht, mein Land, meinen König und meine Königin zu beschützen. Wenn es nötig ist, muss Cesar sterben. Ohne ihren Anführer werden die Zentauren kopflos sein und damit sind sie keine Gefahr mehr für Galadon."

„Darauf läuft es doch hinaus", sagte Nasja zögernd. Es

fiel ihr schwer, daran zu glauben, dass Cesar Galadon freiwillig verlassen würde. Also planten sie gerade ein Attentat auf den Zentaurenkönig. „Ich bin dabei“, sagte Nasja, ohne zu zögern. Wenn jemand den Tod verdient hatte, dann war es Cesar.

„Ich bin auch dabei“, flüsterte Celistra.

Alle Blicke wanderten zu Aros.

Er gab ein gequältes Seufzen von sich. „Den Spaß kann ich mir nicht entgehen lassen“, murmelte er schließlich. „Wann geht es los?“

Artem sah von einem zum anderen. „Noch heute Nacht“, sagte er ernst. „Es muss sofort geschehen.“

KAPITEL 24

Aros schluckte, während er Artem fassungslos anstarrte. Trotz des schummerigen Lichts der Straßenlaternen konnte Nasja das Entsetzen in seinem Gesicht gut erkennen.

„Heute Nacht?" Aros' Stimme klang hohl. Er atmete tief ein und aus. „Sollten wir das nicht besser vorbereiten?"

„Was gibt es da groß vorzubereiten?", sagte Artem mit einem bitteren Lächeln. „Wir wollen den König der Zentauren erpressen und ihn notfalls ermorden. Es ist vermutlich besser, wenn wir nicht allzu lange über diese Sache nachdenken."

„Stimmt auch wieder." Aros nickte. „Also los. Lasst uns gehen, bevor mich noch der Mut verlässt."

Nasja hatte Mühe, ihre eigene Unruhe in den Griff zu bekommen. Sie spürte deutlich, wie angespannt Aros und Celistra waren. Sie hatten beide den Angriff der Zentauren vor zehn Jahren miterlebt. Aros hatte mit ihrem Vater Seite an Seite gekämpft. Er beherrschte das Kriegshandwerk und sein Hass auf die Zentauren kannte keine Grenzen. Und genau deswegen war seine Angst verständlich.

Sie würden sich gleich zwischen Tausende Zentauren schleichen und dieses Mal war Nasjas Vater nicht in der Nähe, der das Lager einfach in Brand stecken konnte. Sie mussten mit dem arbeiten, was sie hatten.

Artem bog in eine Gasse ein und führte sie um Straßenecken und durch Tunnel und Bogengänge. Sie bewegten sich immer weiter vom Trubel des Südviertels weg und es wurde ruhiger um sie herum. Bald erreichten sie den Rand der Stadt und der Nachthimmel mit der schmalen

Mondsichel spannte sich weit über ihnen auf.

Nasja wusste sofort, wo sie waren. Sie waren etwas oberhalb des Südviertels herausgekommen und man konnte von hier aus weit über das Lager der Zentauren blicken. Es breitete sich weit in die Ferne aus. Im Mondlicht schimmerten die unzähligen Zeltplanen bleich. Lagerfeuer flackerten zwischen den Zelten und von hier und dort hörte man Gesang und Gegröle.

Auf der rechten Seite hörte man Musik und lautes Wiehern und Hufgetrappel erklang. Nasja ließ ihren Blick über die dicht belagerten Wiesen gleiten. Sie brauchte nicht lang, um das größte Zelt zu finden. Es war rund und so hoch wie ein kleines Haus. Um das Zelt herum war ein breiter Streifen Wiese, auf dem keine Zelte standen.

„Dort müssen wir hin.“ Als Artem auf das große Zelt zeigte, wusste Nasja, dass das schwierig werden würde, denn Cesars Zelt befand sich mitten in dem riesigen Zeltlager.

Nasja schluckte. Zweifel stiegen in ihr auf. War das wirklich eine gute Idee? Sie kämpfte gegen Ängste, die so tief in ihr saßen, dass sie sie nie wieder in ihrem Leben loswerden würde.

„Lasst uns gehen“, sagte Artem. „Wir müssen uns beeilen. Wenn der Morgen graut, müssen wir wieder aus dem Lager verschwunden sein.“

Nasja nickte, obwohl es ihr schwerfiel, zu glauben, dass sie das wirklich schaffen sollten.

„Wir teilen uns auf“, sagte Artem. „Zu viert erregen wir zu viel Aufmerksamkeit. Wie gehen in Zweiergruppen. Wir treffen uns in einer halben Stunde am Zelt von Cesar. Wenn die anderen nicht auftauchen sollten, übernehmen es die, die es bis dorthin geschafft haben.“

Aros nickte. „Ich gehe mit Nasja. Ich habe geschworen, sie zu beschützen.“

Artem schüttelte den Kopf. „Es ist besser, wenn ich

mit ihr gehe."

„Wie willst du sie beschützen?", fragte Aros zweifelnd. „Ich bin ein Luftnymph. Notfalls kann ich einen Sturm entfachen, der das Zeltlager der Zentauren durcheinanderwirbelt und sie genug ablenkt, um ihnen zu entwischen."

„Vertrau mir, ich schaffe das." Artem sah Aros eindringlich an und genau in diesem Moment begann es in seinen Augen rot zu glühen.

Aros holte zischend Luft. „Ein Feuernymph, wer hätte das gedacht." In seiner Stimme klang Anerkennung mit. „Es ist mir eine Ehre, an deiner Seite zu kämpfen, Bruder." Er verneigte sich kurz.

Das Glühen in Artems Augen war wieder erloschen.

Aros nickte Celistra zu und die beiden verschwanden in der Dunkelheit.

Artem nahm Nasjas Hand in seine, als wenn es ganz selbstverständlich wäre, dass er sie führen und aufpassen würde, dass sie nicht verloren ging. Die vertraute Stimmung zwischen ihnen nahm Nasja ein wenig von ihrer Angst. Während sie durch die Dunkelheit liefen und sich dem Zeltlager näherten, versuchte sie sich zu entspannen.

„Es überrascht mich, dass du ein Feuernymph bist", sagte Nasja.

„Warum?" Artem flüsterte. „Es gibt viele Feuernymphen. Das ist kein seltenes Talent unter den Nymphen."

„Ich weiß." Nasja nickte, während sie sich fragte, wie stark die Fähigkeit bei Artem ausgeprägt war. Es gab Nymphen, bei denen reichte die Kraft gerade aus, um eine Kerze zu entzünden, und es gab die seltenen Talente wie ihren Vater, die auch große Feuer entzünden und ganze Wälder in Brand setzen konnten.

„Erwarte aber nicht zu viel von mir", sagte Artem sofort, als ob er gespürt hätte, welchen Lauf ihre Gedanken genommen hatten. „Ich bin nie in diesen Dingen ausgebildet worden. Ich kann ein paar kleine Tricks, aber mehr auch nicht."

„Dann geht es dir ja genauso wie mir", sagte Nasja, während sie die ersten Zelte erreichten. Sie verstummte, während sie Artems Hand fester umschloss, als ob sie sich an ihm festhalten konnte.

„Bleib ganz ruhig", flüsterte Artem. „Die Zentauren haben gesagt, in diesem Zeltlager würden auch Menschen leben. Wir tun so, als wenn wir zu ihnen gehören würden."

Nasja nickte, während sie unruhig zwischen den Zelten hin und her sah. Es waren einfache, dreieckige Planen, unter denen es sich die Zentauren bequem gemacht hatten. Nasja hörte ihr Schnarchen und ihr Grunzen und Furzen. Sie spürte deutlich, wie sie auf Zehenspitzen weiterlief, um kein Geräusch zu machen. Dabei war das völlig überflüssig. Denn nicht weit von ihnen sangen und tranken ein paar Zentauren und gaben sich keine Mühe, leise zu sein.

Sie gingen in einem großen Bogen um die Gruppe herum und Nasja riss die Augen weit auf, um in der Dunkelheit nichts zu übersehen, was ihnen zum Verhängnis werden könnte.

Der Gesang hinter ihnen wurde leiser, während das große, runde Zelt immer näher kam. Jetzt konnte Nasja sehen, dass darin immer noch Licht brannte. Cesar war wach und der Gedanke sorgte dafür, dass ein kaltes Zittern über Nasjas Körper wanderte.

„Ich weiß, dass Aros und Celistra Kräfte haben", sagte Artem flüsternd, während sie weiter zwischen den schnarchenden und schlafenden Zentauren entlanggingen. „Wie stark sind sie?"

„Stark genug, um notfalls mein Leben zu retten", sagte Nasja. „Mein Vater hat sie nicht ohne Grund mit mir nach Galadon geschickt."

„Ich verstehe." Artem nickte. „Ich muss mich übrigens bei dir entschuldigen."

„Warum?“ Nasja sah Artem verwundert an.

„Ich habe dir Vorwürfe gemacht, weil du heute Nacht nach Goros gekommen bist. Aber du hast genau die richtige Entscheidung getroffen“, sagte Artem. „Ohne dich hätte ich nie herausgefunden, was die Zentauren planen. Du hast das Herz am rechten Fleck und es tut wirklich gut, so jemanden in seiner Nähe zu haben.“

Nasja lächelte. Es tat gut, von jemandem gelobt zu werden. Das war in den letzten Jahren selten geschehen.

Nasja wollte sich schon für das Lob bedanken, als sie plötzlich über etwas Weiches und Warmes stolperte. Artem konnte sie gerade noch im letzten Moment auffangen, sonst wäre sie zu Boden gestürzt. Dennoch konnte Nasja nicht verhindern, dass ihr ein überraschter Laut entwich.

„Hey, was soll das?“, stöhnte eine tiefe, grollende Stimme, die alles andere als erfreut darüber klang, dass man sie aus dem Schlaf gerissen hatte.

Nasjas Herz setzte einen Moment aus. Ihre Nackenhaare stellten sich auf und sie sah sich furchtsam um, damit sie in die richtige Richtung davonrannte.

„Gib Ruhe“, befahl Artem in einem unfreundlichen Befehlston.

Der Zentaur gab ein missmutiges Knurren von sich und zu Nasjas Überraschung wälzte er sich ein wenig hin und her und kurz darauf erklang sein monotones Schnarchen.

Schnell gingen Nasja und Artem weiter. Sie umrundeten ein Lagerfeuer, an dem zehn Zentauren saßen und sich ein Weinfass teilten, während sie auf einer Art Gitarre mit einem ungewöhnlich breiten Hals ein schiefes Lied spielten und dazu ein Lied grölten, das Nasja nicht kannte und in dem es um die unglückliche Tochter eines Seemanns ging, die sich nach ihrem Liebsten verzehrte, der auf See verschollen war.

Als der schiefe Gesang hinter ihnen verklang, wurde

Nasja immer unruhiger. Sie waren nicht mehr weit von Cesars Zelt entfernt. Ob er Wachen aufgestellt hatte, die sein Zelt im Auge behielten? Oder hielt er das nicht für nötig, wenn er sich mitten in dem Lager befand?

Nasja sah in die Dunkelheit und versuchte etwas zu erkennen.

„Wen haben wir denn da?" Eine höhnische Stimme kam von rechts aus einem Zelt. „Bist du das, Artem?"

Artem entwich ein genervtes Stöhnen. Er blieb stehen und wandte sich nach rechts. Aus dem Zelt kroch ein schlanker Mann, mit wirren Haaren, deren Farbe Nasja in der Dunkelheit nicht erkennen konnte. Dafür bemerkte sie umso stärker den muffigen Geruch, der dem Mann anhaftete, und sie bemühte sich, durch den Mund zu atmen.

„Ich fasse es nicht, dass du deinem eigenen Volk in den Rücken fällst, Wilhelm", sagte Artem vorwurfsvoll. „Wir waren doch gemeinsam auf der Militärakademie. Wir haben beide geschworen, Galadon zu dienen."

„Aber du bist nicht von der Akademie geschmissen worden", sagte Wilhelm, und in seiner Stimme klang Wut mit. „Mein Leben ist nichts mehr wert."

„Es tut mir leid, dass es dir so ergangen ist." Artem schüttelte den Kopf. „Aber deine Wut auf Nemos bringt dich nicht weiter. Du verrätst gerade dein Land."

„Nemos ist ein Dummkopf. Er hätte niemals König werden dürfen", sagte Wilhelm mit fester Stimme und trat einen Schritt näher auf Artem zu.

„Er ist der einzige Sohn von König Kreotis und es ist sein Recht, König zu sein." Artems Stimme klang fest und entschlossen.

„Es wird ein neuer König kommen", sagte Wilhelm. „Cesar wird König werden. Er ist ein guter Anführer." Wilhelm verschränkte die Arme vor der Brust. „Ich weiß, weswegen du hier bist. Du willst bestimmt Cesar stoppen, aber das werde ich nicht zulassen. Ich werde Alarm …"

Bevor Wilhelm seine Drohung vollenden konnte, hatte Artem ausgeholt und ihm einen Kinnhaken verpasst.

Mit einem Stöhnen ging Wilhelm zu Boden und blieb bewegungslos liegen.

„Er hat schon immer zu viel geredet und zu wenig getan", sagte Artem und zog Nasja weiter. „Deswegen haben sie ihn auch von der Akademie geschmissen."

Sie eilten weiter in Richtung des Zeltes von Cesar. Jetzt war es nicht mehr weit. Nasja konnte schon das Muster auf der Zeltplane erkennen. Unruhig sah sie sich um. Doch zu ihrer Erleichterung konnte sie keine Wachen erkennen. Cesar schien sich in der Mitte seiner Soldaten absolut sicher zu fühlen. Vermutlich kam er gar nicht auf die Idee, dass es jemand wagen könnte, ihn hier anzugreifen.

Nasja glaubte sich schon beinahe am Ziel, als sie plötzlich eine seltsame Spannung in der Luft fühlte. Der Boden unter ihren Füßen begann ganz leicht zu beben.

Während Nasja noch herauszufinden versuchte, was gerade geschah, reagierte Artem schon. Er packte Nasja und warf sich mit ihr im Arm zwischen zwei Zelte rechts neben ihnen. Sie landeten im hohen Gras.

Nasja holte gerade Luft, als ein leises Donnern erklang, das sie an ein Gewitter erinnerte. Sie waren gerade noch im letzten Moment zur Seite gesprungen, denn genau in dieser Sekunde zischte ein Blitz durch die Luft, genau an der Stelle, an der sie gerade noch gestanden hatten.

Helligkeit zerriss die Nacht und mit einem Mal erhob sich ein riesiger, grellweißer Sichelmond vor ihnen, der sich zu einem Kreis schloss. Nasja war von dem hellen Licht geblendet. Dennoch riss sie die Augen auf und starrte das Mondtor an, das aus dem Nicht vor ihnen erschienen war. Es sah aus wie das Tor auf der Zeichnung, die sie vor wenigen Stunden bei Artem gesehen hatte.

Es war riesig. Der Basalt schimmerte in einem geheimnisvollen Schwarz und mit einem Mal begann das ganze

Tor erneut zu vibrieren. Nasja stellten sich die Nackenhaare auf, während das Leuchten stärker wurde. Die Sichel des Mondes begann zu wachsen. Der Mond nahm immer weiter zu, während das blasse Leuchten heller wurde. Als der Sichelmond zu einem Vollmond geworden war, erklang ein sanftes Summen, wie eine Melodie aus einer fernen Welt, die dem Takt einer anderen Wahrheit folgte.

Der Mond war voll und begann wärmer zu leuchten.

Und dann geschah das Unglaubliche. Mitten aus dem Kreis sprang plötzlich ein Zentaur hervor. Er schien direkt aus dem Licht zu kommen und stand plötzlich auf der Wiese. Er schien selbst ganz erstaunt darüber zu sein und sah sich prüfend um. Dann machte er ein paar Schritte über die Wiese und in diesem Moment erlosch das Licht und das Mondtor verschwand so schnell, wie es gekommen war.

Der Zentaur sah sich noch einmal um und trabte dann auf eines der Lagerfeuer zu, wo noch gefeiert wurde, und wurde laut grölend von den anderen Zentauren begrüßt.

Nasja atmete erleichtert aus. Niemand hatte sie gesehen. Erst jetzt bemerkte sie, dass sie immer noch eng umschlungen mit Artem im Gras lag. Sie sollte aufstehen. Doch sie tat es nicht. Einen Moment lang zog sie ihn fester an sich und gab sich dem tröstenden Gefühl seiner Berührung hin. Jede Sekunde konnte ihre letzte sein. Sie wollte nicht sterben, sie wollte leben, und zwar mit Artem an ihrer Seite.

„Das Mondtor ist wirklich beeindruckend." Es war Artem, der sich langsam erhob und Nasja mit sich auf die Beine zog.

„Ja, das ist es." Nasja nickte. „Aber es beweist einmal mehr, dass wir hier richtig sind. Es gibt keinen Zweifel, dass wir auf die Wahrheit gestoßen sind. Cesar will Nemos stürzen und genau das müssen wir verhindern."

Artem nickte entschlossen und zog Nasja mit sich. Sie

schlichen um das Zelt herum und suchten nach Aros und Celistra. Es waren nur noch fünf Minuten von der halben Stunde übrig, die sie ausgemacht hatten.

Doch von Aros und Celistra war nichts zu sehen.

Sie warteten zwischen zwei Zelten und zählten die Sekunden. Als die Zeit abgelaufen war und Aros und Celistra immer noch nicht da waren, sah Nasja Artem durchdringend an.

„Es ist so weit“, flüsterte sie.

Artem nickte.

„Was sollen wir jetzt tun?“, fragte Nasja mit bebender Stimme.

„Wir tun das, was wir besprochen haben“, sagte Artem und warf dem großen Zelt einen langen Blick zu. Er war plötzlich ganz ruhig und absolut konzentriert.

Nasja wusste zwar nicht, was genau Artem plante, aber seine plötzliche Ruhe ließ auch sie durchatmen. Sie vertraute ihm und sie legte ihr Leben, ohne zu zögern, in seine Hand.

Nasja holte noch einmal tief Luft. Sie wusste, was auf dem Spiel stand. Sie versuchte sich vorzustellen, was ihr Vater jetzt dazu sagen würde, wenn er sie hier sehen könnte, und dieser Gedanke gab ihr Kraft. Die Zentauren hatten ihrem Volk unendliches Leid zugefügt. Jetzt hatte sie die Gelegenheit, sich dafür zu revanchieren. Nasja spürte, wie der letzte Rest Anspannung verschwand. Die Dinge lagen klar vor ihr. Sie schloss einen Moment die Augen und konzentrierte sich ganz auf ihre Umgebung. Um sie herum schliefen unzählige Zentauren in ihren Zelten. Fledermäuse flogen über die Zelte hinweg und die Mäuse und Grillen belebten ungesehen die Nacht.

Nasja konzentrierte sich auf das Zelt. Sie spürte ein großes Wesen mit einem kräftig schlagenden Herzen darin. Das war Cesar. Er war entspannt. Nasja spürte keine heftigen Gefühle.

„Er ist allein." Sie schlug die Augen wieder auf. „Und dort drüben sind Celistra und Aros." Nasja zeigte nach rechts, wo genau in diesem Moment ihre beiden Freunde zwischen zwei Zelten heraustraten.

„Beeindruckend", murmelte Artem erstaunt. „Dann können wir ja los." Er winkte Celistra und Aros zu, die zu ihnen kamen. Dann drückte er Nasjas Hand und zog sie mit sich.

Gemeinsam liefen sie mit schnellen Schritten zum Eingang des Zeltes. Artem gab sich keine Mühe, sich zu ducken oder sich zu verstecken. Niemand achtete auf sie. Der Platz rund um Cesars Zelt war für das Mondtor vorgesehen. Cesar hielt es offenbar nicht für nötig, sich beschützen zu lassen.

Als sie am Eingang des Zeltes angekommen waren, sah Nasja Artem noch einmal fragend an. Er nickte ihr zu und sie sah nicht den Hauch eines Zweifels in seinen Augen.

Mit einem leisen Geräusch schob Artem den schweren Vorhang zur Seite. Warme, feuchte Luft schlug ihnen entgegen. Doch Nasja achtete nicht weiter darauf. Sie konzentrierte sich allein auf Cesar, der auf einer riesigen Matratze lag und im Schein einiger Öllampen in einem Buch blätterte.

Als er das Geräusch herannahender Schritte vernahm, erhob er sich hastig.

Überrascht starrte er Nasja, Artem, Celistra und Aros an. Doch die Überraschung hielt nur einen Moment an. Dann begann er laut zu lachen.

„Was soll das werden?" Er sah Artem spöttisch an. „Probt ihr den Aufstand?" Cesar griff ganz beiläufig zu einem langen Messer. Dann trat er ihnen entgegen. „Geht wieder nach Hause." Er fuhr mit dem Messer vor Nasja auf und nieder, sodass es mit einem lauten Zischen die Luft zerschnitt. „Dann will ich ausnahmsweise mal gnädig sein und vergessen, dass ihr überhaupt hier aufgetaucht seid."

Doch Artem wich keinen Schritt zurück. In seinem Gesicht lag eine kalte Miene, während er zu seinem Schwert griff und langsam die Klinge aus ihrer Scheide zog.

„Ich bin gekommen, um dir zu raten, deine Männer zu nehmen und Galadon zu verlassen", sagte Artem ganz ruhig.

„Du?" Cesar lachte wieder laut los. „Du bist ein Mensch. Deinesgleichen zertrete ich mit Vergnügen." Er richtete sich vor Artem auf und Nasja musste schlucken.

Cesars Größe war wirklich beeindruckend. Der Zentaur war riesig. Selbst Artem, der nicht klein oder schmal war, wirkte neben dem enormen Leib von Cesar zierlich. Plötzlich spürte Nasja, wie sie Angst um Artem bekam. Was hatte er vor? Sie war davon ausgegangen, dass er einen Plan hatte.

Artem zückte sein Schwert und richtete es auf Cesar. „Ich hatte schon gehofft, dass du meine freundliche Bitte ablehnst." Artems Stimme war ganz ruhig. „Es wird mir eine Freude sein, dich für deine Verbrechen an dem Volk der Nymphen zu richten."

„Du willst also heute Nacht sterben", sagte Cesar und hob ebenfalls seinen langen Dolch.

Artem antwortete nicht mehr. Stattdessen machte er einen schnellen Ausfallschritt und versuchte sein Schwert in Cesars Herz zu bohren. Der Hieb ging nur deswegen daneben, weil Cesar ihn in letzter Sekunde parierte. Artems Schwert versetzte Cesar dennoch einen Schnitt in die Seite.

Der Zentaurenkönig stieß einen wütenden Schrei aus und hieb mit einigen schnellen Schlägen auf Artem ein. Der parierte sie geschickt und wich Cesars Hieben immer wieder im letzten Moment aus.

Nasja starrte die beiden Kämpfenden mit großen Augen an. Artem hatte also vor, Cesar in einem Schwertkampf zu besiegen. Dass er gute Chancen hatte, das zu schaffen, erkannte Nasja schnell. Artem bewegte sich geschickt, elegant und so schnell, dass Nasja den unzähligen Hieben, die er austeilte, kaum folgen konnte. Es dauerte nicht lange, bis er Cesar den nächsten Schnitt zugefügt hatte. Er blutete plötzlich an seinem rechten Bein.

Dabei war Cesar kein schlechter Schwertkämpfer. Seine Stärke und seine Größe verschafften ihm den meisten Vorteil. Mit jedem Hieb drängte er Artem weiter zur Seite. Artem kämpfte sich wieder frei und wirbelte über Cesars riesiges Bett.

Dann stellte er sich daneben auf und wartete mit gezücktem Schwert darauf, dass der Zentaurenkönig näher kam.

Während er da stand, starrte Nasja plötzlich mit großen Augen sein Schwert an. Artems Schwert begann zu glühen. Auch Cesar hatte es bemerkt und ein erschrockener Ausdruck machte sich auf seinem Gesicht breit, als er erkannte, dass er einem Feuernymph gegenüberstand.

Doch das Erstaunen wandelte sich schnell in blinde Wut. Bevor Artem den ersten Hieb mit seinem glühenden Schwert machen konnte, ließ Cesar unzählige schnelle Hiebe auf Artem einprasseln. Er verletzte ihn am Arm und versetzte ihm einen Tritt in den Bauch.

Artem fiel rückwärts über eine Kiste und landete keuchend auf dem Rücken. Dabei fiel ihm das Schwert aus der Hand und landete außerhalb seiner Reichweite. Nasja erstarrte. Bis jetzt hatte sie nicht daran gezweifelt, dass Artem Cesar bezwingen würde. Doch mit einem Mal hatte sich das Blatt gewendet.

Artem richtete sich keuchend auf. Doch im gleichen Moment war Cesar schon bei Artems Schwert und beförderte es mit einem gezielten Tritt seines Hufes weit hinter sich.

Artem hatte keine Chance, noch einmal an das Schwert zu gelangen.

Cesar war plötzlich die Ruhe selbst. Mit ein paar schnellen Schritten war er bei Artem und packte ihn. Obwohl sich Artem mit aller Kraft gegen den Zentauren wehrte, konnte er nichts dagegen tun, als sich dessen Arm um seinen Hals schlang und er zudrückte.

Keuchend hing Artem plötzlich in der Luft. Sein Gesicht färbte sich schlagartig blau, während er sich mit Schlägen und Tritten zu befreien versuchte.

„Lass ihn los", schrie Nasja und machte einen Schritt auf Cesar zu. Was sollte sie nur tun? Sie hatte keine Waffen dabei und auch Aros und Celistra schienen vor Entsetzen wie erstarrt zu sein und nicht zu wissen, wie sie sich jetzt noch aus dieser Situation befreien sollten.

Die Angst lähmte Nasja, als der riesige Zentaur mit erhobener Klinge auf sie zutrat „Das war doch bestimmt deine Idee", sagte er drohend, während er sich zu ihr hinabbeugte. Sein Messer kam immer näher. Nasja spürte plötzlich, wie ihre Wange brannte. Er hatte sie getroffen und Blut rann an ihrem Kinn hinab. Doch Nasja spürte nichts davon. Sie sah nur Artem ganz in ihrer Nähe, der im Würgegriff von Cesar bald das Bewusstsein zu verlieren drohte.

„Lass ihn los", schrie Nasja panisch.

„Warum sollte ich das?", sagte Cesar. „Ich lasse mir doch nicht das Vergnügen nehmen, einen Nymphen mit eigenen Händen zu töten. Das letzte Mal, dass ich das tun konnte, ist leider schon viel zu lange her. Euch überlasse ich meinen Leuten. Ein lautes Wiehern von mir reicht und sie stehen alle rund um mein Zelt bereit, um euch zu töten. Ihr kommt hier nicht mehr lebendig raus."

Nasja atmete tief durch, während sie fieberhaft nachdachte. Artem durfte nicht sterben, nicht jetzt, nicht hier. Niemals. Sie brauchte ihn und sie durfte ihn nicht verlieren. Alles in ihr sträubte sich gegen den Gedanken. Nasja fühlte sich plötzlich wieder so hilflos und schwach wie damals als Kind, als sie die Gräueltaten der Zentauren einfach nur abwarten konnte, ohne etwas gegen sie tun zu können.

Artems Bewegungen wurden schwächer. Wut brandete in Nasja auf. Es war eine Wut, die tief in ihr steckte und die sie schon seit Jahren ganz und gar durchdrang. Sie war wütend auf die Männer, die ihr Leben bestimmten, auf ihren Vater, auf Nemos und vor allem auf Cesar.

Doch sie war auch wütend auf sich selbst, weil sie so schwach war und sich viel zu viel gefallen ließ. Nachdem ihr Cesar ihre sorglose Kindheit genommen hatte und sie von ihrem Vater zum Schutz vor den Zentauren an Nemos verheiratet worden war, wollte ihr Cesar jetzt auch noch Artem nehmen. Das war zu viel. Das würde sie nicht zulassen. Eine Kraft wurde in ihr wach, die sie nie zuvor gekannt hatte. Die Wut verdrängte die Panik und plötzlich fühlte sich Nasja ganz klar.

„Du hast den Nymphen schon genug Leid angetan. Ich werde nicht zulassen, dass du das auch in Galadon tust", rief sie und ließ ihren Zorn in jedes Wort gleiten. „Dieses Land wird dir nicht gehören, genauso wenig wie dir das Land der Nymphen jemals gehören wird."

„Und wie willst du das verhindern?" Cesars Schwert kam immer näher. Es fuhr direkt vor Nasjas Augen durch die Luft und dann erstarrte es plötzlich mitten in der Bewegung. Auf Cesars Gesicht breitete sich purer Schrecken aus. Er stand da wie gelähmt. Er konnte keinen Huf mehr vor den anderen setzen. Er riss den Mund auf, um zu schreien. Doch aus seiner Kehle kam nur ein würgendes Keuchen.

„Du machst einen großen Fehler, wenn du die Nymphen unterschätzt", sagte Nasja in drohendem Ton und zog an Cesars Hand. Artem stürzte zu Boden und landete keuchend auf den Knien. „Du erinnerst dich doch bestimmt noch an meinen Vater und wie er dein Heer in

Flammen hat aufgehen lassen?"

Cesars Augen weiteten sich.

„Ob du dich daran erinnerst?", fragte Nasja in scharfem Ton. Alle Angst, alle Vorsicht und Zurückhaltung waren von ihr abgefallen. Diese neue Kraft durchdrang sie ganz und gar. Sie fühlte sich stark und mächtig, auch wenn sie wusste, dass sie ihre Kontrolle über Cesars Körper nicht lange aufrechterhalten konnte. Er war nur zur Hälfte ein Tier. Die andere und weitaus machtvollere Seite seines Wesens war die eines Menschen und die konnte sie nicht unter ihre Kontrolle bringen.

Cesars Augen bewegten sich auf und ab.

„Gut." Nasja nickte zufrieden. Dann sah sie zu Artem. Er hatte sich wieder aufgerichtet und rieb sich den Hals. Aber es schien ihm gut zu gehen und das war das Wichtigste. „Zünde sein Bett an", sagte Nasja zu ihm.

Artem sah sie verwundert an. Doch dann nickte er, wandte sich dem Bett von Cesar zu und als sich seine Pupillen rot verfärbten, dauerte es nur den Bruchteil einer Sekunde und das Bettzeug stand in hellen Flammen. Nun musste es schnell gehen. „Weißt du noch, wie deine Leute gebrannt haben?", sagte Nasja in drohendem Ton an Cesar gewandt. „Ein Feuernymph ist in deiner Nähe. Und so wie er Feuer entfachen kann, kann ich dich unter meine Kontrolle bringen. Wenn ich es will, werdet ihr alle still dastehen und euch nicht mehr rühren können. Spürst du die Hitze?" Nasja sah Cesar durchdringend an. Das Bettzeug hinter ihm brannte immer heller und er würde die Hitze deutlich fühlen.

Seine Pupillen huschten unruhig hin und her und seine Augen wurden vor Panik immer größer.

„Doch das ist nicht alles", sagte Nasja drohend. „Wenn der Wind ein Feuer anfacht, wird es noch gefährlicher." Nasja nickte Aros zu.

Der zögerte nicht einen Moment, sondern hob die

Hände. Sofort erhob sich ein Wind in dem Zelt, der die Zeltplane flattern ließ. Der Wind fachte das Feuer an und innerhalb kürzester Zeit standen der Teppich und die Zeltplane hinter Cesar in Flammen. Die Hitze wurde unerträglich.

Cesar wimmerte verzweifelt. Das Feuer machte ihm Angst.

Nasja beugte sich zu ihm. „Stell dir vor, wie dich das Feuer verschlingt, während du nichts dagegen tun kannst. Du kannst nicht einmal schreien. Dieser Wind wird das ganze Zeltlager innerhalb kürzester Zeit in Brand stecken und dich und deine Zentauren mit. Von deinem stolzen Heer bleibt nicht mehr als verkohltes Fleisch. Im Gegensatz zu meinem Vater warne ich dich vorher, denn keiner in Goros hat Lust, diese Sauerei wegzumachen. Also, Cesar, entscheide dich klug. Ich gebe dir zwei Stunden Zeit, von hier zu verschwinden. Ansonsten kommen wir zurück und werden alles in Brand stecken und euch mit. Hast du das verstanden?“ Nasja blickte dem wehrlosen Cesar fest in die Augen. Sie sah die Angst in seinem Blick, aber sie sah auch die Wut und den verletzten Stolz.

Nasja spürte das Zittern in ihren Händen. Lange würde sie es nicht mehr schaffen, Cesar unter ihrer Kontrolle zu halten. Ihre Kräfte waren am Ende.

Doch sie ließ es sich nicht anmerken.

„Zwei Stunden“, sagte Nasja drohend. Dann trat sie einen Schritt zurück und dann noch einen. Sie entfernte sich von Cesar und spürte, wie sie ihre Kontrolle über ihn zu verlieren drohte. Noch einmal konzentrierte sie sich, so stark sie konnte. Das Feuer griff langsam auf die Zeltdecke über. „Komm nie wieder hierher“, sagte Nasja. „Sonst wird es dir schlecht ergehen. Das ist deine einzige und letzte Chance, zu entkommen.“

Mit diesen letzten Worten trat Nasja aus dem Zelt. Artem, Celistra und Aros folgten ihr.

„Los, lauft“, sagte Nasja mit letzter Kraft. „Wir müssen hier weg.“

Nasja lief los, während ihr die Kontrolle über Cesar entglitt. Sie hörte seinen panischen Schrei hinter sich. Das Feuer hatte auf die Decke des Zeltes übergegriffen. Es stand sofort lichterloh in Flammen. In den umliegenden Zelten wurden Stimmen laut. Köpfe schauten aus den Zelten und als sie die Flammen entdeckten, erklangen panische Schreie. Die Zentauren stürmten aus den Zelten. Die Angst vor dem Feuer lag in der Natur der Pferdewesen.

Nasja verlor vollends die Kontrolle über Cesar. Sie konzentrierte sich wieder ganz auf sich selbst. Doch es hatte sie viel Kraft gekostet, den Zentauren zu lähmen, mehr Kraft, als sie hatte. Während Aros und Celistra vor ihr rannten, verlor sie immer mehr den Anschluss. Zentauren kamen ihnen entgegen und sie mussten ihnen hastig ausweichen. Einmal wurde Nasja beinahe von einem Huf getroffen.

Sie keuchte und schnaufte und plötzlich nahm Artem sie auf den Arm und drückte sie fest an sich. Sie schlang ihre Arme um seinen Hals, während er mühelos weiterrannte, als ob sie nur eine Feder wäre.

Nasja fühlte, wie ihr die Welt entglitt. Hatte sie genug getan? Hatte sie Cesar auf die richtige Weise gedroht oder hatte sie alles nur noch viel schlimmer gemacht? Wäre es besser gewesen, ihn zu töten? Doch hätte sie dazu wirklich den Mut aufbringen können? Zweifel stiegen in Nasja auf und die Angst überkam sie, dass sie versagt hatte.

Die Dunkelheit schoss an ihr vorbei und die Gesichter und Körper verschwammen miteinander. Irgendwann spürte Nasja nur noch Artems Körper, weich und stark an ihrem. Er würde sich um sie kümmern. Darauf konnte sie sich so sehr verlassen wie darauf, dass die Sonne am nächsten Tag wieder aufgehen würde.

Artem war immer für sie da, jetzt und solange noch ein

Hauch von Leben in ihr war.

KAPITEL 25

Nasja streckte sich und gähnte. Vogelgezwitscher drang an ihr Ohr und versprach einen schönen Tag. Sie spürte als Erstes die friedliche Stimmung um sich herum wie einen dicken Nebel. Doch mit jeder Sekunde, die verstrich, tauchte Nasja weiter aus dem Nebel auf. Erinnerungen stiegen fetzenweise in ihr empor. Da waren Feuer und Rauch, Angst und Schmerz, Blut und Dreck. Sie war unten in Goros mitten im Zeltlager der Zentauren und sie war auf der Flucht.

Nasja riss die Augen auf und fuhr hoch.

Sie lag in ihrem gemütlichen Bett in ihrer Suite auf Schloss Schwanenberg. Die Sonne drang durch die halb geöffneten Vorhänge und Celistra saß neben ihrem Bett und sah sie besorgt an.

„Geht es dir gut?“ Celistra runzelte die Stirn.

„Ich denke schon.“ Nasja sah an sich hinab. Sie trug ihr Nachthemd und fühlte sich gut. Nur ein bisschen schwach schien sie zu sein.

„Du hattest heute Nacht Fieber. Das war alles ein bisschen viel.“ Celistra stand auf und holte Nasja ein Glas Wasser.

Durstig trank Nasja davon. Dann schob sie die Beine aus dem Bett und erhob sich. Ihre Beine fühlten sich wackelig und erschöpft an. Doch das war Nasja völlig egal. Tausend Fragen gingen ihr durch den Kopf.

„Hat es gewirkt?“ Sie sah Celistra fragend an. „Wie bin ich hierhergekommen? Was ist mit Artem? Sind die Zentauren weg?“ Nasja holte Luft.

Celistra nahm ihr das Glas Wasser ab und nahm ein Kleid aus dem großen Kleiderschrank. „Eins nach dem anderen“, sagte Celistra und reichte Nasja das Kleid, damit sie sich anziehen konnte.

Während Nasja aus ihrem Nachthemd schlüpfte und sich anzog, erzählte ihr Celistra, was geschehen war.

„Du hast das Bewusstsein verloren, während wir aus dem Zeltlager geflüchtet sind. Die Zentauren waren durch das Feuer so in Panik, dass sie gar nicht auf uns geachtet haben. Alle sind kreuz und quer durcheinandergelaufen. Artem hat dich zurück nach Goros getragen und dann den ganzen Weg entlang bis zum Gartentor. Er hat dich bis zu deinem Bett gebracht und ist erst gegangen, nachdem er sich vergewissert hat, dass es dir gut geht und ich mich um dich kümmern werde. Dann ist er verschwunden. Ich weiß also nicht, was inzwischen geschehen ist und ob unser Ausflug von letzter Nacht geholfen hat.“ Celistra holte tief Luft und sah Nasja besorgt an.

„Ich werde mich einfach mal umhören“, sagte Nasja. „Bonja frühstückt doch immer mit Nemos und Toto im goldenen Salon. Ich werde mich heute ausnahmsweise mal zu ihnen gesellen.“

Celistra musterte Nasja mit skeptischer Miene. „Mach dich schnell noch frisch und denk dir eine gute Geschichte für die Wunde auf deiner Wange aus.“

„Oh!“ Nasja eilte in ihr Badezimmer. Sie wusch sich das Gesicht und sah dann in den großen Spiegel. Ihr Gesicht war blass und quer über ihre Wange verlief eine lange Wunde, die rot leuchtete. Selbst ein wenig Puder würde nicht reichen, um sie zu verdecken.

Doch davon ließ sich Nasja jetzt nicht aufhalten. Sie verließ das Bad und eilte an Celistra vorbei in den Flur. Mit schnellen Schritten lief sie zum goldenen Salon. Ein Bediensteter öffnete die Tür für sie und das Erste, was sie hörte, war Nemos‘ Stimme. Sie erwartete, Bonja, Nemos und Toto dort sitzen zu sehen. Sie war überrascht, als sie sah, dass nicht nur die drei da waren, sondern noch mehr Menschen. Freiherr von Lotringen war da und auch Artem, Frederika und Finnie waren hier.

Artem warf Nasja einen besorgten Blick zu, als sie den goldenen Salon betrat.

Doch so sehr sich Nasja jedes Mal über Artems Anblick freute, hatte sie im Moment nur Augen für Nemos. Nemos hatte ein Champagnerglas in der Hand und stand mit erhobener Hand vor allen. Eine ausgelassene Stimmung lag über dem Salon.

Er warf Nasja einen tadelnden Blick zu und sie eilte schnell zu Artem, neben dem der einzige Platz am Tisch noch frei war. Sie ließ sich auf den Platz sinken und Nemos fuhr in der Ansprache fort, bei der Nasja ihn soeben unterbrochen hatte.

„Nur meinen ernsten Worten an Cesar ist es zu verdanken, dass er noch heute Nacht mit seinen Zentauren Goros verlassen hat. Er befindet sich auf dem Heimweg in sein eigenes Land und es ist mir eine große Freude, zu verkünden, dass alles nach Plan gelaufen ist. Nach meinem Plan wohlgemerkt. Die Zentauren haben uns dabei geholfen, Recht und Ordnung in Goros wiederherzustellen, und nun sind sie gegangen und das alles hat mich nicht mehr als ein paar Tausend Goldstücke an Verpflegung gekostet." Nemos lächelte selbstzufrieden. „Ein Hoch auf den besten König, den Galadon je hatte. Ein Hoch auf König Nemos." Er hob sein Glas erneut und trank es in einem Zug leer, während ihm die Anwesenden zuprosteten.

Nasja hatte Nemos' Worte mit Erstaunen vernommen. Eine unglaubliche Erleichterung machte sich in ihr breit. Es hatte geklappt. Sie hatte alles riskiert und es hatte funktioniert. Sie hatte die Menschen vor den Zentauren gerettet und nicht nur das, sie hatte Artem gerettet und sich, Aros und Celistra gleich mit.

Ganz automatisch griff sie nach dem Glas Champagner vor sich und hielt es hoch.

„Auf den größten König, den Galadon je hatte“, rief Nemos.

Nasja hob ihr Glas, doch ihre Augen hingen an Artem. Sollte Nemos ruhig sich selbst feiern, für etwas, das er nicht getan hatte. Nasja wusste, wer in der vergangenen Nacht alles riskiert hatte, das waren Artem, Aros, Celistra und sie gewesen. In Gedanken stieß Nasja auf sie an.

Sie spürte, wie Artem ganz leicht unter dem Tisch ihre Hand drückte. Verborgen von dem weißen Tischtuch konnte es niemand sehen.

„Danke, dass du gestern mein Leben gerettet hast“, flüsterte Artem so leise, dass Nasja ihn kaum verstehen konnte.

„Ich würde es immer wieder tun.“ Sie lächelte ihm leicht zu. Er war hier bei ihr und das allein machte sie glücklich. Sie wollte mehr, aber mehr konnte es nicht geben. Daher versuchte sie mit dem zufrieden zu sein, was sie hatte. Artem war bei ihr, sie konnten sich sehen und miteinander reden und das würde bitter nötig sein.

Denn Nasja war sich sicher, es würde nicht das letzte Mal sein, dass sie Nemos‘ falsche Entscheidungen wieder in Ordnung bringen mussten.

Ende Band 1

IMPRESSUM
Das Mondtor - Die Chroniken von Galadon 1
ISBN: 978-3-96966-823-8

karola.loewenstein@gmail.com
Lektorat: TextCare (www.textcare.de)
Umschlaggestaltung: www.katharina-netolitzky.com unter Verwendung von Grafiken von Shutterstock

Bestellung und Vertrieb: Nova MD GmbH, Vachendorf
Hrsg.: K. Schubert
Autorencentrum.de
Ein Projekt der BlueCat Publishing GbR
Gneisenaustr. 64
10961 Berlin
E-Mail: bluecatmedia@web.de
Tel.: 030 / 61671496
Pakete werden nicht angenommen.